目次

導言

一　後正統敘事學流派（Postclassical Narratologies）：
方法學的反思　　　　　　　　　　　　　　　　　　　7
二　離散書寫與家國想像：微塵人生、以愛相隨　　　　11
三　本書的結構：離散書寫，家國想像，敘事／敘述，附錄　17

離散書寫

第一章：台灣文學的歷史定位 31
——一個加拿大比較／文學／史觀的反思

一　他山之石：全球化時代的研究取向　　　　　　　　31
二　邊緣發聲的反思：魁北克的孤島／圍城意識與族裔的心境　33
三　生死劫毀與建構共榮：
楓葉王國歷史／文學關切的永恆主題　　　　　　　　46
四　自由主義與人道主義：離散書寫　　　　　　　　　52
五　疼惜生命：台灣文學的歷史定位　　　　　　　　　64

第二章：漂泊與放逐 67
　　——陳映眞60年代小說中的「離散」思潮和敘述策略

一　前言　67

二　「離散」與Diaspora：東／西方的反思　71

三　眞實作者（real author）、蘊含作者（implied author）、
　　價値觀與軌範準則（norms）　74

四　六〇年代文學台灣的「離散」想像滄桑錄：
　　從〈故鄉〉到〈第一件差事〉　79

五　鄉關何處：〈故鄉〉　80

六　另尋桃花源：從〈死者〉到〈一綠色之候鳥〉　87

七　夢「徊」鄉關：〈第一件差事〉　96

八　結語　104

第三章：飄「萍」與「斷蓬」 107
　　——白先勇和保眞的「離散」書寫

一　離散／Diaspora的原始定義與晚近的泛化　107

二　安樂鄉（Pleasantville）：是美利堅夢土，是桃花源？　114

三　何處是歸鄉？：〈夜曲〉　124

四　「斷蓬」與中國獅子圖章　130

五　卿是飄「萍」我「斷蓬」　136

家國想像

第四章：畸零人「物語」 141
——論鄭清文的〈三腳馬〉與〈髮〉的邊緣發聲

一　前言　　141

二　「生活、藝術、思想」：鄭清文的文學主張與告白　　144

三　一場幽夢同誰近：〈三腳馬〉的惶惑與弔詭　　145

四　天地不全：〈髮〉的卿須憐我我憐卿　　154

五　結論　　161

第五章：探索女性書寫的新／心版圖 163
——文化／文學的產銷

一　文化／文學的產銷和「台灣的民主與自由」　　163

二　跨越性別、疆界、與種族　　165

三　以文學向歷史、社會討回公義　　167

四　理解、包容、與同情　　169

五　顛覆壓抑、爭向自由　　171

六　近悅而遠來　　174

敘事／敘述

第六章：「春雨」的「祕密」 177
——專訪元老作家鄭清文

一　前言　　177

二　身份、語言、文化、社會變遷　　　　　　178

三　影響與傳承　　　　　　　　　　　　　190

四　實際創作與敘事策略　　　　　　　　　202

五　「春雨」的「秘密」：批評理論與實際創作的對話　227

第七章：性別‧文學品味‧敘事策略 237
——作者與譯者鄭清文／林鎮山／蘿司‧史丹福 (Lois Stanford)有關 *Magnolia*《玉蘭花》的對話

一　性別　　　　　　　　　　　　　　　237

二　文學品味　　　　　　　　　　　　　240

三　敘事策略　　　　　　　　　　　　　262

附錄

文學望鄉‧家國想像 283
——追憶似水年華

一　「命運」的奧秘　　　　　　　　　　　283

二　性別角色的省思　　　　　　　　　　288

三　父權的啓示　　　　　　　　　　　　292

四　想像台灣　　　　　　　　　　　　　296

跋　　　　　　　　　　　　　　　　303

導言

一　後正統敘事學流派(Postclassical Narratologies)：方法學的反思[1]

　　當拙著《台灣小說與敘事學》(*Taiwan Fiction and Narratology*)在2002年9月付梓之際，[2]執教於耶路撒冷・希伯來大學（Hebrew University of Jerusalem)的李蒙・姬南教授(Shlomith Rimmon-Kenan)——西方最重要的敘事學家之一，也將她1983年第一版的*Narrative Fiction: Contemporary Poetics*修改、增訂、修潤之後，于2002年，交由紐約、倫敦的Routledge出版社再版。[3]李蒙・姬南新版的Narrative Fiction最值得我們注意的新章節，我認為自然是：最後一章"Towards... : Afterthoughts, almost twenty years later"（〈初探…：差不多二十年之後的回想〉）。

　　在這個新章節之中，李蒙・姬南表示：自從她1983年初版的Narrative Fiction完成之後，這十幾年來，對敘事學的閱讀、教學、

---

[1] 勉力區別正統敘事學(Classical Narratology)與後正統敘事學流派(Postclassical Narratologies)的是：美國俄亥俄州立大學的大衛・何曼教授。請參閱，David Herman, ed., *Narratologies: New Perspectives on Narrative Analysis*(Columbia, Ohio: The Ohio State University Press, 1999), pp.1-30. 而大衛・何曼的主張，現在也正式得到了李蒙・姬南正面的回應。運用「後正統敘事學流派」這個術語來概述正統敘事學與五花八門的各個學科的結合，我想，這應該是李蒙・姬南執意所倡導的——讓敘事學浴火重生的一個新發展。

[2] 林鎮山，Jenn-Shann Lin，《台灣小說與敘事學*Taiwan Fiction and Narratology*》(台北：前衛，2002年9月)。

[3] Shlomith Rimmon-Kenan, *Narrative Fiction: Contemporary Poetics*(London and New York: Routledge, 2002, 2nd edition).

研究、質疑、與反思，逐漸讓她放棄了初始的一些方法學上的假設（assumptions），甚且，形塑了她思考、研究的新方向。然而，她還是再度肯定了：正統敘事學(classical narratology)依然是甚有價值而又不可或缺的研究學門(indispensable enterprise)。[4]

事實上，美國俄亥俄州立大學英文系的大衛‧何曼教授(David Herman)，于1999年，已經肯定：遠在1983年，李蒙‧姬南對敘事學的未來，所抱持的審慎樂觀的立場──是別有洞見的。[5]的確，這十多年來，實徵的數據亦見證了：有關敘事學的研究，無疑的，畢竟，有著微量、卻是明顯的遽增。[6]

只是，在旭陽初升、新世紀肇始之際，李蒙‧姬南其實也同意：我們必須重新檢視敘事學的基要假設，而對這些基礎立場的評估，她認定：實際上，遠比檢討特殊的個別敘事概念，例如，時間、作者、不可靠的敘述…等等，更爲迫切而重要。[7]因此，爲了能達到醍醐灌頂、振聾起瞶的開智慧效果，她特意啓用了對比的方式，大篇幅地羅列、引用安格‧努寧(Ansgar Nunning)的二元對立（binary oppositions）的論述，來醒目地特別標示：postclassical narratology「後正統敘事學」如何從classical narratology「正統敘事學」的初始基要立場，蛻化、轉向、而終至接受──文化、歷史、社會、情境以及其他的postclassical narratologies後正統敘事學「流派」的主張：

---

[4] Shlomith Rimmon-Kenan, "Towards...: Afterthoughts, almost twenty years later," in *Narrative Fiction: Contemporary Poetics*, p. 135.

[5] 有關敘事學，「浴火重生」，這個說法，請參考，Mark Currie, "Introduction: Narratology, Death and Afterlife," in Mark Currie, *Postmodern Narrative Theory* (New York: St. Martin's Press, 1998), pp. 1-6.

[6] David Herman, ed., *Narratologies: New Perspectives on Narrative Analysis.* p. 1.

[7] Shlomith Rimmon-Kenan, "Towards...: Afterthoughts, almost twenty years later," in *Narrative Fiction: Contemporary Poetics,* pp. 135-36.

(1) 後正統敘事學不再以文本為中心，而改以歷史、文化、社會的情境為導向；

(2) 不再以閉鎖、靜態的作品做為主要的焦點，而將關注的重心微調、瞄向開放與動態的詮釋歷程；

(3) 不再以文本的特徵與屬性為研究的主要標的，而轉向動態的解讀過程，例如，閱讀策略（reading strategies）的建構、各種可能的詮釋方案（interpretive choices）的推衍、以及如何從諸多的詮釋方案中，挑選出恰適的解讀、並演繹出優先剔選的法則（preference rules）；

(4) 不再是由下而上的分析，而是由上而下的建構、組合；

(5) 不再偏愛具有歸納性的二元主義，而以文化詮釋為優先；

(6) 不再強調理論、形式主義的描述、以及敘述技巧的分類，而以應用理論、詮釋主題、從事深具理念／意識（ideologically-charged）的評論為主；

(7) 不再逃避道德的命題與語意的建構，而注重倫理的議題、以及語意的對話辨義（ethical issues and the dialogic negotiation of meanings）；

(8) 不再以建立敘事法則與小說詩學為主要的目標，而是以之做為分析、詮釋的一套工具（toolkit）；

(9) 不再是形式主義、描述主義的分支，而是演繹、詮釋、評估的派典；

(10) 不再以共時性（synchronous）、非歷史性（ahistorical）的研究導向，來自我定位，而是以歷時性（diachronous）、歷史性（historical）的研究導向為主；

(11) 不再以所有的敘事文的普世性特質為研究的焦點，而是將焦點瞄向個別敘事文的獨有的特質；

（12）不再是一個單一的學門，而是跨學科的研究。

　　李蒙‧姬南與安格‧努寧的反思，[8]也正是我在拙著《台灣小說與敘事學》的〈導言〉裡頭，第二小節〈現／當代西方敘事學概述〉中，念茲在茲的關注。畢竟，就方法學的假設而論，我一直深受跨地域的比較文學、跨學科的社會語言學的啓示。溯自1996年以還，不免拳拳服膺——以歷史、文化、社會的情境爲導向的文學研究的理念，也希冀：藉此擴大自己研究台灣文學的視野(vision)。因此，我當時(2002)提議：「以跨地域／跨性別／跨文化／跨時代的文本精讀、比較、解析的方式，來探討、考察、辯議臺灣小說。」

　　由是，1990年之後，後正統敘事學流派的各個主張，自然，與我的跨地域／跨性別／跨文化／跨時代的研究理念不謀而合。職是之故，時以歷時性、歷史性的文本互涉，開發個別文本的可能互文特質，用來演繹、評估對主題的詮釋，以致於探索人類尊嚴、道德、倫理的議題。凡諸種種多維面的比較、辯議，的確，長在我心。

　　只是，與上述的後正統敘事學流派的假設、信念與主張，略有差異的是：至今，我依然深信——我們應該還是可以從正統敘事學的科學精神出發，以敘事架構／法則的精準剖析，對作品的主題取向與敘述策略的結合，勉力進行客觀、實證、「實驗複製」(replicate)式的解構，而又盡心盡力關注文學想像與社會情境的可能互動。因之，一如我在拙著《台灣小說與敘事學》一書中的初始主張，我有意繼續沿襲：「運用小說的解析與社會變遷的實徵論據，耙梳：台灣奇蹟下的社會變遷究竟對小說家的主題取向，可能有什麼衝擊、以及

---

[8] Shlomith Rimmon-Kenan, "Towards...: Afterthoughts, almost twenty years later," in *Narrative Fiction: Contemporary Poetics*, p. 142.

小說家如何虛擬、建構、或再現律動至此的變幻。」[9]

　　這一個跨學科／跨地域／跨性別／跨文化／跨時代的研究理念，溯自2002年拙著《台灣小說與敘事學》出版以還，我即以此深自惕勵，戮力經之、營之。其後續的反思，就收錄、反映在本書《離散‧家國‧敘述：台灣當代小說論述》的各個章節之中。

二　離散書寫與家國想像：微塵人生、以愛相隨

　　2002年秋高氣爽、火紅的楓葉迎風閃熾的時節，獲得2001年（象徵最高榮譽的）加拿大總督文學獎‧最佳詩篇獎（Governor General's Award for Poetry）的多倫多大學英文系教授喬治‧克拉克博士（Dr. George Clarke），來我們雅博達大學（University of Alberta）參加「加拿大為多元文化的全球性典範」國際學術研討會。他在接受愛蒙頓市（Edmonton）的專欄作家波拉‧賽蒙司（Paula Simons）的專訪時，表示：他擁有多重的身份與認同。[10]

　　要之，一方面，他是出生於加拿大諾瓦‧司考夏省（Nova Scotia）的「第七代」非洲裔加拿大人（African-Canadian），法理上，沒錯，是道道地地的加拿大公民。然而，于他、以及方從非洲大陸新來乍到的黑色皮膚人士而言，他們所擁有的共同「集體記憶」卻是——歐陸文化壓迫他們的一頁頁殖民的滄桑史。而且，除了對他們的「皮膚顏色」（pigmentation）處處另眼相待之外，「白色」族裔人士對他們「黑色」族裔「少數」種族，于社會／文化上，也還依然抱持著典型的「他者」的（otherness）歧視。[11]但是，飽讀詩書的他，另一方面，

---

[9] 林鎮山，Jenn-Shann Lin，〈導言‧現／當代西方敘事學概述〉《台灣小說與敘事學*Taiwan Fiction and Narratology*》，頁27。

[10] 請參閱，Paula Simons, "Multicultural Canadian poet: a man of many identities," in "Cultural diversity: a matter of choice," *Edmonton Journal,* October 1, 2002, Section B, p. 1.

[11] 「他者」（otherness），這個文化／文學專用術語是喬治‧克拉克博士（Dr. George Clarke）

心靈上、思想上，既是隸屬於北美洲、西方世界的「非洲裔的離散
人士」(African diaspora)，更是知名詩人、英文系教授、與浸信會
的教徒。他反問：「爲什麼我不能擁有多重的身份與認同？」職是之
故，加拿大的多元文化，于他，最重要的意義是在於：允許每個人
都有自主選擇一己身份認同的自由與權利。

然而，閱讀這個專訪，我受到的最大震撼，卻是：做爲──出
生於加拿大的「第七代」非洲裔加拿大人──喬治‧克拉克，他竟然
依舊以「非洲裔的離散人士」自居。這豈非令人心中不免長嘆：朝夕
俯仰于──受聯合國公告爲世界上「最適宜居住的國家」(the best
country on earth)，[12]喬治‧克拉克心中，是不是依然會有「何處是
兒家」之痛？而文學／宗教／慈善中人，常以「微塵人生、以愛相
隨」互勉、相扶持，難道「弘法利生」，間中，竟不涵括不同膚色、
種族、信仰的人士？

其實，「離散」一詞，在傳統中文的概念裡，淵遠流長、詞義
豐贍。就表面的語意而言，原有「離開」、「散去」、「分離」…等等意
指。孔子〈論語‧公冶長〉曰：「道不行，乘桴浮於海」，而〈孟子‧
梁惠王〉亦云：「父母凍餓，兄弟妻子離散。」之後，《三國演義》的
說書人，在〈第六十回〉，則有道是：「加之，張魯在北，時思侵
犯，人心離散。」[13]以上諸例，非但指涉：人類個體／群體的背井離

自己在受專訪時，刻意強調的用語。原文，見，Paula Simons, "Multicultural Canadian poet:
a man of many identities," in "Cultural diversity: a matter of choice," *Edmonton Journal*, October
1, 2002, Section B, p. 1.

[12] 請參考，Scott See, "The Best Country on Earth," in *The History of Canada* (Westport, Conn:
Greenwood Press, 2001)，p. 1. 然而，於2001-2002的聯合國評選，加拿大退居第二，次
於北歐的挪威。

[13]「道不行，乘桴浮於海」，語出於孔子，〈論語‧公冶長第5〉，「父母凍餓，兄弟妻子離
散」，出於〈孟子‧梁惠王上〉，各收於，謝冰瑩、李鍌、邱燮友、劉正浩編譯，《新譯四
書讀本》(台北：三民，1982年4月8版)，頁88，頁251。「加之，張魯在北，時思侵犯，人
心離散」，語出於羅貫中，《三國演義》(台北：文源，1970年)，頁418。

鄉、流離星散，更又記述──我以爲最是深沈、嚴肅的意指──人心的向背、乖違。

至於，西方的diaspora（或中譯爲「離散」）一詞，美國紐約市立大學皇后學院的亞歷山大‧基特洛教授（Alexander Kitroeff）則認爲：diaspora源出於希臘。初始，字義上（literally）只不過是喻示：「群體往各方向散開」（disperse）、或者「諸個體往不同方向分散」（scatter）了。[14]

其後，在猶太的百科全書中，diaspora則用來描述基督教興起前後，猶太人的離散現象。而他們的離散，多倫多大學的亞諾‧艾吉斯（Arnold Ages）堅持：其實，並非是政治奴役的結果，而是用來指陳──他們擔負著把神諭（Torah knowledge）傳赴世界各地的任務。[15]

若然，深深浸淫於西方文學／文化多年的喬治‧克拉克，爲何依然堅持以「離散人士」自況？甚且，以「爲什麼我不能擁有多重的身份與認同」，來質疑單一的文化屬性的論述？其緣由與動機，是不是正如廖炳惠教授對西方「離散」一詞的詮釋所云：「因爲『離散族裔』被迫出入在多文化之間，或許在某個層面上，也擁有其更寬廣和多元的視角，得以再重新參與文化的改造、顛覆與傳承」，[16]而喬治‧克拉克是不是就以「文化的改造、顛覆與傳承」自許？

不過，如今，diaspora「離散」一詞所指涉的定義，的確，已經泛化開來。遠在1986年，瓦特‧孔納（Walter Connor）就把早期嚴苛

---

[14] 見前引，Alexander Kitroeff, "The Transformation of Homeland-Diaspora Relations: the Greek Case in the 19th-20th Centuries," p. 233. 運用英文disperse或scatter來意譯、詮釋diaspora的豐富意旨，並不容易，有關這對相似詞disperse與scatter之微妙意涵，見，Philip Babcock Gove, Webster's *Third New International Dictionary of the English Language, Unabridged*（Springfield, Massachusetts: G. & C. Merriam, 1976）, p. 2027.

[15] 見，Arnold Ages, The Diaspora Dimension（The Hague: Martinus Nijhoff, 1973）, p. 10.

[16] 請參閱，廖炳惠，"diaspora"〈離散〉，《關鍵詞200》（台北：麥田，2003年9月23日），頁78-80。

的派典性——侷限於猶太人的diaspora「離散」定義，全然簡化、泛化爲：

　　　　住在原鄉之外的族人。[17]

　　瓦特‧孔納的這一種簡易、寬鬆、泛化的定義，在1998年，又得到英國的牛津大學高級研究員尼可‧希爾(Nicholas Van Hear)的正面性迴響。他認爲diaspora「離散」是：

　　(1) 從原鄉散居到兩個以上的地方；
　　(2) 目前定居於國外，雖然不一定是永遠的，卻是長期的；
　　(3) 離散於各地的人士，可能來往於居留地與原鄉之間，于社
　　　　會、經濟、政治、文化方面，彼此仍有著互動；
　　(4) 而跨國人士(transnational)，則包羅萬象，連「離散」人士也
　　　　可以包括於其中。[18]

　　由是，1999年，法國社會科學研究院的多蜜妮‧史娜波(Dominique Schnapper)認爲：除了猶太人的古典「離散」之外，其他的散居／離散應該還可以追溯到很多誘因，例如，歐洲人的殖民，其實，就結合了傳教、權力慾、冒險慾、經濟利益以及寄望脫離不幸的運命⋯等等難以評估的緣由。[19]因此，她認定：

---

[17] Walter Connor, "The Impact of Homelands Upon Diasporas," in *Modern Diasporas in International Politics*(New York: St. Martins, 1986), pp. 16-46.

[18] Nicholas Van Hear, *New Diasporas*(Seattle: University of Washington Press, 1998), p. 15.

[19] Dominique Schnapper, "From the Nation-State to the Transnational World: on the Meaning and Usefulness of Diaspora as a Concept." *Diaspora,* 8:3, 1999, pp. 225-254.

這個術語的逐漸泛化，事實上，還可以沿用來含括希臘人、亞美尼亞人、中國人、以及印度人散居於外鄉的歷史。

　　職是之故，近年來研究華人的「離散」現象及其認同與心聲，也逐漸泛化、深化。[20]

　　只是，這種鬆散、簡易、泛化的diaspora「離散」定義，也並非全然都能讓研究「離散」的學者心滿意足地笑納。畢竟，非因「傳教、權力慾、冒險慾、經濟利益」而離散的「非猶太人士」，隱隱然，可能另有幽微、綿延的千山獨行之至情、至性的感觸，其實，也不容我輩所忽視。那就是：2001年，約翰・戴克（John Docker）在他的*1492 The Poetics of Diaspora*（《1492離散詩學》）一書中，語重心長的提議：離散人士所指涉的，還應該含括——擁抱著不止一個以上的歷史、一個以上的時空、以及一個以上的過去與現在，還歸屬於此間與他地，又背負著遠離原鄉與社會的痛苦，成爲異地的圈外人，而淹沒在無法克服的記憶裡，苦嚐失去與別離。[21]

　　深受東、西方「離散」定義的啓示，我以爲華文的「離散」概念固然清楚：人類個體／群體的離鄉背井、流離星散，更又記述——人心的向背、乖違。然而，若是僅以華文的「離散」理念，用以探討小說中，棲遲於原鄉之外的華人精神面貌、及其心靈感知，似乎又稍嫌單薄、不足。因此，我勉力主張：

---

[20] 請參閱，Laurence J. C. Ma and Carolyn Cartier, ed., *The Chinese Diaspora: Space, Place, Mobility, and Identity*（New York and Oxford: Rowman & Littlefield, 2003. DS 732 C5563 2003 以及，Wei Djao, *Being Chinese: Voices from the Diaspora*（Tucson: The University of Arizona Press, 2003）. DS 732 D45 2003

[21] John Docker, *1492 The Poetics of Diaspora*（London and New York: Continuum, 2001）, pp. vii-viii.

1. 「離散」diaspora明指：人類個體／群體的背井離鄉、流離星散，或又記述人心的向背、乖違；

2. 「離散」diaspora人士，必對原鄉存有鮮明的記憶，或與原鄉保持聯繫；

3. 于「離散」diaspora的「飄零人」而言，永難割捨的故土家園永遠是有如母子連臍，而原鄉故園則是閃現永恆的記憶；

4. 飄零的「離散」diaspora人士，擁抱著不止一個以上的歷史、一個以上的時空、以及一個以上的過去與現在，還歸屬於此間與他地，又背負著遠離原鄉與社會的痛苦，成為異地的圈外人，而淹沒在無法克服的記憶裏，苦嚐失去與別離。

藉此，我以為：或許可以揉和傳統華文的「離散」概念與西方晚近、泛化的diaspora定義，來擴大、深化我們對「離散」的演繹與論述。

多年來，于山湖雪國的楓葉城，我不免以文學望鄉、從事家國的想像，深受現／當代的文學台灣——看盡：潮起潮落、大漠鷹揚，敷演過多少拆了戲臺、散了戲班的紀事／傳奇、述說著生命的一頁頁滄桑——所撼動。台灣的元老作家鄭清文先生曾經一針見血地論述：「台灣不是天堂，到處可以遇到不幸和悲痛…。人的生命充滿著危險，人隨時可能變成邊緣人？邊緣人可能在你身邊，也可能是你自己…。當人能看到不幸，才能真正看到了生命。生命才是永恆的主題。」[22]現／當代的台灣小說家也可能有著鄭先生這般「尊重生命」的感念，也可能有著台灣新文學之父賴和的血淚警示：

---

[22] 請參閱，鄭清文，〈新和舊——談契訶夫文學〉，收入《小國家大文學》(台北：玉山社，2000年10月)，頁119。(原登於《中時人間副刊》2000年5月27-28日)

家國興亡有遺恨

子孫不肖負前功

　　這般念茲在茲的懸念。倘然如是，我一直在反思：我們能否啓用「微塵人生、以愛相隨」的理念，來閱讀「離散」與「家國」想像的篇章？來互勉、期許、相扶持？我們能否以postclassical narratologies（後正統敘事學流派）的新研究導向：以應用理論、詮釋主題、從事深具理念／意識（ideologically-charged）的評論爲職志？而我們是否也如韋恩‧布斯（Wayne C. Booth）的立論：以慈悲爲懷、寬宏大量立足（benevolence and generosity）？[23]我們能否希冀：藉此，進一步精讀、詮釋、辯議當代的台灣小說？能否發現台灣的作家究竟啓用什麼「敘述」策略，來再現他的「價值觀與軌範準則」（norms）？

　　2002年秋高氣爽、火紅的楓葉迎風閃熾的時節，詩人／學者／離散中人的喬治‧克拉克，他追尋身份認同／生命實相的一番「離散」眞言，激發我：在本書《離散‧家國‧敘述：當代台灣小說論述》中，對當代台灣小說中的「家國」想像與「敘述」，反複如是問、如斯省思。

三　本書的結構：離散書寫，家國想像，敘事／敘述，附錄

　　首輯：離散書寫，收錄了〈台灣文學的歷史定位———個加拿大比較／文學／史觀的反思〉、〈漂泊與放逐——陳映眞60年代小說中的「離散」思潮和敘述策略〉、以及〈飄「萍」與「斷蓬」——白先勇和保眞的「離散」書寫〉等三篇論文。既是研討離散書寫，輯中所論述的小說，其基要的理念自然是圍繞著：台灣小說家所關懷、刻畫的

---

[23] 請參閱，Wayne C. Booth, *Rhetoric of Fiction*（Chicago, Illinois: University of Chicago Press, 1983）, pp. 71-75.

——棲遲於原鄉之外的人類個體／群體的心靈感知、及其離鄉背井、流離星散、以致於內心之乖違、向背。

〈台灣文學的歷史定位——一個加拿大比較／文學／史觀的反思〉，以跨學科／跨地域／跨時代的科際整合方式，介紹一個加拿大比較／文學／史觀，做為我們文學／史觀的研究／書寫反思的方向之一。加拿大近年來受聯合國公告為全球「最適宜居住的國家」，然而，細究楓葉王國的歷史、政治、社會、文化與文學，可知：其實，這個山湖雪國，也並非是人間的香格里拉。魁北克的孤島／圍城意識，個別族裔的邊緣心境，都值得我們注意。畢竟，一如加拿大，台灣也逐漸成長為市民社會，需要面對、傾聽裡外不同團體的發聲。

除了歷史、社會、文化、文學的史觀，本文也介紹加拿大作家瑪格麗特‧艾伍德（Margaret Atwood）的主張。她認為：研究加拿大文學必須採取比較的方法，而研究「任何一種文學」，亦同。她認定：畢竟，透過對比的方式——獨特的文學特質，最能強烈地彰顯出來。[24]

本文也指出：追尋平等、和諧、寬容、尊重與大同——真確是加拿大（文學）史書寫／研究、以及各族裔共生共容的理想架構要素。菲立普‧史翠佛教授就堅持：加拿大文學的意指，必須是加有字尾、從而加以複指的「複數」（Canadian literatures），而不是紅塵一向單指的「單數」（literature）。而學者應該抗拒任何政治的動機（political promptings）將加拿大的英、法語文學一袋子收起。[25]

受到加拿大比較／文學／史觀的感召，本文最後的兩個小節，試著從世界性的文學主題：離散書寫出發，重新審視白先勇的〈謫

---

[24] 請參閱，Margaret Atwood, *Survival*(Toronto: House of Anansi Press, 1972), p. 17.

[25] 請參閱，Philip Stratford, "Canada's Two Literatures: A Search for Emblems," in *Canadian Review of Comparative Literature／Revue Canadienne de Litterature Comparee,* Spring 1979, p. 136.

仙記〉以及東方白的〈奴才〉。我冀望：以主題的取向與敘述的策略相結合，來做美學性的探討與比較，從而進一步辯議：人文主義與自由主義在當代台灣小說史上的重要性、及其與哲王「乘桴浮於海」的可能對話關係。

　　我在文中的結語刻意指出：再現人類的經驗，民家敷演的一向是：「萬骨枯」的斑斑血淚，而官家始終宣揚的卻是：「一將功成」的歷史。我不禁要質問：究竟，你我要選擇：「一將功成」？抑或是：「萬骨枯」？我們必須嚴肅地反思！然而，俱往矣，秦王漢武！民間書寫／口傳的永恆記憶可是：孟姜女哭倒萬里長城。我藉此衷心盼望：或者，能以文學台灣「疼惜生命」的理念／意識，爲台灣文學做共時性、歷時性的歷史定位。

　　在〈漂泊與放逐——陳映眞60年代小說中的「離散」思潮和敘述策略〉這篇論文中，我重回1950、1960年代文學台灣發展的步道，認爲：彼時，無疑的，陳映眞即以旗幟鮮明的人道主義、社會關懷與詩意魅力的文字，獨領風騷。然而，于1967年「遠行」他去，[26]歷劫歸來之後，他卻反以筆名許南村，出版〈試論陳映眞〉一文，[27]嚴峻地批判早先：「憂悒、感傷、蒼白、而且苦悶」的始原的自我。作者自述，一錘定音，而評家也自此從之者眾。我因而主張：不若另闢蹊徑——回歸文本、以及「彼時」特殊的社會、經濟、歷史情境，而從臨界敘事學（critical narratology）的綜合性視點出發，將人物、敘述者、與眞實作者割離，以作品所暗示的最終「價值觀與軌範準則」（norms），重新解構早期的小說，並啓用放逐、漂泊、離散

---

[26] 對這個白色臺灣時期被捕入獄的遭遇，他常常以「遠門作客」來隱喻，見，〈鞭子和提燈——《知識人的偏執》自序〉，《陳映眞作品集9：鞭子和提燈【自序及書評卷】》（台北：人間，1988），頁20。拙文姑且從之。

[27] 請參閱，〈試論陳映眞——《第一件差事》、《將軍族》自序〉，《陳映眞作品集9：鞭子和提燈【自序及書評卷】》，前引，頁3-13。

（diaspora）等概念，來辯議其與民族主義、殖民主義、威權制度、甚或先哲的「乘桴浮於海」，究竟有何微妙的互動關係。

論文中，運用我上述提議的綜合性的「離散」概念，來詮釋〈第一件差事〉中，流寓於台灣的大陸人胡心保，那種背井離鄉、流離星散，對原鄉存有鮮明的記憶，而故土家園永遠有如母子連臍，還擁抱著不止一個以上的歷史、一個以上的時空、以及一個以上的過去與現在，尚且歸屬於此間與他地，又背負著遠離原鄉與社會的痛苦，成為異地的圈外人、淹沒在無法克服的記憶裏，苦嚐失去與別離，應該是比較沒有爭議的。

但是，關於〈故鄉〉、〈死者〉…兩作，邱貴芬教授認為：「似乎較偏向於個人式的反叛離家和個人與周遭環境格格不入的孤絕處境」相關，而與「本於猶太人經驗的『離散』概念相去甚遠。」[28]邱教授這樣的解讀甚是。事實上，我也以為：如果，援引「與周遭環境格格不入的孤絕處境」，以進一步演繹、應用「疏離」這個概念來詮釋，也有實證的論據。

然而，我覺得，我們似乎也可以嘗試「實驗」另外一個詮釋方案（interpretive choice）：例如，回歸「彼時」的社會、歷史情境，不管是時人心儀的紅旗飄飄的社會主義正義、或是星條旗招展的資本主義風華，抑或是令人懼怖的《三國演義》所敷演的兩軍對峙、人心離散，這樣另闢蹊徑的解讀策略，是不是足以引領我們再進一步反思：白色時期，60年代的人心向背、乖違？而流行於當世的順口溜「去，去，去，去美國」，[29]是不是又似乎遙指：流離星散的耀眼最

---

[28] 請參閱，邱貴芬，〈特約討論〉，收入，東海大學中國文學系編輯，《戰後初期台灣文學與思潮論文集》（台北：文津，2005年1月），頁522。

[29] 陳映真似乎也有意赴美留學、研習：1967年5月，他在應邀赴美參加國際寫作計畫前夕，因為「民主臺灣同盟」案被捕入獄，直到1973年7月才出獄。見，〈陳映真寫作年表〉，《陳映真作品集5：鈴鐺花【小說卷1983～1987】》，前引，頁192。

終去處？此外，再仔細地檢驗陳映眞對作中人物生存的「場景」與人文「周遭環境」勉力所做的負面刻畫，甚至於在同時期的其他作品中，例如，〈一綠色之候鳥〉、〈兀自照耀著的太陽〉、〈哦！蘇珊娜〉、〈最後的夏日〉，是不是也似乎都可以找到類乎人心向背或流離星散的「離散」（包括想像的、以及有待執行的「離散」）思潮？（我們是不是還可以姑且將陳映眞早期作品中，這種想像的「離散」，稱之爲：diasporas at home？）[30]凡諸種種，文本互涉，是不是也在在說明：我們似乎可以考慮另用我所提議的綜合性的「離散」（包括想像的、以及有待執行的「離散」）的概念——*個體／群體的背井離鄉、流離星散、及其民心的向背、乖違、與心靈感知*，來做「微塵人生、以愛相隨」，以及「家國興亡有遺恨／子孫不肖負前功」式的詮釋？

　　由是，我在文中的結語感嘆：「離散」的滄桑，似乎最能挑起普世的飄零人被迫離開家國、故園的敏感神經，何況，經濟、外力、政治、社會、革命、戰爭…等等的達達鐵蹄過處，在在都超乎飄零人的掌控。因而，澆薄人情、兵災政爭、人性闕失，往往或將受踐踏的弱勢族群，逐出家園。於是，他們顚沛流離、星流雲散、淹沒在無法克服的記憶裏，苦嚐失去與別離。職是之故，我以爲：將陳映眞1960年代的「離散」（包括想像的、以及有待執行的「離散」）思潮的初作，置放於世界的「離散」的時間流中，來重新反思，應該是很值得我們姑且嘗試的一個實驗。

　　第三篇論文〈飄「萍」與「斷蓬」——白先勇和保眞的「離散」書寫〉，提議：建構現／當代台灣小說史中的「離散」書寫專章，白先勇和保眞的作品也值得大家關注。我主張：從主題取向與敘述策略的探討出發，揉和傳統華文的「離散」概念與西方最近的diaspora

---

[30] 美國麻州大學Lucien Miller教授曾經把這個現象稱爲：Exiles at Home。請參閱，Lucien Miller, *Exiles at Home: Short Stories by Chén Ying-chen*（Center for Chinese Studies: The University of Michigan, 1986）.

(「離散」)論述，精讀：白先勇的〈安樂鄉的一日〉(1964)、〈夜曲〉(1979)、與保真的〈斷蓬〉(1983)，藉此辯議這些作品與人道主義精神在台灣小說史上的意義，並進一步檢視「離散」／diaspora立論，運用於詮釋台灣文學的可能。

我以為：深受福樓拜(Gustave Flaubert, 1821-1880)與巴爾札克(Honore de Balzac, 1799-1850)對景物描寫的啓發，白先勇在〈安樂鄉的一日〉中，是以女主角依萍爲意識的焦點，運用對她「僑居」所在的安樂鄉(Pleasantville)，刻意做香格里拉式的場景的細緻述寫，來切入依萍遠離鄉園、置身美利堅夢土，然而思緒萬千、猶繫於故土的那個身份記憶，用以進一步暗喻：依萍，其實，無異於一葉飄「萍」，載浮載沈，藉此旁襯「離散」／diaspora人士漂泊無根的情事。不過，隱藏于和平、安祥的「白鴿坡」底層──卻是一股風暴，預示：衝激族裔一己的尊嚴、運命、與生機。如然，我質問：這可也是影射著──向蒼天一問，究竟何處才是先哲的理想國、人間的桃花源？

在〈夜曲〉中，白先勇依然極有效率地襲用上述〈安樂鄉的一日〉裡的敍述策略──場景和物件的精心設計與安排──啓用咖啡、鋼琴和菊花，用以召引離散人物回首：于原鄉與異國、于現在與過去，身歷的一番追尋、絕望與摧殘，從而對照彼此的今昔與滄桑。于紐約，女主角回顧自毀的文革歷史灰燼當頭，嘆惋逆境和創傷，此刻縱然風華不再，溫馨故人情──幸而長存。

白先勇的〈安樂鄉的一日〉和〈夜曲〉都嚴守著單一的意識焦點，以非參預故事的敍述者，冷靜客觀地刻畫一個(或三、兩個極爲少數)的「離散」人物，而保真的〈斷蓬〉則透過故事中人第一人稱的「我」，忠實地再現星散於美國西海岸的華人群像。間中，敍述者「我」固然客觀勉力觀察、做見證，但是，保真也啓用微妙的語調，

在「敘述者與人物」之間做暗示、劃距，藉此對無辜受難而離散的人物賦予同情，並從而強烈地遙相指向他理想的軌範準則與道德視境。作者以刻有「斷蓬」二字的中國獅子圖章，在師徒三代之間，代代相傳，既表徵現／當代中國知識份子的苦難流離身份，又燒製他們的心靈印記。師徒之情、家國之愛，的確，力透紙背。

　　白先勇和保眞雖然各用不同的敘述策略發聲，然而文本主題互涉，無非執意悲憫：「卿是飄萍我斷蓬」、同是天涯淪落人──以虛擬的小說，敷演「孔子作春秋」式的批判性歷史／文學／想像，爲現／當代台灣小說史建構了不可忽視的「離散」專章。

　　第二輯：家國想像，收錄〈畸零人「物語」──論鄭清文的〈三腳馬〉與〈髮〉的邊緣發聲〉與〈文化／文學的產銷──探索女性書寫的新／心版圖〉兩篇論文。前者肯定：鄭清文先生的小說非但扎根於原鄉故土，卻以西方小說最珍視的公正、客觀的方式，以及精確而豐富的細節敘事，來爲弱者從邊緣發聲。至於他所主張的尊重生命、疼惜眾生、生命一律平等，則是鄭先生「想像家國」──爲福爾摩沙所建構的、最具普世價值的主體性思想與軌範準則。而在〈文化／文學的產銷──探索女性書寫的新／心版圖〉一文中，我所處裡的家國想像，則是：從引用李昂的〈想像台灣〉出發，讚和她的論點：台灣在華文國度裡，是文化／文學產銷最重要的世界中心之一。[31]

　　在〈畸零人「物語」──論鄭清文的〈三腳馬〉與〈髮〉的邊緣發聲〉裡，我主張：最能結合主體性思想與世界文學的台灣作家，非鄭先生莫屬。他精諳國際思潮與西方小說的美學形式，思維卻又扎根於本土。職是之故，採用他熟稔的西方敘事架構，來「鄭」重地探勘他

---

[31] 請參閱，李昂，〈想像台灣〉，《自由時報・自由副刊》，2002年，3月29日。李昂的這個論點，眞確值得我們詳加注意、珍惜，因此，我在拙著《台灣小說與敘事學》（台北：前衛，2002年9月），頁34，就曾經刻意呼籲過。

「清」冷的「文」意，或可推究台灣人的價值觀、營造東、西方思想的
對話。他的小說英文選集*Three-Legged Horse*《三腳馬》，[32]由於展現
台灣思想，卻又論述人類的共通性主題，於1999年榮獲美國桐山環
太平洋書卷獎（Kiriyama Pacific Rim Book Prize）。[33]拙文提議：重
讀該選集中的力作〈三腳馬〉與〈髮〉。

　　我覺得：兩作中的主角都是原鄉的畸零人，然而鄭先生刻意棄
絕全知全能的敘述，運用單一的焦點人物／局外的旁觀者來客觀地
展示，恪慎地追求平正的精神，一如西方小說。並一再啓用西摩‧
查特曼所倡議的富有象徵意涵的物件／場景，[34]來物語庄腳的畸零
人那「心內的門窗」，替他們從邊緣發聲，重塑鄉土的生活肌理，詮
釋「人在做、天在看」與西方的「詩的正義」，從而以廣慈大愛，再
現：福爾摩莎「尊重生命」的思維、以及受害者／加害者「角色易
位、身份糾葛、和生命的無奈」──那些全人類都關懷的主題。一
言以蔽之，元老作家出手，果然，不同凡響。

　　在〈文化／文學的產銷──探索女性書寫的新／心版圖〉一文
中，我以爲：2002年2月的台北國際書展，以台灣爲基地的探索出
版社，在齊邦媛教授登高一呼之下，以〈女性文學的空間〉爲主題，
推出精心擘劃的一系列女性小說：朱小燕的《像琥珀的女人》，韓秀
的《一個半小時》，陳幸蕙的《浮世男女》，以及陳丹燕的《百合深
淵》，最爲引人注目。此一系列的文學／文化生產，不僅羅致了
出身台灣、此際常駐於楓葉王國的朱小燕，生爲紐約客（New
Yorker）、現今「歸宗」俯仰於星條旗下的韓秀，臺灣的十大女青年獎
得主、福爾摩莎之女、足跡遍全球的陳幸蕙，還有出生於北京、活

---

[32] Pang-yuan Chi, ed. *Three-Legged Horse*（New York: Columbia University Press, 1999）.

[33] 請參閱，鄭清文〈桐山環太平洋書卷獎〉《小國家大文學*Small Country, Great Literature*》
（台北：玉山社，2000年），頁57。

[34] 請參閱，Seymour Chatman, "Setting," in *Story and Discourse: Narrative Structure in Fiction
and Film*（Cornell University Press, 1980）, pp. 138-145.

躍於上海灘、獲獎于「歐陸」的陳丹燕，於是乎彷彿——剎時朵朵花
開於美麗島，敲打出：台灣全球化的文化傳播與產銷的鑼鼓。可貴
的是：這套女性書寫系列，雖以女性爲寫手、以女性來操盤，然而
諸作中的主題、人物、場景，卻跨過四海，超越性別、國界、種
族，穿梭於千古人文生命的時光隧道，讓公義、自由、理解、包
容、與同情在隧道中聲聲迴響。職是之故，想像家國，文學望鄉，
我認定：文化／文學的台灣豈非才是先哲所謂的「近悅而遠來」的樂
土？

　　第三輯：敘事／敘述，一併收錄〈「春雨」的「祕密」——專訪元
老作家鄭清文〉與〈性別、文學品味、敘事策略——作者與譯者有關
Magnolia《玉蘭花》的對話〉兩篇論述。前者以「身份、語言、文化、
社會變遷、影響與傳承」爲對談的主題，最後旁及鄭先生的傑作〈春
雨〉的敘述策略，旨在以批評理論與實際創作的對話，來初探他所
創鑄的美學形式與敘述架構，發微他冷筆熱筆所再現的「充滿生活
肌理的庄腳人世界」，以開發他小說圖像中的命意之曲折與流動。
至於〈性別、文學品味、敘事策略——作者與譯者有關*Magnolia*《玉
蘭花》的對話〉，雖然把重心聚焦在我所精選、並與蘿司·史丹福教
授（Prof. Lois Stanford）合譯的*Magnolia*選集中的十三篇作品，然
而，另一個探討的議題與鄭先生的敘事／敘述策略息息相關。職是
之故，本輯堪稱敘事／敘述的理論與創作的對話。

　　此外，即使鄭先生本人是銀行家出身、美國桐山環太平洋書卷
獎（1999）與台灣國家文藝獎（2005）的得主，卻也是當前台灣最受認
知的重要翻譯家之一。其譯著中最受矚目的：自然是契訶夫的*The
Darling*《可愛的女人》與普希金的*Evgeny Onegin*《永恆的戀人》。[35]

---

[35] 契訶夫著，鄭清文翻譯，*The Darling*《可愛的女人》（台北：志文出版社，1975）；普希
金著，鄭清文翻譯，*Evgeny Onegin*《永恆的戀人》（台北：志文出版社，1977）。

　　以法國學派的比較文學論述觀之，鄭先生翻譯的〈可愛的女人〉尤爲重要，因爲他的傑作之一，*Magnolia*《玉蘭花》中的〈堂嫂〉，其主題與敘述策略，和契訶夫的〈可愛的女人〉似乎有著千絲萬縷的關係。然而審愼比較，鄭先生的作品卻又紮根於台灣鄉土的滄桑，顯然自成一格，卻又字字珠璣。其間，是不是彷彿指涉著法國學派所謂的影響與傳承？是不是也另有著青出於藍而又勝於藍的文本互涉？而〈堂嫂〉與〈可愛的女人〉，畢竟通篇前後游移于女／男、場景的幻化之間，他們的衷心關懷，是不是可謂傾向於性別與社會變遷？而契訶夫著作等身，鄭先生卻僅僅選譯了其中的十二篇，這是不是也遙相指向他的特殊文學品味？還是另含隱情？不過，最令人關切的議題依然還是：鄭先生的美學與敘事策略，其在台灣文壇上的雲淡風清，的確，獨樹一幟，而馨香一柱如是，究竟受之何處？文中的對話，以作者的譯本《可愛的女人》及其創作《玉蘭花》爲主，或許可以給有意於比較文學論述的學者，一個海闊天空的反思空間。

　　最後一輯：附錄，收納了〈文學望鄉‧家國想像──追憶似水年華〉一文，原題〈文學望鄉──旅外學者的台灣文學研究之路〉是我在2005年11月21日（星期一）下午3〜5點，于靜宜大學台灣文學系舉辦的《台灣文學國際鼎談》上的發言。我把它放在附錄，因爲當時鼎談的聽眾完全不拘限學術背景，因此拙文企圖以概括性的敘述與第一人稱行文，而且奉命旨在追憶我個人的文學望鄉之路，從而不免涉及成長的情境──有與文學朋友「閒話家常」之意，故而恐怕難入學術殿堂。如今本書付梓之際，權且將它附在書尾，用以紀念拉拔我踏上文學步道的父母，並獻給：長年以還、伴隨我一路走來的文友、家人、淑錦、詠絮、和依諦。

　　由是，將這份文學望鄉‧家國想像的「感性情懷」，收在「理性

論辯」的學術論文之後，尤其是在「附錄」裡，我想：這應該還是不會與冰冷、嚴謹的學術相抵觸吧？

【作者按】

　　本書中曾經在國內、外發表過的論文，爲求文體的一致，我於收錄之前，已經全部修訂、潤飾過。

離散書寫

台灣文學的歷史定位

——一個加拿大比較／文學／史觀的反思[1]

一 他山之石：全球化時代的研究取向

二十世紀末的最後三十多年，世界見證了劃時代的幾個歷史性的大逆轉／大變遷：從早先全球性的冷戰、和解，到中國大陸的文化大革命、改革開放、八九民運、六四天安門大屠殺（Tiananmen Square massacre），[2]以致於邇來「去共產主義化」、建設具有「中國特色的社會主義」國家……凡諸種種斑剝的歷史進程，再加上：柏林圍牆的摧毀、中歐和蘇聯共產制度的瓦解、南非的民主選舉、歐圓的誕生、以及民主台灣的政黨和平輪替，[3]在在都遙相指向一個——震波遠颺、環環相扣的全球化、民主化、「去殖民化」（decolonization）[4]的世界性律動，然而，間中，也還有暴力相向而導引、敲響的爭戰和

---

[1]本文初稿的撰寫，要感謝：國立成功大學台灣文學系／所呂興昌教授命題的原始雅意與啓示，應鳳凰教授耐心的催生，香港科技大學陳國球教授惠賜大作《書寫文學的過去：文學史的思考》（台北：麥田，1997）所給予的有關文學史書寫的啓發，加拿大皇家學會院士（Fellow of Royal Society of Canada）雅博達大學比較文學系／所講座教授米蘭‧狄密區（Milan Dimic）博士的指點。文中的觀點與闕失，當然與他們無關。初稿曾經在2002年11月22～24日，發表於國立成功大學所主辦的「台灣文學史書寫國際學術研討會」上。
[2]請參考，David C. Wright, "The Beijing Spring and the Tiananmen Square Massare," in *The History of China* (Westport, Conn: Greenwood Press, 2001), p. 174.
[3]見上述，David C. Wright, "Taiwan," in *The History of China* (Westport, Conn: Greenwood Press, 2001), p. 196.
[4]請參考，Charles Bernheimer, "Introduction: The Anxieties of Comparison," in his *Comparative Literature in the Age of Multiculturalism* (Baltimore and London: The Johns Hopkins University Press, 1995), p. 9.

喪鐘。職是之故,深具遠見的學者,莫不認定:於此關鍵的歷史性時刻,進行跨地域/跨文化/跨學科/跨文類的研究和比較,自是解構全球變遷——最重要的契機之一。[5]此外,如此的遞變,其實,也更為比較文學的學者,形塑了一個特別有利的空間,用為培養:真正的全球意識、不同文化間的相互(intercultural)深切理解、多語主義(multilingualism)、以及「以文化為中介的普世藝術。」[6]

加拿大,于二十世紀末,以教育、個人收入、生活品質(quality of life)等等方面的綜合性評價,連續七年,獲得舉世最高的評選指數,受聯合國公告(proclaim)為全球「最適宜居住的國家」(the best country on earth),[7]理所當然,也就成為多極化世界所矚目、研究的對象。美國的歷史學家緬因大學(University of Maine)的李伯拉講座教授(Libra Professor of History)史考特‧奚依(Scott See),因而,在新世紀伊始的2001年,認定:探討加拿大歷史,最具有比較性的價值(comparative value),他甚且引用(1979年)魯賓‧威尹克(Robin Winks)的先知說法:「美國人應該研讀加拿大歷史,理由是:要瞭解自己,更要瞭解與別人相似或相異之處。」[8]

其實,于福爾摩莎,我們「此去沈潛」,反躬自省,研究/書寫

---

[5] 因此,美國康涅狄克州的綠林(Greenwood)出版社,決定由堪薩斯大學、印第安那大學、德州大學奧斯汀分校、以及佛羅里達大學,這些大學的教授,跨校組成一個顧問委員會(advisory board),從全球各國中,選定政治、經濟、社會變遷最為獨特的國家,延請專家學者,編撰這些國家的歷史,以供學生、大眾閱讀、研究。其中,包括加拿大、中國大陸。見,Frank W. Thackeray and John E. Findling, "Series Foreword," in Scott See, *The History of Canada* (Westport, Conn: Greenwood Press, 2001), p. x.

[6] 請參考,上引,Charles Bernheimer, "Introduction: The Anxieties of Comparison," in his *Comparative Literature in the Age of Multiculturalism* (Baltimore and London: The Johns Hopkins University Press, 1995), p. 9.

[7] 請參考,Scott See, "The Best Country on Earth," in *The History of Canada* (Westport, Conn: Greenwood Press, 2001), p. 1. 然而,於2001-2002的聯合國評選,加拿大退居第二,次於北歐的挪威。

[8] 見上引,Scott See, "The Best Country on Earth," in *The History of Canada* (Westport, Conn: Greenwood Press, 2001), p. 6.

台灣(文學)史，何嘗不然？極目遠眺，以加拿大的山湖雪國為鏡，庶幾可以——映現彼此的不見與洞見。

　　因此，本文擬從跨學科／跨地域的「科際整合」為伊始，以加拿大的歷史、社會、文化、文學的「統合性」情境／論述，勉力提出一個加拿大比較／文學／史觀，來進一步反思——作為台灣文學／史觀的研究、書寫、論辯的方向之一，甚而，進一步提議：一如加拿大英語文學史上的「抗議文學」(Literature of Protest) 專章，[9]我們或許可以從世界性的文學主題——「離散」(diaspora)出發，重新審視白先勇的〈謫仙記〉以及東方白的〈奴才〉，于主題取向與敘述策略的結合，做美學性的探討與比較，來建構台灣文學的離散書寫，從而探索其人道主義與自由主義在台灣小說史上的重要性，及其與哲王「乘桴浮於海」、「近悅而遠來」的互文(intertextuality)關係，藉以辯議台灣文學的共時性、歷時性的歷史定位。

二　邊緣發聲的反思：魁北克的孤島／圍城意識與族裔的心境

　　然而，加拿大事實上並非是人間的香格里拉。從當今的「法裔加拿大」先民，於十六世紀原先因探索到中國海(China Sea)之路、飄洋過海、披荊斬棘、而意外入侵(incursion)「北美原住民」(Amerindian)的原鄉起始，[10]到爾後與英帝國的北美殖民勢力相爭鋒，一頁頁貫穿、燒印在加拿大(文學)史上的主題：都是先民與後生一向所謂的——「求生」(survival)的集體記憶。[11]其間，充滿著族群、宗教、種族

---

[9] 請參考，Frank W. Watt, "Literature of Protest," in Carl F. Klink, ed., *Literary History of Canada: Canadian Literature in English* (Toronto: University of Toronto Press, Second edition, 1976), pp. 473-492.

[10] 請參考，Gordon Stewart, *Canada Before 1867* (Washington D.C. and East Lansing, Michigan: The Association for Canadian Studies in the United States, and Michigan State University Press, 1996), pp. 4-5.

[11] 根據加拿大作家瑪格麗特・艾伍德(Margaret Atwood)年長以後回憶：她幼時讀到的都

與文化的矛盾張力，也銘刻著北美原住民、法國人、英國人三端尖銳的競生和對立(triangular contest)。[12]於是，從爭執、對抗、流血、商議，到妥協、和平、共存，在在都是加拿大先民追求「生存」(survival)的手段、達致共生共容的終極鵠的。

的確，建構加拿大聯邦(Confederation)最大的兩個創始種族：法裔與英裔，前者的遠祖先到，佔有如今27%的人口，而後者的先民隨後而至，以美國殖民地為當年的根據地，於1756-1763年，七年之間，連年北伐，打敗了人少勢寡、僅以魁北克(Quebec)為戰略要地的法國人，建立了英帝國在加拿大的原始殖民勢力。如今英裔佔有加拿大40%的人口比例。[13]

但是，最值得我們注意的是：1756-1763年的七年戰爭(Seven Years' War)甫一結束，法、英雙方就簽訂了1763年的巴黎條約，由法國將加拿大移交給英國。而戰勝的英帝國，在一番「高壓」的殖民統治實驗「失敗」之後，認識到原始的高壓統治疏失(flaws)，[14]於是，旋即於1774年頒佈魁北克法案(Quebec Act)，尋求補救，明文承認、並接受法國民法(French civil laws)與天主教，在加拿大法裔區的合法地位(雖然天主教當時在殖民母國的英格蘭，猶屬非法)，意欲：一方面，為了使魁北克人不致因高壓而造反，另一方面，也藉此穩定法裔區民心，以便全力對付美國殖民地的叛逆。[15]

是掙扎「求生」的故事。於是，她才把自己對加拿大文學的簡要詮釋，收入以《求生》(Survival)為書名的史綱中，見，Margaret Atwood, *Survival* (Toronto: House of Anansi Press, 1972), p. 30.

[12] 請參考，Scott See, "Against Formidable Odds," in "The Best Country on Earth," *The History of Canada* (Westport, Conn: Greenwood Press, 2001), p. 6.

[13] 請參考，Scott See, "The Peoples of Canada," in "The Best Country on Earth," *The History of Canada* (Westport, Conn: Greenwood Press, 2001), p. 18.

[14] 請參考，Scott See, "The Quebec Experiment," in The History of Canada (Westport, Conn: Greenwood Press, 2001), p. 59.

[15] Gordon Stewart, *Canada Before* 1867 (Washington D.C. and East Lansing: The Association for Canadian Studies in the United States, and Michigan State University Press, 1996), p. 24.

於是，百年世仇——法裔與英裔兩大族裔——各自原有的習俗、法律、宗教、以及民族的尊嚴，從而，得到了相容、而存異。此外，緣由於英帝國的懷柔政策：帶來了和平、自由、繁榮，職是之故，使得始終未曾「英吉利化」(anglicized)的法裔加拿大人，能夠較無罣礙地接受了「變天」的新現實，雖然他們的忠誠度，並無英裔「勤王派」(loyalists)那般的感性、純篤。[16]

　　於是，循此和平、自由、繁榮、與相互尊重的「理想性」歷史傳統，法裔、英裔加拿大人，雖然，各自擁有歧異的語言、文化、宗教、與法律，卻能逐漸開發出「生命共同體」的統合意識，於1812年美國「史上」僅有的一次動起干戈、入侵加拿大時，堅決聯合起來——共同擊敗了美利堅強敵，以血汗、生命捍衛「加拿大意識」，書寫下楓葉王國「僅有」的一頁輝煌的神蹟戰史。[17]自此，北美洲英、美、法語各個族裔，另有一己「相互尊重、個別開發」的天地——和而不同，共存相容——若要「一言以貫之」來演述如此「多角間」關係的內緣結構要素，我們必須注意的是：此中，無非還是構建了「和平、自由、繁榮、與相互尊重」的共同繫帶，追求「共容」、彼此扶持的緣故。

　　遲至今日，即使到了二十一世紀，美國已經竄越過多少富庶的西方國家，成為追尋「美國夢」[18]的世界移民——所共同朝拜的理想

---

[16] 見，Gordon Stewart, *Canada Before* 1867（Washington D.C. and East Lansing: The Association for Canadian Studies in the United States, and Michigan State University Press, 1996），p. 25.

[17] 這則神話，的確，後無來者——此後，加拿大長年毫無任何敵方的軍事威脅，加拿大人總要自嘲，連軍艦、飛機都要向「美國佬」租借／支用。果真，1999年，當北約(NATO)決議：轟炸科索夫(Kosovo)，要求加拿大出兵協助之時，緣由於原本就缺乏軍事資源，於是，加拿大只能緊急向美國請求調用：225公斤重的炸彈一百枚，雷射導引的(laser-guided)飛彈兩百枚，以供CF-18戰機使用。請參考，加拿大雅博達省愛蒙頓市的《愛蒙頓日報》頭條新聞，James Murray, "Canada forced to beg for U.S. bombs," in Edmonton Journal, October 21, 2002, Section A, p. 1.

[18] 請參考，Eric Liu, The Accidental Asian（New York: Vintage Books, a division of Random House, 1998）.

國，甚至，好事、夸夸其談的洋基，總是要戲稱／誇稱：加拿大是美國的第五十一州，然而，根據加拿大權威的《麥克林》(*Maclean's*)時事週刊(weekly)雜誌，于1993年與1994年，連續兩年，所做的民意測驗報導——絕大多數的楓葉王國子民(有80％與82％)，[19]雅不願意被富強、而人口十倍於加拿大的美國所兼併、統一，因為，他／她們以加拿大福利國家(welfare state)政策的取向為傲，而且，無論是英、法裔人士，多數都認定：健康保險、冰棍球、治安、歷史、地理、國家文化、容忍不同的種族、加拿大(國營)廣播電視公司……等等——形塑了他／她們醇厚的加拿大意識。[20]

循此類推，我們似乎也可以捫心自問：什麼是我們台灣意識最可貴的特質，許我們——在多事、危急之秋——自恃、自衛？

此外，更值得我們海洋台灣注意的是：全球各個新移民族裔(ethnic)，雖然「乘桴浮於海」，選擇來到了「近悅而遠來」的——「世界上最適宜居住的國家」——楓葉王國定居，他們依然不至於「有奶便叫娘」，反而猶是：魂縈夢繫、戀戀不捨他們的故土原鄉(哪怕是來自有貶意稱謂的「第三世界國家」，依舊是「金窩不如自己的狗窩」)，只有極少數(23％)願意自稱是加拿大人，而僅有39％願意自稱是雙棲的族裔加拿大人士(ethnic Canadian)。難怪再寬容、再多元、具有強烈「加拿大意識」的「正港」加拿大人(有63％)還是期盼：新移民能更加「本土化」、更融入這個「世界上最適宜居住的國家」。

如此弔詭、令「正港」加拿大人士困惑的彼方「離散」意識(胸懷兩種歷史、文化)，真需我們海洋台灣更加「嚴肅」思考、審視——畢竟，福爾摩莎美麗島，無論是自願或被迫，現今也已經逐漸「和平」演變成移民的國家——日有外勞、外籍新娘大量移入，究竟，

---

[19] 請參考，Maclean's, July 1, 1994, p. 18. (加拿大國慶特刊)
[20] 同上，Maclean's, July 1, 1994, p. 18.

而今而後，我們應該如何自處？我們是否會遠較「世界上最適宜居住的國家」──文明──進步？

　　事實上，即使是族裔人士的第二代，絕大多數（59％）都認同了楓葉王國而以加拿大人自居，可是，依然尚有41％還具有個別的族裔意識（ethnic, ethnic Canadian, Canadian of ethnic origin）。而到了族裔人士的第三代，其實，他們也尚未完全同化，仍舊有33％保有族裔的身份認同。[21]

　　我們不禁要質問：這是不是與加拿大提倡多元文化的政策息息相關？是不是：族裔人士，于意識上，還有尋向「政治正確」──那個族裔道德的選項之故？這些複雜的社會科學（social science）命題，可能還需要大量科學選樣（sampling），來進一步實證探求、追查。不過，如果我們能夠借用人類學家田野調查的方式，[22]以個例來闡釋，或許，可以理解族裔人士的「他者」（otherness）心聲於萬一。[23]現在，我們就以獲得2001年（象徵最高榮譽的）加拿大總督文學獎最佳詩篇獎（Governor General's Award for Poetry）的多倫多大學英文系教授喬治・克拉克博士（Dr. George Clarke）的個例來進一步討論、辯議。

　　對于心存兩種歷史、文化的非洲裔離散人士而言，喬治・克拉克認為：無論是（如他）生於北美洲、「土生土長」的「第七代」，或者是從非洲新來乍到的黑色皮膚人士，他們所擁有的共同「集體記憶」

---

[21] K. G. Bryan, *Non-official Languages: a Study of Canadian Multiculturalism*（Ottawa: Supply and Service Canada, 1986）

[22] 台灣文化／文學界，具有參考價值的人類學田野調查、觀察之一是：胡台麗以第一人稱、敘述者「我」寫就的〈他鄉我鄉〉以及其他一系列的文章，收於，胡台麗，《媳婦入門》（台北：時報文化，1982年2月20日）。

[23] 「他者」（otherness），這個文化／文學專用術語是喬治・克拉克博士（Dr. George Clarke）自己在受專訪時，刻意強調的用語。原文，見，Paula Simons, "Multicultural Canadian poet: a man of many identities," in "Cultural diversity: a matter of choice," *Edmonton Journal*, October 1, 2002, Section B, p. 1.

就是——歐洲文化對非洲人士壓迫的一頁頁殖民滄桑史。而且,除了對他們的「皮膚顏色」(pigmentation)處處另眼相待之外,「白色」族裔人士對他們「黑色」族裔「少數」種族,于文化上,也還依然抱持著典型的「他者」(otherness)歧視。因此,「從邊緣發聲」,對喬治‧克拉克來說,他認為自己擁有多重的身份(a man of many identities):一方面,法理上,他是出生於加拿大的「第七代」非洲裔加拿大人(African-Canadian),是道道地地的加拿大公民,另一方面,心靈上、思想上,他又是隸屬於北美洲、西方世界、非洲裔的離散人士(African diaspora),更是一個詩人、英文系教授、與浸信會的教徒。在接受專訪的時候,他反問:「為什麼我不能擁有多重的身份?」職是之故,加拿大的多元文化,于他,最重要的意義是在於:允許每個人有自主選擇一己身份認同的自由與權利。然而,他嘆息:在美國,[24]非洲裔人士的地區、領域,就像是美國的魁北克(the Quebec of the United States)那般,有著自己的文明,出版自己的報紙,擁有自己的大學、電視台、廣播電台,在在反映著——兩個世界,分別存有、各自孤立(solitudes)。不過,不同的是:他認為在加拿大,文化是否要走向多元,並不是緣由於被迫,而完全是——出於個別的自由、理性的抉擇。[25]這彷彿又是合乎丹尼爾‧馬託(Daniel Mato)的理論:文化與身份的認同是社會的建構(social

---

[24] 喬治‧克拉克博士曾經在聲響卓著的美國杜克大學(Duke University)當客座教授,對美國,有著親身的體會與觀察。

[25] 喬治‧克拉克博士(Dr. George Clarke)到我們雅博達大學參加「加拿大為多元文化的全球性典範」國際學術研討會時,接受專欄作家波拉‧賽蒙司的訪問,原文,見,Paula Simons, "Multicultural Canadian poet: a man of many identities," in "Cultural diversity a matter of choice," *Edmonton Journal*, October 1, 2002, Section B, p. 1.(地方頭條新聞)波拉‧賽蒙司認為:有些人把喬治‧克拉克稱呼為「非裔」作家,真蠢,畢竟,他是生在加拿大諾瓦‧司考夏省(Nova Scotia) 的「第七代」——「道道地地的」加拿大人。顯然,波拉‧賽蒙司並沒有能夠真正理解:喬治‧克拉克深沈的「離散」意識與「他者」心緒——是緣由於非裔人士,受迫害的歷史,長存於集體的記憶,以及「白種人」的優勢、文化強導所致。

constructions），而不見得是來自消極的香火傳遞。[26]

　　的確，「和平、自由、繁榮、與相互尊重」原是楓葉王國「理想的」歷史傳統，儘管如此，然而，知易行難：為了方便掌控，十八世紀的英帝國殖民政府還是禁止(suppressed)法裔人士發展文化與教育——於是，民可使由之，不可使知之——不許自法國進口書籍，以免轄下子民受到法國革命思潮的啓示。職是之故，到了十九世紀，法裔區的國民小學，數目反而遞減，文盲佔了絕大多數。而言論與出版的自由，雖然是法令、規章所准許，還是要靠敢言的志士去爭取，[27]甚至在1837年揭竿而起。[28]

　　因此，對人口一直屈居少數、而且是淪落為「被統治者」的法裔加拿大人士而言，不管是在加拿大聯邦(Confederation)，自英帝國獨立、自治(1867年)之前、或之後，甚至，直到今日，最使他們觳觫不已、坐立難安的爭議性「焦慮」——橫亘一向都是：在龐大、佔「多數」的英系、美系的政治、文化、社會勢力合圍、包抄之下，必須時時反思的一己的「孤島」圍城[29]境遇——危城，是否會使他們的語言、文化、與民權(civil rights)，一朝被蠶食、鯨吞、淨盡。

　　由是，加拿大作家瑪格麗特・艾伍德(Margaret Atwood)察覺：雖然，加拿大作家，原先都一概以「求生」為作品主題的書寫執念，然而，于魁北克，除了一如楓葉王國的其他地區，經年累月，要承

[26] 請參考，Daniel Mato, "On the Theory, Epistemology, and Politics of the Social Construction of 'Cultural Identities' in Age of Globalization: Introductory Remarks to Ongoing Debates," *Identities* 3, 1.2, (1996), p. 74.

[27] 見，Jonathan Weiss and Jane Moss, "The British Conquest," in *French-Canadian Literature* (Washington D.C. and East Lansing: The Association for Canadian Studies in the United State, and Michigan State University Press, 1996), pp. 7-8.

[28] 見上述，Jonathan Weiss and Jane Moss, "The British Conquest," in *French-Canadian Literature* (Washington D.C. and East Lansing: The Association for Canadian Studies in the United State, and Michigan State University Press, 1996), p. 10.

[29] 請參考，Philip Resnick, "Quebec Is Not an Island," in David M. Hayne, ed., *Can Canada Survive? Under What Terms and Conditions* (Toronto: University of Toronto Press, published for the Royal Society of Canada, 1997), pp. 113-121.

受──天候的苦其心志的挑戰，還要面對──驟爾的人為忠逆的洗禮，而且，劣居少數的魁北克人士，更要關注：一己的語言、宗教和文化，在加拿大──終極的生死與「存亡」。畢竟，他們被放捨、漂流於敵對的英國國教（English Protestants）所包圍的滔天、巨浪、怒海之中，貼身伏在一己的語言和宗教的救生艇上──生怕淹沒、滅頂。從而，他們的要塞（garrison）愈築、愈高、愈固。職是之故，要塞──內有「窒息」的危機，外有「圍急」的懼怖。[30]要瞭解這種「要塞」的危城心態以及法裔的存亡意識，[31]瑪格麗特‧艾伍德與多倫多大學的瑞蒙‧布拉鄒教授（Raymond Brazeau）都認為：原先出生於法國不列顛尼（Brittany）、而日後移居加拿大的路易‧艾門（Louis Hemon），他所撰寫的長篇小說名著《瑪麗亞‧夏德蓮》（Maria Chapdelaine）[32]最值得我們重視，因為作為新移民作家，路易‧艾門為法裔加拿大人示範：透過觀察魁北克人的生活方式、純樸傳統、鄉土習俗，他可以燒印出嚴肅的藝術品，不但銘刻危城的城牆之高厚，也直指危城內裡──人心的危微與焦慮。

　　瑪格麗特‧艾伍德指出：作品中，女主角瑪麗亞‧夏德蓮的婚姻選項是最具象徵的意指。三個求婚的男人暗喻著三種生活方式的抉擇：一個提供逃向美國的機會，一個暗示重複靜態不變的農場生涯（一如筋疲力竭的母親──辛勤工作、努力添加兒女），另一個，代表動態的成長──離鄉、出去拓荒。可嘆的是：後者終究亡命，命喪於覆雪的森林。既無意於認同洋基，瑪麗亞‧夏德蓮最後選擇留下，就像她是：母親再度投胎轉世的化身（reincarnation），只

---

[30] 見，Margaret Atwood, *Survival* (Toronto: House of Anansi Press, 1972), p. 218.

[31] 見，布氏的〈導言〉，收入，《現／當代加拿大法語文學綱要》，J. Raymond Brazeau, *An Outline of Contemporary French Canadian Literature* (Toronto: Forum House, 1972), p. VIII.

[32] 《瑪麗亞‧夏德蓮》，出版於1913年，現存的版本：Louis Hemon，*Maria Chapdelaine* (Paris: B. Grasset, 1921.) 英文本，見，W. H. Blake, tr. & introduced, Louis Hemon，*Maria Chapdelaine* (Toronto: Macmillan, 1921). PS 9465 E54 M3 E5 1932.

是，不同於母親：她聽到了魁北克神靈（earth-spirit）與父祖的和聲，彷彿是傳來支持她（backs her up）[33]的聲聲讚嘆。然而，域外人士，喬納森‧衛斯（Jonathan Weiss）與珍‧墨司（Jane Moss）卻認為：這只不過是——天主教爲保持社會既定秩序的危城呼喚，其保守的意識形態，卻影響後世匪淺。[34]

不過，我們必須特別注意，美國的緬因大學歷史學家史考特‧奚依教授，爲魁北克人士「從邊緣發聲」，倒認定：平心而論，英裔人士，無論是官方或非官方，其實，都曾經一再流露出——希冀將法裔的魁北克人士，融入（assimilate）英吉利社會版圖的意圖。此舉，正與法裔人士決心保持語言、文化、習俗、和維護既定秩序的意願——相對立、衝突。[35]因此，魁北克人士的孤島／圍城意識，的確，並非空穴來風。

1960年魁北克大選，自由黨勝出，受理省政，從此，省長吉恩‧拉薩吉（Jean Lesage）的「政治樂章重複詞」（political refrain）——做「自家的主人」（maitres chez nous），響徹魁北克，獲得數百萬民心的迴響（struck a responsive chord），開啓了這個法裔區歷史上最重要的所謂「寧靜革命」（la revolution tranquille），爲魁北克人的「求生」主題，重新定位，帶領法裔人士出發，保護自己的人權，[36]揮別悲情的過去，走向自信的未來。

首先，最讓魁北克人津津樂道的是吉恩‧拉薩吉政府把民營的魁北克電力公司收歸公營，並規定：法語爲公司的法定語言，成功

---

[33] 見，上引，Margaret Atwood, *Survival* (Toronto: House of Anansi Press, 1972), p. 218.

[34] 見，上引，Jonathan Weiss and Jane Moss, "The British Conquest," in *French-Canadian Literature* (Washington D.C. and East Lansing: The Association for Canadian Studies in the United State, and Michigan State University Press, 1996), p. 25.

[35] Scott See, "A Quiet Revolution?" in *The History of Canada* (Westport, Conn: Greenwood Press, 2001), p. 156.

[36] 見，上引，Scott See, "A Quiet Revolution?" in *The History of Canada* (Westport, Conn: Greenwood Press, 2001), p. 158.

地開展了公營事業。又把該區的教育系統，從小學到大學重新整頓
（revamp）一番——義務教育延長到高中，公立的法語大學則全力擴
充，再將科技、專業、基礎科學……等等學科，全部納入大學、學
院課程。宗教的影響力，此後，因而，大為減弱。最後，魁北克進
而向聯邦政府爭取社會福利的掌控權，作為確保一己突圍「求生」的
手段之一。吉恩‧拉薩吉所領導（1960-1966）之下的「寧靜革命」，
雖然，掀起魁北克全面的文化蛻變，也啓發了魁北克人強烈的自我
身份認同（les Quebecois），不過，相對的，這種都會、知識人的運
動、昂貴的開支、高稅金的徵取，最終還是使他失去了鄉間民心的
支持。[37]只是，做「自家的主人」，號召何等響亮，魁北克的民族／
國家意識（national consciousness），此後，開花結果，成為加拿大
全國政治、文化、經濟、社會論辯的颱風眼，全民都必須正視如此
的意識分歧。

　　根據喬納森‧衛斯與珍‧墨司的論述，第二次世界大戰之後，
由於法裔區自由化（liberalization）與現代化（modernization）之故，法語
文學也更加自主、獨立、成熟。事實上，1948年有十六位魁北克的
作家與藝術家在保羅‧艾密‧柏度（Paul-Emile Borduas）的領導之下，
聯合發表了一篇名爲「全面謝絕」（Refus global）的獨立宣言，宣布：
文藝必須從過往的典範、天主教的哲學觀點、既定的政治秩序，獨
立出來。這篇宣言是魁北克文學最重要的文獻之一。[38]在宣言中，他
們堅決反對忠於過去，因爲，他們認定：魁北克的過去，畢竟是受
教宗、蒙昧主義者（obscurantist）所全面奴役。他們也「全面謝絕」屬於
過去歷史的魁北克，于未來，再度給予他們的創作設限。值得注意

---

[37] 見，上引，Scott See, "A Quiet Revolution?" in *The History of Canada* (Westport, Conn:
Greenwood Press, 2001), p. 159.

[38] 見，上引，Jonathan Weiss and Jane Moss, "French-Canadian Literature from 1948-1968,"
in *French-Canadian Literature* (Washington D.C. and East Lansing: The Association for
Canadian Studies in the United State, and Michigan State University Press, 1996), p. 33.

的代表人物是：現／當代魁北克最優秀的詩人、也是最佳的自動主義詩人(automatist poet)保羅・馬利・拉珀恩特(Paul-Marie Lapointe)，他在早期的代表性詩作中，曾經表達出強烈的渴望：期盼自獨裁者的統御下，掙扎出──自由。[39]而散文論述方面，在60年代，自然是受魁北克的政治獨立、自主的議題所主導，並且，堅定主張：這與響應全球反對帝國主義息息相關(interconnected)。

　　深知魁北克人士的渴望、疾苦，來自魁北克的保守黨領袖，布來恩・馬龍尼(Brian Malroney)接任加拿大總理之後，於1987年春天，召集全國的十個省長，在密區湖(Meech Lake)的聯邦政府別墅，展開修憲協商，最後達成所謂的「密區湖協議」(Meech Lake Accord)。協議中，除了同意大法官和參議院議員由地方提名、再由中央任命的修正案之外，也改良了修憲程序、賦予地方修憲的否決權，最後，並將語言法案下放予省方裁決。[40]不過，其中，最重要的條款是：承認魁北克為「獨特而不同的社會」(distinct society)。

　　依據加拿大憲法，「密區湖協議」必須經過國會與十個行省的議會無異議通過，方能生效。然而，協議甫一公布，爭議就紛至沓來。前任總理「聯邦主義者」(federalist)皮耶・杜魯道(Pierre Trudeau)抨擊這項協議：削弱了聯邦政府的權力；魁北克分離份子反擊，認為：這還不足以護佑他們的圍城境遇；原住民聲稱：他們的人權並沒有受到重視；而反對陣營則一致同意：在協商過程中，國家的前途怎麼可以僅僅由幾個「白種男政客」來決議，[41]這根本──

---

[39] 見，上引，Jonathan Weiss and Jane Moss, "French-Canadian Literature from 1948-1968," in *French-Canadian Literature*（Washington D.C. and East Lansing: The Association for Canadian Studies in the United State, and Michigan State University Press, 1996), p. 34.

[40] Robert Bothwell, "One Nation or Many, 1957-1987," in *History of Canada Since* 1867（Washington D.C. and East Lansing: The Association for Canadian Studies in the United States, and Michigan State University Press, 1996), p. 41.

[41] 見，上引，Scott See, "A Distinct Society?" in *The History of Canada*（Westport, Conn: Greenwood Press, 2001), pp. 183-184.

—不可思議——打從開始就錯到底。1990年6月，最後，「密區湖協議」雖然只有在兩個省分，遭受否決，依法，終究還是不能生效、成立。

「密區湖協議」失敗，對魁北克人士而言，是一大屈辱、打擊，因爲條款中，犖犖大者，諸如：承認魁北克爲「獨特而不同的社會」，其實，于法裔人士，竟是隱喻著：加拿大其他地區對他們——最基本的「尊重」與「情意」(respect and affection)。[42]1994年，主張「主權獨立」(sovereignty)的魁人黨(Parti Quebecois)，于魁北克人對「密區湖協議」落空的絕望聲中，再度勝出、上台，正式爲第二次[43]的主權獨立公投(referendum on sovereignty)鋪路。

果然，魁人黨政府決定：於1995年10月30日舉行公投，將主權獨立的要求("Do you agree that Quebec should become sovereign?")訴諸民意。公投結果是：49.4％贊成「主權獨立」，50.6％反對。兩陣對峙，竟是：以毫髮之差，將魁北克「一家子」，從中「裂解」開來。[44]

公投前三天，最令全世界矚目的「民主洗禮」是：其間，竟然，看不到／聽不到反對陣營的政客——咬牙切齒地對魁北克人士詈罵、訓斥，甚至恫嚇、威脅，只有老總理吉恩‧克里謙(Jean Chretien)以妥協的低姿態，宣示：他將要求全國重新審視，魁北克人士的要求——希望大家承認——他們的社會，的確，「獨特而不同」(distinct society)。[45]而加拿大英語地區人士，竟然，也並沒有

---

[42] 見上引，Robert Bothwell, "One Nation or Many, 1957-1987," p. 41.

[43] 第一次獨立公投於1980年5月20日舉行，贊成獨立的僅僅40％。見，上引，Robert Bothwell, "One Nation or Many, 1957-1987," in *History of Canada Since 1867* (Washington D.C. and East Lansing: The Association for Canadian Studies in the United States, and Michigan State University Press, 1996), p. 39.

[44] 見，Anthony Wilson-Smith, "A House Divided," *in Maclean's*, November 6, 1995, p. 14.

[45] 見，Warren Caragata, "Back from the Brink," *Maclean's,* November 6, 1995, p. 17.

對著魁北克的要港、發射飛彈，更沒有派遣海空軍前往軍事演習、文攻武嚇、示威巡禮。[46]反而，紛紛坐長途巴士，從全國各地，兼程趕往蒙特利爾(Montreal)市中心的大廣場，摩肩接踵(stood shoulder to shoulder)，點起蠟燭——只爲了彼此「牽著手」——在滴滴的燭淚，溫馨地長伴之下，向異族的魁北克「堂兄弟姐妹」，誠摯地呼喚一聲：我們是多麼不願意你們離開，請留下來！依據加拿大新聞週刊《麥克林》(Maclean's)雜誌的記者報導：

> 彼時，「鉛灰色的長空(leaden skies)一瀉千里，銳利的秋風、波波拂過樹梢(rippled the treetops)，呼聲、聖歌、甚至還有幾許清淚(even a few tears)」，[47]都爲了向曾經共同創建楓葉王國的哥兒們訴求——請留下來！我們多麼不願意你們離開！

其情其景，「溫馨的訴求」，(而非「軍艦、飛彈掠過」)，彷彿是：台灣流行文化中的一首老歌——「牽著我的手」——聲聲、輕輕、呼喚、傳來，[48]令人不禁沈潛、反思：

---

[46] 1996年，台灣舉行第一次總統直接民選，正當美國的中國通正密切注意選戰的時候，中國大陸的飛彈掠過台灣，落在台灣的主要港口不遠處，解放軍的海空軍並在台灣海峽進行眞槍實彈的軍事演習(live-fire exercises)，如此高壓性(coercion)的軍事行動，使得「全世界不安地注視著」(The world watched nervously)。有關此事件的分析，請參考，David Shambaugh, "Exploring the Complexities of Contemporary Taiwan," in *Contemporary Taiwan* (New York: Oxford University Press, 1998), p. 1.

[47] 請參考，Barry Came, John DeMont, Mary Nemeth, Luke Fisher, "Crusade for Canada," *in Maclean's*, November 6, 1995, p. 22-23.

[48] 如此「牽著手」的「溫馨民主訴求」，竟然，與1996年中國大陸對待台灣的第一次總統直接民選，啓用「軍艦飛彈、聯手強行掠過」的那種「高壓威權恐嚇」，形成尖銳的歷史性教示與對比。加拿大雅博達省的卡加利大學(University of Calgary)教授大衛・萊特博士(David Wright)認爲：中國大陸冀望使用這種殘暴的武力(brute force)以驅迫(goad)台灣選民——不支持即將勝選的(pending election of)李登輝，眞是笨拙無比(clumsy demonstration)、又適得其反，只是，彰顯了：中共的領導階層(mainland rulers)對台灣的民心有多無知。全文，請參考，David C. Wright, *The History of China* (Westport,Conn.:

牽阮的手　淋著小雨

牽阮的手　跟你腳步

牽你的手　走咱的路

牽你的手　不驚艱苦

雖然路途　有風有雨

我也甘願　受盡苦處[49]

…………

三　生死劫毀與建構共榮：楓葉王國歷史／文學關切的永恆主題

　　加拿大的政治學者菲立普‧芮斯尼克教授(Philip Resnick)引用前人之見，認為：魁北克並不是大西洋中的孤島，若是驟爾分離出去，其實，是敲響加拿大的國家喪鐘(spell the death of Canada)。[50]上述，1995年10月30日的魁北克「主權獨立」公投，以細微如「刮鬍刀片」之差，幾乎闖關成功。他批判：這種憲政危機，與英裔加拿大人長久以來面對著諸如此類的嚴肅憲政議題，總是湊合著、想矇混過去(muddling through)有關——這是來自英國的香火嫡傳。幸運的是：英、法裔兩大國族，歷史上，雙方雖然偶爾不免擦撞出危

　　Greenwood Press, 2001), p. 194. 大衛‧萊特博士似乎對台灣民心有一定的理解，不知道他是不是聽過〈牽阮的手〉，那支「溫馨的訴求」的台灣老歌？

[49] 請參考，孫建平及其合唱團，以「外省囝仔台灣心，台灣歌曲西洋風」所演唱，徐錦凱作詞、作曲，〈牽阮的手〉，收於，孫建平，《孫建平 & Sweet Style音樂磁場，流行金曲(五)》(台北：瑞星唱片，1992)。歌詞中，「阮」是「我」的意思。

[50] 這原來是Andre Laurendeau的看法，為加拿大碧詩省大學(University of British Columbia, Vancouver)教授菲立普‧芮斯尼克(Philip Resnick)所引用，原文，請參考，Philip Resnick, "Quebec Is Not an Island," in David M. Hayne, ed., *Can Canada Survive? Under What Terms and Conditions* (Toronto: University of Toronto Press, published for the Royal Society of Canada, 1997), p. 121.

險的火花(flashpoints)，大體而言，難關，也還眞是個個浮現，個個安然度過。不過，他質疑：是不是要等到魁北克「主權獨立」公投過關，才會讓英語加拿大地區人士一朝夢醒，意識到：國家的「長治久安」與「生死劫毀」(survival and governability)絕對是全國的中心議題，才會願意公然承認魁北克人士──眞是不同的國族、擁有獨特而不同的社會、具有不同的語言、文化和宗教、習俗？

　　儘管如此，菲立普・芮斯尼克教授認定：大多數的英、法裔加拿大人士，一向都還能夠理性互動、對話。因此，楓葉王國沒有世界各地：因種族糾葛而引發的烽火連天、血海漫流，而且，在這山湖雪國長遠的歷史進程上，彼此也一致確認：寬容、多元主義、民主程序(democratic procedures)最可寶惜，(是不是，楓葉王國因而才能發展成爲「世界上最適宜居住的國家」？)緣由於此，其衍生的「文明」(civility)、和平共存、與求生本質──更值得楓葉王國的子民，引以爲傲。職是之故，假設魁北克的第三次「主權獨立」公投，低空掠過，而(酷愛民主、和平的)英語加拿大地區人士又無意：以美國1861年(內戰)的結局(denouement)──來終結彼此的衝突、矛盾、與對立，那麼，楓葉王國的聯邦板塊，可還能終究保全、不破？避免以「生死劫毀」收場？菲立普・芮斯尼克教授因而主張：盡早組成全民普選的「制憲議會」或是「國民代表大會」(constitutional or constituent assembly)──早日受託，建構新憲法，爲國家「求出一條生路」。畢竟，最重要的是：跨越各國族的語言和文化的鴻溝，保持「平等」溝通的共同管道(common lines of communication)，體會到議題論辯──情境的急迫(impart a sense of urgency to the debate)。[51]

---

[51] 如上引，Philip Resnick, "Quebec Is Not an Island," in David M. Hayne, ed., *Can Canada Survive? Under What Terms and Conditions* (Toronto: University of Toronto Press, published for the Royal Society of Canada, 1997), p. 120-121.這是菲立普・芮斯尼克教授在1996年11月23日，加拿大皇家學會(Royal Society of Canada)召集院士會議時的最後呼籲。

　　一如上述，楓葉王國政治、社會、歷史、文化、語言的複雜、矛盾情境(context)所顯示，事實上，寬容、關懷、[52]多元、和平、民主、與尊重，即是加拿大(國族)：史觀的終極訴求，文學的再現／研究／書寫，何嘗稍異？職是之故，菲立普‧史翠佛教授(Philip Stratford)就堅持：沒有所謂的「單一的加拿大文學」(no such thing as a Canadian literature)，他主張：加拿大文學的意指，必須是加有字尾(suffix)、從而加以複指的「複數」(Canadian literatures)，而不是紅塵一向單指的「單數」(literature)，而學者應該抗拒任何政治的動機(political promptings)將加拿大的英、法語文學輕易就一袋子收起(lump Canada's two literatures together in one sack)。[53]似乎是基於這種「以平等待我之民族」的「多元、寬容、民主」的信念，他提倡：加拿大兩大國族的文化／文學，最好以「等距」的平行線——來記述彼此的互不隸屬。

　　這種「平行論」(parallelism)的第一個特質是：平行線(parallel lines)從不相互交叉，這充分述說了加拿大英、法語「雙文化／雙文學」，的確，缺乏交流、相互衝擊。[54]第二個特質是：平行線相互劃距、定位(fix and define the other)，畢竟，一如諾斯洛普‧佛萊(Northrop Frye)的說法：只有在與他者相互對照、界定的時際，身份認同方才具有實質的意義。[55]

---

[52] 請參考，Clement Moisan, *A Poetry of Frontiers: Comparative Studies in Qubec／Canadian Literature* (Toronto: Pre Porcepic, 1983), p. xi.他認為加拿大兩大國族，因為語言、文化、思想、歷史、地理的界線，而受到隔離，彼此必須透過翻譯才能相互溝通，因此，劃出了雙方的疆界。不過，魁北克與加拿大詩作，觸鬚都展延到疆界的盡頭，表達出對彼此深刻的關懷。

[53] 見，Philip Stratford, "Canada's Two Literatures: A Search for Emblems," in *Canadian Review of Comparative Literature／Revue Canadienne de Litterature Comparee*, Spring 1979, p. 136.

[54] 請參考，Marine Leland, "Quebec Literature in Its American Context," in David Staines, ed., *The Canadian Imagination* (Cambridge, Mass: Harvard University Press, 1977), p. 224.

[55] 見上述，Philip Stratford, "Canada's Two Literatures: A Search for Emblems," p. 137.

　　的確，追尋：平等、和諧、寬容、尊重、與大同──真確是加
拿大文學(史)書寫／研究的理想深層結構要素，這也和諧地反映在
英國與加拿大相互尊重的個別「文學史書寫」傳統之中。要之，加拿
大雖是君主立憲(constitutional monarchy)、也是大英國協最重要的
成員邦國之一，當今的英國女皇更是加拿大法理上的國家元首
(Head of State)，然而，「書寫文學史」傳世，諸多學者，例如：喬
治‧桑普森，大衛‧戴區，艾拉司戴爾‧佛勒，安得魯‧桑德司，
朗諾‧卡特與約翰‧麥克瑞……等等，[56]似乎都全然無意於：啟動
春秋之筆，千篇一律矢言──加拿大文學是英國文學「不可分割」的
「組成部分」。而加拿大學者，例如：卡爾‧柯林克，大衛‧史丹
司，威廉‧紐依……等等，[57]也多半不曾以下里巴人之姿，恪謙地
自稱：加拿大文學是英國文學的「分支」，甚或是「亞流」──的確，
正是：兄弟登山、各自攀爬、努力，何曾刻意論資排輩，於後現代
的全球化之際，再提殖民時期的去向、歸屬？

　　於是，跨越政治的狹隘版圖歸屬，以方法學而論，瑪格麗特‧
艾伍德(Margaret Atwood)就主張：研究加拿大文學必須採取「多元」
的比較方式，進而倡議：其實，研究「任何一種文學」(any literature)
亦同，畢竟，透過對比的研究方法──獨特的文學特質，最能強烈

---

[56] 請參考，喬治‧桑普森，George Sampson, *The Concise Cambridge History of English Literature* (London: Cambridge University, Third edition, 1970)，大衛‧戴區，David Daiches, *A Critical History of English Literature* (New York: The Ronald Press, Secondedition, 1970)，艾拉司塔爾‧佛勒，Alastair Fowler, *A History of English Literature* (Cambridge, Mass: Harvard University Press, 1987)，安得魯‧桑德司，Andrew Sanders, *The Short Oxford History of English Literature* (Oxford, England: Oxford University Press, 1994)，朗諾‧卡特與約翰‧麥克瑞，Ronald Carter and John McRae, *The Routledge History of Literature in English* (New York: Routledge, Second edition, 2001).

[57] 請參考，卡爾‧柯林克，Carl F. Klink, ed., *Literary History of Canada: Canadian Literature in English* (Toronto: University of Toronto Press, Second edition, 1976)，大衛‧史坦司，David Staines, ed., *The Canadian Imagination* (Cambridge, Mass: Harvard University Press, 1977)，威廉‧紐依，William H. New, *A History of Canadian Literature* (Montreal, Quebec: McGill-Queens University Press, Paperback edition, 2001).

地浮現出來。因此，她一方面是加拿大文學（Canlit）本土論的擁護者，提倡：要瞭解自己，必須瞭解自己的文學。然而，另一方面，她也是一個視野開闊的國際派（internationalist），認爲：要精準地瞭解自己，必須瞭解加拿大文學是普世文學整體的一部份（part of literature as a whole）。於是，訴諸本土論的「國家主義」（nationalism），以及與其相悖的「世界大同」理想（cosmopolitanism）──這兩個俗世的選項矛盾，于自信、自主的艾伍德，其實，並不存在，她似乎已經從和諧的統合視域，向上提昇，而不致落入上述：塵網間「二律相悖」（antinomy）的對立。[58]

艾伍德這種二重奏式（duet）[59]的──「和諧的」──本土主義／世界大同觀，其實，也反映在開放、多元的加拿大比較文學思維之中，何況，緣由於楓葉王國的文學獨特、多姿、又豐沛，因此，伊娃‧瑪麗‧柯樂（Eva-Marie Kroller）就認爲：在加拿大從事比較文學，的確，大有可爲。首先，楓葉王國的學者公認：加拿大文學曾經受過英、法兩大歐洲殖民母國的薰陶；第二，其後，百年來又歷經：殖民主義、愛國熱潮的試煉，最終開花、茁壯──以致於匯流，注入世界文學的瀚海、潮流；第三，英、法裔兩大國族的文化／文學，又各自在楓葉王國，進行本土的灌溉、經營──其情境「相類又互異」。[60]由是衍生的這三大源流：豐沛、多元、而開放──堪稱淵遠勝流長。因之，與萌芽於全球各地的文學相比照，理所當然，富庶／複數的加拿大文學，自然，應該是比較文學最值得矚目、開拓的沃土之一。

---

[58] 見，Margaret Atwood, *Survival* (Toronto: House of Anansi Press, 1972), p. 17.

[59] 請參考，E. D. Blodgett, "The Canadian Literatures in a Comparative Perspective," *Essays on Canadian Writing*, 15, Summer 1979, p. 23.

[60] 見，Eva-Marie Kroller, "Comparative Canadian Literature: Notes on Its Definition and Method," in *Canadian Review of Comparative Literature／Revue Canadienne de Litterature Comparee*, Spring 1979, p. 139 and p. 148.

　　如果文學史(literary history)：是一部以一頁頁的文學作品來再現人類經驗的歷史，[61]而文學是用來刻畫人類的現實情境與理想的追求，[62]那對英語加拿大文學而言，先前既與英、美的文學世界同源、分流，如今就自然有著可以用來追蹤、比較：現實與理想差距的源頭。而另一方面，加拿大的法語文學又與法國有著欲拒還迎的千絲萬縷的關係，甚至加勒比海(Caribbean)以及非洲的法語文學，在在都已各領風騷，更可成為加拿大猶待跨界開發的國際比較文學樂土。[63]

　　此外，對內而言，魁北克人士認定他們創作的是楓葉王國的國家文學(national literature)，而英語地區的作家對魁北克人士的堅持，也逐漸認同，因此，一旦跨過政治框架與制限(political constructs and constraints)，[64]兩大國家文學的內在比較(internal comparison)研究，不但可以水到渠成，甚且能夠大放異彩，而透過彼此的互動、比較，更能夠進而歸納出更深入的結論，以回答兩大國族是否：擁有共同的「歷練與運命」或相通的心態(common mentality)——那類的嚴肅議題。加拿大雅博達大學(University of Alberta)比較文學系／所的講座教授米嵐・狄密區博士(Milan V. Dimic)因而認定：運用類此的當代比較文學方法，只要能夠以批評性的開放態度(critical openness)出發，就能為加拿大文學的研究，開啓新頁。[65]

---

[61] 請參考，Sandra Djwa, *Giving Canada A Literary History: A Memoir by Carl F. Klinck* (Ottawa: Carlton University Press for the University of Western Ontario, 1991), p. xx.

[62] 請參考，袁鶴翔，〈略談比較文學〉，收於，《比較文學的墾拓在台灣》(台北：東大圖書，1976年6月)，頁18。

[63] 見，Milan V. Dimic, "Towards a Methodology of Comparative Canadian Studies," in *Canadian Review of Comparative Literature／Revue Canadienne de Litterature Comparee*, Spring 1979, p. 115.

[64] 見上述，Milan V. Dimic, "Towards a Methodology of Comparative Canadian Studies," in *Canadian Review of Comparative Literature／Revue Canadienne de Litterature Comparee*, Spring 1979, p.116.

[65] 見上述，Milan V. Dimic, "Towards a Methodology of Comparative Canadian Studies," p. 116.

　　研究加拿大文學，正如上述，米嵐‧狄密區教授已經指出：進用當代比較文學方法的好處，事實上，加拿大學者大衛‧海因（David Hayne）以及雅博達大學比較文學系／所的講座教授泰德‧布拉傑博士（Edward D. Blodgett）也都有這個共識——務必將加拿大文學的研究與比較文學的方法成功地統合起來。只是，泰德‧布拉傑教授進一步認定：過往的研究太過於著重主題的探討（thematic studies）——藉以追尋加拿大文學的特質、或是藉以代表社會的投影。這種詮釋，他覺得，不免暗示出：文學以外的意圖，但是，以加拿大的政治情境而言，那似乎也還可以理解。不過，他提議：除了歸納出「求生、要塞、孤立」（survivals, garrisons, and solitudes）這些特質之外，是還必須將主題取向與敘述策略，例如：隱喻、意象、敘述技巧、英雄／反英雄的人物塑造……等等結合起來，一起解構，指出其獨特的結構設計，作品的研析，方才不至於千篇一律，彷彿是驕傲的父母在展示初生的紅嬰兒，只是，嬰兒又非三頭六臂，如何——不凡？因此，他倡導：文學史的春秋之筆，必須與國際的批評方法接軌，兼具犀利的批評性判斷，才是。[66]

四　自由主義與人道主義：離散書寫

　　上述菲立普‧史翠佛教授的「平行論」似乎也可以記述中國大陸「改革開放」與台灣解嚴之前，台灣文學與「中華人民共和國文學」（literature of the People's Republic of China）[67]——兩個文學之間錯綜

---

[66] 見，E. D. Blodgett, "Canadian as Comparative Literature," in *Canadian Review of Comparative Literature／Revue Canadienne de Litterature Comparee*, Spring 1979, p. 127-130.

[67] 語出於，已過世的華裔美籍學者許芥昱教授所編選的《中華人民共和國文學選集》，見，Kai-yu Hsu, *Literature of the People's Republic of China* (Bloomington: Indiana University Press, 1980).有關舊金山州立大學許芥昱教授的生平與文學、藝術理念，請參考，葛浩文（Howard Goldblatt）、張錯編選，《永不消隱的餘韻——許芥昱印象集》(香港：廣角鏡，1982年12月)。

複雜的關係。畢竟，雙方的確是：（我們必須再度重複）「在中國大陸『改革開放』與台灣解嚴之前」，有如平行線（parallel lines）從不「正式」相互交叉，既缺乏「密切」的交流，也沒有「大規模」的相互影響。彼此文學（史）研究／書寫的平行線，也沒有相互劃距、定位（fix and define the other），更談不上「重複」演練。然而，雙方的「開放」與解嚴，一如前引諾斯洛普・佛萊（Northrop Frye）的說法：在與他者相互對照、界定的時際，身份認同（identity），才有了實質的意指。

對中國大陸「官方」而言，台灣是「叛離中國的一個行省」（a renegade province）。[68]然而，對法律、政治學者而言，目前在台灣的「中華民國」與在大陸的「中華人民共和國」依然隔海對峙（standoff）。只是，中共宣稱：「世界上只有一個中國，中華人民共和國是代表中國人民的唯一合法政府，台灣是中國不可分割的一部份」──這是原始的「一中三段論」為中國大陸對外所使用。對內（或對「華人」），則另有新「一中三段論」：「世界上只有一個中國，台灣和大陸同屬一個中國，中國的主權和領土完整不容分割。」[69]顯然，同是「一中三段論」，後者不提「中華人民共和國」，不過，兩者語用雖然「內外有別」，細究語義涵蓋的場域，其實，又並無不同，亦即：以中國大陸嚴格的政治語言來辯議，「中國」這個意符（signifier），實際上，就是「中華人民共和國」的意指（signified）。

所以，在中國大陸，研究台灣文學的學者也多半斷言：台灣文學是中國文學的一個組成部份。[70]而對這些中國大陸學者而言，「中

[68]中共這個說詞，一直在國際上通行，然而，對亞洲的中文媒體，比較少提及，是「內外有別」的既定政策。關於「叛離的省分」一詞，請參考，Michael Yahuda, "The International Standing of the Republic of China on Taiwan," in David Shambaugh, *Contemporary Taiwan* (New York: Oxford University, 1998), p. 275.
[69]有關老「一中三段論」與新「一中三段論」，請參考，大陸新聞中心綜合報導，〈「一個中國三段論」，中共對外封殺台灣，對內拉攏台商〉，《聯合報》，2002年9月10日。

國文學」，就國家的意識形態來論，其實，正是「中華人民共和國文學」的代名詞——其領域的涵蓋性廣闊（inclusive），職是之故，方有「台灣文學與大陸各省、區文學同是中國文學的組成部分」——那個延伸的論述。[71]總而言之，「官式」的立場，可舉武治純爲代表：

> 「我一向把台灣文學定義爲『在中國台灣土地上發生、發展起來的文學。』這一定義首要的考慮是有利於打破官方立場以『中華民國文學』取代『台灣文學』的台北神話。」[72]

如此強烈的文學、政治立場，雖然，有時說法「內外有別」，倒是一向連貫、統一、而上下相互照應。根據報導，近日中共國台辦以中、英文對國際媒體進行宣傳之用的說帖，再度嚴正表示：中華民國的法統，依照國際法，在1949年已經終結。中華人民共和國已得到163個國家的承認，他們都承認一個中國原則，並且承諾在一個中國的框架內處理與台灣的關係。台灣政府只是依靠武裝割據與中共對抗的「地方當局」。該說帖並指出：台灣問題如何解決，是戰

---

[70] 「台灣文學是中國文學的一部份」，請參考，嚴侃的書評，〈評《台灣小說主要流派初探》，作者封祖盛，福建人民出版社〉，收於，《文藝報》，第9期，1984年，頁34；「台灣新文學是中國新文學的一個重要組成部分」，請參考，白少帆、王玉斌、張恆春、武治純編，〈編者前言〉，《現代台灣文學史》（瀋陽：遼寧大學出版社，1987年12月），頁1；「毫無疑問，台灣文學是中國文學的一個組成部分。這一爲海峽兩岸所共識的命題，包含著兩層意思：一，台灣文學是中國文學的一個分支，它們都共同淵源于中華民族的文化母體；二，台灣文學在其特殊歷史環境的發展中，有著自己某些特殊的型態和過程，以它衍自母體又異於母體的某些特點，匯入中國文學的長川大河。」劉登翰，〈文學的母體淵源和歷史的特殊際遇〉，收於，《台灣文學史上卷》（福州：海峽文藝出版社，1991年6月），頁4，以及，劉登翰，〈文學的母體淵源和歷史的特殊際遇〉，收於，《台灣文學隔海觀：文學香火的傳承與變異》（台北：風雲時代出版公司，1995年3月），頁3。

[71] 見，武治純，〈台灣文學定義之我見：兼致陳萬益教授〉，收於，《複印報刊資料》（北京：中國人民大學書報資料中心，1990年7月），頁242。

[72] 同上引，武治純，〈台灣文學定義之我見：兼致陳萬益教授〉，頁242。

爭還是和平，取決於台灣。中國的古訓就是「寧失千軍，不失寸
土」。而說帖的序言還強調：中國的統一是一種必然的趨勢，充分
反映了所有中國人的意志。[73]

　　然而，長遠以來，「中華人民共和國」的這個立場並不能全然說
服所有的政治、法律學者。畢竟，對中國通來說，海峽兩岸的對峙
（standoff），事實上，是政治的問題，而政治的問題尤需民主的程
序、而非僅僅依恃——具有爭議性的法理條文、或者毀滅性的軍事
手段來解決。他們認定：固然，中共是透過武裝革命而非民主選
舉，從國民黨手中取得在中國大陸的主權，但是，其後，並沒有能
夠繼續接收台灣，中華民國在台灣繼續存在自然就是意喻著：至
多，中共只能算是主權的「不完全繼承」。[74]至於外交承認，原就是
建基於邦交國家彼此的「利益算計」（the calculation of interest），而
並非全然基於正義或者法理。[75]何況，引用繁複的國際法，還有甚
多詮釋上的爭議。[76]

　　如今，民主台灣的中央政府，已經依據在1994年8月1日公佈的
第三次憲法增修條文，由當地的全體選民（electorate）公開投票，多
年來，一再選出新一代的「合法政府」（legal government），[77]于中國
通而言，其實，這無異於向國際宣示：啟用普世性、全民所接受的
民主程序，達到終極的「自決」（self-determination），也是台灣可以

---

[73] 請參考，王銘義北京專電，〈國台辦新說帖：中華民國法統一九四九年已終結〉，《中國
時報》，2002年11月8日。

[74] 見，Paul Jackson, "Independent No Matter What China Says, Taiwan Is A Nation," *The
Calgary Sun*, Calgary, Alberta, Canada, August 13, 2002.專欄作家保羅・傑克森認為：陳
水扁的「一邊一國」論，道出大家都知道的事實，卻被恐嚇得（cowed）不說出來：那就
是，其實，中華民國自1912年起就已經存在，即使是1949共產革命之後，它在台灣
依然是個獨立的國家。

[75] 請參考，Michael Yahuda（葉胡達），"The International Standing of the Republic of China on
Taiwan," in David Shambaugh（沈大偉），*Contemporary Taiwan*（New York: Oxford University,
1998），p. 281.

[76] 請參閱，陳春生，〈臺灣的國際法地位〉，《台灣日報》，2006年4月17~18日。

[77] 請參閱，上引，陳春生，〈臺灣的國際法地位〉。

獲得國際承認(international recognition)的基石。而這種近年來的發
展,中國通認定:若是進一步申論,反而足以顛覆北京政府的立
場,因爲,「中華人民共和國」的管轄主權所及:其實,僅僅限於它
目前的領土與住民(territorial bounds and inhabitants)、而並不及於
美麗島福爾摩莎。更何況,原來政權的取得是透過武力與內戰,而
非全民的自主、自由意志的民主抉擇。因此,在冷戰結束後,崇尙
自由主義的西方民主國家,即使受限於地緣政治,必須接納
(accommodate)北京,然而,依然同情民主的台灣。職是之故,中
國通再度認定:緣由於美、「中」關係與亞洲太平洋的國際安保特
質,台灣問題不僅是世間公義的議題(issue of justice),更是國際
的和平、安危所繫。[78]

　　依據上述中共國台辦的說帖,顯示:台灣人/中華民國公民,
必須自動放棄中華民國的國籍,接受「一國兩制」的安排,成爲「中
華人民共和國」的特區國民,一如港澳同胞。因爲,畢竟,中國大
陸絕對不准許:「台灣獨立」、「兩個中國」、「一中一台」,更何況,
現在又一再重申:「台灣問題」也「不能無限期地拖延下去」。[79]

　　面對700枚飛彈瞄準台灣、而軍艦三不五時通過台灣海峽——
這種詔令:天下「草木知威」的恫嚇情境,台灣的孤島/圍城心態,
或許可與魁北克人士的危城意識相比擬。因此,中華民國/台灣的
子民非但「不被允許」從事——「公投」——那種加拿大人自主地表達
個別意願的「民主程序」,自然,更不會輕易准許「中華人民共和國」
子民,有如英語加拿大地區人士「牽著手」、點起蠟燭、溫馨地呼
喚:我們多麼不願意你們離開,請留下來!激進的鷹派固然不願意

---

[78] 見上述,Michael Yahuda, "The International Standing of the Republic of China on Taiwan,"
　　 p. 276.
[79] 見,中央社北京八日電,〈江澤民十六大報告對台政策全文〉,《台灣新聞報》,2002年
　　 11月8日。

傾聽：「反飛彈、要和平」的要求，[80]更不願意打開「心內的門窗」傾
聽：上述台灣流行文化中的那首老歌——「牽著我的手」——那聲聲
清柔的婉約訴求。

　　如然，根據中華歐亞基金會所發表的一項民意調查指出，山雨若
來，台灣七成五的民眾願意為台灣而戰。[81]如此的情境倘然持續發燒，
豈不嚴峻、悽苦？因而，中國通不免呼籲：如有必要，國際社會應該
阻撓(militating against)北京的莽撞行為(precipitant action)。[82]

　　然而，自古普世的文學，最關懷的其實依然還是：疼惜生命。
就歷時性(diachronic)的(文學)歷史觀點來進一步考察，遠古中國的儒
家與詩人就曾以人道主義教示：兵凶戰危，痛斷肝腸——仁者不為、
智者不取。李白(Li Po)的〈戰城南〉("Fighting South of the Ramparts")
以景說情，道盡征戰的殘酷、以及詩人的人文關懷，千百年後，竟
然，化做蟹行文字，在太平洋彼岸流行：

Men die in the filed, slashing sword to sword
野戰格鬥死，

The horses of the conquered neigh piteously to Heaven
敗馬號鳴向天悲；

Crows and hawks peck for human guts,
烏鳶啄人腸，

Carrying them in their beaks and hang them on the branches of withered trees
啣飛上掛枯樹枝。

---

[80] 見，聯合晚報記者，王時齊報導，〈國慶祝詞，扁籲對岸撤除飛彈〉，《聯合新聞網》，
2002年10月10日。
[81] 見，聯合晚報記者，何孟奎報導，〈七成五民眾願意為台灣而戰〉，《聯合新聞網》，2002
年7月13日。
[82] 請參考，Michael Yahuda, "The International Standing of the Republic of China on Taiwan," in
David Shambaugh, *Contemporary Taiwan* (New York: Oxford University, 1998), p. 295.

Captains and soldiers are smeared on the bushes and grass;

士卒塗草莽，

The general schemed in vain.

將軍空爾爲。

Know therefore that the sword is a cursed thing

乃知兵者是凶器，

Which the wise man uses on if he must.

聖人不得以而用之。[83]

　　因而，文學史上，《詩經‧國風‧王風篇》的〈君子於役〉、李白的〈樂府‧古吹曲辭‧戰城南〉、以及杜甫赫赫有名的〈石壕吏〉，今日，即然化做蟹行文字，依然能夠撼動異文化的異族心靈。於是，他們的詩行以普世的人文關懷，在美、加大學的課堂上備受歡賞、辯議。[84]

　　〈君子于役〉「言情寫景，眞實樸至。」[85]然而，「君子于役」、「雞棲於塒」、「牛羊下括」，人、禽、獸排比（juxtaposition）並列，而良人卻不知賦歸何日，豈非爲人境遇——禽獸不如？於是，蘊含作者的道德關懷，不言可喻。

　　而杜甫設計〈石壕吏〉中的主要敘述者，隱藏於後，透過意識焦點／敘述觀點的轉移（shift of point of view），化身爲靜默的聽述者（narratee），[86]傾聽老婦這個戲劇化的敘述者（dramatized narrator）[87]上

[83] 收入，Cyril Birch, *Anthology of Chinese Literature: from Early Times to the Fourteenth Century*（New York: Grove Press, Eighth printing, 1967），pp. 228-229. 中文版，請參閱，涂經詒輯，《中國文學選》（台北：廣文書局，1972年元月），頁110。

[84] 分別收入，Cyril Birch, *Anthology of Chinese Literature: from Early Times to the Fourteenth Century*（New York: Grove Press, Eighth printing, 1967），pp. 10-11, pp. 239-240.

[85] 有關〈君子于役〉一詩的詮釋，請參考，糜文開、裴普賢著，《詩經欣賞與研究》（台北：三民，1979年10月第6版），頁209-212。

[86] 有關這個概念，請參考，Gerald Prince, "Introduction to the Study of the Narratee," in David

「前致詞」,而悉知「有孫母未去,出入無完裙」的慘事,由是,受安、史之亂斲傷的心靈,因此,間接地得到演述,而「無完裙」的鮮明意象,又隱喻著年輕女子毫無遮掩、痛失尊嚴的人間至苦。

職是之故,這些文學史上的先行者,以人文關懷爲取向,結合恰適的敘述策略,建構完美的美學形式,燒印出中國文學史上最令人矚目的一頁。又飄洋過海,西行,匯入世界文學的瀚海、主流。

近年來,杜甫〈石壕吏〉詩中的後裔子孫移入加拿大的人數,每年高達4萬餘人之多,已經超越過世界上任何一個國家,甚至於遠超過於當年香港人規避1997年回歸中國時的移民潮。是不是緣由於故土「道不行,乘桴浮於海」之故?或者是爲了全球「最適宜居住的國家」——楓葉王國——「近者悅,遠者來」之故?[88]值得社會學者做實證的考查。而台灣新文學之父賴和的詩句:

> 家國興亡有遺恨
> 子孫不肖負前功

更值得有識者共同一再嚴肅地反思。

然而,收納世界各地的移民已經是加拿大行諸多年的立國傳統。而移入楓葉王國的各離散族裔當中,其離散書寫,以亞美尼亞人(Armenian)的集體歷史記憶,最令人動容。因爲自1915年至1922

H. Richter, ed., *Narrative/Theory*, (New York: Longman Publishers, 1996), pp. 226-241.

[87] 有關這個概念,請參考,Wayne C. Booth, "Dramatized and Undramatized Narrators," and "Observers and Narrator-agents," in *The Rhetoric of Fiction* (Chicago: University of Chicago Press, 1983), pp. 149-154.

[88] 「道不行,乘桴浮於海」語出於孔子,〈論語‧公冶長第5〉,「近者說,遠者來」,出於孔子,〈論語‧子路第13〉,收於,謝冰瑩、李鍌、邱燮友、劉正浩編譯,《新譯四書讀本》(台北:三民,1982年4月8版),頁88,頁174。英文翻譯本,請參考,James Legge, *Confucian Analects, the Great Learning, and the Doctrine of the Mean* (New York: Dover, 1971). PL 2471 R47 1971.

年，於短暫的七年間，土耳其政府施行了種族大屠殺(genocide)的政策，亞美尼亞人受難者共有一百五十萬人，只有一千五百個倖存者後來移入加拿大。為了種族不致滅絕，並且保存固有的文化，亞美尼亞人勉力送孩子進入自己的學校與教堂，參與自己的族裔聚會，凝聚自己的種族意識——亞美尼亞人的離散書寫，於焉開始。[89]

只是，于寧靜的山湖雪國，竟然也藏諸——以如此斑斑的血淚燒鑄的集體歷史記憶。這豈非又值得全人類再度嚴肅地反思？

現／當代台灣文學的離散書寫，自然也值得注目，將來或許可以成為台灣文學史上的專章，一如「抗議文學」(literature of protest)專題，在加拿大文學史上佔有的位置。[90]間中，又以白先勇與東方白——「建中二白」[91]最為突出。前者以《台北人》成名，後者以《浪淘沙》獲獎無數。由於他們這兩部傑作，探討者眾，在此，我們姑且不妨解讀他們的其他短篇小說。

原始的「離散」(diaspora)一詞來自希臘，在猶太的百科全書中，用來描述基督教興起前後，猶太人的離散現象。而他們的離散——亞諾・艾吉斯堅持：其實，並非是政治奴役的結果，而是用來指陳：他們擔負著把神諭(Torah knowledge)傳赴世界各地的任務。[92]後來，「離散」指涉的意義就繁複得多多，例如：當事者擁抱著不止一個以上的歷史、一個以上的時空、以及一個以上的過去與現在，還歸屬於此間與他地，又背負著遠離原鄉與社會的痛苦，成為

---

[89] 見，Lorne Shirinian, *Writing Memory: The Search for Home in Armenian Diaspora Literature as Cultural Practice*（Kingston, Ontario: Blue Heron Press, 2000）.

[90] 請參考，Frank W. Watt, "Literature of Protest," in Carl F. Klink, ed., *Literary History of Canada: Canadian Literature in English*（Toronto: University of Toronto Press, Second edition, 1976）, pp. 473-492.

[91]「白」先勇與東方「白」兩人都唸過台北建國中學，這個典故，請參考，東方白著，〈建中二白〉，收於，《迷夜》(台北：草根，1995年11月)，頁223-266。

[92] 見，Arnold Ages, *The Diaspora Dimension*（The Hague: Martinus Nijhoff, 1973）, p. 10.

異地的圈外人，而淹沒在無法克服的記憶裡，苦嚐失去與別離。[93]

　　白先勇的〈謫仙記〉運用旁觀的敘述者「我」來刻畫、見證一個流著貴族血液、孤標傲世、「美得驚人」的女主角李彤，她在第二世界大戰之後，由上海赴美留學，其後，家人在國共內戰時遇難，李受此打擊，此後，行事乖違，終於遽死他鄉的悲劇情事。值得我們注意的是：當敘述者「我」因視點所限，觀察、述說，力有未逮的時候，他的妻子慧芬就進場，成為次要的敘述者，補充說明。於是，兩者交叉演述，糅合著男女個別的人性制限，兩相對照，倒也別緻、新奇、又另有展現。

　　小說中最重要的關鍵情節設計是：李彤的父親與母親搭乘太平輪赴台，輪船中途被擊沈，父母罹難，家當也全淹沒了──「太平輪」，似乎，並不「太平」。李彤的大轉變，白先勇是啟用她們小圈圈的「集體聲音」（collective voice）有力地來強調、暗示的：她們「一致」都覺得李彤從此「變得不討人喜歡了。」的確，于整篇作品中，受限於意識焦點／敘述觀點的設計，敘述者「我」、慧芬與我們讀者，都在一定的距離之外，旁觀李彤的外表與行為，藉以推衍、歸納她的變化。

　　間中，最能啟人思考的是幾個場景與物件的運用，特別是「大蜘蛛」。小說中最後的一個場景，用以特寫李彤時，敘述者記述：當時「光線黯淡」，燈光昏黃，於是，塑造出來的氣氛突然顯得鬼魅十分，于此陳暗的燈光下，李彤似乎疲憊得只剩下皮包骨，而裹著她的長裙竟像是「舊絨毯」。但是，最重要的是：一而再、再而三出現的「大蜘蛛」，此時，非但「生猛」，甚且，已經伏到了李彤的腮上，恰與「憔悴」的她，成為尖銳的對比，這時生猛的「大蜘蛛」彷彿

---

[93] 請參考，John Docker, *1492 The Poetics of Diaspora*（London and New York: Continuum, 2001），pp. vii-viii.

撒好了天羅地網，準備隨時可以安享它的「獵物」。如然，則李彤是離散人物的代表，生存於異地的圈外人，而落入有若「蜘蛛網」的過往記憶裡，於並不「太平」的國共內戰時代，無法自拔——苦嚐「失去與別離」(loss and separation)。白先勇非但刻畫繁華盡處的淒涼，其實，更在追溯戰亂流離的生命滄桑。而他清冷地設定美感距離，事實上，也更影射／暗喻：人我之間的巨大理解差距(disparity of understanding)，有益於塑造此作中，多起反諷(irony)的插曲。

在與張素貞教授於巴黎對談的時候，白先勇曾經提到福樓拜與巴爾札克對景物描寫予他的影響，[94]證諸我們上一段〈謫仙記〉的場景論述，的確如此。其實，敘事學家密珂・芭爾(Mieke Bal)就感嘆過：空間／場景這個概念應該不證自明，可是大家似乎還是對它曖昧不清，只有少數理論的文章探討到這個概念。[95]白先勇雖然少談場景的敘述理論，然而，卻是應用這個概念的好手。

以上述約翰・戴克(John Docker)對「離散」的定義而論，東方白作品中的人物與他自己，嚴格地說，都不能算是「十足」的「離散」中人。因為，東方白雖然擁抱著一個以上的歷史與時空，也歸屬於此間與他地，但是，他不被過去所勞役，天天忙著看書、寫作、散步、游泳、練琴，也並不覺得有遠離原鄉與社會的痛苦。所以，將他列入「離散」書寫是因為他雖然身在楓葉王國，卻多半書寫原鄉，而又以文字返鄉之故，取的是原始的「離散」——「離」鄉「散」出的本意。而他諸多作品中，只有〈奴才〉勉為堪稱是個「離散」中人。

〈奴才〉述寫一個原籍山東，原是一個富豪人家的奴才，由於國共內戰，與主人「離散」，流落入軍隊。後來輾轉抵達台灣，退役之

---

[94] 請參考，張素貞〈學習對美的尊重——在巴黎與白先勇一席話〉，收入，白先勇著，《樹猶如此》(台北：聯合文學，2002年2月)，頁236。

[95] Mieke Bal, "From Place to Space," in Narratology (Toronto: University of Toronto Press, 1992), pp. 93.

後，被派任到第二個敍述者「我」的小學當校工，一生卑屈以終的情事。

　　東方白把故事設定在國外的一個中秋夜，由主要的敍述者「我」、他的好友老詹、與「離散」的台灣人，參與中秋節的聚會，再從大家的過去與現在、此間與他地、咀嚼共同的歷史一一起始，敍述模式是中規中矩的「離散」演述。然後，由老詹接棒、以敍述者「我」的視點，旁述奴才阿富的卑微故事，啓用的是：有如《天方夜譚》中的女主角莎花拉妖德每天演述故事一般，那種包孕的敍述結構方式——敍述者「我」、老詹、和聚會裡的「離散」中人，他們所處的故事是「敍記外層」，而阿富出現的故事層面則是「敍記裏層」，兩個內外敍記層的演述，可以透過交相類比或對比的技巧來展現故事的主題。現／當代華文小說中，運用包孕的敍述結構最為突出的是：魯迅的〈狂人日記〉、與平路的〈玉米田之死〉。〈奴才〉的「敍記外層」著力不算最多，所以，類比或對比的運用自然沒有〈狂人日記〉或〈玉米田之死〉那般顯著。

　　塑造阿富的人物特徵，東方白從(1)阿富對別人的稱呼；(2)他的謙卑外型與態度；以及(3)認守自以為奴才本分的義務…等等言行，細細著手。因此，阿富是以封建、可笑的頭銜「老爺」來稱呼校長，以「少爺」、「姑奶奶」來稱呼校長的兒女；日常不敢「僭越」：與老爺同行、同桌吃飯、同屋生活；而過去給連長打水，為連長太太買菜、抱小孩，現在理所當然替校長蒔花、代校長兒女打掃。如此繁複的封建言行一再重複出現，其實，原不過旨在：複指奴才的行徑與思維。

　　讓人吃驚的是：故事的收尾，阿富竟然要以自己一輩子不賭、不飲、不嫖的終生積蓄——贖回一己的自由身。藉此，東方白冒險地運用了雙刃的敍述策略，第一，暗示：阿富信守封建的奴才道

德，至死不渝；第二，終生潔身自持、辛勤付出，只是為了換取最後的自由，取得救贖。前者，正如方太太的嘆息：忠心至此，不免可悲，這是代表自由主義／基本人權的策反意識，是阿富奴才道德心態的對比。後者，承認、履行先人所定的契約，然而，卻又積極地勉力提昇，而不是向下沈淪，企圖：超越一己的封建身分與運命──暗喻人性的高貴，進而將不義的奴才制度，訴諸公論，繩之以法。職是之故，老詹拒絕成為奴才制度的共犯結構，不把阿富的終生積蓄交給他原鄉的老爺，反而，自作主張，把它捐給養老院，替他遺愛人間──是泛愛而親仁的展現。

五　疼惜生命：台灣文學的歷史定位

再現人類的經驗，民家敷演的是：「萬骨枯」的斑斑血淚，而官家宣揚的卻是：「一將功成」的歷史。究竟，你我要選擇：「一將功成」？抑或是：「萬骨枯」？我們必須嚴肅地反思！

然而，俱往矣，秦王漢武！民間書寫／口傳的永恆記憶可是：孟姜女哭倒萬里長城。於是，白先勇的〈謫仙記〉與東方白的〈奴才〉演述了國共內戰所導致的「乘桴浮於海」的離散，離散所衍生的家國失落與抑鬱悲懷，藉此，進而銘刻世路人情的傷痕歷史。因而，也不讓富有人道主義關懷的〈君子於役〉、〈戰城南〉、〈石壕吏〉專美於前。正如這些文學先行者的詩行，傳頌於廟堂之上，出入於方塊字與蟹行文字之間，〈謫仙記〉與〈奴才〉以獨特的主題取向，結合恰適的美學形式，建構短篇小說的演化動力，[96]為台灣文學的歷史定位、以及匯入世界文學的浩瀚江流，確立特殊耀眼的里程碑。[97]

---

[96] 語出於，陳國球，〈文學結構與文學演化過程──布拉格學派的文學史理論〉，收入，陳國球、王宏志、陳清僑編，《書寫文學的過去──文學史的思考》（台北：麥田，1997年3月15日），頁173。原文為：「對文學史家來說，作品的價值決定於該作品的演化動力：要是作品能重新整頓組合前人作品的結構，它便有正面的價值。」

[97] 〈謫仙記〉與〈奴才〉的英文翻譯，都早已經收入於全球漢學界流傳最廣、最富聲譽的英

　　由於篇幅的限制，無法容納進一步的詳細討論，我們在此可以提議日後全面審視白先勇的〈安樂鄉的一日〉、〈夜曲〉、與〈骨灰〉，以及東方白的〈魂轎〉、〈髮〉、與〈殼〉，再透過主題意涵與敘述策略相近的加拿大文學作品，來與馮驥才的〈霧中人〉和陳丹燕的〈外公與南茜〉等等短篇小說，于主題取向與敘述策略的結合，做美學性的探討與比較，從而進一步辯議：人道主義與自由主義在當代台灣小說史上的重要性，及其與哲王「近悅遠來」、「乘桴浮於海」的可能對話關係。

文書籍、學誌上，是美、加各大學東亞系學生文學課最重要的讀物之一。前者是作者白先勇教授與美國哥倫比亞大學夏志清教授合譯，Pai Hsien-yung and C. T. Hsia, Tr., "Li Tung: A Chinese Girl in New York," C. T. Hsia, ed., with the assistance of Joseph S. M. Lau, *Twentieth-Century Chinese Stories* (New York: Columbia University Press, 1971), pp. 220-239. 而〈奴才〉則先後有兩個英文翻譯版本，一個是以研究華文鄉土文學聞名於世的專家、紐西蘭的瑪樹大學(Massey University)哈玫麗教授(Rosemary Haddon)所翻譯的加拿大版，另一個則是屢獲美國翻譯大獎的葛浩文教授(Howard Goldblatt)早期翻譯的傑作。前者刊於《加拿大小說雜誌》的特刊，後者出版於中華民國筆會的專門英譯雜誌。請參考，Rosemary Haddon, "The Slave," Canadian Fiction Magazine, 36╱37, (1980), pp. 94-107; Howard Goldblatt, "The Slave," *The Chinese PEN*, Winter, (1982), pp. 71-93.

漂泊與放逐

——陳映眞60年代小說中的「離散」思潮和敘述策略[1]

「離開總是好的，新天新地。什麼都會不同。」

「那是漂泊呀！或者簡直是放逐呀！」

「你不也在漂泊嗎？」

陳映真，〈淒慘的無言的嘴〉，1964年6月

「在我們，經歷多少變化過來的，你不知道。」

「一些人離散了；產業地契一夜變成廢紙。」

陳映真，〈第一件差事〉，1967年4月[2]

一　前言

　　赶回五○、六○年代歷史臺灣的文學步道，放眼：轟動武林、驚動萬教的諸多里程碑之中，其一，高矗於孤峰頂上、紅旗飄飄、獨樹一幟者——自然是非陳映眞（1937-）莫屬。彼時，他即以鮮明的人道主義、社會關懷、與詩意魅力的文字，獨領風騷。

---

[1] 拙文成稿，要特別感謝：東海大學洪銘水教授一番長談、命題的雅意，美國加州大學聖塔芭芭拉分校杜國清教授析論：西方diaspora的理念，而有關猶太人的離散運命，作家東方白先生給予最多的激盪；文中的部分論點曾經與加拿大雅博達大學東亞研究系／所同學、國立成功大學臺灣文學研究所同學一起辯議過。我珍惜與文友如此對話的情緣；然而，間中論述的闕失、偏頗，都應該由我個人承擔。

[2] 〈淒慘的無言的嘴〉，收入，《陳映眞作品集1：我的弟弟康雄【小說卷1959～1964】》（臺北：人間出版社，1988），頁160。〈第一件差事〉，收入《陳映眞作品集2：唐倩的喜劇【小說卷1964～1967】》，前引，頁139。

　　然而，1967年5月，行色倉皇，[3]「遠門作客」——此去，窮山惡水，烙在陳映眞的夢斷青春，竟然長達六年之久。而歸來之後，於1975年9月26日，他卻反以筆名許南村，在早先這座五○、六○年代就已注定：入於文學廟堂之上的里程碑，再銘刻上了〈試論陳映眞〉一文。[4]文中，沒有「遠行者」或有的吊民伐罪，卻不乏謙遜的自我魂靈尋索（soul-searching）與因之鐫印的惕勵警醒。

　　〈試論陳映眞〉一文，對自我「紅塵浪裏」——始原「青蒼」的悖反、對漂泊浪子——魂兮歸來的摯情自我召喚，及至今日，依然洞見觀瞻，讀來令人動容。至於，夫子自道，謙抑開誠，誰曰不宜？職是之故，里程碑上，句句「南」語「村」言，論述——斑斑可考、「眞眞」見血，以致一錘定音，評家也自此從之者眾，迭有創見。[5]

　　然而，再會（revisit）五○、六○年代的臺灣「文學與思潮」，彼時，雖然人人心中自有「警總」、白色苦難席捲歷史臺灣，不過，于隆隆的金門炮戰（1958年8月23日）聲中，[6]幸而（或者不幸？）方向固定的

---

[3] 1967年5月，陳映眞在應邀赴美參加國際寫作計畫前夕，因爲「民主臺灣同盟」案被捕入獄，直到1973年7月才出獄。見，〈陳映眞寫作年表〉，《陳映眞作品集5：鈴鐺花【小說卷1983～1987】》，前引，頁192。對這個白色臺灣時期的遭遇，他常常以「遠門作客」來隱喻，見，〈鞭子和提燈——《知識人的偏執》自序〉，《陳映眞作品集9：鞭子和提燈【自序及書評卷】》，前引，頁20。拙文姑且從之。

[4] 收入，〈試論陳映眞——《第一件差事》、《將軍族》自序〉，《陳映眞作品集9：鞭子和提燈【自序及書評卷】》，前引，頁3-13。

[5] 最重要的台灣當代批評家，例如：施淑教授就認爲——許南村的「論斷自有嚴肅的眞實性」，見，施淑，〈臺灣的憂鬱——論陳映眞早期小說及其藝術〉，收入，《兩岸文學論集》（臺北：新地，1997年6月），頁150。此外，齊益壽教授也認定：臺灣「知識份子的各個階段，少年的蒼白，青年的抗議，壯年的成熟，這既是陳映眞生命發展的軌跡，同時也大致反映了二十年來【1960年以來】知識份子的風貌，因此，對知識份子契刻之深、層面之廣上，陳映眞無疑是佼佼者」，而尉天驄教授也覺得：「陳映眞恐怕如他自己所說，基本上是居住於臺灣的一個小城鎮的知識份子，他寫他們的心態非常成功，掙扎、彷徨、苦悶和想突破又找不到出路，正是陳映眞作品中的主要內容，而這些也正是這批知識份子赤裸裸的寫照。」尉天驄、齊益壽兩位評家的論述，收於，〈從浪漫的理想到冷靜的諷刺——尉天驄、齊益壽、高天生對談陳映眞〉，《陳映眞作品集5：鈴鐺花【小說卷1983-1987】》，前引，頁172。

[6] 有關金門炮戰與戒嚴下的白色臺灣，請參考，張玉法，《中華民國史稿》（臺北：聯經，1998），頁501-508，頁533-548。

執政黨「迎風戶半開」政策，竟然，亦使臺灣小說家得以因而歷盡西潮、美雨、東洋風——「耐操又有凍頭」地加持操練——何嘗不是：風雨如晦，雞鳴不已。當年(開始)打造文學工程的小說家，諸如：鍾肇政(1925-)、葉石濤(1925-)、馬森(1932-)、鄭清文(1932-)、李喬(1934-)、陳映眞(1937-)、白先勇(1937-)、東方白(1938-)、王文興(1939-)、王禎和(1940-1990)、施叔青(1945-)……等等，[7]個個若不是精通外語、深諳古今中外的文學典律，就是身受豐沛耀眼的文學訓練、薰陶。可貴的是：他們畢竟未被浮雲遮望眼，自能從周遭生存情境的人類歷史泥沙之中，各自一一鉤沈，以糅合中外古今的獨特美學形式，再現福爾摩莎的人生追逐。

以故，五〇、六〇年代，卓爾不凡的臺灣小說家：立足鄉土、邁向國際——其開放襟懷，如今，于時光恒河的流轉中，再度審視，我們亦可發現：其實，正與現／當代小說研究的全球化視野相接軌。

的確，影響小說研究甚鉅的西方敘事學(narratology)，根據派翠力克・歐尼爾(Patrick O'Neill)的追溯，[8]自托拓洛夫(Tzvetan

---

[7] 拙文雖然忝為學術文章，然而，在此，我願意添加一個文學軼事的批註，為「眞實作者」的生活，作一個橫切面的記述。據東方白告訴我(personal communication)：他在臺北與陳映眞一場于陳家的聚會場合，由於因緣際會，他從旁聆聽了陳映眞與友人，于電話中，以英、日語流利交談的情境——陳映眞的語言天才，倍使懂得英、日、法、俄、德文的東方白也稱頌不已。此外，陳映眞自陳：「魯迅、芥川龍之介、契訶夫是影響我最深的三個作家」，語出於，陳映眞，〈我的文學思想與創作〉，《面對作家系列演講》，中央研究院，中國文哲研究所(線上影音)，2003年8月1日。因此，施淑教授所詮釋的陳映眞的「東洋藝術感性」，(見，前注，施淑，〈臺灣的憂鬱——論陳映眞早期小說及其藝術〉，頁161)，的確，是有根據的。至於，鍾老(鍾肇政)與葉老(葉石濤)，都翻譯過無數日文小說。葉老兼且文學閱讀甚廣，包括英、美、德國、挪威、法國、舊俄、義大利等國名著，請參考，彭瑞金，《葉石濤評傳》(高雄：春暉出版社，1999年1月)，頁75。文壇老將鄭清文先生，最熟悉海明威、契訶夫的作品，翻譯過契訶夫小說集《可愛的女人》(臺北：志文，1975年初版，1993年再版)。馬森教授除了深諳英、法、西班牙等國語言與文學之外，還編譯過兩本《當代最佳英文小說》(臺北：文化生活新知，1991年)。

[8] 本段是拙著《臺灣小說與敘事學》，〈導言〉的第二節，現／當代西方敘事學概述的精要撮述，全文，見拙著，《臺灣小說與敘事學》(臺北：前衛，2002年)，頁21-27。現／當代西方敘事學的發展，詳細情形，請參考，Patrick O'Neill, "Theory Games: Narratives and

Todorov)於1969年創鑄、發端以還,結合了俄國和捷克的形式主義
(formalism)、六〇年代的法國結構主義、以致於形名學(semiotics)
等等歐陸的知識傳統,各自橫渡大西洋,之後,又與美國的文學批
評相合流,建構了世界上「正統」敘事學(classical narratology)的「經
典期」。不過,溯自1980年、1990年以還,國際敘事學的小說研究,
已然進入科際整合的所謂新「臨界期」(critical narratology),從過去
幾乎完全專注于作品文本——「臨」本解析,進入多元學科(multi-
disciplinary)、「界」限的重新盤整、統合。誠如,加拿大西門菲莎大
學(Simon Fraser University)英文系教授凱西・梅載(Kathy Mezei)的
追述(1996):近幾年來,國際敘事學者以及1990年《今日詩學》
(Poetics Today)學報的兩期特刊(special issues)都一再提議——有
關啓用敘事學的小說研究,必須進一步再擴增參數(parameters),[9]
方能開拓、深化我們對小說的理解。因而,邇來敘事學各個流派,
也力圖走出障蔽,試圖跳出我執,而建構與各個學門相互補強的視
域。

有鑒於此,本文擬從楓葉王國的境外視點,將陳映眞60年代小
說中,所顯現的「離散」思潮和敘述策略,權且置諸於全「人類」的
「離散」歷史軌跡,[10]以傳統的中文「離散」觀念,糅和亞歷山大・基
特洛(Alexander Kitroeff)所謂的華人、希臘人、猶太人各個族裔的
「離散」／diaspora立論、亞諾・艾吉司(Arnold Ages)的《離散維度》

Narratologies," in *Fictions of Discourse: Reading Narrative Theory* (Toronto, Canada:
University of Toronto Press, 1994), p. 13.
[9] Kathy Mezei, "Contextualizing Feminist Narratology," in *Ambiguous Discourse: Feminist
Narratology and British Women Writers* (Chapel Hill, North Carolina: the University of North
Carolina Press, 1996), pp. 4-5.
[10] 在回答:「你爲什麼要寫作?」的時候,陳映眞說:「爲了人類的自由,爲了反對不平
等、不正義、以及貧窮和無知,爲了追求一切支配精神及物質的自由而寫作。」語出
於,〈你爲什麼要寫作?〉,《聯合文學》第二卷第一期,1985年11月1日出版,頁163。
因此,我們將他的作品放在反思全「人類」的共同境遇中,來進一步辯議,應該是可以
實驗的。

(The Diaspora Dimension)、約翰・糜司卡（John Miska）的《匈牙利加拿大文學》*(Literature of Hungarian Canadians)*、與約翰・戴克（John Docker）的《1492，離散詩學》*(1492, The Poetics of Diaspora)* [11]之類的──「離散」／diaspora反思，借用當代敘事學的論述模式，對陳映真60年代處理「漂泊與放逐」的作品，嘗試：開拓有別于許南村的「一個」另類解讀，希冀──回歸社會現實、人類的歷史情境、統合性的敘事結構、以及文本的初始價值觀和軌範準則（norms），[12]藉以重新實驗、比較、解構、思考：是否有進一步擴大辯議臺灣小說的「另一個」可能？

二　「離散」與Diaspora：東／西方的反思

「離散」一詞，在傳統中文語義裡，原有「離開」、「散去」、「分離」，等等意指。孔子〈論語・公冶長第五〉，有道是：「道不行，乘桴浮於海」，而〈孟子・梁惠王上〉亦云：「父母凍餓，兄弟妻子離散。」以後，《三國演義》〈第六十回〉，則曰：「加之，張魯在北，時思侵犯，人心離散。」[13]以上諸例非但明指：人類個體／群體的背井

---

[11] 見，Alexander Kitroeff, "The Transformation of Homeland-Diaspora Relations: the Greek Case in the 19ᵗʰ-20ᵗʰ Centuries," in J. M. Fossey, ed., *Proceedings of the First International Congress on The Hellenic Diaspora, from Antiquity to Modern Times, Volume II; From Antiquity to 1453, McGill University Monographs in Classical Archaeology and History* (Amsterdam: J.C. Gieben Publisher, 1991), p. 233. Arnold Ages, *The Diaspora Dimension* (The Hague: Martinus Nijhoff, 1973); John Miska, *Literature of Hungarian Canadians* (Toronto: Rakoczi Foundation, 1991); and John Docker, *1492 The Poetics of Diaspora* (London and New York: Continuum, 2001).

[12] 在此，我直覺上主觀地認為：如果不引用一個複合詞組──「價值觀和軌範準則」來翻譯韋恩・布斯（Wayne C. Booth）的文學術語 "norms"，則無法表達我所認知的 "norms" 內在所含括的複雜的意涵。"Norms" 一詞，見，Wayne C. Booth, Rhetoric of Fiction (Chicago, Illinois: University of Chicago Press, 1983), pp. 71-75. 軌範一詞，語出於〈文選・孔安國・尚書序〉：「點讀訓詁誓命之文，凡百篇，所以恢弘至道，示人主以軌範也」，取其：法式，模範之意。

[13]「道不行，乘桴浮於海」語出於孔子，〈論語・公冶長第5〉，「父母凍餓，兄弟妻子離散」，出於〈孟子・梁惠王上〉，各收於，謝冰瑩、李鍌、邱燮友、劉正浩編譯，《新譯四書讀本》（台北：三民，1982年4月8版），頁88，頁251。「加之，張魯在北，時思侵

離鄉、流離星散，更又記述──人心的向背、乖違。

至於，西方的diaspora(或中譯爲「離散」)一詞，美國紐約市立大學皇后學院的亞歷山大‧基特洛教授(Alexander Kitroeff)則認爲：diaspora源出於希臘。初始，字義上(literally)不過是通常喻示：「群體往各方向散開」(disperse)、或「諸個體往不同方向分開」(scatter)吧了。[14]

不過，緣由於猶太人的千年競存(millennial existence)，他們所採行、進用的diaspora／「離散」一詞與概念(concept)，于不同時代，歷經多次幻化、演繹，逐漸形塑成歷史長河裡，諸多微妙、複雜的意指，[15]凡此，在在都值得我們再進一步探討、比較、反思。

首先，根據身爲猶太裔的學者、加拿大多倫多大學的亞諾‧艾吉司(Arnold Ages)[16]的追述：(1)初始，「離散」一詞的確是：自希臘語詞移植過來，用爲銘刻──西元前六世紀(586 B.C.)，猶太族人成爲新巴比倫帝國的「階下囚」(Babylonian captivity)之後，他們猶太人士流離星散，長久失去主權國家的悲慘際遇。[17](2)其後，「離散」也啓用來述說(characterize)：生生不息的諸多猶太人士(flourishing Jewish community)，在基督教興起不久之前，「流寓」於亞歷山狄亞(Alexandria)的情境。(3)然而，近世以來，「離散」的概念，指涉的則是：西元第一世紀，猶太族裔人士「群起反抗」──羅馬帝國

犯，人心離散，」語出於羅貫中，《三國演義》(台北：文源，1970年)，頁418。

[14] 見前引，Alexander Kitroeff, "The Transformation of Homeland-Diaspora Relations: the Greek Case in the 19th-20th Centuries," p. 233. 運用英文disperse或scatter來意譯、詮釋diaspora的豐富意旨，並不容易，有關這對相似詞disperse與scatter之微妙意涵，見，Philip Babcock Gove, *Webster's Third New International Dictionary of the English Language, Unabridged* (Springfield, Massachusetts: G. & C. Merriam, 1976), p. 2027.

[15] 請參閱，亞諾‧艾吉司(Arnold Ages)，*The Diaspora Dimension* (The Hague: Martinus Nijhoff, 1973), p. 3.

[16] 見，前註，亞諾‧艾吉司(Arnold Ages)，*The Diaspora Dimension*, p. 3.

[17] 請參閱，傅啓學，《世界史綱‧上》(台北：教育部大學聯合出版委員會，正中書局印行，1993年)，頁88。

進軍、霸佔巴勒斯坦(Palestine)，最後，他們猶太族裔人士，竟然，慘敗、受挫，導致耶路撒冷的教堂，毀於一旦(70 A.D.)，猶太族裔人士從而集體出走、流亡，最終「離散」，遍及全球的情事。[18]

因此，在猶太的百科全書(the Jewish Encyclopedia, 1916)之中，diaspora真確是用來記述：基督教興起前後，猶太人的飄零、離散現象。但是，對他們的星流雲散──猶太族裔卻認定：並非是政治奴役的結果，而是用以──指定猶太族裔人士擔負起將神諭(Torah knowledge)──傳赴世界各地的天賦使命。[19]

然而，美國威廉學院的尼可‧伊瑟烈(Nico Israel)卻認為：以宗教和靈魂而論，離散這個概念，饒富重要性。他認為：摩西在出埃及之後，已經提出嚴肅的警告──凡是背離天主的旨意，注定要輾轉飄泊于四域，以永恆的他者身份，於盲目、瘋狂、失敗，存活于他者之中(amid others)。因而，尼可‧伊瑟烈主張：離散是與上天的詛咒(curse)有關。[20]另一個激進的說法，甚至於認定：猶太人被逐出原鄉，其實，是緣由於十惡不赦的弒神罪(heinous sin of deicide)；此外，他們也緣由於拒絕了救世主彌賽亞，而使得猶太族裔被判──顛沛流離於世界各地，直至罪愆贖盡為止。[21]

不過，時序進入二十世紀，西方的「離散」一詞與概念又逐漸泛化。亞歷山大‧基特洛教授(1991年)就主張：「離散」如今應該可以擴大、用為演述──那些移出母國，而與原鄉還遙繫著「千絲萬縷衷懷」的族裔，例如，星散於各地的華人、希臘人、當然還有猶太人。只是，花果飄零的「離散」人士與諸多義無反顧、認同融入寄寓社會的移民，不同的則是：于離散的「飄零人」而言，永難割捨的故

[18] 見，前註，Arnold Ages, *The Diaspora Dimension*, p. 3.
[19] 見，前註，Arnold Ages, *The Diaspora Dimension*, p. 10.
[20] 見，Nico Israel, *Outlandish: Writing Between Exile and Diaspora*（Stanford, California: Stanford University Press, 2000），p. 2.
[21] 見，前註，Arnold Ages, *The Diaspora Dimension*, p. 7.

土家園是母土連臍的同舟共濟,而原鄉故園則是閃現溫馨、燒印清柔的永恆記憶。[22]

因此,國立澳洲大學的約翰‧戴克教授,新近(2001)則力陳:diaspora/「離散」所指涉的意旨應該更進一步含括——飄零人擁抱著不止一個以上的歷史、一個以上的時空、以及一個以上的過去與現在,還歸屬於此間與他地,又背負著遠離原鄉與社會的痛苦,成為異地的圈外人,而淹沒在無法克服的記憶裏,苦嚐失去與別離。[23]

如是我聞,回顧來時路,東/西方的「離散」與diaspora觀念,原來,竟然同是:因情造文,相互憨憫——天地不全與風雨蒼黃,亦是同述:人間盡頭的星散、流離、與滄桑。[24]

三 真實作者(real author)、蘊含作者(implied author)、價值觀和軌範準則(norms)

最早提出蘊含作者(implied author)這個概念的是:美國文評家韋恩‧布斯(Wayne C. Booth)。在他影響頗為深遠的經典論述《小說修辭》(1961初版,1983再版)一書裡,他堅持:作家必須中立與客觀、拋棄偏見與我執、而致力於維護真理與正義。他斷定:創作者越深入挖掘永恆的面相,就越能獲得明察秋毫的讀者的交心,因此,作家為了減少由於偏見而歪曲真相,更應該棄絕個別的殊相,專注于共相。緣由於此,他認為:作家在創作的時候,必然會塑造出一個蘊含於文本中、具有理想的、超然的、卻無別於普通人(man in general)的作者的自我。於是,布斯再進一步推衍:蘊含於文本

---

[22] 見,前註,Alexander Kitroeff, "The Transformation of Homeland-Diaspora Relations: the Greek Case in the 19th-20th Centuries," p. 233與 p. 248.

[23] 請參考,John Docker, 1492 The Poetics of Diaspora(London and New York: Continuum, 2001), pp. Vii-viii.

[24] 我因而不惜冒著「西方帝國主義買辦」的污名,借用西方diaspora與中文的傳統「離散」概念,來實驗、解構陳映真的小說。

中的這個作者自我，或者就是凱絲琳・逖勒岑（Kathleen Tillotson）
所謂的作者的「第二個自我」（author's second self）。然而，從訊息
接收的另一端而論，讀者是從閱讀中，推衍、形塑出真實作者所創
造出來、蘊含于文本中的、一個理想的、文學的作者形象，這就是
布斯所創鑄的「蘊含作者」的基本實相。

　　布斯又進一步申論：由於嚴肅、值得精讀的作品，可能有諸多
的主題、象徵、隱喻、或神話的意指，讀者要理解蘊含作者，勢必
要直探文本中諸如此類的命意，即然如此，這至多只不過是批評的
流程中，一個甚小的作業罷了，其實，更要特別體念的是──作品
中所有人物所歷經的痛苦、及其每個行動所暗示的道德與情感的意
涵。簡而言之，這包括了讀者對一個文本整體藝術的直覺觀點，而
不管真實作者在現實生活中隸屬於哪個黨派。蘊含作者所崇信的主
要價值、軌範、準則，都是透過文本的整體形式來顯示。讀者固然
可以從文體、語調變化，來推論蘊含作者的特質，但是，主要還是
端靠無可辯駁的文本中的動作和人物，來定調。最後，布斯主張：
儘管真實作者於不同的作品，可能顯現出各有不同特質的蘊含作
者，但是，如同世界上至今最重要的文學作品──*所有的蘊含作者
都以慈悲為懷、寬宏大量*（benevolence and generosity）*著稱，都為
人類自私自利的暴行而悲痛不已。*[25]

　　布斯這個理論的提出，有效地將真實作者與蘊含作者區別開

---

[25] 見 Wayne C. Booth, *Rhetoric of Fiction* (Chicago, Illinois: University of Chicago Press, 1983),
pp. 71-75. 台灣的文壇老將葉石濤不一定讀過布斯的論述，但是，英雄所見略同，他對
理想的偉大作家有著與布斯相類似的期許──那就是應該寫出：「像托爾斯泰、巴爾札
克、福樓拜、莫泊桑、普西金這一類作家的作品，對理想主義有貢獻，用哲學的眼光
來看全人類的去向，以『人道關懷』為作家的良心，為土地和人民寫作」。語出於，簡竹
君記錄整理，〈政治國度與文學心靈：葉石濤與馬金尼的跨國對談〉，《聯合報副刊，聯
合新聞網》，2001年2月24日。此外，2001年10月7日，葉老在台南市文化資料中心，以
〈土地、人民、流亡〉為主題與高行健對談的時候，也對高行健及其作品發出類似的寄
望──這彷彿說明了這樣的文學觀已經成為葉老的信念。

來，明白地指向：真實作者與蘊含作者，這兩者並不能相互等同，
而且，讀者必須于精讀作品時，從文本中重新建構出蘊含作者。

　　然而，敘事學家對蘊含作者這個概念的真確意涵、甚至於其存
在的理由（precise meaning or even its raison d'etre），並非完全沒有爭
議。[26]例如，美國加州大學柏克萊分校的西摩‧查特曼教授（Seymour
Chatman）在他的《故事與言談：小說和電影的敘述結構》一書中（1978
年初版，1980年再版），就修正了布斯的假設。他表示：蘊含作者，
並不是敘述者，而是文本的最高美學原則，透過「他」，或者更明確地
說，「它」，創造了敘述者、以及構成文本的其他所有的敘述結構元
素。所以，不像敘述者，它沒有聲音，也沒有與讀者直接溝通的管
道。它只不過是靜肅地透過整體的美學設計、透過作品的所有聲音、
以及竭盡它所能、選擇讓讀者認知的訊息，來引導讀者解讀。[27]

　　緊緊承接著西摩‧查特曼（1980）的論述，以色列的李蒙‧姬
南教授（Shlomith Rimmon-Kenan）繼而辯議（1983）道：布斯的蘊含
作者又稱為──作者的第二個自我，是統合整個作品的意識中心、
文本中的價值觀與軌範準則的源頭。比起身為真實作者的真實男男
女女，在智能與道德的水平上，要高得多多，因而，又似乎是神人
同形的實體（anthropomorphic entity）。但是，李蒙‧姬南繼續論
辯：如果蘊含作者只不過是推衍的建構，而定義它的特質又是：
「沒有聲音、沒有直接溝通的管道」，那麼，派定它扮演人際溝通時
──主動的發言者（addresser）的角色，就似乎有些矛盾。因此，她
提議：將蘊含作者這個概念──「去擬人化」（de-personified），也就
是：只要把蘊含作者這個概念，認定為一套文本中所暗示的價值觀

---

[26] 見，Seymour Chatman, "In Defense of Implied Author," in *Coming to Terms: The Rhetoric of Narrative in Fiction and Film*, (Ithaca: Cornell University Press, 1990), p. 74.

[27] 見，Seymour Chatman, "Real Author, Implied Author, Narrator, Real Reader, ImpliedReader, Narratee," in *Story and Discourse: Narrative Structure in Fiction and Film*, (Ithaca: Cornell University Press, 1980), p. 148.

與軌範準則（implicit norms），就行，而不是發言者，那麼，邏輯上就安全得多、就沒有了矛盾。因此，她主張：蘊含作者絕對不是溝通模型中的參與者之一。[28]

　　矢志將論述「溝通模型」中的天平兩端，從作者移轉到讀者那一端的是：麥可·涂嵐（Michael Toolan）。麥可·涂嵐認定：布斯的蘊含作者概念，過於強調作者那端。他力陳：既然讀者必須從文本中，重新建構真實作者的形象，那麼，這個形象就並不可能與真實作者本人完全相疊合。反而，更可能的情境是：讀者所重新建構的蘊含作者形象，為真實作者所強烈反對、或並不恰適地美化或毀損了真實作者。此外，即使我們認識真實的作者，我們自己依然會在心目中，建構這個作家的另一個形象。因此，我們所形塑的作家影像必然總是由建構而來，可能只是所謂虛擬的、「推衍的作者」（inferred authors）而已。職是之故，麥可·涂嵐主張：這種形象，對接收訊息的過程與批評理論很重要，但是，與小說的生產不一定相關聯。所以，他堅持：蘊含作者這個概念，是訊息接收者的建構（a receptor's construct）罷了，是訊息溝通時解碼的要素，注定要在小說解構的過程中，占有一席的位置。[29]然而，平心而論，以銅板作喻，如果麥可·涂嵐認定：布斯的蘊含作者概念，過於強調天平的作者那端，同理反而也可證明，涂嵐何嘗不是過於強調讀者這端。

　　綜而言之，自從布斯提出蘊含作者這個理念以來，國際上，敘事學者的確因其定義，而有上述各家的爭論與修正。然而，各個學者卻都完全可以同意：蘊含作者這個概念，在探索、解構小說的價

---

[28] 見，Shlomith Rimmon-Kenan, "The participants in the narrative communication situation," in Narrative Fiction: Contemporary Poetics, (New York: Methuen, 1983), pp. 86-89.

[29] 見，Michael J. Toolan, "Implied Author: a Position but not a Role," in *Narrative: a Critical Linguistic Introduction*, (London and New York: Routledge, 1988), pp. 77-78.

值觀和軌範準則的時際，有著特殊的重要性，特別是：當讀者要確認敘述者的敘事是否可靠(reliable)的時候，這個概念就顯得更為舉足輕重。[30]

敘述者的敘事是否可靠？這個問題，基本上，布斯表示：敘述者的價值觀和軌範準則，如果與蘊含作者的價值觀和軌範準則——相悖，那麼敘述者的敘事就不可靠(unreliable)。反之，若合符節，就算可靠。[31]

根據西摩‧查特曼的詮釋：布斯所論述的這個價值觀和軌範準則，其實，具有道德情懷的意指。然而，查特曼卻認為：這個道德情懷的論點，說來並無必要，因為，他寧可將這個價值觀與軌範準則，視為一般的文化符碼，而且，讀者的道德節操，也不可能受到蘊含作者的操控。畢竟，讀者是基於美學、而非倫理的緣由，接受蘊含作者所建構、設計的文學世界。何況，真實作者的道德、性情、政治立場，讀者都還不一定能夠全然認同。[32]

綜上所述，以布斯、查特曼、與李蒙‧姬南一脈相承的「真實作者」、「蘊含作者」、以及「價值觀和軌範準則」等等概念來考察：具「真實作者」身份的陳映真，于「遠門作客」之後，可謂是——以始創性的分身，從許南村的「真實讀者」(real reader)視點，再回頭，為六〇年代的一己作品所銘刻的「蘊含作者」(「第三個自我」？)虔敬操刀、重新造像。間中，筆鋒靈動，又如：勾魂冷槍，毋寧是為自我魂靈的救贖，逆向搜索，也為當時悶窒的文學台灣，於「慘白色」的寒雨淅瀝聲中，投射出一道公正無私、普照眾生的陽光。然而，論述陳映真六〇年代見證鄉族血淚、百年孤寂的「離散」(包括想像

---

[30] 見，前引，Shlomith Rimmon-Kenan, *Narrative Fiction: Contemporary Poetics*, p. 87.

[31] 見，Wayne C. *Booth, Rhetoric of Fiction*（Chicago, Illinois: University of Chicago Press, 1983）, pp. 158-159.

[32] 見，前引，Seymour Chatman, *Story and Discourse: Narrative Structure in Fiction and Film*, p. 149.

的，以及有待執行的「離散」）初作，另引前述西方敘事學的「眞實作者」、「蘊含作者」、以及「價值觀和軌範準則」等等概念來進一步剖析，或許能與許南村的〈試論陳映眞〉一文，相互對話、辯議，從而可以爲箇中人物——于星流雲散、家國失落的世紀滄桑，開拓：另一個思辯的長空。

四　六〇年代文學台灣的「離散」想像滄桑錄：從〈故鄉〉到〈第一件差事〉

　　以東／西方的「離散」／diaspora概念來反思、重新解構陳映眞60年代有關文學台灣的漂泊、放逐滄桑錄，下列的短篇小說演述：飄零人——浮生於亂世，其流離苟活、傳奇紀事，竟是最荒涼枯寂、而引人側目：

　　　　〈故鄉〉，《筆匯》，第二卷第二期，1960年9月；

　　　　〈死者〉，《筆匯》，第二卷第三期，1960年10月；

　　　　〈祖父和傘〉，《筆匯》，第二卷第五期，1960年12月；

　　　　〈那麼衰老的眼淚〉，《筆匯》，第二卷第七期，1961年5月；

　　　　〈文書〉，《現代文學》，第十八期，1963年9月；

　　　　〈將軍族〉，《現代文學》，第十九期，1964年1月15日；

　　　　〈悽慘的無言的嘴〉，《現代文學》，第二十一期，1964年6月；

　　　　〈一綠色之候鳥〉，《現代文學》，第二十二期，1964年10月；

　　　　〈兀自照耀著的太陽〉，《現代文學》，第二十五期，1965年7月；

　　　　〈哦！蘇珊娜〉，《幼獅文藝》，第一五三期，1966年9月；

　　　　〈最後的夏日〉，《文學季刊》，第一期，1966年10月；

　　　　〈唐倩的喜劇〉，《文學季刊》，第二期，1967年1月；

　　　　〈第一件差事〉，《文學季刊》，第三期，1967年4月。

我們不憚其煩、將上述各個篇目粗記於此，旨在闡明：自1959年9月，陳映眞在《筆匯》第一卷第五期發表第一篇作品〈麵攤〉伊始，直至1967年5月，「遠門作客」暫時息筆爲止，其間，一篇又一篇的短篇小說，緊接著完稿、出版，總計共有二十一篇之多，除了零星的八篇之外，占大多數的其餘十三篇(如上)，[33]都敏銳地觸及——「離散」與「流寓」者的想像追求、運命和嚮往，彷彿是意欲：以「族繁不及備載」的加持個例——不分福爾摩莎的異客或同鄉——篇篇瀰天蓋地、盡訴人類的流離滄桑。(然而，由於篇幅的限制，我們底下僅討論五篇。)

五 鄉關何處：〈故鄉〉

〈故鄉〉是陳映眞六〇年代這個時期，開啓一系列想像「離散」的書寫——最重要的首篇初作。此作的表層結構似乎是：在重新建構一對兄弟的斑剝、頹廢史，由「青蒼」的敍述者「我」，以「指頭刮著淚」、而發聲、傾洩、泣訴。然而，篇名既是「故鄉」，潛藏于敍事深層底蘊的就是：幽微的「故鄉」情事、及其所加諸于這對兄弟——竟與「過往」——形影相弔的情感身世。

放眼世界文學史，其實，思鄉與戀家原是人類初始的普世性(universal)情感特質，毋庸以社會科學的實證方法來論述。由是，馬森教授曾經在新近的一篇散文中指出：歸鄉／返家，可以說是古今中外文學「經常巡迴出現的母題」，他又引述千百年來傳頌的李、

---

[33] 美國加州大學聖塔芭芭拉分校杜國清教授正確地對我指出：在西方，diaspora的概念，著重「群體」的離散。我私自以爲：陳映眞上述如此多篇的力作，觸及的可能不只是東方傳統的「離散」理念而已，其實，與西方的diaspora論述，還眞有可以相互比較、對話之處。因此，在本篇論文中，我刻意以糅和東／西方的「離散」／diaspora的雙重概念，希冀：用以實驗、進一步辯證陳映眞六〇年代的初作——是不是隱含著：人類如何加諸於(inflict)自己族類的一頁苦難、血淚的悲劇史？而個別篇章出現的個例是不是可能也有著一葉知秋的「群體」隱喻？

杜詩句,而感慨:其「思鄉、戀家之情何等急切!」[34]然而,陳映眞的〈故鄉〉,其中的敘述者「我」,思及歸鄉／返家,卻是:鄉關何處?腸斷關山、回鄉需斷腸──「我不要回家,我沒有家呀!」人類初始的普世性渴望,竟然扭曲至此,眞是情何以堪?我們不禁納悶:究竟,孰令致之?

　　陳映眞曾經在《第一件差事》、《將軍族》的自序中,運用他的分身許南村的評論家身份,以〈試論陳映眞〉一文,做苛酷的自我剖析,指出:「1958年,他的養父去世,家道遽爾中落。這個中落的悲哀,在他易感的青少年時代留下了很深的烙印……於是他成了退縮的、逃避的人。他逃避一切足以刺痛他那敏感的心靈的一切事物,包括生了他、養了他的故鄉。他把自己放逐了,放逐出活生生的現實生活」:

　　　　我用指頭刮著淚。我不回家。我要走,要流浪。我要坐著一列長長的、豪華的列車,駛出這麼狹小這麼悶人的小島,在下雪的、荒脊的曠野上飛馳著,駛向遙遠的地方……我不要回家,我沒有家呀!　　──〈故鄉〉

　　透過「眞實讀者」──陳映眞的分身／評論家許南村──〈故鄉〉的「眞實作者」陳映眞繼續于〈試論陳映眞〉一文,強烈地自我批判:

　　　　因著中落的挫辱而把自己關閉起來的陳映眞,竟至於連母親似的故鄉也避拒了。[35]

[34] 馬森,〈何處是吾家?〉,《聯合報副刊》,2003年4月16日。
[35] 以上三段引文,請參閱,〈試論陳映眞〉,《陳映眞作品集9,鞭子和提燈【自序及書評卷】》(台北:人間,1988年),頁4-5。

從上述布斯、查特曼、與李蒙‧姬南以降的西方敘事學視點來
考察、比較、反思：評論家許南村的句句「南」語「村」言，似乎正是
顯示——陳映眞／許南村以「眞實作者」／「眞實讀者」的雙重身份，
進一步謙抑自持地爲廣大的「眞實讀者」重新形塑「蘊含作者」的形象
與意圖。由是，我們從而接受指引、而洞悉：〈故鄉〉的「眞實作者」
陳映眞與「青蒼」的敘述者「我」之間，當年，或許果眞存在著——共
有的孤絕情境、挫辱愁情。況且，既是夫子自道，自然「眞眞」見
血、斑斑可考。職是之故，「眞實作者」陳映眞與敘述者「我」之間的
輭輄，也就藉此獲得了部分的釐清。只是，西方敘事學家，如查特
曼，還是會主張：即然有此實證的外在證據來相互連結、指引，如
此的「作者」／敘述者（"author"-narrator），依然是：不能完全相互等
同。畢竟，他／它只不過是：諸多「蘊含作者」的可能面相之一而
已。[36]何況，「眞實讀者」解讀文本、重新建構完整的命意，其實，
依舊要探討作品中所有的聲音、以及整體的美學設計。

的確，再度返諸文本與歷史台灣的步道來反思：〈故鄉〉所以能
在崇高偉岸的里程碑上，鐫印上一己的軌跡，是因爲它設計：以普
世性的人道主義的良心，作爲最高的「價值觀和軌範準則」，並且刻
意運用恰適的美學策略，探討人類所歷經的苦痛，爲坎坷卑微的白
色台灣——當年的生存創痕，精準地擬像。而且，正是緣由於窮山
惡水的歷史台灣：充斥著太多的不義與競逐私利——是眞確——

---

[36] 此處拙文的論點，來自查特曼的啓發。請參閱，查特曼論述「眞實作者、蘊含作者、敘
述者、眞實讀者、蘊含讀者、聽述者」的篇章： As Monroe Beardsley argues, "the speaker
of a literary work cannot be identified with the author—and therefore the character and condition
of the speaker can be known by internal evidence alone—unless the author has provided a
pragmatic context, or a claim of one, that connects the speaker with himself." But even in such
a context, the speaker is not the author, but the "author" (quotation marks of "as if"), or better
the "author"-narrator, one of several possible kinds. 原文，收於，Seymour Chatman, "Real
Author, Implied Author, Narrator, Real Reader, Implied Reader, Narratee," in *Story and
Discourse: Narrative Structure in Fiction and Film*, 前註，p. 147.

「道不行」——因而敘述者「我」最後「離散」式的嘶喊:「我不要回家,我沒有家呀!」反而長使真實讀者滋生:「乘桴浮於海」式的喟嘆。

　　果真,先民時代,福爾摩莎一片蟹紅、柿黃的豐饒景象,于〈故鄉〉之中,透過敘述者「我」的傳述,已經幻化為:貪婪的追逐、廝殺的鬼介原鄉——公營的焦炭煉製廠、六十支陶瓷工廠的煙囪,在在組合成無所不在的朝野「交征利」之網。於是,網中的「故鄉」:竹圍、飛鳥、鄉人、與尤加里樹,無不蒙上了烏黑的煙灰,而工廠排出的毒水,更使「溪流裏再也看不見游泳的小童和浣衣的婦人」——惡水、窮山,的確,莫此為甚!甚至,于那「慘白色」的年代,連「故鄉」的火車站,那月台上的矮榕,都被「修剪得」滑稽突梯。就敘述策略而言,於此,陳映真可謂勉力進用:有如李蒙‧姬南所謂的園景／社會情境與人物特徵(landscape and a character-trait)的相類性／對比性,[37]從而隱喻——灰黑的山水與污染的民心,竟是有著怎樣的關連、勾鏈!

　　於是,諾大的「故鄉」之中,唯有甫從「鬼介之島」以外的日本、新近學成歸來的敘述者「我」的哥哥,尚未受到惡水、窮山的戕害與污染,猶是:高大、英偉、而強壯,猶能:帶回——「甘甜如蜜的溪水」、「嫩綠如茵的牧草」——那些域外的聲聲「福音」。也唯有虔敬、而具有基督聖主的廣慈大愛的哥哥:才能夠放棄「開業醫師是怎樣高尚而賺錢的事」,在「焦炭廠做著保健醫師……晚上洗掉煤煙又在教堂做事。」

---

[37] 請參閱李蒙‧姬南的論述: "The physical or social environment of a character does not only present a trait or traits indirectly, but being man-make, may also cause it or be caused by it … The analogy established by the text between a certain landscape and a character-trait may be either "straight" (based on similarity) or "inverse" (emphasizing contrast)." 見,Shlomith Rimmon-Kenan, "Analogous landscape," in "Text: Characterization," *Narrative Fiction: Contemporary Poetics*, (New York: Methuen, 1983), pp. 69-70.

　　然而，李蒙‧姬南所謂的社會情境（social environment）與人物特徵的對比性，在此，顯然，也暴露無遺。因爲，敘述者「我」全家的受洗、皈依——「全鎮的人」（社區的集體聲音／community voice）因而「都用異樣的眼色」相待；而哥哥以領牧者／保健醫師的「利他」志工身份維生，也使錯愕不止的社區人士，提出質疑的另類集體聲音：「某人從日本學成回來的兒子，竟是怎樣的想法呢？」因此，啓用社區的異議、異聲——這另外一個敘述策略——于敘述者「我」與他哥哥而言，「故鄉」，於是，何異于「他鄉」？反諷的是：以宗教與靈魂而論，兩兄弟竟是社區裏的異教徒、也是冷漠的社區裏唯一的異鄉人。

　　難怪，敘述者「我」的父親生意失敗、最後喀血而亡，並沒有招來曾經向他父親「陪笑鞠躬的債權人」——對他們表示：任何的一絲悲憫或同情。於是，曾經「我愛人人」、也擁有領牧者／保健醫師雙重志工身份的哥哥，被他一向所慈愛的鄉人——掃地出門。

　　然而，在敘述者「我」日後如泣如訴的追述中，他並沒有交代：哥哥於引領著「保護膜遭受剝離」而痛哭的弟弟，被掃地出門、搬離祖屋之時際，爲何左右開弓、掌摑、踐踏了弟弟？也沒有說明哥哥爲何最後會開賭場、維生、欺世、混日子？許南村于〈試論陳映眞〉一文中，強烈地批判像哥哥一類的「市鎮小知識份子」，他認定：

> 市鎮小知識份子往往是行動的無能者……他們墮落了。天使折翼，委落於深淵而成爲惡魔，竟而終於引至個人的破滅。[38]

---

[38] 請參閱，〈試論陳映眞〉，《陳映眞作品集9，鞭子和提燈【自序及書評卷】》，前引，頁6。

　　不過，如果我們再援引上述李蒙·姬南所謂的社會情境（social environment）與人物特徵的相類性／對比性、及其相互影響所致的因果關係（cause it or be caused by it），來進一步辯議：那麼，哥哥的墮落，揆情度理，或許就可以從而視爲——遭受掠奪者（predator）的鄉人——萬箭穿心，因而，「天使折翼，委落於深淵」。職是之故，人性扭曲、潛流轉形，「而成爲惡魔，竟而終於引至個人的破滅」。我們如此權且借用西方的解構學理，重尋「蘊含作者」可能的敘述策略與美學原則，原是正如拙文「前言」所述：希冀——回歸社會現實、人類的歷史情境、統合性的敘事結構、以及文本的原始價值觀和軌範準則，以還原哥哥在敘述者「我」的心目中——普羅米修斯神和普羅大眾的代言人的地位，[39]也爲歷史台灣諸多生命的不義，討回一個文學的公道。[40]

　　敘述者「我」與哥哥，中箭「委落於深淵」之後的言行、舉止、行徑，自然並不是「蘊含作者」意欲爲作品豎立的軌範準則。於此，我們必須再度援引布斯的「戲劇化的敘述者」（dramatized narrator）的理念，[41]指出敘述者「我」的嫂嫂，爲〈故鄉〉的敘述形式架構中，最重

---

[39] 普羅米修斯神疼惜受盡疾苦的人類，爲他們盜火，最終卻慘遭朱比特用鐵鍊纏身、繫於崇山峻嶺的故事，請參閱，Margaret Evans Price, "Prometheus," in Myths and Enchantment Tales, 王軍譯，〈普洛米修斯盜火記〉，收於，《希臘·羅馬神話故事》（台北：水牛，1986年1月30日），頁116-118。敘述者「我」的哥哥以領牧者／保健醫師的志工身份，痛惜普羅大眾，棄絕發財，其廣慈大愛的確有如普羅米修斯神，因而，陳映真刻意所運用的這個典故與類比，應該是相當恰適的敘述策略。

[40] 我瞭解陳映真／許南村不一定會同意我的詮釋，畢竟，他(們)認定：像哥哥他們「是行動的無能者。言行之間的背離，不斷地刺痛著他們的猶豫、敏銳的良心，使他們痛苦，使他們背負著愴絕的愧疚，使他們深深地厭惡自己，終而至於使自己轉變成爲與始初完全相背反的人……市鎮小知識份子的唯一救贖之道，便是在介入的實踐行程中，艱苦地作自我的革新，同他們無限依戀的舊世界做毅然的訣絕，從而投入一個更新的時代。」請參閱，〈試論陳映真〉，《陳映真作品集9，鞭子和提燈【自序及書評卷】》，前引，頁6-9。陳映真／許南村的立論，我以爲是：對過往自己的文學想像的反省與救贖，也是期許——他自己以及小說中的箇中人物，都能走出一條新路的宣示。其後，〈夜行貨車〉（1978）中的詹奕宏不是與舊世界對決的英雄嗎？的確，作家必須有如此創作的自由。奮力向前，這應該也是值得欽敬的。

[41] 請參閱，布斯的論述："Many dramatized narrators are never explicitly labeled as narrators

要的發聲要角。這個據說是「娼妓賭婦」的嫂嫂,顯然知悉:哥哥曾經掌摑、踐踏過弟弟,因而造成兩兄弟之間的疏離、緊張、和對立。於是,在弟弟前來辭行之際,以酣暢飽滿的親情與世路人情,意欲拆解——欲解還結的彼此困境:

> 「你哥哥都説過,」伊説,聲音滿滿的是悽惶的,「其實你不要氣嫌他。」
> 「沒有……」我搶著説。
> 「他是個好人,」伊説,「他或許不記得——其實我到後來才知道。他在焦炭廠的時候,救活了我爸爸。」
>
> ——〈故鄉〉

翻轉掙扎於社會底層的、被故鄉的集體聲音所妖魔化為「娼妓賭婦」的嫂嫂,顯然,在此,為「何必曰利」時代的哥哥——他那「普羅米修斯神」似的廣慈大愛——間接再作另一次歷史的見證。如然,透過這個「戲劇化的敘述者」客觀追述的敘述策略,神似「普羅米修斯神」的——領牧者/保健醫師的哥哥——他那廣慈大愛、解人於倒懸的慈心善意,其實,才是「蘊含作者」刻意啓用「普羅米修斯神」及其廣慈大愛這個典故,在〈故鄉〉中,透過敘述者「我」一再地反覆申述,來作為真正的價值觀和軌範準則的緣故:

> 我不時地懷戀著我的俊美如太陽神的哥哥。雖然説這太陽神流轉、殞落了,但是他也由是變成了一個由理性、宗教、和社會主義所合成的壯烈地失敗了的普羅米

---

at all. In a sense, every speech, every gesture, narrates; most works contain disguised narrators who are used to tell the audience what it needs to know, while seeming merely to act out their roles." 見,Wayne C. Booth, *Rhetoric of Fiction*,前引,頁152。.

修斯神。[42]
　　　　　　　　　　　　　　　　　　　　——〈故鄉〉

　　於是，（小說的簡中人物崇拜、感知）哥哥他那「普羅米修斯神」似的廣慈大愛，在文本中，就一再暗示、重複、敷述——對比著債權人道德上的苛酷。而敘述者「我」因「家道遽爾中落」所受的「挫辱」，正如：魯迅一家從「小康」墜入「困頓」時，所感受到的淒冷箋視，[43]全是多虧「鎮上無數的嘲諷著的眼睛」與那些曾經向敘述者的父親「陪笑鞠躬」的債權人的恩賜。於是，有形、無形的原鄉集體聲音，全都一致指向：「故鄉」的澆薄、冷漠——竟是如斯。

　　敘述策略如此，我聞如是，我們從而重塑五○、六○年代，歷史台灣的這一對兄弟的「情感身世」和斑剝、頹廢史，能不為敘述者「我」最後「離散」的嘶喊：「我要走，要流浪……我不要回家，我沒有家呀！」再度滋生「乘桴浮於海」與「鄉關何處？」的喟嘆？[44]

六　另尋桃花源：[45]從〈死者〉到〈一綠色之候鳥〉

　　〈故鄉〉（1960年9月）中的敘述者「我」，他那最後「離散」的嘶

---

[42] 這兩段引文，見，陳映眞，〈故鄉〉，《陳映眞作品集1，我的弟弟康雄》，前引，頁42以及40。

[43] 請參閱，楊澤編，魯迅著，《吶喊》〈自序〉，收於，《魯迅小說集》（台北：洪範，1999年2月，六印)頁465。

[44] 我主張：以簡中人物的福祉為中心的這種「離散」理念的解讀(而不是以當權者的觀點)，其實是來自先賢：「社稷為重，君為輕」的教示。既然，執政者高居「爾為風、民為草」的主導地位，我以為就必須：為最多數的人們，創造「永續」的幸福。於是，昔時的「乘桴浮於海」——離散，或「簞食壺漿以迎」——來歸，我權且解讀為現今的「公投」、「用腳投票」。重新建構這樣的讀法，我深深瞭解：在以文會友的互動中，這只是構成一半的對話而已。

[45] 本節的小標題：「另尋桃花源」，來自邱貴芬教授的近作〈人生習題〉的啓發：生不逢時、欲求不得，怎麼辦？邱貴芬教授提出幾個令人深省的思考方向：(1)效法唐·吉訶德拿起長槍，試圖改造不喜歡的環境；(2)「不要『龜毛』了」、學習適應、妥協；(3)從不堪其苦的情境中消失、死亡；(4)「環境不好，離開吧」尋找桃花源。」從邱教授這樣的理念出發，我們或許可以更清楚地進一步瞭解、闡釋陳映眞小說中「離散」的思潮。請參閱，〈人生習題〉，《自由時報·自由副刊》，2003年7月3日。既然台灣的先民都是一波波地為了「尋找桃花源」，渡海而來，而主導民生的執政者一旦無能繼續蟹紅柿黃、而聽令土地／人情澆薄下去，祖孫豈不是：還得「另尋桃花源」？因此，「另尋桃花源」我以為：應該是最具反思的台灣嚴肅作家，隱含對社會的批判。

喊:「我要走,要流浪……我不要回家,我沒有家呀!」似乎是對五
○、六○年代歷史台灣的澆季——揮刀自宮的悖反。然而,那也畢
竟只是:「乘桴浮於海」式的向背、乖離╱屬於秀才式的「離散」想
像。緊接著成稿、發表的〈死者〉(1960年10月)、〈祖父和傘〉(1960
年12月)、〈將軍族〉(1964年1月)、與〈一綠色之候鳥〉(1964年10
月),卻是以外科手術式的精準敘述策略,敷演「妻子離散」、土地
澆薄、或人間流離的一頁歷史台灣的血淚滄桑史。

　　其中,〈死者〉以「故事之外、不參與故事的敘述者」(heterodiegetic
narrator)來發聲,透過主角之一的生發伯——氣如一線游絲、神智漸
行漸遠的迴光返照、以及另一個主角——他女兒的螟蛉子(林鐘雄)
中斷營生、返鄉奔喪,來回首、演繹困蹇鄉土上的赤貧者「妻子離
散」的人寰慘劇。生發伯的原鄉是個赤貧如洗、所謂的「敗德的莊
頭」。原先,他的妻子「拋夫棄子」外逃——另尋桃花源,最後依然
劬苦、赤貧、投澗而死。「妻子離散」的次年,他自己也步上「離散」
的路途,「四面八方流浪去討生活」。

　　〈祖父和傘〉的「正話」,以採用敘述者「我」對虛擬的聽述者
(narratee)「你」╱他心目中的「親親」——所做的告白(confession)為
主軸,吐露出:多年來潛藏在他意識底層的心魔。原來,敘述者
「我」是個孤兒,「父親是自小就不曾見過,媽媽倒是有過的。」只
是,有如「赤貧者」生發伯的妻子,敘述者「我」的媽媽也是「拋家棄
子」潛逃——「母子離散」。於是,敘述者「我」與祖父遠離了他從不
知曉的原鄉——另尋桃花源,來到了荒遠的礦山區,落籍成為這個
一窮二白的礦村的新客。而礦山區的相思樹苗和尤加里樹林,由是
伴隨著、護衛著他們這些「近乎畜生的孩子們」成長,又彷彿是另類
童稚的桃花源裏廣慈大愛的慈母——「幼小者」白天唯一的依恃。

　　〈將軍族〉,則又重新啓用「故事之外、不參與故事的敘述者」來

發聲，大半透過三角臉、偶爾才從小瘦丫頭的視點來演述。與前兩篇小說不同的是——〈將軍族〉的三角臉：是「避秦」——另尋桃花源而來福爾摩莎的大陸人、是從軍隊退伍、流寓於台灣的九州「離散人士」。和小瘦丫頭初始的人間緣會之際，他「正苦於懷鄉」，咀嚼著：上述約翰・戴克所謂的「背負著遠離原鄉與社會的痛苦」。而小瘦丫頭則是：被困甕鄉土的母親——有如「鄉下的豬、牛那樣的賣掉」，最後從人口販子的桃色陷阱中逃離——另尋桃花源，成為「流浪」天涯的「飄零人」。於是，在兵災政爭、劬勞赤貧、那個苟活不易、與家人「離散」的歷史台灣，兩個同是天涯淪落人，於海濱沙灘，和聲吟唱著——「懷鄉」的月夜愁。

　　陳映真五〇、六〇年代的「離散」小說中，〈一綠色之候鳥〉恐怕是：最耐人尋味的力作之一。此作又如前述的〈故鄉〉，再度啟用敘述者「我」來發聲，用以觀察、聽述，兼且與劇中的其他——另尋桃花源而「流寓」於台灣的神州「離散」人士互動。然而，〈一綠色之候鳥〉的敘述者「我」的敘事、演述，時或不免與現實並不搭調一致（incongruities），甚至於落入自我的矛盾、無知；因而，長使「真實讀者」警醒（alert）：敘述者「我」的判斷並不見得就一定完全可靠（reliable）。[46] 甚且，緣由於這個從神州「離散」到台灣的敘述者，並不自覺：己身下意識依然充斥著「候鳥」的消失、紛飛、「離散」的心態——竟會影響本土的妻子，產生怎樣的疏離和寂苦——的確，於此，他從來毫無所悉、甚或不感興趣。職是之故，肇因於敘述者「我」與師範學校畢業的、新婚的「愛妻」之間，存在著如此鉅大的理解差距（disparity of understanding）——從而冒出的反諷（irony），自然也是敘述者「我」懵懵然、而不能自我反省、體察的。

---

[46] 有關這個論點，請參閱，前引，Shlomith Rimmon-Kenan, Narrative Fiction: Contemporary Poetics, p. 102.

　　于〈試論陳映眞〉一文，透過許南村，陳映眞劈頭即把他自己五○、六○年代的作品，分爲兩個時期：第一個時期含括1959～1965。他認定：

　　　　在這個時期裡頭，他顯得憂悒、感傷、蒼白而且苦悶。這種慘綠的色調，在他投稿於《筆匯》月刊的一九五九年到一九六一年間最爲濃重。一九六一年迄一九六五年，他寄稿於《現代文學》的時期，還相當程度地保留了這種青蒼的色調。[47]

　　〈死者〉（1960年10月）、〈祖父和傘〉（1960年12月）、〈將軍族〉（1964年1月）與〈一綠色之候鳥〉（1964年10月），的確，都是屬於這個初始時期（1959～1965）的創作，而這四篇力作，所模擬再現的眾生火浴圖，乍讀初閱之下，或也正是可以：映照出令人憂悒、感傷、蒼白而且苦悶的歷史台灣的困蹇現實。

　　然而，要進一步重新建構眞實作者陳映眞所形塑出來、蘊含于文本中的、一個理想的、完整的、文學的「蘊含作者」形象，也許我們必須重新考察，上述韋恩‧布斯的立論，並思考：作品整體的結構設計、文體和語調的變化、所有人物所歷經的痛苦、及其每個行動所暗示的道德與情感的意涵、以及作品中所崇信的價值觀和軌範準則。如然，我們確實也就不致於：有如謙卑的許南村對陳映眞的第一個時期的創作、與「眞實作者」本人──祭出如此苛酷、罪己的批判；畢竟，眞實作者與蘊含作者，這兩者，眞是並不能相互等同。何況，於「苦讀細品」之下，我們所重建、顯現的〈死者〉、〈祖父和傘〉、〈將軍族〉與〈一綠色之候鳥〉中，其最高的「價值觀和軌範

---

[47] 請參閱，〈試論陳映眞〉，《陳映眞作品集9，鞭子和提燈【自序及書評卷】》，前引，頁3。

準則」，仍然依稀就是：一以貫之的〈故鄉〉裡哥哥的那種普羅米修斯神式的廣慈大愛。相形之下，憂悒、感傷、蒼白而且苦悶，或許就可以視為——如同查特曼所聲稱：只是蘊含作者的面相之一而已。

　　從作品整體的結構設計來檢視：〈死者〉是運用迴光返照的生發伯與返鄉奔喪的外孫林鐘雄為中心，鑽入他們詭密的心靈世界，挖掘這對祖孫的人性、道德、情感、與倫理——于此生死一線、剎那輪迴，來反思、相互比對。於是，另尋桃花源卻又「衰衰敗敗的歸根到故鄉來」的生發伯，在蒙神寵召之際，撫今追昔，幕幕閃現的是：勞苦終生、家破人亡、赤貧如洗。然而，老人也只是輕歎：「命呢」，一副翻轉掙扎、卻逆來順受的善良鄉人的傳統模樣。另一方面，歸客林鐘雄，雖然深知情理、也應召返鄉奔喪，只是，他在在掛念的還是：稍縱即失的商機。最後，喪禮於他，只不過是女人應景「輪番」的哭聲、牆上若尾文子的憨笑、還有「成了」、「了結一件事」的行禮如儀。但是，最值得注意的是：這個充滿生命律動的年輕英「雄」，蟲惑心底、目光所及，再三依舊是：壯健的女體、以及礦坑底——自我釋放的男／女。這個生死循環、女身禁錮／釋放的母題，與生發伯彌留之際，還對「敗德的莊頭」的懸念，正好形成兩相拉扯的道德對立，指使「故事之外、不參與故事的敘述者」從幕後走向台前，毫不曖昧地介入、宣示：

　　　　【從】這些平板苦楚的臉孔裏，實在無法感到這裏竟
　　有這樣怪異的風俗。而且一直十分懷疑這種關係會出自
　　純粹邪淫的需要；許是一種陳年的不可思議的風俗罷；
　　或許是由於經濟條件的結果罷；或許由於封建婚姻所帶
　　來的反抗罷；但無論如何，也看不出他們是一群好淫的

族類。因為那或他們也勞苦，也苦楚，也是赤貧如他們
的先祖。[48]

此際「蘊含作者」所以透過「干擾介入」(intrusion)，讓敘述者發
聲——他那廣慈大愛，為生發伯心目中「敗德的莊頭」做出寬宏大量
的平反，似乎是緣由於憨憫：廣大的勞動者／赤貧者的失恃、困
蹇，及其情愛無依的苦楚。以故，神秘的男人／年輕的農夫是以
「幫襯」的次要角色，嚴肅、但是順從地聆聽二媳婦的叮囑——敘述
者的語調在此語境，毋寧是敬謹，卻又是理解而溫情的。

最後，我們必須進一步辯析論證的是：〈死者〉的赤貧鄉人，他
們的集體聲音其實是與〈故鄉〉冷漠的集體聲音相異的——畢竟，對
老人喪盡兩個好兒子的白髮送黑髮的情感困境，「闔村的人」／集體
聲音對「哭不成調」的生發伯——再三同感不幸、同情。透過如此的
敘述策略，發聲，更加強了生發伯心目中這個「敗德的莊頭」的詮釋
是何等的不可靠、而一廂情願；同時，更精準地指向：「蘊含作者」
所崇信的價值觀和軌範準則——廣慈大愛究竟何在。

六○年代的作品中，最值得注目的恨母／恨女主義的心理小說
代表作，可能就是陳映真的〈祖父和傘〉。此作還啟用一個台灣小說
中最原創性的敘述形式來發聲——敘述者「我」對虛擬的聽述者「你」
／他心目中的女友「親親」，做虛擬的告白：傾訴他意識底層的疏
離、鄉愁、與邪魔。藉此，「蘊含作者」意在披露：「拋家棄子」潛
逃、因而「母子離散」的媽媽，如何加諸於敘述者「我」與家人離散的
苦楚，以及因而人格特質的扭曲，而與恨母／恨女主義相輳輻。總
而言之，此作的敘述者「我」與虛擬的聽述者「你」的互動，可與三言
二拍裏，簡短銘刻說書人與看官的對話來相互比較。而這種敘述形

---

[48] 見，陳映真，〈死者〉，《陳映真作品集1，我的弟弟康雄》，前引，頁57。

式所可能展現的功能，例如：強調主題、人物特質、特殊事件、以及闡釋價值觀和軌範準則，其實，在研究第二人稱敘事（second-person narration）最著力的當代敘事學家杰瑞·朴林斯（Gerald Prince）的著作裏，就有清楚的論述。[49]

　　果然，于〈祖父和傘〉中，每每敘述者「我」直呼聽述者「你」：「親親妳聽」，往往就藉此明白地宣示──此作的主題、特殊事件、以及價值觀和軌範準則。例如，第一次直呼，意在演述：敘述者「我」被另尋桃花源的母親棄絕，因而滋生的恨母／恨女主義──「只是我不愛伊。喂，聽見嗎？我恨死伊了！」第二、三次直呼：「聽著，親親」，敘述者「我」則在重複「美麗的傘子」，透過「傘的美麗」，讚頌：祖父的「保護傘」，傘在人在──廣慈大愛、慈悲爲懷──直到鞠躬盡瘁、傘破人亡。而第六次直呼：「看，我又聽見那莊嚴的轆轆聲了」，非僅歌頌：普羅人的同袍愛，其實，也再次吹起：人道主義的進行曲。由是，我們必須再度強調：固然傘破人亡令我們憂悒、感傷，然而，此作中所揭示的價值觀和軌範準則──同袍情、廣慈大愛、慈悲爲懷，卻是「離散」的飄零人得以划過殘生的唯一救生艇。職是之故，雖然陳映眞憂悒、感傷含淚播種，你我眞實讀者，是不是也要含淚收割？

　　至今爲止，陳映眞最膾炙人口的傑作之一依然是：〈將軍族〉，然而，此作又是以憂悒、感傷──含淚播種。職是之故，如今讀來，還是令人愴然。可是，若以上述敘事立論：「作品整體的結構設計、文體和語調的變化、所有人物所歷經的痛苦、及其每個行動所暗示的道德與情感的意涵、以及作品中所崇信的價值觀和軌範準則」，來析證、辯議，我們依然以爲：許南村／陳映眞對自己的初

---

[49] Gerald Prince, "Introduction to the Study of the Narratee," in David H. Richter, ed., *Narrative/Theory*, (New York: Longman Publishers, 1996), pp. 226-241.

作,所祭出的罪己的批判,還是不免過苛。請以一個敘事的聲音來論證。

〈將軍族〉中,最重要的場景之一是:「故事之外、不參與故事的敘述者」,敘述三角臉和小瘦丫頭初始的人間緣會那一幕。彼夜,正如上述,三角臉「正苦於懷鄉」,咀嚼著:約翰‧戴克所謂的「背負著遠離原鄉與社會的痛苦」,然而,他遽然發現小瘦丫頭的淒涼身世、「離散」身份,竟然比起自己的顛沛流離,尤有過之而無不及。此際,「故事之外、不參與故事的敘述者」的原始聲音,漸而趨於與三角臉的回溯、自述──合而為一,然後,再悠悠分離:

> 他真正的開始覺著老,還正是那個晚上呢。
> 記得很清楚:那時對於那樣地站著的,並且那樣淌淚的伊,始而惶惑,繼而憐惜,終而油然地生了一種老邁的心情。想起來,他是從未有過這樣的感覺的。從那個剎時起,他的心才改變成為一個有了年紀的男人的心了。[50]

在此,透過三角臉自省、回溯的「穩重自在」的聲音,我們感受、見證了一個流寓於台灣的大陸人,是怎樣從慾望叢林過渡到影現菩提的心理轉折;由是,真實讀者也藉此得到啓發,認知:初始人性縱有闕失,不應再向下沈淪,而是應以廣慈大愛向上提昇。人間緣會的彼夜,小瘦丫頭的苦楚,的確,因而暫時取得紓解,人間也因而傳來暮鼓晨鐘、相濡以沫的福音。然而,有別於其他諸作,〈將軍族〉固然顯現出:廣慈大愛依然是作品中最崇信的價值觀和軌範準則,但是,三角臉的自我成長,以及因而滋生的內在力量,在在也指向:這才是你我取得救贖的不二法門。

---

[50] 見,陳映真,〈將軍族〉,《陳映真作品集1,我的弟弟康雄》,前引,頁140。

〈故鄉〉裏冷漠、負面的集體聲音，把敘述者「我」打從心底，蛻化為故鄉裏的「異鄉人」，從而放逐出去、流亡、成為飄零人——歷史台灣的社會陰暗面至此完全暴露無遺。然而，〈一綠色之候鳥〉中的大學眷屬區／社區的集體聲音，反挫的力道似乎只有更加強勁，更加令人不安，而轂觫不已。於此，男女情愛與婚姻，兩造的年齡、階層和族群，在在都招引來集體關切的眼神，而敏感的不同族群的結合，也終於搬上了知識份子的台面。

透過與季叔城相知的、當年嚮往普希金的人道主義的趙如舟，層層地轉述，敘述者「我」與真實讀者，方才得知「離散」的大陸人季叔城與他年輕的本土病妻，是如何受到集體聲音的歧視。而他們的婚姻與愛情，也受不到季家原有的兒子的祝福。至於，他們的新生兒——「這個『身份』不同的結晶」，竟然至終還帶來更多集體聲音對立的「耳語」。這種實質的惡意（actual malice）在在闡明：原應最開明、最前進的亮麗大學都會，又是如何反動而慘酷。

然而，美國威廉學院的尼可・伊瑟烈（Nico Israel）卻認為：雖然diaspora／「離散」原來表示——群體從原鄉移往他地，然而，"diaspora"，如同源自希臘語的"speirein"，也指涉：播植種子。因而，其引伸含意也有——在最惡劣的情境下，保持信仰、堅強不屈，至終或可期待生根、成長的暗示。尼可・伊瑟烈強調：猶太人與其他少數族裔，甚至於後殖民時期的移民，可還不是如此？[51]這樣的說法又彷彿是儒家：「天將降大任於斯人也」式的論述了。

季家「這個『身份』不同的結晶」，是不是也代表著尼可・伊瑟烈所謂的一顆嶄新的種子？而季叔城夫妻將這新生兒暫時託養於「樸質的農人」岳父母，是不是也隱喻、預示：嶄新的種子會在南部的

---

[51] 見，Nico Israel, *Outlandish: Writing Between Exile and Diaspora* (Stanford, California: Stanford University Press, 2000), p. 1.

農家「至終的生根、成長」?的確,當時的社會情境／集體聲音是何
等的負面、慘酷,可是,對於他們的新生兒,來自九州的「離散」人
士季叔城最後謙卑的「救救孩子……」的祈願是:

> 不要像我,也不要像他母親罷。一切的詛咒都由我
> 們來受。加倍的詛咒,加倍的死都無不可。然而他卻要
> 不同。他要有新新的,活躍的生命![52]

〈一綠色之候鳥〉通篇的確也充斥著憂悒、感傷──又是含淚播
種。然而,透過箇中人物所歷經的痛苦與最後的祈願,有如魯迅
〈狂人日記〉中的「救救孩子……」,〈一綠色之候鳥〉所種下的──爲
天下的無辜者、被歧視者──請命的種子,是否會在「孩子的臉、
髮、手、足之間極燦爛地閃耀著」的陽光催化下,[53]于福爾摩莎的文
學花園裏:生根、發芽、成長、開花?再會(revisit)魯迅的〈狂人日
記〉,間中演述:狂人最終被迫回到冷漠的吃人社會,還「赴某地候
補矣」,由是,條條日記裏──「斯人獨寂寞」的身影與「救救孩
子……」的呼聲,聲聲影影、穿過時間隧道飛來,豈不令人依然憂
悒、感傷?然而,「救救孩子……」的呼聲,如今,可也不是響徹東
／西方的文學殿堂?[54]

七 夢「伺」鄉關:〈第一件差事〉

于第一小節,我們曾經假設:如果〈故鄉〉是對人情澆薄的原

---

[52] 〈一綠色之候鳥〉,收入,《陳映眞作品集2:唐倩的喜劇【小說卷1964～1967】》,前引,
頁18。
[53] 見,前註,〈一綠色之候鳥〉,頁18。
[54] 東／西方的魯迅研究已經汗牛充棟。早期的魯迅研究書目,請參閱,Donald A. Gibbsand
Yun-chen Li, *A Bibliography of Studies and Translations of Modern Chinese Literature, 1918-1942*
(Cambridge, Massachusetts: East Asian Research Center, Harvard University, 1975), pp. 98-135.

鄉，提出：「鄉關何處？」的沈痛質疑，那〈第一件差事〉就是以夢「徊」鄉關，對故土難回，祭出關山魂斷的愴傷抗議。耐人尋味的是：陳映眞六〇年代的「離散」書寫，肇始於〈故鄉〉(1960)，爾後，因「遠門作客」而息筆，又以「離散」書寫的〈第一件差事〉(1967)作結。前後兩作、事隔七載，卻似乎都相互以出走慘白、澆薄的歷史台灣遙相呼應。間中，對時代脈搏的探觸、人心向背乖離的顯影，的確，至今令人怵目心驚。

　　〈第一件差事〉是以一個新警員／敘述者「我」，受命調查胡心保的自殺案件爲主軸，由敘述者「我」詢問、聽述、省思，從而再報導他的所見所聞爲主。杜警員由是發現：死者胡心保是個由父親送出九州，因「避秦」而與家人「離散」的大陸人。身爲洋行的經理，他年輕有爲，擁有俗人稱羨的愛女嬌妻、財勢地位，可是，爲什麼「忽然找不到路走了」？

　　雖然，〈第一件差事〉是以杜警員爲敘述者「我」來擔綱演述，其實，他多半衍化爲聽述者(narratee)／旁觀者——來聆聽、記述。反而，胡心保的女朋友林碧珍、他生前投宿的佳賓旅社的少老闆劉瑞昌、以及小學的體育老師儲亦龍，才是文本中最重要的戲劇化的敘述者／代言人。類似以如此始創性的敘述者／聽述者／旁觀者的角色、兩相交替——做爲發聲的敘述設計，最成功的作品是：平路的〈玉米田之死〉。不過，兩作的敘述者稍有差異：〈第一件差事〉的杜警員／敘述者是一個只具單一價值觀，被烙上傳統禮教胎記的扁平人物(flat character)，而平路的〈玉米田之死〉的記者／敘述者卻是以無冕王自居，縱橫蒼莽大地、不被消聲，而勇於發展的圓形人物(round character)。[55]

----

[55] 平路，《玉米田之死》(台北：聯經，1985年8月)。探討平路的這個敘述策略，請參閱，拙著，〈飲食與鄉愁——〈卡普琴諾〉與〈玉米田之死〉，收入，《台灣小說與敘事學》(台

　　既然，自〈第一件差事〉的故事依始，胡心保就已自殺身亡，於
是，主角人物胡心保的特徵刻畫（characterization），就端賴三個戲
劇化的敘述者——依序分別來做多面、間接的呈示（indirect
presentation）。其間，于劉瑞昌、儲亦龍、以及林碧珍的敷述中，
六度出現的、最重要的共同場景——就是：像貓一樣弓著橋背的一
座水泥橋，「這頭的燈早壞了，不亮，那頭的，一到入夜，就照得
通亮通亮。」於此，我們似乎可以將燈與水泥橋，視爲：一種具有
李蒙・姬南所謂的換喻關係（metonymic relation）的運用。[56]那是在
兵災政爭的年代，胡心保他們曾經「日以繼夜以繼日」地逃亡。在星
光下，前頭一座弓著橋背的水泥橋自然就是：他們希冀躲過露水、
休養生息的好所在。然而，還走不到「離散」時際休養生息的好所
在，一個十四歲的同伴就癱死在地上。職是之故，弓著橋背的水泥
橋彷彿就是：胡心保遙寄衷懷、夢「徊」鄉關的換喻，是他們飄零人
「離散」時際，抵達不到夢土的隱喻。而「這頭的燈早壞了，不亮，
那頭的，一到入夜，就照得通亮通亮」，如此陳述、再三重複敷
述，豈不是于戒嚴時代，藉著彼岸的「明燈」，遙遙照向黑黑此岸——
——未來唯一「光明」的路途？

　　的確，胡心保信步下車，流浪到劉瑞昌的小鎮——他是鎮上唯
一的他者（the other），既記不起小鎮的名字，也荒謬地一再聲稱「你
們的街」，一派異鄉人的疏離語氣。只有跟劉瑞昌談起弓著橋背的
水泥橋，春日薰風才吹起：因爲「想起一些過往的事，眞叫人開
心。」他這句話見了同是天涯淪落人的儲亦龍，還要再說一次。他
還再向他告解：

北：前衛，2002年9月），頁315-344。
[56] Shlomith Rimmon-Kenan, *Narrative Fiction: Contemporary Poetics*, p. 66.

我一回到家，大女孩總是抱著我的右腿……儘管妻兒的
笑語盈耳，我的心卻肅靜得很，只聽見過去的人和事
物，在裏邊兒嘩嘩地流著。[57]

　　胡心保（這個被抱住「右腿」的大右派？）對當下妻兒的笑語，如
此肅靜、而他顧，只存活於過往昔時，他的鄉土之情，乍看初聞，
由是，似乎已經走火入魔。然而，根據約翰·糜司卡（John Miska）
的批判：加拿大籍的匈牙利「離散」作家，他們的作品，彷彿也不免
落入──記述瑣屑的個人的呢喃，既無關緊要、也缺乏期望視域。
不過，他們真誠地銘刻飄零人的思鄉懷舊──感於：新天、新地，
萬事起頭難，前程黯淡，更緣由於思念故鄉，滿懷憂心而絕望。此
外，如同胡心保，他們與原鄉也遙繫著千絲萬縷的衷懷，更受到：
被迫離開家國、故園的煎熬，畢竟──外力、政治、經濟、社會、
革命、戰爭──都超乎他們的掌控。於是，約翰·糜司卡認為：佛
蘭克·費依（Ferenc Fay, 1921-81）的詩篇中，故鄉裴瑟（Pecel）、巴
塔伯伯（Uncle Batar）、以及舊鎮乾透的土地，都是費依的匈牙利身
份的象徵，一旦消蝕，何以賦詩？生存的意義又何以設定？[58]相較
之下，像貓一樣弓著橋背的那座水泥橋、以及燈照得通亮通亮的彼
岸何嘗不是象徵胡心保的嚮往與追求、也是他生存意義的源頭？由
是，正如約翰·戴克上述的論述：飄零人擁抱著不止一個以上的歷
史、一個以上的時空、以及一個以上的過去與現在，還歸屬於此間
與他地，又背負著遠離原鄉與社會的痛苦，成為異地的圈外人，而
淹沒在無法克服的記憶裏，苦嚐失去與別離。這可是「離散」的飄零

---

[57] 見，〈第一件差事〉，收入，《陳映真作品集2：唐倩的喜劇【小說卷1964～1967】》，前
　　引，頁138。
[58] 請參閱，約翰·糜司卡的《匈牙利加拿大文學》，John Miska, *Literature of Hungarian
　　Canadians*（Toronto: Rakoczi Foundation, 1991），pp. 14-38.

人——普世的悲劇、感傷？

　　鑴印著胡心保胎記的飄零人，果真是：活在鄉國的想像、夢「徊」鄉關，因為他們是「被剪除的樹枝」——被棄置於地平線上，因而，也的確是離開原鄉的土壤、而成為無根的一代。然而，原非連根拔起(uprooted)，也就無根、無從移植、也無從成長。胡心保如是感概：

　　　　倘若人能夠像一棵樹那樣，就好了…樹從發芽的時候便在泥土裏，往下紮根，往上抽芽。它就當然而然地長著了。有誰會比一棵樹快樂呢？…然而，我們就像被剪除的樹枝，躺在地上。或者由於體內的水分未乾，或者因為露水的緣故，也許還會若無其事地怒張著枝葉罷。然而北風一吹，太陽一照，終於都要枯萎的。[59]

　　如此的敘述策略，李蒙‧姬南可能還會有話要說，她要強調：這也是敘事理論所謂的景物／社會情境、與人物特徵，互為表裡的運用——以景物／社會情境所涵括的語義場域和人物特徵的意指，形塑類比／對比。由是，東／西方的修辭策略，系譜雖異，其實，脈絡相通——無疑。以故，遭受紅色旗幟飄揚的原鄉「剪除」的大陸人儲亦龍和胡心保——與母土割離，他們與被置放於地上的樹枝形成類比。相形之下，「離散」的大陸人儲亦龍和胡心保與生根於本土的杜警員相比，自然形成對比。由是，鐵蹄踏過、兵災政爭所加諸於「離散」小民的苦難，藉此枯萎樹枝／茁壯大樹——運命的對比，表露無遺。

---

[59] 見，〈第一件差事〉，收入，《陳映真作品集2：唐倩的喜劇【小說卷1964～1967】》，前引，頁140。

　　我們在先前第一、二小節，曾經力陳：廣慈大愛、慈悲爲懷、寬宏大量，可能就是蘊含作者所要塑造的、宜乎全人類的最高價值觀和軌範準則。然而，于〈第一件差事〉中，要重建如許的人類美德，似乎還需要尋索、考察更多的內在證據。有關胡心保與林碧珍的情愛關係，依據林碧珍的告白：

　　　　他【胡心保】原想因爲他使我快樂——使我活著，而盼望他自己也能找到快樂——使他活著的理由……我說：我的父母生了我，而你卻活了我。他說：現在我爲了使你活著而活著。這是個挺好的理由。

　　此際，胡心保的無我利她精神固然與當代的新好男人，庶幾近之，然而，與〈故鄉〉裏，普羅米修斯神似的哥哥——爲普羅大眾領牧／救亡，那種普渡眾生、廣慈大愛，畢竟，絕對不可同日而語。而胡心保的太太許香：

　　　　伊讀書不多，然而即便已經供給了伊相當好的生活，他【胡心保】說，伊還是事無巨細，都是由伊每日辛辛勤勤地料理著的。什麼使伊那麼樣執迷地生活著呢？有時候，他甚至想到伊早已知道了他同我【林碧珍】的關係，他說，然而伊仍舊快樂地、強韌地生活著。[60]

　　如果，我們同意：東／西方小說家經常使用命名這個敘述策略，來暗示人物的特徵，從而爲人物的刻畫補強（reinforcement of

---

[60] 兩引言，出自，〈第一件差事〉，收入，《陳映眞作品集2：唐倩的喜劇【小說卷1964～1967】》，前引，頁147及152。

characterization），[61]那麼，許「香」，或「許」有善鳥「香」草式的隱喻，「唯靈脩之故」，[62]慈悲爲懷、寬宏大量，忠心勉力、料理全家。即然如此，畢竟，只是——有如帝王時代的善鳥香草、賢臣君子，只效忠於胡心保個別一家，未若〈死者〉的敘述者，爲了廣大的赤貧者——「也勞苦，也苦楚，也是赤貧如他們的先祖」——以廣慈大愛，爲生發伯心目中「敗德的莊頭」做出寬宏大量的平反。

全篇的人物設計，最爲決然犀利的可能就是：「抱月兒」。她是胡心保家的廚娘的女兒，人漂亮、倔強、有志氣、又最有主體性，是小胡心保「心嚮往之」的對象。然而，於胡心保而言，終其生，抱月兒始終都是擁「抱」不得的水「月」鏡花——終虛所望。畢竟，他是（邪惡污穢的？）錢莊之家出身——「早上從前門進他家，等到你從後門摸出來，太陽已經落啦。」兩人社會情境出身的對立，加之，「伊母親的笞打」、逼迫，只有更加促使抱月兒，矢志掙開階級敵人的情愛枷鎖。於是，胡心保非但成爲——被永久驅逐出境的愛情「飄零人」，也成爲紅色旗幟下，顛沛流離的「離散者」。間中，雖然他也泊入港灣，然而，妻子許香酷似抱月兒，其實，是他移情作用之下——擁抱鏡花水「月」時的化身，而林碧珍卻是：他以航海人的身份，偶或造訪、給予「懂躍」的小鳥。等到小鳥——控訴他是個騙子、雙重人格、懦弱卑怯——不再依人，他也失去了爲小鳥的「懂躍」而活下去的唯一來由。胡心保最後是一個人，在一個不知名的小鎮，關在一個旅館「客」房——看得到像貓一樣弓著橋背的那座水泥橋、以及燈照得通亮通亮的彼岸——寂寞而終。「人類的初體驗，大多源自永恆的寂寞，于流離、錯位的飄零人更是如此。」約

---

[61] 請參閱，Shlomith Rimmon-Kenan, "Analogous Names," *in Narrative Fiction: Contemporary Poetics*, 前引，p. 68.

[62] 我借用的「唯靈脩之故」，語出於，〈離騷〉卷一，第二節。朱熹註：「蓋婦悅其夫之稱。亦託詞以寓意於君。」傅錫壬註譯，《新譯楚詞讀本》（台北：三民，1978年12月再版），頁31。

翰・糜司卡彷彿爲胡心保刻上了墓誌銘——如是。[63]然而，杜警員的反思、與結案報告，卻是「一案各表」：

> 　　我這個一向被尉教官視爲得意門生的，也直到我辦了這第一件差事之後，才曉得方今之世，眞是人慾橫流，惡惡濁濁，令志士仁人疾首痛心……這是一種厭世的自殺事件。只不過是這樣。但在這一事件底背後隱藏著多少國難深重、世道毀墮的悲慘事實！因此，我花了五分之三的篇幅從如何導人慾歸於正流，實踐我國固有八德至理眞法，以收世界和平方正之效。[64]

杜警員果眞是：尉教官的「得意門生」！他的確是——眞把「終日所見」、竟日所聞，視爲「盡是凶淫放恥」，由是，關閉腦力激盪的心靈視窗，從而，一味放縱一己的私欲流竄、浮盪。於是，在問案的時候，旅館少老闆劉瑞昌第二次提到關鍵點：那座水泥橋、以及橋的兩頭都有燈的緊要時際，他開始煙癮上來、佯做在口袋裡摸煙的樣子，冀許獲得對方的煙隻。第三次，劉瑞昌又提到那座水泥橋——這個「第一件差事」的關鍵點，他顧頇到只覺得「在跟劉瑞昌這個傻瓜浪費時間罷了。」對儲亦龍轉述的胡心保的大樹／枯樹枝的喻旨，他不甚了然，然而，當儲亦龍躍躍然誇稱：當年「大凡逮到共產黨，就是活埋」，他反而肅然起敬、一再讚揚：「功在國族，眞是功在國族。」最後，正當林碧珍述說：胡心保如何在無我利她的生存動機、與欺罔／眞誠的情愛追求之間——焦慮不安、輈輵掙

---

[63] 請參閱，上引，約翰・糜司卡的《匈牙利加拿大文學》，John Miska, *Literature of Hungarian Canadians*, p. 9.

[64] 引言，出自，〈第一件差事〉，收入，《陳映眞作品集2：唐倩的喜劇【小說卷1964～1967】》，前引，頁154。

扎,在那一個關鍵性的剎那,杜警員又開始煙癮上來,點煙解癮。

　　顯然,身為奉公守法的警員,年方二五的小杜,倍受固有八德至理真法的浸淫、教誨,自然成為威權時代最受信任的——國家機器。而他單一的價值觀和軌範準則,必然也最符合「國難深重」、戮力從公的政治火線的需求。不過,面對西潮、美雨、東洋風——逐漸多元化、自由化的台灣社會變化,他的價值觀和軌範準則,不但可能與他所服務的人民相矛盾,也使他即然戮力從公,也行將力有未逮。的確,他所崇信的價值觀和軌範準則,與我們上述所重建的蘊含作者的價值觀和軌範準則——相衝突,因而,我們必須指出:如果,我們假設布斯、查特曼、與李蒙‧姬南一脈相承的「蘊含作者」、「敘述的可靠性/不可靠性」、以及「價值觀和軌範準則」等等概念可以成立,那麼杜警員就是一個所謂的「不可靠的敘述者」(unreliable narrator),他的反思,與結案報告,由是,與我們的解構、詮釋相異。不僅此也,其實,杜警員的「安全方面的老先進」儲亦龍,也不免對杜警員的「涉世未深」、單一思考的方向,投出絕非關愛的眼神,而是「一絲絲嫌惡」、「有些嘲笑」的神色。最後,我們可以引用李蒙‧姬南的立論來總結:「不可靠性」是來自於敘述者的所知有限、個人的主觀介入、以及他的價值觀和軌範準則出了問題——顢頇的杜警員的確如是。[65]

八　結語

　　有關「戰後台灣文學與思潮—以五、六〇年代為主」的辯議與回顧,我們提議:何妨再會(revisit)陳映真60年代的小說,而將焦點微調到「離散」的思潮/或想像。畢竟,孤峰頂上、紅旗飄飄、獨樹

---

[65] Shlomith Rimmon-Kenan, "Reliability," in *Narrative Fiction: Contemporary Poetics*,前引,p.100.

一幟，竟然，只此一家、別無分號。況且，始自〈試論陳映眞〉一文，祭出罪己的批判以還，評論60年代的台灣小說，似乎有專注於論述眞實作者的趨勢。於是，我們再提議：何妨逆向思考，打從眞實讀者的解構出發，一方面固然不必忽略眞實作者的創作角色，但是，也無妨迢回文本的美學世界中來。另一方面，有鑑於台灣作家孜孜矻矻吸取東／西方文學的精華，我們主張：糅和東／西方的「離散」／diaspora概念，重新考察、反思：陳映眞60年代小說中的「離散」思潮／或想像。由是，于我們擴大運用廣泛的東／西方的「離散」／diaspora概念，來實驗新辯議之時際，似乎受益匪淺。而啓用國際敘事學者一脈相傳的「眞實作者」、「蘊含作者」、「敘述結構」、以及「價值觀和軌範準則」等等概念，來進一步詮釋陳映眞60年代的初作，也提供了一個另類的視點。

　　在論述陳映眞60年代的初作時，發現：假設我們接受「眞實作者」、「蘊含作者」、「敘述結構」、以及「價值觀和軌範準則」等等概念，來剖析陳映眞的作品時，越發對他謙抑罪己的批判，另有建議，畢竟，許南村所論述的「連母親似的故鄉也避拒」的「眞實作者」陳映眞——其文本中的形象，至多也可能只是「蘊含作者」所呈現的諸多面相之一而已。我們實驗性地援引敘事學家提議的、與重要的世界文學相類的、至高的「價值觀和軌範準則」，來進一步省視陳映眞60年代的初作，而重新建構隱含在他作品中的「價值觀和軌範準則」時，發現：廣慈大愛、慈悲爲懷、寬宏大量似乎佔據著比較重要的主導性地位，而敘述策略也隨而調整、改變。此外，我們也主觀地試圖：以菩提影現的「大愛」或利他的精神(altruism)來嘗試、探究——「價值觀和軌範準則」的位階，然而，淺嚐即止，用爲引發比較廣泛的人道主義的辯議。或許，這也是期待另一個思考的空間。

　　「離散」的滄桑，似乎最能挑起普世的飄零人被迫離開家國、故

園的敏感神經,的確,正如上述約翰‧麋司卡的述寫:外力、政
治、經濟、社會、革命、戰爭——達達的鐵蹄過處,在在都超乎飄
零人的掌控。也有兵災政爭、人性闕失、澆薄人情,將被踐踏的弱
勢族群,逐出家園,於是,星流雲散、顛沛流離淹沒在無法克服的
記憶裏,苦嚐失去與別離。將陳映眞六〇年代的「離散」思潮/或想
像的初作,置放於世界的「離散」的時間流,來重新思考,應該是值
得嘗試的一個實驗。

飄「萍」與「斷蓬」

——白先勇和保真的「離散」書寫[1]

「卿是飄萍我斷蓬」

——《玉離魂》

一 離散／Diaspora的原始定義與晚近的泛化

　　建構現／當代台灣小說史中的「離散」（Diaspora）書寫專章，本文提議：白先勇和保真的作品值得大家關注。因此，文中擬從主題取向與敘述策略的探討出發，再糅和傳統華文的「離散」概念與西方最近的Diaspora（離散）論述，精讀：白先勇的〈安樂鄉的一日〉（1964）、〈夜曲〉（1979）、與保真的〈斷蓬〉（1983），藉此辯議這些作品與人道主義在台灣小說史上的意義，並進一步檢視「離散」Diaspora立論，運用於詮釋台灣文學的可能。

　　追述西方Diaspora(離散)的原始定義，法國社會科學研究院多蜜妮‧史娜波教授（Dominique Schnapper）在她晚近的論文中（1999），曾經指出：Diaspora(離散)一詞，語出於希臘，自古代以來，就被用

[1] 初稿發表於：Taiwan Imagined and Its Reality—An exploration of Literature, History, and Culture(台灣想像與現實：文學、歷史與文化探索), November 18-20, 2004, Center for Taiwan Studies, University of California, Santa Barbara. 拙文是我研究「離散」書寫計畫的第三個章節。有關「離散」概念方面的構思，我要特別感謝杜國清教授、大會特約討論人張誦聖教授、與蘿司‧史丹福教授(Dr. Lois Stanford)的建設性批評，還有邱貴芬教授的鞭策，她/他們督促了我：對這個概念，一再做批評性的反思。有關〈安樂鄉的一日〉，部分的論點，曾經在嘉義的國立中正大學、加拿大的加華學會，與文友探討過，在此要特別感謝江寶釵教授與施懿琳教授給我申論、辯議的機會。拙文的觀點與缺失自然與她/他們無關。

來記述：猶太人，于耶路撒冷的教堂被毀、羅馬人兼併駒德（Judea）之後，他們集體流亡、離散的情事。其後，這個術語也逐漸泛化、沿用來含括希臘人、亞美尼亞人、中國人以及印度人散居於外鄉的歷史（頁225）。[2]

　　根據在加拿大出版的 *Diaspora*（《離散學報》）主編，美國威斯理大學（Wesleyan University）英文系卡奇‧涂洛彥（Kachig Toloyan）教授的分析，這個初始以猶太人為中心的Diaspora「離散」定義，經過泛化之後，現今應該具有下列幾個重要的結構要素：

（1）典型的Diaspora（離散）是由於高壓（coercion）而來，導致泛眾從原鄉集體移出，連根拔起，爾後定居於異邦。可以與之相提並論的實例是：個人或小群體，自動、持續地向外邊移，而散居（disperse）於異地（頁12）；

（2）在1968年之前，Diaspora（離散）指的是：一個在原鄉已經有著確定身份屬性的群體，決意遷出，例如，離散的猶太人，他們在散居出去之前，早就已經具有自己的社會、文化特質（頁13）；

（3）離散社群積極地保存集體記憶，這是他們獨特的身份屬性的基本要素。有些集體記憶，具體地再現於文本之中，例如猶太人的舊約聖經（頁13）；

（4）一如其他獨特的族裔，離散人士自動或響應當地的主流決策人士的要求，巡察他們自己的社群疆界（頁13）；

（5）離散人士極為重視彼此之間，以及與原鄉的家人、親戚、朋友保持聯繫。近代的科技發展使得相互聯絡更為稀鬆平

---

[2] Dominique Schnapper, "From the Nation-State to the Transnational World: on the Meaning and Usefulness of Diaspora as a Concept." *Diaspora,* 8:3, 1999, pp. 225-254.

常，亞美尼亞人、希臘人、猶太人以及華人，[3]百年來都是如此（頁14）；

(6) 離散人士固然運用具體的方式與原鄉保持聯繫，否則，他們也對原鄉忠心耿耿，存有迷思式的執念（頁14）。[4]

然而，在1986年，瓦特·孔納（Walter Connor）就把早期這類詳盡、嚴苛的派典性的Diaspora「離散」定義，簡化為：「住在原鄉之外的族人。」[5]而英國的牛津大學高級研究員尼可·希爾（Nicholas Van Hear）也在1998年，主張以比較寬鬆、泛化的觀點，來為Diaspora（離散）下定義：

(1) 從原鄉散居到兩個以上的地方；

(2) 目前定居於國外，雖然不一定是永遠的，卻是長期的；

(3) 離散於各地的人士，可能來往於居留地與原鄉之間，于社會、經濟、政治、文化方面，彼此仍有著互動；

(4) 而跨國人士（transnational），則包羅萬象，連「離散」人士也可以包括於其中（頁6）。[6]

晚近，卡奇·涂洛彥與多蜜妮·史娜波也分別坦承：在1968年以後，受「流亡、難民、移民、少數族裔」等等詞語的語用影響，Diaspora「離散」這個文化術語，於美國已經產生變化——被用來廣

---

[3] 研讀多蜜妮·史娜波教授與卡奇·涂洛彥教授的立論，在此，我們必須特別指出：最引起我們最關注的是——這兩個研究「離散」的國際學者，竟然，不約而同，也把華人歸屬於「離散」族群裡頭，甚且與猶太人、亞美尼亞人、希臘人並列。

[4] Kachig Toloyan, "Rethinking Diaspora(s): Stateless Power in the Transnational Moment." *Diaspora,* 5:1, 1996, pp. 3-36.

[5] Connor, Walter. "The Impact of Homelands Upon Diasporas." *Modern Diasporas in International Politics*（New York: St. Martins, 1986), pp. 16-46.

[6] Nicholas Van Hear, *New Diasporas*（Seattle: University of Washington Press, 1998).

泛地指稱所有的散居的人士；而這種用法，在學術上，並已經受到認可。如此的泛化，多蜜妮‧史娜波認為，畢竟來自許多案例，它們顯示，散居／離散可以追溯到很多誘因，例如，歐洲人的殖民，其實，就結合了傳教、權力慾、冒險慾、經濟利益、以及寄望脫離不幸的運命等等難以評估的緣由。所以，她覺得比起「國家」——這個僵化、不變的觀念，深具流動性的Diaspora「離散」概念，與時代的精神和價值觀，其實，更為一致。因而，質問：我們是否能夠將Diaspora「離散」一詞的正面與負面的衍義都消音，而改以中立性的詮釋來應用，以便做為更有益的知識工具？（頁250-251）

上述多蜜妮‧史娜波的衷心期望，其實，在魯賓‧柯恩（Robin Cohen）的研究計畫中，早已在推行。魯賓‧柯恩在1997年歸納了一個圖表（頁26），用以標誌Diaspora「離散」人士的共同特徵，他們：

（1）在原鄉受盡創傷，因而流離星散到兩個或以上的他鄉；

（2）踏出原鄉，為求職、經商、或群體的希望而克盡其力；

（3）對原鄉的歷史、鄉土、偉績，有著集體的記憶與迷思；

（4）美化：想像的先祖家園，並共同承諾——進行永續、安全、繁榮、復興，甚至於再造的工作；

（5）開展回歸的運動，並取得集體的贊同；

（6）常相保持強烈的族群意識，並基於獨特的鄉土情，維持共同的歷史感以及命運共同體的信仰；

（7）與歸化的社會，關係觸礁，或有災難臨頭；

（8）對居留於他國的同族人士，懷有同理心、同志情；

（9）歸化於寬容、多元的國家，可能開展出嶄新、富裕的生活。[7]

　　魯賓・柯恩竭盡所能，而歸納的這些Diaspora「離散」人士所具有的共同特徵，的確，包羅萬象，可謂從古典的定義，泛化到現代、未來，然而，依舊不失為可以與卡奇・涂洛彥的分析互補的論述。因而，在2002年，翟爾・莫恩（Giles Mohann）將其列為研究Diaspora「離散」必讀的參考書。[8]

　　卡奇・涂洛彥雖然可以接受：出自希臘語的Diaspora「離散」，畢竟是較為古老的術語，而且自古以來，即是嚴格地應用到猶太人身上，爾後，再涵蓋亞美尼亞人、希臘人、猶太人、以及華人——這個事實。但是，過去包山包海的「散居」（dispersions）一詞，現在竟然可以如此泛化，甚至於包孕了Diaspora「離散」這個概念，對這樣的「泛化」，他依然還是有些保留。

　　因之，卡奇・涂洛彥質疑：孔納怎麼可以將難民、移民、流亡人士，完全一視同仁，忽略了他們的思想、情感、經驗、與行為——在在可能互異？怎麼可以罔視：傳統的Diaspora「離散」定義所特別強調的宗教、語言、風俗、習慣、制度——這些認同屬性？何況怎麼可以不顧：這些身份屬性是否受到個人或集體的堅持？甚至怎麼可以不探究：他們是否已經同化？（頁15）他指出：第一代移民，他們的身體、語言、心態，通常都還燒印著原鄉的符碼或印記，所以，毫無爭議地，他們都可以符合孔納的定義。可是，第四代的日裔美人或第十代的非裔美人，以他們的認同屬性而論，難道還可以將他們輕易地等同／劃歸為日本與非洲的原鄉人嗎？（頁29）他最後語重心長地強調：歸屬於一個Diaspora「離散」族群的個人，不但必定具有與定居所在的主流文化相異的屬性與認同，而且擁有

---

[7] 引自Table 1.1 Common features of a diaspora, in Robin Cohen, *Global Diasporas: An Introduction* (Seattle: University of Washington Press, 1997), p. 26.

[8] 請參考，Giles Mohann, "Chapter 3: Diaspora and development," in Jenny Robinson, Development and Displacement (Oxford: Oxford University Press, 2002), pp. 77-140.

Diaspora「離散」族群自己的個別社會屬性,他們透過與自己的 Diaspora「離散」族群的互動,建構風俗、習慣、制度、信仰、論述、與價值體系,他們雖然有時也不免悖離群體屬性,但是會多半遵循無疑。(頁29)因此,他認定:個別的Diaspora「離散」身份的取得不是由出生決定,而是端視:個人是否具有與原鄉人士相近的行為,而與在地的主流族群相異(頁30)。

　　與卡奇‧涂洛彥的論述相近的是:科羅拉多大學政治學教授威廉‧薩夫嵐(William Safran)。他認為:身在異地,並不表示就會具有Diaspora「離散」意識,因而,進一步主張:Diaspora「離散」人士,必定對原鄉存有鮮明的記憶,或與原鄉保持聯繫(頁279)。[9]

　　總而言之,研究Diaspora「離散」書寫的當代西方學者,雖然接受日漸泛化的Diaspora「離散」定義,並認定「離散華人」(Chinese Diaspora)也應該包含其中,[10]然而,卡奇‧涂洛彥、多蜜妮‧史娜波、威廉‧薩夫嵐、與亞歷山大‧基特洛(Alexander Kitroeff)的論點是:花果飄零的Diaspora「離散」人士與諸多義無反顧、認同融入寄寓社會的移民,畢竟相異——于Diaspora「離散」的「飄零人」而言,永難割捨的故土家園永遠是有如母子連臍,而原鄉故園則是閃現永恆的記憶。[11]

---

[9] 他指出:最好的案例即是柯恩提出的(柯恩,頁87),寄居於東南亞的「離散華人」,他們如同受邀到波蘭協助發展貿易的猶太人,中國的貿易商受英國人之邀,到新加坡開發港口。離散的華人與猶太人有一個共同的特質:他們都認定自己不是永遠的「定居者」,只是「寄居的過客」,他們僅僅專注於保有一己的身份屬性與譜系,而對當地的政治缺乏熱心與興趣。見,William Safran, "Comparing Diasporas: A Review Essay." *Diaspora,* 8:3, 1999, pp. 255-291.原文,請閱讀,Robin Cohen, *Global Diasporas: An Introduction* (Seattle: University of Washington Press, 1997).

[10] 魯賓‧柯恩把東南亞的「離散華人」歸為貿易性的「離散」。請參考,他撰寫的專章,"Trade diasporas: Chinese and Lebanese." In Robin Cohen, *Global Diasporas: An Introduction* (Seattle: University of Washington Press, 1997), pp. 83-93.

[11] 見,Alexander Kitroeff, "The Transformation of Homeland-Diaspora Relations: the Greek Case in the 19th-20th Centuries," in J. M. Fossey, ed., *Proceedings of the First InternationalCongress on The Hellenic Diaspora, from Antiquity to Modern Times, Volume*

　　因此，我們也必須注意國立澳洲大學的約翰‧戴克教授，新近（2001年）的論述，力陳：Diaspora／「離散」所指涉的意旨，應該更進一步含括——飄零的Diaspora「離散」人士，擁抱著不止一個以上的歷史、一個以上的時空、以及一個以上的過去與現在，還歸屬於此間與他地，又背負著遠離原鄉與社會的痛苦，成為異地的圈外人，而淹沒在無法克服的記憶裏，苦嚐失去與別離。[12]

　　與西方當代的Diaspora／「離散」研究相較，傳統的華文「離散」觀念，還有待發展。「離散」一詞，在傳統的華文語義裡，原有「離開」、「散去」、「分離」，等等意指。孔子〈論語‧公冶長第五〉，有道是：「道不行，乘桴浮於海」，而〈孟子‧梁惠王上〉亦云：「父母凍餓，兄弟妻子離散。」以後，《三國演義》‧〈第六十回〉，則曰：「加之，張魯在北，時思侵犯，人心離散。」[13]以上諸例非但明指：人類個體／群體的背井離鄉、流離星散，更又記述——人心的向背、乖違。然而，若是僅以華文的「離散」觀念，用以探討棲遲異域的華人精神面貌、心靈感知，似乎又稍嫌單薄、不足。因此，我們勉力主張：糅和以上傳統華文的「離散」概念與西方晚近、泛化的Diaspora定義，來擴大我們華文的「離散」論述：

1. 「離散」Diaspora明指：人類個體／群體的背井離鄉、流離星散，或又記述人心的向背、乖違；

2. 「離散」Diaspora人士，必對原鄉存有鮮明的記憶，或與原鄉

II; FromAntiquity to 1453, McGill University Monographs in Classical Archaeology and History（Amsterdam: J.C. Gieben Publisher, 1991），p. 233 and p. 248.

[12] John Docker, *1492 The Poetics of Diaspora*（London and New York: Continuum, 2001），pp. vii-viii.

[13] 「道不行，乘桴浮於海」，語出於孔子，〈論語‧公冶長第5〉，「父母凍餓，兄弟妻子離散」，出於〈孟子‧梁惠王上〉，各收於，謝冰瑩、李鍌、邱燮友、劉正浩編譯，《新譯四書讀本》（台北：三民，1982年4月8版），頁88，頁251。「加之，張魯在北，時思侵犯，人心離散」，語出於羅貫中，《三國演義》（台北：文源，1970年），頁418。

　　保持聯繫；

3. 于「離散」Diaspora的「飄零人」而言，永難割捨的故土家園永
　遠是有如母子連臍，而原鄉故園則是閃現永恆的記憶；

4. 飄零的「離散」Diaspora人士，擁抱著不止一個以上的歷史、
　一個以上的時空、以及一個以上的過去與現在，還歸屬於此
　間與他地，又背負著遠離原鄉與社會的痛苦，成為異地的圈
　外人，而淹沒在無法克服的記憶裏，苦嚐失去與別離。

　　由是，本文提議：運用此一「離散」Diaspora論述，來進一步細
讀、詮釋、辯議白先勇與保真的小說。

二　安樂鄉(Pleasantville)：是美利堅夢土，是桃花源？

　　白先勇是台灣現／當代文壇上，最出類拔萃的小說家之一。先
祖為江蘇南京人，回族，因仕居廣西，遂落籍於當地。白氏1937年
7月11日出生於桂林，隨即因抗日、國共內戰，與身為名將的父親
白崇禧將軍遷徙、流離，先後住過重慶、南京、上海、武漢、廣
州、香港，最後遷居台灣，[14]現在定居於美國，可謂親自經歷／見
證了華人現／當代的一頁離散滄桑史。

　　投考大學之際，曾經認定：中國以農立國，遂矢志以學習水
利，造福鄉梓，而進入成功大學水利工程系。[15]然而，終與旨趣不
合，改念文學。就讀台大外文系期間，與文友創辦《現代文學》，醉
心西方文學的研討和引進。畢業後，進入美國愛荷華大學的國際作
家創作坊(The Iowa Writers' Workshop, The University of Iowa)深造
(1963年)，開創他雙城記的系列小說──《紐約客》與《台北人》的寫

[14] 請參考，白先勇，《骨灰──白先勇自選集續篇》(香港：華漢，1987年11月)，頁I。
[15] 請參考，白先勇，〈驀然回首〉，收入，《驀然回首》(台北：爾雅，1978年9月)，頁70。

作。其時，以《紐約客》的〈芝加哥之死〉（1964年1月）肇始，緊接著一系列的作品〈上摩天樓去〉（1964年3月）、〈安樂鄉的一日〉（1964年10月）相繼出版，然後，才有《台北人》的〈永遠的尹雪豔〉（1965年4月）誕生。定居美國後，從1964年1月到1971年5月，七年之間，建構了日後震撼「世華文學」界的雙城記、似水年華史──《紐約客》與《台北人》。

顧名思義，《紐約客》記述了從大陸／台灣到美國的華人，她／他們的「離散」Diaspora精神面貌，《台北人》則記載了從九州到台灣的大陸人，她／他們流寓於台灣的悲情。一言以蔽之，她／他們雖居於紐約，其實，身在曹營心在漢，類似約翰‧戴克的Diaspora「離散」論述，個個都擁抱著不止一個以上的歷史、一個以上的時空、以及一個以上的過去與現在，還歸屬於此間與他地，又背負著遠離原鄉與社會的痛苦，成為異地的圈外人，而淹沒在無法克服的記憶裏，苦嚐失去與別離。[16]

雖然白先勇當年的雙城記是從紐約出發，再踅回台北，然而，世事難料，其後，《台北人》膾炙人口，《紐約客》相形之下，浪潮漸隱，未像《台北人》那般一直受到讀者與評家的熱切關注。[17]而《紐約客》一書中，〈謫仙記〉最受矚目，但是，〈安樂鄉的一日〉，其實，也是白氏最重要的作品之一。[18]

---

[16] 請參考，John Docker, *1492 The Poetics of Diaspora*（London and New York: Continuum, 2001），pp. vii-viii.

[17] 遠在1974年劉紹銘教授為《紐約客》寫序時就已經感嘆過：「有關《台北人》的文章，這幾年來，看了不少，尤其是其中幾個特別出色的故事如〈永遠的尹雪豔〉和〈遊園驚夢〉。討論《紐約客》的，倒是少見。」原文，請參考，劉紹銘，〈《台北人》與《紐約客》〉，收入，白先勇著，《紐約客》（香港：文藝書屋，1974年11月），頁1-11。我於2004年11月6日上網查過台灣的國家圖書館《當代文學史料影像全文系統》，發現：白先勇的著作，列有22筆，可是，《紐約客》一書，並未列在「條列式作品資料」上。「條列式評論資料」檔案裡，對白氏作品的評論，一共有301筆，大多是有關《台北人》與《孽子》的批評，只有四條是對〈謫仙記〉的詮釋或評論，此外，的確，還沒有〈安樂鄉的一日〉的批評「專論」出現。

[18] 其實，〈謫仙記〉與〈安樂鄉的一日〉都有英文翻譯的文本刊行：〈謫仙記〉由作者與夏志

　　〈謫仙記〉的離散人物中，以李彤最受國共內戰、至親流離星散的打擊，以至於內心愴惶、變幻莫測，最終伊人竟如「流星」般隕落、命喪水都威尼斯——餘恨悠悠（頁81、83）。[19]于此作中，雖然，女主角李彤與她的手帕交，情同姊妹，她們之間也還存在著理解差距（disparity of understanding），不過，白先勇是以她們的集體聲音，間接為這段華人的悲劇「離散」史做見證，更進一步運用敘述者「我」／李彤的哥兒們，為客觀的觀察者（detached observer），透過他的洞見與視境，彰顯「人溺」己溺的人道主義之憂。

　　與〈謫仙記〉一脈相承的是：于〈安樂鄉的一日〉，白先勇依然對飄泊、「離散」的女主角依萍，賦予關注與同情。然而，深受福樓拜（Gustave Flaubert, 1821-1880）與巴爾札克（Honore de Balzac, 1799-1850）對景物描寫的啟發，[20]在此作中，白先勇以依萍為意識焦點，運用「故事之外、不參與故事的敘述者」（heterodiegetic narrator）對她「僑居」所在的安樂鄉（Pleasantville），[21]刻意做香格里拉式的場景的細緻述寫，來切入依萍遠離原鄉、置身「美利堅夢土」，然而，思緒萬千、猶繫於故國的那個集體身份記憶，用以進一步暗喻：依「萍」，其實，無異於——無「依」的一葉飄「萍」，于無法認同、涵化（acculturation）的異國，載浮載沈，藉此影射故事最終——浪影「萍」蹤恨無窮，那何等無奈的「離散」情事。

清教授合譯，"Li Tung: A Chinese Girl in New York." Trans. by Pai Hsien-yung and C.T. Hsia, in C.T. Hsia, ed. *Twentieth Century Chinese Stories* (New York: Columbia University Press, 1971), pp. 218-39.〈安樂鄉的一日〉也已翻成英文："A Day in Pleasantville." Trans. by Julia Fitzgerald and Vivian Hsu, 並收入Vivian Hsu, ed. *Born of the Same Roots* (Bloomington: Indiana University Press, 1982), pp. 184-192.

[19] 文中的頁碼以白先勇著，〈謫仙記〉、〈安樂鄉的一日〉，收入《紐約客》（香港：文藝書屋，1974年11月），頁62-87以及頁35-47為準。

[20] 請參考，張素貞〈學習對美的尊重——在巴黎與白先勇一席話〉，收入，白先勇著，《樹猶如此》（台北：聯合文學，2002年2月），頁236。

[21] 「安樂鄉」，英文定名為："Pleasantville"，這是白先勇自訂。見，〈安樂鄉的一日〉，收入上引《紐約客》，頁35。事實上，紐約州威徹斯特郡（Westchester County, New York）就真有這麼一個名為Pleasantville的小城。

正如上述，白先勇的確是以繡花針的功夫，在〈安樂鄉的一日〉中，做綿密的靜態陳述，篇幅幾達三分之二之多，其中，包括：深富象徵意涵的諸多場景，其次才是人物的身份、心境與特徵，這是此作的敘述結構特色。而動態的陳述，對比之下，篇幅只佔了全篇三分之一而已，僅僅敷述了一個單純的主要情節／動作，沒有繁複、包孕的次要情節來烘托，敘述步速(pacing)又緊湊、快捷，不過涵括了一個簡短的、口頭回溯的族裔衝突事件，以及因此而衍生的依萍與女兒的對立，故事就此戛然而止。職是之故，靜態陳述反而更加值得注意、重視。[22]

在〈安樂鄉的一日〉中，劈頭第一句，白先勇就透過故事外的敘述者，極為細膩地闡述故事的主要場景：安樂鄉(Pleasantville)，這個位於紐約近郊的一座小城，一個——在曼赫登賺食的中上階級紐約客，逃避喧囂都市、想像人間夢土，最趨之若鶩的——香格里拉、理想國度。

昔時，陶淵明的〈桃花源〉，[23]固然，村外桃花林「夾岸數百步，中無雜樹，芳草鮮美，落英繽紛」，村內也「屋舍儼然」，滿佈「良田、美池、桑、竹之屬。」然而，白先勇刻畫下的安樂鄉／洋基的夢土，事實上，也未落其後，經過建築師的專業性整體規劃，市容「十分整齊」，而「空氣清澈，街道、房屋、樹木都分外的清潔」(頁35)，既沒有大都會污染的煤煙燻天，更沒有灰塵飄揚落地——滿城草木扶疏、綠沃得出奇。在白先勇工筆的渲染、描繪之下，安樂鄉的「安」適、「樂」逸，即使伊甸園／香格里拉，的確，也不過如

---

[22] 有關「靜態陳述」與「動態陳述」二詞，請參考：中文翻譯，「敘記結構」圖解式，收入，高辛勇著，《形名學與敘事理論》(台北：聯經，1987年)，頁177。以及英文原文 "Diagram of Narrative Structure," Seymour Chatman, *Story and Discourse: Narrative Structure in Fiction and Film* (Ithaca: Cornell University Press, 2nd edition, 1980), p. 267.

[23] 請參考，陶潛著，〈桃花源記〉，收入，涂經詒輯，《中國文學選》(台北：廣文，1972年元月)，頁85-86。

是。

然而，陶淵明的〈桃花源〉是「避秦時亂」的世外「桃源」，是孔夫子「道不行，乘桴浮於海」的另類選項，更是渾然天成的淨土、人間絕境。要之，其後，漁人與郡下太守的人馬，「尋向所誌」，卻是「不復得路」，由是，在在又彷彿遙相指向其烏托邦的虛擬／想像特質。

正因為如此，緣由於安樂鄉「與其他千千百百座美國大都市近郊的小城無異」（頁35），依萍所「僑居」的「安樂鄉」方顯得是「美利堅夢土」最終的普世性體現。只是，洋基的「安樂鄉」，一如陶淵明的「桃花源」，縱然，真確是「怡然自樂」——自由自在的理想國度，不過，它畢竟又不是九州「天人合一」的「桃花源」，更非古樸無華、「渾然天成」的人間絕境，而是西方開天闢地、「人定勝天」哲理的展現。

因而，「安樂鄉」即然有如「桃花源」——「阡陌交通，雞犬相聞」，男士卻不「往來種作」，而是身著深色的名牌西裝，襯衫筆挺，「帶著銀亮細緻的袖口扣和領針」，聞雞起早，開著嶄新的轎車湧往火車站，再轉搭冬暖夏涼、有空氣調節的車廂，望曼赫登前進。而家庭主婦，則「濃施脂粉，穿著整整齊齊」，趁著男士上班的時際，鑽入豪華、「閃亮的林肯及開特拉克」房車，到安樂鄉的購物中心去選購日用品。有些辦理雜物，有些雙手提滿了「牛排、青豆、可口可樂。」至於他們的房舍，住的都是「最時興的現代建築，兩層分裂式」，依萍和她先生偉成「就住在安樂鄉的白鴿坡裏。」房外有賞心悅目的林木及草坪，房內則有終年宜人的乾濕、冷暖氣調控，家具「全是現代圖案」的設計，廚房又一律添加「最新式的電器設備……白色的牆壁上密密麻麻顯按著一排排的黑色電鈕」，彷彿是「一間裝滿機械的實驗室一般。」（頁37）至於育樂，偉成認為：小

城的環境單純，最適合孩子的教育，而夏天他們可以去遊樂園游泳、划船，冬天則出去掃雪、堆砌雪人。

白先勇如此鉅細靡遺、不憚其煩地、刻意精雕「鄉村都市化」的「安樂鄉」、細琢村民他們日常的食、衣、住、行、育、樂，一方面，似乎藉此述寫「後工業化」、資本主義社會——物質生活／精神發展的極致，然而，另一方面，也彷彿藉此影射村民依然沿襲「男主外、女主內」的傳統分工特質。

只是，白先勇通篇作品，以依萍為視點／意識焦點，透過「不參與故事的敘述者」來敷演、記述，其微妙的語調模擬、與主題的糾葛互涉，就顯得更加值得玩味。原來依萍是中國世家出身，在國內專攻家政，習得一套中國「相夫教子的金科玉律」，一生的「願望就是想做一個稱職的妻子、一個賢能的母親。」不過，朝夕俯仰於洋基的夢土／安樂鄉的白鴿坡，加上她的丈夫偉成，能幹又強勢，她那套中國的金科玉律，就連她自己都發覺：「不太合用」，更別提：偉成也建議她「既在美國生活，就應該適應這裡的生活。」而習於一身旗袍的依萍不太會開車、不善於戶外活動、牌藝太差、看英文的速度又慢，於是，在洋女士的橋牌社、讀書會等等社交活動，就難免變成了壁上花。即使鄰居的美國太太，因為整個安樂鄉中只有偉成一家是中國人，因而，都把她當成稀客看待，噓寒問暖；還為了取悅依萍、製造話題，向她詢問中國的風土人情，熱情有如：陶淵明的「桃花源」中人——聞有漁人，「咸來問訊……各復延至其家，皆出酒食。」職是之故，更加強了依萍安樂鄉中的「他者」（other）意識、以及早已內化（internalized）的中國身份、記憶、與認同。白先勇全篇啟用如此細膩、滴水穿石的人物身份、心境、與特徵的演述，為最終依萍母女身份認同的對立，鋪排了一個衝擊的輻輳點和無與倫比的張力。

的確，學貫中西的白先勇，其實，也深知陶潛的「桃花源」，深藏「天人合一」的至理，與基於「人定勝天」、剛猛犀利建構出來的美利堅夢土／洋基的安樂鄉，有霄壤之別。所以，敘述者才一再標示：安樂鄉的清潔，「好像全經衛生院消毒過，所有的微生物都殺死了一般，給予人一種手術室的清潔感」；而街道兩旁的林木及草坪都是人工栽植，樹葉大概也「經過良好的化學施肥，葉瓣都油滑肥腫得像裝飾店賣的綠臘假盆景。草坪由於經常過份的修茸，處處刀削斧鑿……如同鋪上一張從Macy's百貨公司買回來的塑膠綠地毯。」

白先勇刻意啓用如此精準俐落的犀利語調，以「消毒、殺死、手術室、人工栽植、化學施肥、油滑肥腫、綠臘假盆景、刀削斧鑿、塑膠綠地毯」再現「大漠鷹揚」的洋基夢土建構——似已近乎對陽剛操盤，戲予嘲弄，也彷彿有意遙相影射：「安樂鄉」（Pleasantville），於依萍畢竟是「他鄉」，斯地，既非九州人士熟稔的「桃花源」，亦非歷史情感認同的原鄉。

果不其然，當場景移轉到依萍與偉成朝夕俯仰的白鴿坡，文化落差加大，清冷寂寥，寂寞天涯，明喻／暗喻／象徵意味更濃。如上所述，白先勇既然企圖以場景影射「心懷中國」的依萍——那縈繞於懷的Diaspora「離散」／困境心態，由是，「桃花源」與「安樂鄉／白鴿坡」的文化對比，自然也就隨之增強。於是，避開車水馬龍、地偏城中靜謐一角的白鴿坡，在敘述者的口中，就變成了「死角」；依萍與偉成住的恬靜的cul-de-sac（or keyhole crescent「鑰匙形的新月狀」巷路）——那洋人的最愛，[24]就幻化成了敘述者口中的「死巷」；

---

[24] 中性而毫無負面含意的英文譯文cul-de-sac出現在 "A Day in Pleasantville." Trans. by Julia Fitzgerald and Vivian Hsu, 並收入Vivian Hsu, ed. *Born of the Same Roots* (Bloomington: Indiana University Press, 1982), p. 185. 在加拿大，keyhole crescent「鑰匙形的新月狀」巷路，也最受楓葉王國人士的歡迎。

而「死巷」中，除了偶爾「砰然一下的關車門響聲，像是一枚石頭投進這條死水」，除此之外，「死巷」總是「一片無邊無垠的死寂」；而白鴿坡中的柏油路「呈淡灰色，看去像一條快要枯竭的河道，灰茫茫的河水」像是「完全滯住了一般。」一言以蔽之，安樂鄉裏，最受洋基追逐的夢土，在在竟都變成「死角、死巷、死水、死寂」——種種華人風水的最忌。白先勇彷彿藉此又進一步暗示：對一個時時強調「我是一個中國人」的依萍而言，白鴿坡再美煥美倫、再平和恬靜，畢竟，此間只是美利堅夢土，並不是她原鄉的「桃花源」，由是，依萍有如經歷嚴謹訓練出來的乖巧白鴿，被囚困在有如「鳥籠」的「死角的死巷」，天天面對著灰茫茫、快要枯竭的河道，直等著先生與女兒的歸來。而偉成下班、寶莉下課返家，一家團聚，家中才重新又有了聲響、歡笑、對話、與活氣。

自此，作品的最後三分之一，方才開始出現動態陳述，而這個部分的故事幾乎是一概以對話在敷述。然而，最值得我們關注的是——時時刻刻強調著「中國人身份」的依萍，是「中國的世家出身，受過嚴格的家教，因此，她唯一對寶莉的期望就是把她訓練得跟自己一樣：一個規規矩矩的中國女孩。」（頁40、41）換言之，做為一個中國母親，時時刻刻強調著中國儀禮，懷抱著「中國身份屬性」的「離散」Diaspora中人——依萍，矢意在洋基的安樂窩，以她所領受的中國世家的家教，勉力為女兒再度傳遞／複製歷史中國的「金科玉律」，苦心孤詣地為女兒的「社會化」（socialization），[25]稍盡棉薄之力。

不過，中國文化的一縷香火——在寶莉「日以繼夜以繼日」地安享「美利堅大熔爐」的電視、以及投入小學、夏令營的耳濡目染之後

---

[25]「通常母親是迫使女兒社會化進入被動的女性角色的父權代理人」，請參考，藍佩嘉，〈母職——消滅女人的制度〉，收入《當代》，第62期，1991年，6月1日，第87頁。

——逐漸澆熄。由是，寶莉習於穿牛仔褲、口含棒棒糖、操著一口
道地的紐約口音，調侃媽媽。甚至也會「沖著依萍大聲直呼她的英
文名字Rose。」（頁41）當然這就招來了依萍狠狠的一番教訓，她「告
訴寶莉，在中國家庭，絕對不許有這類事情發生。」（頁41）而這只
是白先勇權先經營的故事高潮之前的草蛇灰線，等到依萍必須真正
面對寶莉開放的個體生命，[26]意欲自「附屬地位」掙脫「過度控制」，
以滿足後續的「社會性需求」與「可接受性」（acceptability）需求的關鍵
時刻，[27]依萍她自己所擁抱的——不止一個以上的歷史、一個以上
的時空、以及一個以上的過去與現在，還歸屬於此間與他地——那
種既「離散」又疏離的邊緣人心態，也就更加顯得左支右絀了。

　　故事的高潮始於溫柔敦厚的依萍責問寶莉：為什麼「在學校裏
用手扯Lolita的頭髮，把她扯哭了？」她既不准寶莉咒罵Lolita是頭
「髒豬」，只因為Lolita說寶莉「是中國人」，（其實，Lolita把寶莉貶為
Chinaman中國佬，而不是Chinese中國人），更要教訓寶莉，怎麼可
以一再否定自己的身份屬性；最後，認定女兒「胡鬧」，更因而不許
她吃飯、捉住她雙手、把她「從椅子上提起來。」白先勇栩栩如生地
捕捉了這一段對話：

> 「Lolita說得對，你本來就是中國人。」
> 「我說我是美國人，Lolita說我扯慌，她叫我Chinaman。」
> 「聽著，寶莉，你生在美國，是美國公民，但是爸爸和我都
> 　是中國人，所以生下你也是中國人。」

---

[26] 有關離散家庭中，撫育子女、家人之間的互動關係，尤其是家庭的年輕成員，以「開放
結構」的心態，所帶動的家庭、社區變化，請參考，Nayar, Kamala Elizabeth The Sikh
Diaspora in Vancouver: *Three Generations Amid Tradition, Modernity and Multiculturalism*
（Toronto: University of Toronto Press, 2004）.

[27] 這個論點，請參考，張娟芬，〈女性與母職———個嚴肅的女性思考〉，收入《當代》，
第62期，1991年，6月1日，第95頁。

「我不是中國人！」

要之，Lolita口中的Chinaman（中國佬）如同日語的chiankoro（清國奴），其實，都是具有貶抑的種族歧視語，是流鼻涕、拖辮子的華人的同義詞，也是寶莉從語境中、感同深受，要痛切否定的身份屬性，然而，她中文既鴉鴉烏，分辨不出華語的「中國佬」與「中國人」之間的微妙差異，而依萍的英文造詣也灰撲撲，分辨不出Chinese與Chinaman兩者之間的語用區別。反諷的是：母女二人猶不知彼此的語用落差，遂讓各自的身份堅持，衍生了風暴性的對立

總而言之，白先勇似乎是以戲劇化的敘述者（dramatized narrator）——小奸小壞的猴精人物，Lolita，來間接暗示：可能隱藏于「和平」、安祥的「白鴿坡」底層，或許還有著一股隱約流動的種族張力，挑戰著族裔一己的尊嚴、運命、與生機。在火車站上等候「有空氣調節的」火車、又「戴著袖口扣和領針，一手提者黑皮公文包」的「安樂鄉」紳士（真安樂？），不是「總習慣性的寒暄幾句，談談紐約哈林區的黑人暴動」嗎？（頁35）如然，這可也是又間接影射著：悲天憫人的白先勇有意替眾生——向蒼天一問，究竟何處才是先哲的理想國、人間的「桃花源」？是的，所以，〈安樂鄉的一日〉最後是訴諸「那天天日日都在唱個不休的Winston香菸廣告」，以香菸的「屬性」訴求作結，畢竟Winston香菸才是最道地的「美國」煙：

> Winston tastes good
> Like a cigarette should![28]

---

[28] 白先勇原文啓用的就是英文。見〈安樂鄉的一日〉，收入《紐約客》（香港：文藝書屋，1974年11月），頁47。

矢意堅持「道地」的中國人身份的依萍，職是之故，豈非永遠都是一片無「依」、而「離散」（Diaspora）的飄「萍」？

三　何處是歸鄉？：〈夜曲〉[29]

1960年代，《紐約客》的第五篇系列小說〈謫仙記〉（1965年6月）誕生之後，白先勇似乎就傾盡全力撰寫雙城記的另一部《台北人》系列的第二～八篇小說：〈一把青〉（1966年8月）～〈思舊賦〉（1969年3月）。其後，又創作了一篇《紐約客》的第六篇作品〈謫仙怨〉（1969年3月），再加上第七篇的〈冬夜〉（1970年11月）緊接著完成，遂收集了這七篇力作，以《紐約客》為系列的總篇名，在香港刊行問世（1974年11月）。而雙城記的這個《紐約客》系列小說，要等到〈夜曲〉（1979年1月）與〈骨灰〉（1986年10月）相繼出現，才算有了續曲。然而，《骨灰》（1987年11月）既然結集出版，[30]讀者信以為《紐約客》已經隨著「骨灰」、謝幕歸塵、走入歷史，一如〈國葬〉之於《台北人》。不期，去年（2003年3月19日）篇名定為 “Tea for Two” 的短篇小說，[31]在《聯合報》堂堂推出，副刊編輯還特別加註，提醒讀者這是：「萬方期待的白先勇《紐約客》新作」——這似乎意味著雙城記的這個《紐約客》系列，並沒有被作者所輕易遺棄，創作目前依然還在進行之中。因此，《紐約客》的系列小說，三十年前以〈安樂鄉的一日〉（1964年10月）——那「離散」Diaspora的主題肇始，最後將以何種人道主義的關懷結束，必然又會是文壇關注的另一個焦點。

既然同是屬於《紐約客》的系列小說，〈夜曲〉，一如〈謫仙記〉與〈安樂鄉的一日〉，自然都是以紐約為背景、以見證——遷徙、離散

---

[29] 引自，白先勇，〈夜曲〉，收於，季季編，《六十八年短篇小說選》（台北：書評書目，1980年6月），頁13。

[30] 見前註，白先勇，《骨灰——白先勇自選集續篇》。

[31] 原篇名就是英文。這似乎是白先勇第一次以英文為他的小說命名。

於他鄉的華人為主軸。不同於後兩者的是：〈夜曲〉的故事時間，是從「下午四點鐘左右」，男主角吳振鐸正在癡等與相別二十五年的女性好友，呂芳，相會起始(頁6)，一直到晚間「七、八點鐘」左右，呂芳告別、離去為止(頁28)，[32]其間，故友聚會不過僅僅三個小時，故事發生的地點也不出吳振鐸的豪華客廳——那個主要的場景，至於眞正出場的人物，則只有吳振鐸與呂芳兩人。然而，白先勇極有效率地依然襲用上述〈安樂鄉的一日〉裡的敘述策略——場景和物件的精心設計與安排——又啓用咖啡、鋼琴、和菊花，用以召引「離散」Diaspora人物回首：于原鄉與異國、于現在與過去，身歷的一番追尋、絕望、幻滅、與摧殘，從而對照彼此的今昔與滄桑。于吳振鐸的楓丹白露公寓，呂芳回顧自毀的文革歷史灰燼當頭，風浪望盡，不免兩相嘆惋逆境與創傷，彼時縱然風華不再，溫馨故人情——依然長幸永存。據此而論，雖然在《紐約客》的系列小說創作停擺多年之後，〈夜曲〉方又姍姍來遲，不過，寶刀未老，艷瀲波轉，依然堪稱是另一篇現／當代短篇小說中的經典之作。[33]

　　就敘述策略而言，〈夜曲〉故事的前半部，又如〈安樂鄉的一日〉，白先勇依然以「故事外、不參與故事的敘述者」來敷述，並運用男主角吳振鐸醫生為單一的視點／意識中心，以靜態陳述為主軸，側重對場景、人物的身份、心境、特徵，做精準、細膩的燒鑄。以篇幅而論，此作的靜態陳述，約佔全篇小說的百分之四十，比起在〈安樂鄉的一日〉所佔的比率百分之六十六，稍嫌短些，可是，其重要性，依然不可忽視。

　　作品開頭的敘述焦點，是從俊雅的「紐約客」吳振鐸醫生的診所

---

[32] 文中的頁碼以白先勇，〈夜曲〉，收於，季季編，《六十八年短篇小說選》(台北：書評書目，1980年6月)，頁1-28為準。

[33] 〈夜曲〉也有英文的翻譯刊行，"Nocturne." Trans. by Patia Isaku and Pai Hsien-yung, in *The Chinese PEN, Summer*, 1980, pp. 1-34.

／住家「楓丹白露」大廈，其窗外所面對的中央公園起始，從上臨下，銘刻：繁華都會，風情萬千；而嫋娜仕女，鬢香儷影，觸目所及，果然，既雍容又自如。爾後，焦點由外而內，逐漸內移，指向吳振鐸閃亮的銀壺、銀杯、銀碟、銀匙、銀盤、花梨木咖啡桌、桃花心木家具、以致於古銅座檯燈、史丹威三腳大鋼琴，在在一派古風，既高貴又雅緻。然而，此中，最值得關注的：其實，是白先勇鋪排的睹物思人、適時追溯——每每總是讓吳振鐸恰適地穿越、遊走于時光隧道之間，微妙地將他推向：夢想與現實、昔日與今日、此間與原鄉。由是，他在耶西華大學亞伯‧愛因斯坦講座的光環、白髮蒼蒼的老父與家國的殷殷期望、還有古巴難民羅莉泰管家的哭訴、與闊綽猶太老寡婦（費雪太太）的病家疾苦，一幕幕閃過、來往、穿插、交錯，非但再現：滾滾世紀煙塵，而且拉長了從中東、神州、南美、到紐約的人間「離散」世路。一如〈安樂鄉的一日〉，白先勇彷彿又藉此物質極致、紅塵英名，以浮華表象，來旁襯「心臟」科名醫吳振鐸「心靈」深處的冷漠與沈淪。

　　繼而，後半部倒敘：因呂芳學成返回中國、立志「用音樂去安慰中國人的心靈」而與吳振鐸揮別，後來，卻因反右、文革，時局動盪，而與吳振鐸失去了聯絡，兩人因而孤鴻萬里、各自歷盡滄桑；爾後，呂芳因看到紐約故友「高宗漢那種下場，在自己的國家裏，死無葬身之地，實在寒透了心」，而「兜了一大圈…又回到了原來的地方」紐約；久別重逢，一場追溯古今的面會，固然溫馨如故，只是呂芳身心交殘，只盼此後修心養性、「靜靜的度過餘生。」（頁27）這段篇幅長達原文的百分之六十的動態追溯，一如〈安樂鄉的一日〉，白先勇在後半部又以最少許的情節／動作、以敘述步速減緩（deceleration）的敷演方式，讓受難者的千秋悲苦，盡在一個初多就要凌虐、展現的傍晚，「感恩節剛過，天氣乍寒」的時節，于自

然的促膝對話中徐徐展開、敷述。然而,神州板蕩,二十五載的流
離星散,呂芳的追溯即然溫柔敦厚、哀而不傷,只是,「何處是歸
鄉?」的質問,何嘗沒有詩聖杜甫──「三吏三別」式的、最是令人
驚心動魄的傷嘆?而白先勇運用咖啡、鋼琴、大白菊做為〈夜曲〉的
敘述結構要素,勉力為「離散」(Diaspora)中人請命的感時憂國,的
確,又值得我們詳加探觸。

要之,呂芳與吳振鐸二十五年前揮別於舊金山,彼此雖有他鄉
知己的歡悅,彼時,卻都沒有公然的情意承諾。二十五年後,呂芳
也只淡淡地給他捎來一信:

> 振鐸:
> 我又回到美國來了,現在就在紐約,很想跟你見一面。
> 呂芳的信終於來了,可是,卻遲到了二十五年。(頁6)

上頭所引的第一句話是精準的事實陳述,第二句話似乎就是吳
振鐸情意──細水長流的暗示了。為了強化這個母題之一的鋪述,
咖啡成為絕對不可忽視的敘述結構要素,因為吳振鐸愛屋及烏,記
得咖啡是呂芳的最愛:「從前呂芳多麼嗜好咖啡,愈濃愈好,而且
不加糖,苦得難以下嚥,才覺得夠勁。」於是,他取出不輕易拿出
待客的一套銀具,囑咐管家羅莉泰用鋅氧粉擦亮,以禮遇即將蒞臨
的故友。白先勇苦心孤詣地透過管家羅莉泰的詢問:「吳醫生,今
天有貴賓光臨吧?」來間接地影射呂芳在吳振鐸心坎上的份量。不
僅此也,為了投呂芳所好,在她抵達之前,吳振鐸三番兩次進入廚
房,細心地「讓咖啡在壺中細細滾,熬個個把鐘頭,香味才完全出
來,回頭呂芳來了,正好夠味。」(頁2)據此,揆其用心,吳振鐸一
片心細體貼,的確,完全傾注於斯。然而,反諷的是:他未曾預料

到，生命無常，拜當年文革內耗、自殘之賜，呂芳患了失眠症，「太濃的咖啡，現在倒不敢喝了。」(頁12)

咖啡不僅串連著呂芳與吳振鐸二十五年的情誼，其實，在百老匯上頭，一家猶太人開的咖啡店裏，香噴噴的一杯杯咖啡，還緊緊地勾纏著一張張高宗漢、劉偉、吳振鐸和呂芳，他們為中國建構的藍圖──那兒有著高宗漢要為中國開發的鐵路、劉偉聲稱要為中國研製的化學肥料、呂芳學成歸國所要推廣的音樂教育、還有吳振鐸要到蘇北開辦的貧民醫院。果不其然，高宗漢、劉偉和呂芳在1951年畢業，坐上克利佛蘭總統號回到原鄉。

不過，反諷的是：二十五載之後，並不是在吳振鐸的蘇北貧民醫院，而是在他紐約楓丹白露大廈的豪宅客廳裡，呂芳與他啜飲著一杯杯的咖啡，她端著「銀亮的鑲著W花紋的」杯子，[34]「朦朧柔和的暗金色燈光」映照著她文革時代受傷的：

> 「那雙手，手背手指，魚鱗似的，隱隱的透著殷紅的
> 斑痕，右手的無名指及小指，指甲不見了，指頭變成了
> 兩朵赤紅的肉菌。」(頁18)

他們不再高談闊論那過往「飛揚奔放」的抱負，而是追溯：拆了戲臺、散了戲班，那些家國的共同血淚記憶──只是，桃枝向老，青春已去。此際的呂芳，白先勇是以「魚鱗似的」那個「人為刀俎、我為魚肉」的明喻，來標誌她的「非人」處境與遭遇，又以端著「銀亮的鑲著W花紋的咖啡杯」那個物質極致的象徵，來映照紐約「心臟名醫」與蘇北「貧民醫院」──今昔抱負的對比。至此，作為人道主義

---

[34] 這個W是吳振鐸的姓氏字母「吳」字Wu的英文縮寫。敘述者先前說明：這套銀器是吳振鐸與前妻珮琪結婚十週年，珮琪在第凡妮買來送給吳振鐸的(頁2)。

者的白先勇，其同情心／同理心何在，已經不言而喻。

　　然而，咖啡還召引了呂芳以悲喜劇的語調，述說了她在文革時期的另一個兇險。她既是留美學生，喜歡洋裝、嗜喝咖啡——在在都是一副海歸的「洋派」惡行，加上又樂善好施、請學生共喝咖啡。由是，運動一到，就被打成了毒化學生的「洋奴」。只是，「『洋奴』還不是『反革命』，不必治死，在裡頭，想不出個好罪名來，是過不了關的。」（頁16）於是，咖啡雖是催命丹，反諷的是：竟也成了保命符。咖啡之為用，大矣哉！

　　除了咖啡之外，鋼琴與大白菊，作為敘述結構的有機要素——那「二而一」的常相依存，其實，終篇也扮演著至為重要的角色。白先勇的確是以「客廳裏靠窗的那架史丹威三腳大鋼琴」和鋼琴上「擱著一支釉裏紅的花瓶，裏面插著十二支鮮潔的大白菊」，俐落地讓吳振鐸的思緒，交錯、來往於現在與過去、呂芳與珮琪之間，追溯昔時、也期待未來；既藉鋼琴與樂曲，演述呂芳與珮琪的身份和特徵，也藉「幽幽的在透著清香的」大白菊——那高貴、純潔、不受污染的特質，以諧音的命名方式，禮讚「屢屢」散發「芳」香的「呂芳」。白先勇如此天衣無縫地將香花／善鳥的文學典故，融入小說敷述的建構，真確是雄辯地訴說了：人類至高的普世人文價值與典範準則，不可不謂——用心良苦。而見證高貴、純潔、不受污染的無辜愛國人士，迭受迫害、甚至「死無葬身之地」，那自然才是悲天憫人的作者能夠召引山鳴谷應的緣由。

　　其實，擺設在客廳裡的鋼琴固然是：吳振鐸一家文化涵養最重要的表徵之一，也自然而然地成為：將吳振鐸、呂芳和珮琪三人串連起來的黏和劑。一方面，敘述者藉此倒敘：呂芳與珮琪都是朱麗亞音樂學院的畢業生，都具有鋼琴家／老師的身份，而呂芳似乎還棋高一著，得過鋼琴比賽的優勝獎。因此，白先勇彷彿有意透過這

個類比,將兩者相提並論,在呂芳歸國、失去音訊之後,吳振鐸即以珮琪為移情作用的對象,自我療傷。而另一方面,呂芳回了國,「跟外面的關係,切斷還來不及」,更怕給吳振鐸寫信,擔心他「也會跑了回去」,不過,她結婚的對象,恰巧也是留學歸國的外科醫生。白先勇似乎藉此又成功地建構了另一個平行的類比、另一個移情作用的暗示。

總之,敘述者透過鋼琴,讓如今「離散」(diasporic)的呂芳追溯著一則則記憶,述說著:曾經矢志以音樂去撫慰中國人心靈的脆弱生命,她們如何身受凌虐,或啃草、或斷手、或自盡身亡。人世殘缺、魂靈無依,她們豈非才是真正需要受撫慰的一群──「離散」中人?

四 「斷蓬」與中國獅子圖章

〈斷蓬〉的作者本名姜保真,原籍北平市,1955年3月18日出生於台灣的一個文藝世家,母親小民、父親喜樂、兄長保健,都是台灣文藝界馳名的作家/畫家。他習以保真為筆名,發表專欄、散文與小說。高中畢業之後,考入台中的中興大學森林系,旋即以補習班為題材,發表長篇小說《水幕》,年方二十。其後,又以森林小說成為知名作家。大學畢業後,曾經在美國加州大學柏克萊分校森林系深造,獲有碩士學位,歸國,在中央研究院當助理研究員。後來,進入瑞典烏普索拉大學,榮獲森林遺傳學博士,現任中興大學森林系教授。保真曾以散文集《鄉夢已遠》(1985年)獲得國家文藝獎(1985年);1993年,又以散文《生命旅途中》(1992年)榮獲中山文藝創作獎。〈斷蓬〉是作者以「流浪的中國人」為主題所創作的系列小說之一,收入《邢家大少》(1983)裏。[35]

---

[35] 見,保真,《鄉夢已遠》(台北:九歌,1985年),《生命旅途中》(台北:九歌,1992年),《邢家大少》(台北:九歌,1983年)。〈斷蓬〉也有英文譯本問世,請參考,"A Broken Sail." Trans. by Chen I-djen, in *The Chinese PEN*, Spring, 1987, pp. 1-43.

　　白先勇的〈安樂鄉的一日〉和〈夜曲〉都嚴守著單一的視點／意識焦點，以故事外、非參預故事的敘述者，冷靜客觀地刻畫一個（或三、兩個極為少數）的「離散」人士，而保眞的〈斷蓬〉則透過故事中人的「我」（homodiegetic narrator），忠實地再現：星散於美國西海岸的華人群像。間中，敘述者固然客觀勉力聆聽、觀察、做見證，但是，保眞也啓用微妙的語調，在「敘述者與人物」之間做暗示、劃距，藉此對無辜受難而「離散」（Diaspora)的人物賦予同情，並從而強烈地指向他理想的軌範準則（norms）[36]與道德視境。作者以刻有「斷蓬」二字的中國獅子圖章，在師徒三代之間，代代相傳，既表徵現／當代中國知識份子苦難的「離散」（Diaspora)身份，又以其「驚身蓬斷」的寓意，來影射燒鑄在他們心靈上的印記──師徒之情、家國之愛，因之，終篇力透紙背。

　　在〈斷蓬〉中，故事中人的敘述者「我」，是在美國西海岸大學攻讀族群生物學的研究生，劈頭就特地指明：「以下的故事，是在那段日子裡我與季浩年博士相處的實錄……我希望這份忠實的記錄，能有助於讀者了解，在故事背後隱藏著的是在我們這時代中何等獨特的一種情感。」（頁214)這種以證人實錄的開頭方式，強調歷史眞實，自然與中國唐朝的傳奇相類似。巧的是：這篇小說的敘述者「我」，正是姓「唐」──作品中所暗藏的民族意識，便不言可喻了。既然是眞實的記錄，由是，敘述者只是扮演著一個證人、聽述者（narratee)、或觀察者的角色而不介入。

　　從表層結構來解析，作品中的人物似乎可以劃分為六類：第一類，是以堪稱文化「買辦」的傷痕文學教授為代表；第二類，又以「現代英雄」林今男最為突出，是現實世界、以當「今」堂堂的「男」子

---

[36] 有關這個概念與運用，請參考，Wayne C. Booth, "The Reliable Narrator and the Norms of 'Emma,'" in *Rhetoric of Fiction* (Chicago, Illinois: University of Chicago Press, 1983), pp. 256-263.

漢自詡的暗示;第三類,刻畫的是正在專攻政治學的「女中丈夫」,
她雖然曇花一現,但是令人印象深刻;第四類,是賢妻良母、相夫
教子的蔡天錫夫人;第五類,是愛國者蔡天錫;第六類,是與敘述
者「我」共同領銜主演的男主角(co-protagonist)季浩年博士。雖然,
保真終篇都嚴守著現／當代小說藝術的圭臬:勉力「展示」(to show,
not to tell),也絕不輕易「介入」(authorial intrusion)或夾敘夾議,但
是,借用敘述者「我」客觀、卻策略性的聆聽、觀察、見證、回溯,
並啓用微妙的語調,將「忠實的記錄」還原、再現,其實,我們還是
可以發現:保真已經在「敘述者與人物」之間,為他們的情感、價值
準則做暗示、劃距。以此敘述策略觀之,季浩年是深具民族意識的
敘述者最尊崇、同情、禮讚的「離散」(Diaspora)人物,彷彿是蘊含
作者──最高規範準則的化身;以此類推,從第五類開始倒數,敘
述者與他所敷述的人物,他們的革命情感距離逐漸遞減,直至第一
類的人物:充當文化「買辦」的傷痕文學教授,其劣行,就簡直不堪
聞問。

　　這位傷痕文學教授,最起碼的英文不行,指導美國研究生研讀
中國大陸的傷痕文學,白樺的《苦戀》,[37]卻從來沒有讀過!更不知
道詮釋「苦戀」,在中國,所引起的偌大爭議與風波。敘述者雖沒有
明言、批判,但是,深知這段文學史的讀者,必然可以體會:保真
運用敘述者對這個人物專業上的「無知」,苦心孤詣,所意欲影射的
嘲諷與「疑惑」。敘述者也敏銳地注意到傷痕文學教授自述:如何遊
走海峽兩岸,「收集資料回來唬唬美國人」的時候,是如何地「神秘
自得。」對原鄉的苦難,這位洋學生的指導教授,已經失憶,沒有
「離散」(Diaspora)人士所共有的集體記憶,更說不上願意承諾──

---

[37] 見,白樺,《苦戀:中國大陸劇本選》(台北:幼獅,1982年);作品中的名言是:「我
愛祖國,而祖國你愛我嗎?」改編的電影,《苦戀》(A Portrait of A Fanatic)是由王童導
演,徐中菲、胡冠珍、王玨、古軍、魏蘇主演,台灣中央電影公司1982年出品。

進行原鄉再造的工作。一言以蔽之：他只是一個明哲保身的自了漢，並不是「離散」中人，哪有強烈的民族意識？更哪有獨特的鄉土情、共同的歷史感、以至於命運共同體的信仰？因之，他是一個膚淺的「散居」人士，最會自保、卻也最引不起敘述者的同情。

　　至於「現代英雄」林今男，是矽谷的科技新貴，專攻電子，但是，對本行以外的情事，談起來也頭頭是道，因爲他號稱：自己是一個對賺錢的事都留意的生意人。當敘述者與他在蔡教授家初會的當晚，他是主客，也是當年台灣國建會受邀前去的少數參與者之一。對社會的脈動，他最敏感，利之所在，蠅之所趨，總是騎在時代浪潮的最尖峰，是當今港台「太空人」的先驅，也是魯賓・柯恩所謂的「貿易離散人士」(trade diaspora)的代表。當年以公費留學身份出國深造的他，學成，決意在美國居留，關於公費的義務與償還，他自述：錢字就可以了斷，因爲他自認對繁榮原鄉，以科技「貿易離散人士」的閱歷，輕易地就可以爲國內的工廠解決了他們的難題。林今男既是現實世界、當「今」堂堂的「男」子漢的表徵，敘述者自然觀察到這位「現代英雄」扯扯領帶時的得意、以致於說話時充滿的篤定與自信。因此，林今男也無須敘述者／讀者寄予同情。

　　至於第三類的「女中丈夫」，其實，她的出現是包孕在敘述者追溯更先前的聚會裡。保眞藉著這位掃眉才子挺身而出，回顧保衛釣魚台運動的四方爭議，來召喚「離散」中人的集體記憶。要之，她踏出國土，背井離鄉，到美國中部的大學專攻政治學，雖身在他鄉，依然關懷故園、願爲原鄉的再造，克盡其力。敘述者是以奔放、粗野、慷慨激昂、口無遮攔，來形容她的語氣、態勢，並且坦言「當時被她的那種氣概震懾住了」，其敷述的態度毋寧是中肯而絕無偏頗的。間中，只有斯文的「蔡教授直皺眉」。由是，她堪稱爲「離散」(Diaspora)人士的女中魁首。

　　〈斷蓬〉裡的季浩年可能是台灣「離散」（Diaspora）書寫中最重要、最令人同情而難忘的人物之一。敘述者一開頭就爲我們指出這個人物的特徵是：「很睿智，但也頗爲深沈，他會與你說笑閒談，但不會輕易流露他內在的情感。」（頁216）不過，故事劈頭對人物的這番特徵陳述，敘述者似乎依舊覺得意猶未足，緊接著過兩段之後，又以類似的語意再重複敷述：「我當時覺得這個人雖然親切地與我談話，但是他的態度仍然是有幾分客氣和謹愼的味道。」這段敘述者與季浩年初會的追溯，雖然只是簡短而一再加強的人物素描，卻也眞確是保眞拖延不報（information delay）、讓讀者揣臆、猜疑的敘述策略之一。

　　果然，故事前半段的季浩年，彷彿眞確是與美國社會、文化、學術界，完全同化的華裔美國人：流暢的英語、美式的幽默，一派洋人的口吻、並且也愛吃美國人的炸馬鈴薯片，敘述者覺得——「在許多習慣、小動作、談吐各方面，季博士與其他洋教授並無二致」，（頁219）而最使敘述者納悶的是：「每次和他談到中國時，他的態度總是很漠然，至少不像他談到巴黎、法蘭克福，那樣興致勃勃。」（頁220）甚至在蔡教授家的聚會，當滿座的華人「一方面厭惡中國、拒斥中國，可是談來談去還是離不開中國」的時候，只有季浩年「始終未發一言…像是沈思，又像是做壁上觀。」（頁228）即然如此，民族意識濃厚的敘述者終究依然以血統、語言、出身，主觀地認定他畢竟還「是中國人啊！」對季浩年的冷漠態度、這樣的「冷酷無情」，拒斥集體追憶，敘述者「起了一陣寒戰」，十分生氣。

　　然而，季浩年可眞是如敘述者原先推斷的那般：「冷酷無情」？綜觀全篇，其實，保眞是以季浩年書架上的十字架、他開的德國小金龜車、他兒子喜歡吃的豬腳、以及他老師所送他的中國獅子圖章，于全篇撒下了情天的天羅地網，不間斷地，來間接暗示：無情

最是有情人！

原來季浩年曾經為了科學的原因去中東「朝聖」，就從那兒帶回來一個用「以色列的橄欖木做的」小十字架，此次，來到了東海岸的大學做研究，就把它帶過來，掛在辦公室的書架上。保真運用這個小十字架，一方面，明示：季浩年是一個虔誠的天主教徒，正因為如此，他才會為離婚所苦；而另一方面，「橄欖枝」似乎又和季浩年的反戰、反軍閥、反暴力、提倡理性、主張和平、為弱勢的華人發言（頁230），若合符節。若然，「這不是有情嗎？」而他開的德國小金龜車，車子已老，「引擎咳咳作響，顛簸得很厲害」依然「捨不得丟掉。」（頁220）若然，「這不是有情嗎？」為了喜歡豬腳的兒子要從東部來陪他過聖誕節，他開著老爺車跑了幾間市場才買到冰糖，然後，躲在家中，耐心地將豬腳放入，用小火慢慢燉、慢慢熬，直等到極爛、紅亮亮的，其香無比為止。若然，「這不是有情嗎？」

然而，要自我壓抑、歷盡滄桑的季浩年褪去他的招牌「黑框厚眼鏡」，卻得等到故事的後半段：在聖誕夜的前兩天，他兒子臨時決定與同學去滑雪，空留老父望穿秋水，而敘述者自告奮勇、毛遂自薦，于溫馨的聖誕夜，溫情地陪他過節，此時，季浩年才算是完全撤除心防，與敘述者達到最後的相互諒解。其間，最重要的關鍵點就是一個大有來歷的中國獅子圖章。

原來，季浩年隨身攜帶的鑰匙鍊，結穿在一個中國獅子圖章上——這是他離開北京、出國留學時，他的恩師送給他的，圖章上鏤刻著他老師的別號：「斷蓬」。要之，蓬根甚細，一旦風強雨驟，蓬花必然根斷飛揚，恩師以「斷蓬」自稱，自是有「身是人間一斷蓬」之嘆。的確，季浩年與他恩師的年代，正是中國人「驟萍流而蓬徙」的日子，風和日麗少，「驚身蓬斷」的時節多。如然，「斷蓬」可謂影射著他恩師的心靈印記，更表徵著他流離星散的身份。雖然季浩年聲

稱：「我只有看見這圖章，才會想起我的老師，想起北平城…。」其實，鑰匙鍊，結穿在刻有「斷蓬」的中國獅子圖章上，他隨時攜帶，這豈非意喻著：他隨時會看見圖章，隨時會想起老師，隨時會想起北平城？如然，「這不是有情嗎？」他不是背負著遠離原鄉與社會的痛苦，成為異地的圈外人，而淹沒在無法克服的記憶裏，苦嚐失去與別離嗎？

只是，身為一個虔誠的天主教徒，他失去了愛妻，回不了家，可又回得了原鄉嗎？而八十年代的台灣，需要他這種從事基礎科學的研究者、抽象的族群生物學家嗎？季浩年最後選擇去巴西的雨林，搶在雨林消失前、稀有的動植物絕種前，專心去做研究，並把獅子圖章傳交給敘述者。如然，「這不是有情嗎？」情份代代相傳嗎？

五　卿是飄「萍」我「斷蓬」

如第一節所示，瓦特‧孔納（Walter Connor）早在1986年就把早期詳盡、嚴苛的派典性「離散」（Diaspora）定義，簡化為：「住在原鄉之外的族人。」他的論點正與華文的初始「離散」概念相雷同：記述了人類個體／群體的背井離鄉、流離星散。然而，我們在第一節就已經指出：意欲探討棲遲異域的華人精神面貌、心靈感知，這個論述似乎又稍嫌單薄。因此，我們主張糅和傳統華文的「離散」概念與西方晚近、泛化的Diaspora（離散）論述，來詮釋白先勇與保真的小說。

綜而觀之，〈安樂鄉的一日〉中的偉成業已與主流社會同化，失去強烈的族群意識，對原鄉既沒有歷史感，也沒有鄉土情，他樂於歸化，如魯賓‧柯恩的論述，在安樂鄉裡，他已經「開展出嶄新、富裕的生活」，所以，安樂鄉是洋基的夢土，也是他的香格里拉。

　　至於寶莉，她生為洋基、長於美國，雖是華裔子女，不過，她不具華人的屬性、也沒有華人的身份認同，一如卡奇・涂洛彥的質問，如何能把她劃歸為華人？據此以論，偉成與寶莉都不能算是「離散」（Diaspora）中人。只有依萍，還保持著強烈的華人族群意識、風俗習慣與軌範準則，而且與主流文化的性行相悖離，因而，于她，「安樂鄉」——畢竟，不是夢迴魂牽的「桃花源」，而是寄寓的他鄉，她才是〈安樂鄉的一日〉中，唯一的「離散」（Diaspora）人士，而白先勇對此著墨最深。

　　〈夜曲〉中的呂芳，一如魯賓・柯恩所指出：在原鄉受盡創傷，因而流離星散到他鄉，她是孔子「道不行，乘桴浮於海」——記述人心向背、乖違的實例，也是白先勇透過吳振鐸最疼惜的「離散」（Diaspora）中人。相反的，吳振鐸只因為與呂芳的面會，才被召喚起共同的記憶，嚴格來說，還不能算是典型的「離散」人士。

　　一如魯賓・柯恩的陳述，〈斷蓬〉裡的季浩年起先踏出原鄉，只不過意在出國深造——為農業中國的群體希望，稍盡棉薄之力，豈知家國竟然變色，以致浪跡天涯，終以圖章燒鑄「鄉土情、歷史感。」職是之故，他是保真所創造的最令人憨憫的「離散」（Diaspora）人物，難怪：于故事的高潮，敘述者「我」從早先客觀的展示、敘述，到最後「闆不住心頭的哀涼」、「喊破了喉嚨」，而熱淚終是「放情地」為這個「離散」中人「涔涔流落」。

　　白先勇和保真，雖然，各用不同的敘述策略發聲，然而〈夜曲〉與〈斷蓬〉的文本主題互涉，無非藉呂芳與季浩年的「離散」（Diaspora）悲劇，執意悲憫：「卿是飄萍我斷蓬」，同是天涯「離散」人——以批判性的、虛擬的小說，敷演「孔子作春秋」式的歷史／文學／想像，為現／當代台灣小說史，建構了一個不可忽視的「離散」文學專章。

家國想像

畸零人「物語」

——論鄭清文的〈三腳馬〉與〈髮〉的邊緣發聲[1]

一 前言

「2005年的台北國際書展」，再度像往年，于春節飛揚愉悅的氛圍中，在台北的世界貿易中心起跑。顧名思義，國際書展固然是世界各國以刊物／書籍：從事文化產銷與互動的「商機」，然而，也是敏銳的觀察家，藉以觀照參展國的文化步道的「契機」。春暖冰融，「眞心握手」，羽扇輕搖，「誠意相待」，于充滿著「合作、共生」的波光流轉之中，以文化的龍章鳳姿，更新萬象，誰曰不宜？只是，于此文化產銷／互動的全球化時際，台灣究竟將以何種文化的質感與歷史的涵養，來呈現福爾摩莎的生命圖像？這應該是研究台灣文化的我們，應該關注的焦點之一。

詩人李敏勇于參觀國際書展的主題館大韓民國之後，回顧、比較了台、韓今日所展現的文化差異。他認定——與台灣同樣走過殖民悲情與歷史轉折的韓國，其實，不只輸出消費性的「韓流」，用拼經濟，也更以嚴肅的文化觀，向世界發聲。非但深受大漢文化的啓發，也倍受大和民族的文化薰陶。以傳承古典的詩禮而言，他們比

---

[1] 這篇論文的撰寫、完成與發表，要特別感謝：第四屆臺灣文化國際學術研討會籌備會召集人莊萬壽教授、葉海煙教授、姚榮松教授的雅意、許俊雅教授的多方協助、以及特約論文講評人李魁賢博士的鼓勵與建設性批評。文友的牽成，銘感於心，粗記於此。初稿因撰寫、交稿過於匆忙，註釋因而簡略萬分，現在予以擴大、補充。文中或還另有疏失，自然都應該由我承擔。

台灣更具有「形式和儀式」，就鋪天蓋地而來的西潮／美雨／東洋風而論，卻更從而衍生出具有「一種東方的近現代化。」然則，何以致之？詩人把脈之後，因而，提出解析：都是緣由於大韓民國「積極凝聚國民意志力」之故，他們不斷地開發「主體性」的思考，更永不怯於「深刻的文化反省和自覺。」[2]

職是之故，藉由「探討臺灣住民的思維方式與價值觀」，來「推動具有台灣主體性的台灣思想之研究」，應該是檢視、形塑當今台灣文化——最刻不容緩的課題之一。歷史涵養醇厚的中央研究院院士杜正勝如是說：「文學往往走在歷史之前」，畢竟，「文學容易感動人心，影響層面深遠。」他還更進一步強調：「改造社會應從文學入手……台灣的文學教育，主要分歧在於文學主體性的認知。」[3]由是，意圖建構「台灣思想與台灣主體性」的文化建設，其實，台灣文學的研究、辯議與教育，也是一新福爾摩莎的文化／精神所不可或缺的環結之一。

就文學而論，放眼當今台灣文壇，最能結合台灣主體性思想與世界文學思潮的創作者之中，鄭清文先生自然是最值得注意的小說家之一。他精諳國際思潮與西方小說的美學形式，思維卻又扎根於原鄉故土。他的小說英文選集《三腳馬》(*Three-Legged Horse*)，[4]由於「兼顧地方特色，以及人類的共同性主題……也爲英語圈的人畫出鮮活的台灣」，[5]于1999年榮獲美國「桐山環太平洋書卷獎」(Kiriyama Pacific Rim Book Prize)。而該選集的作品中，最能定義鄭清文所意欲建構的「台灣思想與主體性」的後殖民論述(postcolonial discourse)，

---

[2] 李敏勇〈國際書展，爛新聞〉《台灣日報》2005年2月23日。
[3] 莊金國〈台灣文學發展開幕─走入作家生活地圖〉《新台灣週刊》2005年2月13日，4661期。
[4] Pang-yuan Chi, ed. *Three-Legged Horse* (New York: Columbia University Press, 1999).
[5] 請參閱，鄭清文〈桐山環太平洋書卷獎〉《小國家大文學Small Country, Great Literature》(台北：玉山社，2000年)，頁57。

則非〈三腳馬〉(1979)與〈髮〉(1989)莫屬。

　　要之，兩作之中的主角都是原鄉的畸零人——「白鼻狸」、跛腳漁夫、「卿本佳人」。然而，私淑契訶夫、海明威、福克納的鄭清文，刻意棄絕神祇般的全知全能敘述，運用單一的聚焦（focalization）、局外的目擊者、或「非故事的參與者」(heterodiegetic narrator)，[6]來客觀地發聲，並全面展示(to show but not to tell)——以期讓文本自己說話，恪慎地彰顯：福爾摩莎應該建構的公正思維與精神，兼且一再啓用西摩‧查特曼(Seymour Chatman)所謂的富有象徵意涵的物件／場景，[7]來「物語」庄腳的畸零人那「心內的門窗」，替他們從邊緣發聲，記述他們的內裡掙扎、與故園的生活肌理，詮釋「人在做、天在看」與西方的「詩的正義」(poetic justice)，從而以廣慈大愛、慈悲爲懷(benevolence and generosity)，[8]倡議：以「尊重生命」、疼惜眾生、生命一律平等，爲台灣主體性思想的主張，以致再現：受害者(victim)、加害者(victimizer)「角色互易（role reversal）、身份輵輵」、哀悼「生命的無奈」，那些全人類都關懷的「生命眞象」的議題——十足地體現他：立足台灣、放眼國際的主體性思想模式。以故，我們提議：採用他所熟稔的西方敘事理論(narrative theories)，來探勘他「清」冷的「文」意，或可進一步演述他一向最關注的——台灣主體性的思想與價值觀的建構，終而期許：用以營造東、西方思想與軌範準則(norms)的相互對話關係。

---

[6] 有關這個概念，請參閱，Gerard Genette, "Person," in *Narrative Discourse: An Essay in Method* (Cornell University Press, 1980), pp. 243-252.

[7] 有關這個概念，請參閱，Seymour Chatman, "Setting," in *Story and Discourse: Narrative Structure in Fiction and Film* (Cornell University Press, 1980), pp. 138-145.

[8] 有關這個普世都崇敬的概念，請參閱，Wayne C. Booth, *Rhetoric of Fiction* (Chicago, Illinois: University of Chicago Press, 1983), pp. 71-75.我相信這是鄭清文先生能獲得1999年「桐山環太平洋書卷獎」的原因之一。

二 「生活、藝術、思想」：鄭清文的文學主張與告白

在鄭清文先生迄今爲止，最重要的自述〈偶然與必然——文學的形成〉一文中，他非但述寫著：他成長的那個崇尙「忠厚人」的環境、以及他那屬於「忠厚人」的親人，也銘刻著他那最具啓發性的「忠厚人」的主體性思想／與願景——「追求如何融合和調和。」[9]

的確，他那個世代，都經歷過「一連串的激變」：從黃牛／水牛的農業社會，過渡到耕耘機／插秧機的工業社會，再邁向如今奈米、晶圓的高科技社會。也與台灣文學的先行者，王昶雄和他那一代的台灣人，共同走過了殖民屬地、戒嚴、白色恐怖、與解嚴——苦心孤詣地追尋人類「尊嚴」的那些日子，見證了殖民台灣、戒嚴台灣、與民主台灣的一頁頁滄桑史。由是，原鄉的一草一木、一景一物，例如滄桑舊鎮的大河，于他，就不只是水流，而且「是歷史，也是時間。」[10]而「時間是留不住的。時間是殘酷的。不過，人可以記載它」——這是他內心的感觸與衷心的期盼，雅不願：「時間一過」，福爾摩莎的百子千孫，竟讓台灣的歷史留白，畢竟，東洋的大和民族就善於記載。[11]

然而，他謙稱，小說，于他，是生活的再現，「主要是在記載生活」，而不是「書寫歷史」，因爲「那些國家大事，有史官在寫。」何況，他更無意師從孔子：作春秋，而亂臣賊子懼。職是之故，他堅持：小說只「不過是描寫生活而已……沒【孔子作春秋】那麼嚴重。」[12]但是，他也並不否認，透過創作，風吹草偃的輻射圈——也

---

[9] 請參閱，鄭清文〈偶然與必然——文學的形成〉《鄭清文小說短篇小說全集：別卷，鄭清文和他的文學》(台北：麥田 1998年)，頁15。

[10] 請參閱，鄭清文〈偶然與必然——文學的形成〉，同上，頁14。

[11] 請參閱，鄭清文〈偶然與必然——文學的形成〉，同上，頁16。

[12] 有關鄭先生的這個看法，請參閱，林鎮山訪問，江寶釵、林鎮山整理〈「春雨」的「秘密」：專訪元老作家鄭清文(上)〉《文學台灣》2004年52期，2004年10月，頁130。

有無遠弗屆的一天。

　　只是，他所燒鑄的「記載生活」的小說，其實，也並非全然是虛擬的建構。他固然很「重視細節的正確性和豐富性」——常以箚記／筆記登錄所讀、所見、所聞，[13]也以寫實的筆觸，勉力模擬：現實與眞實——凡此，在在只求精確。至於用字遣詞，他則執意運用樸稚的鄉土語言敘事，一如墾荒的儉樸山林中人，即使故事的背景趏回當今他所滯居的亮麗台北都會，他也絕不華麗藻飾，如此刻意經營的文體，自是流露出這個出身滄桑舊鎭的「忠厚人」，爲自己的文學論述所抉擇的書寫位置。而講求嚴謹、幽微的敘述結構設計，又以客觀、公正的敘事形式，銘刻、見證一系列最引人注目的鄉親角色，他不僅意在：展現那一些人、那個時代，其實，也更意圖：表達他對福爾摩莎主體性思考與價值觀的反思。由是，「生活、藝術、思想」，[14]即是鄭清文的文學主張與告白。

三　一場幽夢同誰近：〈三腳馬〉的惶惑與弔詭

　　1979年3月發表於《台灣文藝》第62期的〈三腳馬〉，可能是鄭清文先生象徵寓意最濃、千古憾恨最深的傑作之一。此作的故事，透過雅好蒐集木刻馬匹的敘述者「我」，爲了擴大收藏，自台北前往外莊，探訪現時擁有製銷各種「木刻產品」工廠的工專同學賴國霖，從而展開序幕。

　　在展覽室觀覽之際，敘述者「我」驚詫地發現了一隻至爲奇特的木刻「三腳馬」——有別於日常大量生產而規格化的馬匹：「牠的臉上有一抹陰暗的表情，好像很痛苦，也好像很羞慚的樣子。」[15]因

---

[13] 有關鄭先生的小說形成過程，請參閱，林鎭山訪問，江寶釵、林鎭山整理〈「春雨」的「秘密」：專訪元老作家鄭清文（下）〉《文學台灣》2005年53期，2005年1月，頁65。
[14] 有關鄭先生的主張，請參閱，鄭清文〈偶然與必然——文學的形成〉，同上，頁16。
[15] 引自，鄭清文〈三腳馬〉《台灣作家全集・短篇小說卷/戰後第二代（1）：鄭清文集》（台北：前衛，1993年），頁168。

而,提議去拜訪雕刻者。於是,故事的場景,就從大都會台北邊緣的外莊,再度延伸到滄桑舊鎮之外的深埔。

在那兒,敘述者「我」遽然發現:雕刻者原來是日治時代,兒時原鄉的「民族罪人」——畸零人/白鼻狸/台灣警察曾吉祥。而更匪夷所思的是:一隻隻的「三腳馬」竟是這個當年的畸零人/白鼻狸/台灣警察/「民族罪人」現時刻意日夜雕刻,用來寄託懺悔、痛苦、與羞慚的唯一救贖。由是,透過追溯垂垂老矣的曾吉祥、他灰僕僕的一生,故事的時間縱深,又從現時,溯及日治時代、國府遷台,一直牽延到膾炙人口的台灣經濟奇蹟之後、繁華的今日(1979年)。

就敘述結構而言,值得我們關注的是:此作的序幕與落幕,皆由敘述者「我」發聲、擔當目擊者/觀察者,而設定由「我」、曾吉祥、與賴國霖三人一來一往的互動,做為敘事的基礎架構。然而,緊接著從第一小節到第五小節的追溯,鄭清文卻訴諸早先結構主義者所謂的「敘述觀點轉移」(shift of point of view),運用內在的聚焦,透過以曾吉祥為意識中心(center of consciousness)[16]或敘事學家所謂的意識焦點(focus),而改由「故事外的敘述者」(heterodiegetic narrator)來發聲/敷述。[17]只是,我們不免納悶:為何僅在第一小節到第五小節的追溯時程裡,採用「敘述觀點轉移」,另外啓用故事外的敘述者來發聲?

要之,就小說的演述而論,最講究眞實、公正、客觀、平衡的鄭清文,特別偏愛使用目擊者/觀察者來陳述。不過,敘述者「我」在日治時期,原來是:方才啓蒙的小六學童,[18]當時的幼童行止,雖然,不再止於方丈,然而,小童的認知與視界,畢竟,自有止

---

[16] 有關這個概念,請參閱,Wayne C. Booth, *Rhetoric of Fiction* (Chicago, Illinois: University of Chicago Press, 1983), p. 153.

[17] 有關這個概念,請參閱,Gerard Genette, "Person," in *Narrative Discourse: An Essay in Method* (Cornell University Press, 1980), pp. 243-252.

[18] 引自,鄭清文〈三腳馬〉,同上,頁196。

限，況且，長者（如曾吉祥）複雜的前半生歷練，也因爲敘述者「我」，其時尚未出生，當然無由參與全方位、多面向的客觀目擊或觀察，即使貿然晉用這樣的敘述者，必然也會有諸多的時空制限，就藝術化、客觀化、戲劇化而言，可能得不償失。

　　另一方面，如果啓用身份複雜的畸零人／白鼻狸／台灣警察／「民族罪人」，曾吉祥，爲「主角自述的敘述者」（autodiegetic narrator），[19]緣由於他早年——絕非是不慍不火，反而是一個爲了一己的尊嚴與「生命意志」，而最習於逆勢操作，並持有「定於一尊」思維的極具爭議性的人物，如何要他做客觀持平的自述，避免讓他另有立場、強勢地自圓其說？況且，于文本中，畢竟，是非與衝突、傲慢與偏見、善良與愚蠢——並行、充斥，因而，前後的敘述照應，並不容易拿捏、掌控。職是之故，于第一小節到第五小節，運用「故事外的敘述者」發聲，做全面、精準、平衡式的追溯，而在序幕與落幕，藉由敘述者「我」與曾吉祥做公平的對話，俾使讀者能夠前後相互參照、再「自己判斷是非、衝突、對錯」，[20]應該是比較合乎：鄭清文「冷眼旁觀」的小說美學原則，特別是他恆常的客觀性、科學性的思維主張、以及世間大小生命——「眾生一律平等」的主體性思想。[21]因此，即使是論及如此專業性的小說敘述架構，鄭清文的主體性全面審思，都值得我們詳加關注。

　　就〈三腳馬〉全文而論，鄭清文最重要的創意，自然是他所雕鑄的「三腳馬」。而如今，人馬已過萬重山，「達達的馬蹄」，[22]打「海洋

---

[19] 有關這個概念，請參閱，Gerard Genette, "Person," in *Narrative Discourse: An Essay in Method* (Cornell University Press, 1980), p. 245.

[20] 我這個論點受到鄭清文先生與我討論〈春雨〉的敘述者所受到的啓發，鄭先生的論點請參考，林鎮山訪問，江寶釵、林鎮山整理〈「春雨」的「秘密」：專訪元老作家鄭清文（下）〉，同上，頁96-97。

[21] 鄭清文先生透過敘述者在〈放生〉這篇小說中，質疑：「生命也分大小嗎？」請參考，鄭清文〈放生〉《鄭清文短篇小說全集：卷6，白色時代》，頁250，台北：麥田，1998年。

[22] 我這個句子刻意諧擬鄭愁予的名詩〈錯誤〉。

台灣」與「環太平洋」文化交會的輻輳點上走過——山鳴谷應、旗正飄飄。

　　然而，長久以來，我們一直忽略了此作中鄭清文所創鑄出來，正是可與「三腳馬」做「雙襯」的另一個最具創意的隱喻——那就是阿福伯在山上捕捉到的「三腳」的「白鼻狸」：

> 　　有一次阿福伯在山上捉了一隻白鼻狸，放在鐵絲籠裏，準備拿到外面去賣。牠的毛黃裏帶黑，鼻樑是一條長長的白斑通到淡紅色的圓圓的鼻尖。牠的一支腳被圈套挾斷了，走起路來一跛一跛的。[23]

　　要之，鄭清文的化身——「冷眼旁觀」的「故事外的敘述者」，此際，所敷述的三腳的白鼻狸，顯然，是人類「圈套」的受害者，是獵者／加害者的籠中物，也是有待被支配／被出賣的次等生物。藉此，鄭清文似乎以海明威的筆意，托腔轉韻，提出質疑：生命是不是真正平等？藉此，是不是也意在言外、遙相指向：三腳的白鼻狸——那被「圈套」挾斷一腳的獵物，生，又何其苦？此中，或許還真暗含著鄭清文最悲天憫人的長嘆與訊息：「當人能看到不幸，才能看到了生命。生命才是永恆的主題。」[24]

　　然而，「民族罪人」曾吉祥，何其不幸，正如被「圈套」挾斷一支腳的白鼻狸，自小「從眉間到鼻樑上就有一道白斑，好像是一種皮膚病」、[25]一種與生俱來、揮之不去的「天殘」：

---

[23] 引自，鄭清文〈三腳馬〉，同上，頁174。

[24] 我以為：鄭清文先生的這個論點深受契訶夫的啟發，這是台灣文學與西潮，或可謂「互為主體」的思想發展的一個實例。請參閱，鄭清文〈新和舊——談契訶夫文學〉，收入《小國家大文學Small Country, Great Literature》（台北：玉山社，2000年10月），頁119。

[25] 引自，鄭清文〈三腳馬〉，同上，頁171。

「你也是白鼻狸。」阿金突然指著他的鼻子說。

這以後，大家都叫他白鼻狸，好像已忘掉了他的名字。[26]

因而，〈三腳馬〉序幕甫一結束，追溯畸零人／白鼻狸／「民族罪人」曾吉祥的童年生涯的第一小節方才起始，鄭清文就透過故事外的敘述者，記述天殘的畸零人／白鼻狸／曾吉祥所遭受到的「與眾不同」的、「非我族類」的拒斥與歧視：

「轉去，不轉去，拿你來脫褲。」

……。

「轉去。」阿金回頭推了他【曾吉祥】一把。他倒退了一

步。阿金是阿福伯的最小兒子。第一次叫他白鼻狸的就是他。
[27]

於是，第一小節的場景就如此演述著鐵血聯盟的五個頑劣的原鄉小孩──阿狗、阿金、阿成、阿進、阿河，以野蠻的話語、叢林法則的暴力，拒斥非我族類的畸零人／白鼻狸／曾吉祥，與他割袍斷義，輪番賦予個頭最小的他：始原創傷的挫辱記憶。以是，淳樸的村莊竟也一再上演著眾暴寡、強凌弱的戲碼，而生命意志堅強、自尊自我至上、反叛意識高漲的曾吉祥，[28]以內化的哀慟，爾虞我詐，運用權謀策略而抗敵、自保，絕不輕言退怯，職是之故，自此

---

[26] 引自，鄭清文〈三腳馬〉，同上，頁174。

[27] 引自，鄭清文〈三腳馬〉，同上，頁174。

[28] 有關「生命的意志」這個概念，請參閱，鄭清文的小說，〈放生〉，收入，《鄭清文短篇小說全集：白色時代，卷6》(台北：麥田，1998年)，頁157。此作中最令人警醒的哲學性雋語應該是：「不懂得尊重生命的意志時，生命就充滿著危機了。」世間翻雲覆雨的政治/軍事人物，豈能忽略小說家苦心孤詣所提出的生命哲理？

殘暴見血、戰況激烈、日月無光。哀哉！哪來鄭清文主張的「融合和調和」？

就敘述策略而論，鄭清文于第一小節以次的第二、第三小節，一再運用「反覆」(repetition)敷演的敘述模式，[29]再度「反覆」敷述畸零人／白鼻狸／曾吉祥緣由於天殘，而遭受到的「無所不在」的拒斥與歧視。由是，從應該守望相助，卻「剝掉」他「尊嚴」的鄰里鄉親起始，應該展現「有教無類」，卻揮動竹棍體罰他的小學老師井上先生為次，到應該更加文明寬容，卻羞辱他生身父母的台北都會人士──在在莫不反覆、一步步、由鄉村到都市、從族人到異族，都將他逼向死巷與牆角。人世之不公，何可言宣？莫此為甚！

最終畸零人／白鼻狸／不禁反思，為何他不是那個會唸咒的唐三藏？許他超人神力，不至於再被打入社會底層、倍受凌遲？由是，畸零人／白鼻狸／曾吉祥邁向與權勢結合，他要成為不再被歧視、被欺負、而低人一等的動物：

在【籠檻】裏面的人從來沒有叫他白鼻的。

……他要做警察，只有這樣，所有的人才會尊敬他，才會畏懼他。[30]

鄭清文如此不厭其煩地反覆敷述，或許旨在暗示：人世不公，及其日積月累所「加害」於人的始原創傷(trauma)的「非我族類」式的

---

[29] 我認為鄭先生在這兒所運用的「反覆」(repetition)敷演策略，似乎就是敘事學家通常所謂的 "telling n times what happened n times," 請參閱，Shlomith Rimmon-Kenan, "Frequency," in *Narrative Fiction: Contemporary Poetics,* (Methuen, 1983), pp. 56-58. 在這種「反覆」敷演策略的運用下，雖然鄭先生習於下筆若輕，但是，他為曾吉祥所受到的「無所不在」的「非我族類」的拒斥與歧視，三次從邊緣替他「反覆」發聲，即使鄭先生只「輕輕點到」三分，其「風人」力道，卻無形中增強到十分。這算不算是隱藏在龐大的「冰山」底下的秘密？

[30] 引自，鄭清文〈三腳馬〉，同上，頁184。

挫辱記憶，可能才是爾後——將畸零人／白鼻狸／台灣警察／「民族罪人」曾吉祥，逼上梁山的罪魁禍首之一。[31]然而，當上日治時代的線民／以致於警察的曾吉祥，既已鹹魚翻身，[32]前帳已清，又可曾打下江山學朝儀？

不幸的是：受過始原創傷、識見有限的畸零人／白鼻狸／曾吉祥，心思何曾清明？他以心理創傷所累積的記憶，將人類只「化約」為天各一方的兩極：「欺負人的」與「受人欺負的」，[33]其中，竟沒有禮尚往來、相敬如賓的斯文人。而他也不再願意歸屬於「受人欺負的」一族。既然，自我定位如是，就以為只有立志：「以王者的姿態君臨舊鎮」，勇往直前。於是，他在「權勢」與「生命的意志」為考量的主導下，完全失去了批判性、主體性，全面接收了殖民母國所加諸於他、並內在化的思考模式。

因之，只因為部長的柔性規勸，畸零人／白鼻狸／曾吉祥就堅

---

[31] 林瑞明教授曾經引用若林正丈的解說，認定：「曾吉祥和殖民體制的結合，最主要的是他具有『史蒂克瑪』的不利條件，而在這種不被同胞認同的狀態下，唯一能讓他重新站起來的條件就是認同統治者來醫治他的心理創傷…殖民體制雖是次要元素，卻是參與形成『史蒂克瑪』的元兇。」引言中的「史蒂克瑪」，可能是從日語中音譯的外來語stigma（身體的特徵）而來。基於鄭清文於第一小節以次的第二、第三小節，一再運用「反複」（repetition）敘述，銘刻「白鼻斑」受到「非我族類」的拒斥與歧視——那種敘述模式的啟示，我的讀法與若林正丈的解說，重點稍微有些出入，我刻意著重的是：stigma這樣的「烙印」所加諸於曾吉祥的「不公、不正」，所以，我並沒特別注意到：「殖民體制…【為】參與形成『史蒂克瑪』的元兇」，那種的詮釋。有關若林正丈的論點，請參閱，林瑞明〈描繪人性的觀察家——鄭清文的文字與風格〉，收入，林瑞明編，《鄭清文集》（台北：前衛，1993年），頁346-347。有關「逼上梁山」的論點，請參閱，黃樹根在〈鄭清文作品討論會〉中，獨到一面的發言：「阿祥之所以有出賣同胞的舉動，除了他自己沒有強烈的民族意識外，也有被逼上梁山的成分。由於長期受到外面環境的壓迫、欺負，為了建立自我的尊嚴，使他產生反抗的心理，於是，他在日本警察的權威下，找到庇護。」收入，〈鄭清文作品討論會〉，《文學界》，第二期，1982年夏季號，頁24。

[32] 論及曾吉祥由要從「弱者」變成「高高在上的強者」，這種「轉換角色」，請參閱，林梵（林瑞明教授）的論文，〈悲憫與同情〉，《文學界》，第二期，1982年夏季號，頁78。對鄭清文先生最有研究的李喬先生，也持類似的論點：「【曾吉祥】由於先天的不平，然後被欺、自卑，自卑後又被欺，最後變成漢奸，為了自保，不得不用心機去投靠。」請參閱，李喬先生在〈鄭清文作品討論會〉中，的發言，收入，〈鄭清文作品討論會〉，《文學界》，第二期，1982年夏季號，頁25與頁9。

[33] 引自，鄭清文〈三腳馬〉，同上，頁183。

持使用日本式的婚禮,與未婚妻吳玉蘭成婚,立意:拒斥父母、岳家、戚友的台灣人的「集體聲音」,[34]揚棄台灣人的結婚儀式。他學柔道、劍道,緣由於那是警察護身與晉升的手段。至於學打網球,他早就看到眼底:那畢竟是「社交活動的重要一環。」[35]凡諸種種莫不與他確保一己的地位「不再被欺負」有關。

然而,畸零人/白鼻狸/曾吉祥又身受洗腦,失去主體性思考,而崇信:日本一定會打勝仗,有朝一日,台灣人還要與日本人到南洋去當指導者的迷思,而且並未因(身為律師的)玉蘭的姊夫善意的開示而頓悟。[36]在在顯示:曾吉祥是何等閉塞,而沒有自覺性的反思。

既然不具備批判性、主體性的思考能力,任由殖民母國將外來的觀念,強加於他,並將它「內在化」(internalize),曾吉祥自然不自覺地向殖民母國的思想、價值體系全面傾斜,甚且終究認同──以致於沐猴而冠,也同聲斥責「台灣人的愚蠢和無教育」,更「很快學會以同樣的眼光看自己的同胞。」兼且,狐假虎威,「自以為是虎、是獅子」,而「以王者的姿態君臨舊鎮」,[37]魚肉鄉親。其惡言惡行,實在罄竹難書。此際的曾吉祥已從過去被支配的畸零人/白鼻狸/「受害者」,[38]迴身一變,完全轉化為癲狂的「加害者」──鄉民心目中:助紂為虐的「民族罪人。」顯然,鄭清文于此關鍵時刻,拉高了分貝,關切「角色互易」的身份弔詭。

---

[34] 引自,鄭清文〈三腳馬〉,同上,頁185-86。

[35] 引自,鄭清文〈三腳馬〉,同上,頁187。

[36] 引自,鄭清文〈三腳馬〉,同上,頁186-87。

[37] 引自,鄭清文〈三腳馬〉,同上,頁197。

[38] 林瑞明教授曾經用「被害者」變成「加害者」這個概念,來分析鄭清文的〈寄草〉中的清海與〈三腳馬〉中的曾吉祥這兩個人物,我所使用的術語「受害者」(victim)與「加害者」(victimizer)雖然與他稍有不同,但是,感謝他的啓發。請參閱,林瑞明〈以生命的熱情觀察人生:《鄭清文集》序〉,收入,林瑞明編,《鄭清文集》(台北:前衛,1993年),頁13。

即然如是，其實，畸零人／白鼻狸／曾吉祥始終最關切的依然是一己的生命意志與不受凌虐。畢竟，等到日本戰敗、無條件投降，不少大和民族的大小官員引咎自戕，連愛妻吳玉蘭也都以為：打下江山學朝儀，完全皇民化的丈夫，恐怕也要切腹殉國、壯烈成仁，她也預備追隨丈夫犧牲，不求同年同月同日生，只求同年同月同日死。反諷的是──畸零人／白鼻狸／「民族罪人」／曾吉祥此刻竟然變臉，向愛妻否認自己是皇民，何用輕生？甚且他還念念不忘日本郡守的命令：要「本島人維持治安」，還妄想「繼續領導鎮民」，完全無視於台灣人追究「民族罪人」的情緒脈動。職是之故，我們必須注意，只有當宛如大地之母的愛妻玉蘭為「民族罪人」的他，承受：盲眾的清算，為他「出醜受辱」，最後染患傷寒，孤獨而終，[39]彼時，曾吉祥才算真正地悔悟。

畸零人／白鼻狸／「民族罪人」／曾吉祥的一生，其實，不「吉」、不「祥」、又不利，一如落入獵人「圈套」的白鼻狸，鼻上的天生一道白斑，成為「非我族類」的終生恥辱印記(stigma)，將他直直拋入橫遭排斥與歧視的黑洞，直到擁有權勢，方得超生、崛起。然而，權勢挑戰著人性，人性總有闕失。

臨老的畸零人／白鼻狸／「民族罪人」曾吉祥，最終潛逃到舊鎮邊緣的鄉間，借住在他父親儲藏農具的倉庫──（一間）簡陋的土塊厝，[40]有如被拋棄、矮化為不再有生命的工具，以邊緣人的身份，雕刻著跛了一腿、苦痛羞慚的三腳馬自喻，[41]聊過殘生。鄭清文借用那偏僻、簡陋的土塊厝，對比著位於原鄉舊鎮的賴國霖那欣欣向榮的木刻工廠──邊緣與中心、主流與疏離，究竟一場幽夢同誰近？物件與場景都似乎在「物語」著：一度是畸零人／白鼻狸／「民

---

[39] 引自，鄭清文〈三腳馬〉，同上，頁199。
[40] 引自，鄭清文〈三腳馬〉，同上，頁170。
[41] 引自，鄭清文〈三腳馬〉，同上，頁201。

族罪人」的曾吉祥,如今已被人間所遺棄,而他也遺棄了人間。

由是,善於敏銳觀察社會變遷、捕捉人性闕失、以及運用多焦點的敘述模式的鄭清文,最能心領神會:內耗、相殘、與人性的複雜──竟是何等令人惶惑。於是,透過曾吉祥從三腳的畸零人/白鼻狸/受害者的身份──備受歧視、排斥,因而,力求鹹魚翻身,**繼**而轉化為日本線民/殖民地警察的加害者身份──**踐踏眾生**,最後又轉化為鄉親冤冤相報的受害者/民族罪人的身份──以三腳馬自傷、聊過餘生;另一方面,舊鎮的鄉親童伴,何嘗不是從傲慢的加害者──拒斥、歧視曾吉祥,**繼**而轉化為受害者──被台灣警察/「民族罪人」所欺壓、凌辱,最後,日治時代結束,又以冤冤相報成為盲目的加害者。間中,受害者/加害者、「角色互易、身份輟輬」,暗含著多少生命的委曲、傷痛、與無奈,在在未免令人嘆息。

職是之故,鄭清文認定,其實,「台灣不是天堂,到處可以遇到不幸和悲痛」,[42]既然人間充滿著變數,「人隨時可能變成邊緣人,邊緣人可能在你身邊,也可能是你自己。」[43]因之,他「疼惜眾生」,透過「三腳馬」/白鼻狸來「物語」畸零人,為邊緣人發聲,訴說:唯有尊重生命、自我反思、生命一律平等、實現公道正義,由是,普世公認的軌範準則,方能終極實踐──這豈非才是全人類的真正救贖?

四 天地不全:〈髮〉的卿須憐我我憐卿

1989年3月發表於《聯合文學》的〈髮〉是鄭清文先生最圓融寬厚、人情練達的力作之一。此作原來述說:日治時代,太平洋戰爭

---

[42] 請參閱,鄭清文〈新和舊──談契訶夫文學〉,同上,頁119。
[43] 請參閱,鄭清文〈新和舊──談契訶夫文學〉,同上,頁119。

末期,台灣鄉間下埔仔最漂亮的一個名叫麗卿的年輕女子──「卿本佳人奈何做賊」的悲劇情事。麗卿的丈夫金池,是個跛了一隻腳的漁夫,以捕魚勉強營生,而她則是由街上逃難、疏開、流落到鄉下、來歷不明的佳人。一個天殘,一個卻是心有千千結,竟都天地不全,同是天涯畸零人、卿須憐我我憐卿。

一如〈三腳馬〉,鄭清文在此作中,依然啓用他最擅長、偏愛的敘事模式:以敘述者「我」爲客觀的見證者／觀察者來發聲。只是,由於〈髮〉的人物、情節、動作比較單純,因之,全作一直都以敘述者「我」爲意識焦點,絲毫沒有〈三腳馬〉那樣複雜的敘述觀點轉移發生。然而,表面上似是儉約的事實陳述、或客觀的見證敷述,其實,若與作中的其他結構元素──時空與場景──相結合來進一步論述,其滔滔雄辯的力道卻是甚爲犀利、剛猛。

故事眞正的起始是:三年前,敘述者「我」回到了下埔仔去參加他大哥的葬禮,碰上了男主角金池。在兩人的一場敘舊之際,故事繼續追溯到四十一、二年前日治時代,太平洋戰爭末期發生的舊事。最後,故事返回現時,以金池憶及早夭的亡妻麗卿,不勝欷噓,戛然而止。

就故事的人物設計而論,麗卿的丈夫金池,是敘述者「我」的親戚,依照台灣的文化習俗應該是「論輩不論歲」,但是,金池雖然低敘述者「我」一輩,卻稍爲年長十多歲,本來還是應該稱呼敘述者「我」爲阿叔,但是,最後兩人依舊直接以名字相稱。金池是下埔仔捕魚的高手,而敘述者「我」的大哥則是佃農。故事的演述就以鄉間的農漁生活爲主軸,舒緩地展開。由是,舉凡相互之間的人際關係,戰爭末期的經濟、物質、信仰、道德⋯⋯等等諸多的現實生活面相,都因鄭清文「重視細節的正確性和豐富性」,而得到細膩的演述,十足合乎鄭氏的文學主張:「生活、藝術、思想」──以藝術的

手法，精準、豐富地記述當時人民生活的實相，並提出自覺性的反思。

要之，于〈髮〉一文中，最重要的事件自然是：有一日，敘述者「我」的大哥所養的大閹雞，忽然失蹤了。據敘述者解析：依照當時的農業社會民俗，大家認定——大閹雞「性情溫順，不會爭鬥，專心吃東西，所以長得快，也長得肥，肉多油又香」，因此，執意安排大閹雞「在舊曆過年、正月初九天公生、和正月十五上元節時」來調用，其中，特別是「天公生一定要用閹雞祭拜。」[44]職是之故，大閹雞失竊，自是非同小可！

其實，在大閹雞失蹤之前，下厝及其鄰近就有失竊的先例：他們丟過金錢、走失過正在生蛋的小母雞、以及不翼而飛了其他有價值的東西。既然全村只有一條牛車路，又少見外人進出，村人推論：必有內賊。而第一個受懷疑的內賊就是麗卿，因為在她來到下埔仔之前，還沒有人丟過東西。於是，在敘述者「我」的大哥明查暗訪之下，斷定是「卿本佳人奈何做賊」的麗卿所為，並決定親自審理這件竊案。然而，提問之下，卻遭麗卿全盤否認：

「你敢發誓？」
「敢。」
「怎麼說？」
「我有偷，要遭殺頭。」
「不要隨便發誓。」大哥說。
「我真的沒偷。」[45]

[44] 引自，鄭清文〈髮〉《相思子花》（台北：麥田，1992年），頁67。
[45] 引自，鄭清文〈髮〉，同上，頁69。

　　不幸的是：大哥早就從麗卿家的灶槽，挖到了潮濕的雞毛，由是，證據確鑿，因而，案情急轉直下，直令「卿本佳人奈何做賊」的麗卿百口莫辯。在金池追問之下，麗卿才流著淚承認，並且辯說：

　　「紅嬰仔，沒有奶吃……。」[46]

　　的確，「卿本佳人奈何做賊」是〈髮〉一文中，前後一直「反覆」敷演，[47]最為震撼鄉親的事件。儘管金池與麗卿，從後竹圍搬回下埔仔，或是，之後，再從下埔仔搬回後竹圍，「卿本佳人奈何做賊」都是一直在鄉里「反覆」搬演的戲碼。平靜、安寧的鄉村，原來是：劃地為牢、道不拾遺、夜不閉戶的桃花源，如今出現「美麗壞女生」，鄉里不啻轉化為盜竊的核爆家園——人人自危。只是，卿本佳人，為何作賊？卻是撲朔迷離，真耐人尋味！然而，透過微妙的場景與時空的設計，鄭清文又似乎意有所指。

　　首先，雖說金池善於捕魚，然而，跛腳的他，在外營生的時間遠比在家還長。簡陋的土塊厝，家徒四壁，土塊牆還遺留著稻草的痕跡，而房中的地面猶是原始的泥土地，地面則凹凸不平。至於三、兩件老式的家具：椅條和八仙桌都是白身，不是為了省錢沒有上漆，就是用得太久油漆已經脫落。桌子的稜角甚且已經磨損，污舊不堪。[48]凡此，在在都以物件／場景「物語」著他們一窮二白、進退失據的情境。

　　此外，大閹雞事件爆發之日，正是日軍發動太平洋戰爭、戰區越拉越大之時，而當下已經到了大戰末期，物質非常匱乏——許多

---

[46] 引自，鄭清文〈髮〉，同上，頁70。

[47] 就〈三腳馬〉與〈髮〉這兩篇作品而論，我們可以確認，「反複」敷演是鄭清文先生最重要的敘述策略之一。一樣的下筆若輕，卻是一樣的劇力萬鈞。

[48] 引自，鄭清文〈髮〉，同上，頁72。

日用品都受到了管制。[49]雖然農家可以飼養雞鴨,然而,以捕魚爲生的麗卿家,似乎並沒有大量的家畜。因之,自從生了嬰兒之後,她才只吃過一隻雞,[50]雖然金池認爲:他爲麗卿留下的大白鰻比雞更爲滋養。只是,麗卿可曾同意?可有別的信念?是否還認定:麻油雞才是產婦傳統的佳餚、補品?此外,我們也關注:依照鄉規,麗卿在即將受刑、慘受處罰之際,其言也哀的一再懇求/話語:

> 「金池,你眞的要殺我?」大概麗卿已看到了地上的木砧和菜刀。
>
> 「你怕,怕就不要做。」金池說,用力拉了她一下。
>
> 「我,我要餵紅嬰仔。沒有奶,紅嬰仔⋯⋯」麗卿喃喃的說,聲音有點顫抖。
>
> 「沒有奶,就可以偷?」
>
> 「眞的,沒有奶,紅嬰仔會餓死掉。」
>
> 「跪下去!」金池令麗卿在土地公的牌位前面跪下。
>
> ⋯⋯⋯⋯⋯⋯
>
> 「我,我不要死。」⋯⋯。
>
> 「我不要死!我死了紅嬰仔怎麼辦?」[51]

初爲人母的麗卿,爲嬰兒一再地請命,即然訴求因累犯而打了折扣,然而,塵境滄桑,其鳴也哀,其言也善,「以言廢人,固不足取,以人廢言,亦不足讚。」職是之故,誰能毫無一絲罣礙,我自揮刀成一快?如此透過麗卿「反複」的敷述與懇求,鄭清文的冰山所暗藏的同情的焦點,遂不免呼之欲出。

---

[49] 引自,鄭清文〈髮〉,同上,頁66。
[50] 引自,鄭清文〈髮〉,同上,頁70。
[51] 引自,鄭清文〈髮〉,同上,頁74-75。

金池辦案、行刑，是台灣小說史上最驚心動魄的場面之一。鄭清文交叉使用預示（foreshadowing）、拖延不報（delay）、懸宕（suspense）、驚詫（surprise），[52]種種敘述策略，來燒鑄他理想的美學效果。

於是，奔走、低聲相告的女人以：「要殺麗卿了」，[53]拉開了序幕，金池再請出福德正神與公媽牌位，以鬼神與祖先來見證：公道正義必得伸張、人在做天在看。而木砧、放豬頭（人頭？）的大湯盤、磨得發亮的大菜刀（剁人？），[54]凡此無不一一「預示」著：砍頭，就要進行／勢在必行。然而，另一方面，鄭清文又以「減速」（deceleration），[55]好整以暇地大量描繪著：踏著木屐的大哥、他那類乎包公的長相、金池的家與家人……，彷彿有意將讀者最好奇的一幕，盡可能推後、「拖延不報」，以增加興味。最後，鄭清文決定啓用「懸宕」：除了操刀的金池才能預知這一幕的結果以外，讀者、其他人物，都完全被蒙在鼓裡，不但無法事先與聞，鄭清文甚且還刻意製造「驚詫」——偏使砍頭事件的結局與大家原先的預期不符，甚且，大家還被結局嚇了一跳，因為，金池竟然並沒有依照鄉規，將違反重誓的麗卿斬首示眾：

「剁！」一聲清脆的聲音，菜刀剁了下去。

「哎唷！」麗卿叫了一聲。金池的手，抓著兩把剁斷的頭髮，夾子還在上面。

「——吁。」天宋和長庚都舒了一口氣。我看到每個人的表情都

---

[52] 有關這個概念，請參閱，Mieke Bal, "Suspense," in *Narratology* (University of Toronto Press, 1992), pp. 114-115.

[53] 引自，鄭清文〈髮〉，同上，頁71。

[54] 引自，鄭清文〈髮〉，同上，頁74。

[55] 有關這個概念，請參閱，Shlomith Rimmon-Kenan, "Text: time," in *Narrative Fiction: Contemporary Poetics* (Methuen, 1983), pp. 52-53.

鬆下來了。

麗卿並沒有死，人已昏過去了。金池輕拍著她的臉頰，把她叫醒，像問犯過錯的小孩一般問她。[56]

其實，作品中，「忠厚」的庄腳人都無意──見到麗卿被殺。畢竟，誰能無過？由是，「剁髮」而不是「斬首」的處置，終究讓眾人鬆了一口氣。鄭清文是深受契訶夫中期以後的作品所撼動，勉力提出──對於弱者，對於不幸的人，我們都應該關懷和同情：「人是不能避免不幸的。有些不幸是來自天災，有些不幸是來自人為。」[57]至於畸零人麗卿──她那「卿本佳人奈何做賊」的不幸，固然可能是來自于：她自己疏開、流落期間所養成的叢林行徑，然而，疼惜眾生的鄭清文，似乎寧可有意藉著「時空」與「背景」，將探針暗中指向可能的其他外緣因素：人為的戰爭、後天的窮困。[58]

此外，我們也必須再度指出，「疼惜眾生」的鄭清文，兼且透過──與麗卿相濡以沫、卿須憐我我憐卿、同是天涯畸零人的金池，來傳達他的不捨，職是之故，在公領域中，金池固然是以「剁髮」代替「斬首」──連麗卿都嚇得「尿水洩出」，用最戲劇性的、眾人都心服的懲罰，來平息眾怒。但是，在私領域中的金池，卻是噓寒問暖、[59]「用手攔在她的肩膀上…小聲問她能不能走下去」、呵護著麗卿、連夜搬離了他們的傷心地──下埔仔。因而，連平日最堅持冷靜、客觀「展示」（to show）的鄭清文，于此，竟然，也特別罕有、而又別有所指地，啓用敘述者來評議：「我實在無法想像中午的那個

---

[56] 引自，鄭清文〈髮〉同上，頁77。

[57] 請參閱，鄭清文〈新和舊──談契訶夫文學〉，同上，頁118。

[58] 「卿本佳人奈何做賊」，究竟是先天手癢？還是後天有失調教？也許可以引起心理學家 nature VS nurture 的一番辯論。

[59] 陳雨航有類似的解說，請參閱，陳雨航，編者的〈評介〉，〈髮〉，收入，《七十八年短篇小說選》（台北：爾雅，1990年），頁93。

【兇狠的】男人」,[60]來爲這個「大閹雞」事件——金池所要面對的公／私領域的「兩難」——解套、作結。

麗卿在最後一次「卿本佳人」的搏命演出中,失風,而泳入、藏躲於:冰冷的水圳,其後,因染患急性肺炎,驟逝於寒冬。夢斷香銷,人世滄桑,莫此爲甚!最後,我們也必須指出:疼惜眾生的鄭清文是三度透過——與麗卿相濡以沫、卿須憐我我憐卿、同是天涯畸零人的金池,來傳達他的不捨:「這個查某人、這個查某人。」[61]依舊跛腳的金池說著:「眼睛已經紅了。」鄭清文的眼睛也一定已經紅了。閱畢,讀者的眼睛是不是也已經紅了呢?

五 結論

藉由「探討臺灣住民的思維方式與價值觀」,來「推動具有台灣主體性的台灣思想之研究」,鄭清文先生的小說與「生活、藝術、思想」的文學主張,是最值得注意的一環。他曾經立於:婆娑之島、海洋台灣——與西潮、美雨、東洋風,在各方文化,風雨交會的輻輳點上,以「互爲主體」的方式,做批判性的審視,並進而以台灣本體性的思考,重新對鄉親的思維模式、人際互動、道德信仰、軌範準則,做系統性的反思。

他堅持:小說是生活的再現,記載生活則是不願台灣的歷史留白,因之,他所建構的文學世界是——扎根於原鄉故土,卻以常人最易於忽略的公正、客觀的方式敘事,而訴諸細節的精確性與豐富性,爲弱者從邊緣發聲。至於他所主張的尊重生命、疼惜眾生、生命一律平等,則是具有普世價值的思想與軌範準則。

總而言之,鄭清文認定——在困苦中長大的台灣文學,應該是

---

[60] 我的詮釋與陳雨航的雷同,只是比較偏重敘述結構的分析。
[61] 引自,鄭清文〈髮〉,同上,頁84。

正如福克納所說：「代表一種微弱的聲音，道出人類的勇氣、希望和尊嚴，也寫出人類的同情、憐憫和犧牲。這種聲音雖然微弱，不會消失。」[62]其實，這何嘗不是鄭清文的文學特質，也是我們建構台灣主體性思想所要嚴肅反思的方向之一。

---

[62] 請參閱，鄭清文〈《恍惚的世界──文學的素養(2)》〉，收入《小國家大文學》(台北：玉山社，2000年10月)，頁24。

探索女性書寫的新/心版圖

——文化/文學的產銷[1]

一 文化／文學的產銷和「台灣的民主與自由」

　　第十屆臺北國際書展於2002年2月19～24日在臺北的世界貿易中心舉行，展示期間，最值得我們「審視」的文學／文化「產銷」活動之一，就是透過齊邦媛教授「登高一呼」，[2]由探索出版社以〈女性文學的空間〉為主題，慧眼靈心，推出一系列經過精心擘劃而出版的女性小說——朱小燕的《像琥珀的女人》，韓秀的《一個半小時》，陳幸蕙的《浮世男女》，以及陳丹燕的《百合深淵》。[3]探索這部「好文庫」（女子文庫）的系列作品，不僅攸關女性文學版圖的再擴張／分割——有助於我們傳統敘事學於主題取向與敘述策略的內、外緣研究，也緣由於解構文學／文化的擘劃與「產銷」，而可以進一步藉此析辯「海洋台灣」：歷史、社會、政治情境的律動，究竟于文學／文化的產銷，播生怎樣的變化。

---

[1] 本文原本為第十屆臺北國際書展（2002年2月19～24日）**"Feminist Literature without boundaries"**（定名為「女性文學的空間」）座談會而準備，原稿第二段，曾經收為我個人的發言，由林德俊、陳靜瑋／記錄整理，收入，〈一雙溫柔的手——「女性文學的空間」座談會〉，《中央日報副刊》，2002年4月5日。在此感謝：台北國際書展主持人之一的陳祖彥小姐——命題的原始雅意，也謝謝她一再勉力提供資料，俾利研究；此外，撰稿期間，國立成功大學台灣文學研究所諸位文友——給予客座與研究「戰後台灣小說專題」的情緣（2001年9月15日～2002年1月31日），因而使我得以充分受益於成大豐富的館藏。文中的觀點與闕失，自然全部由我個人承擔。

[2] 見，〈好文庫〉的系列叢書（台北：探索出版社，2002年2月），書頁。

[3] 這四本列為〈好文庫〉的系列叢書，于2002年2月，由台北探索出版社一次出齊。

　　以個別的文本觀之，事實上，這四個說部儼然都是當今馳名的四位女作家——翩然的風華再現，然而，以短／中篇／掌中／小說的系列叢書來解析，又似乎整體遙相指向：「探索」全球化時代的女性書寫新／心版圖。畢竟，朱小燕出生於赤縣神州、長於海洋臺灣、1969年移居于楓葉王國，韓秀生爲紐約客（New Yorker）、「啓蒙」于新疆的戈壁灘、[4]現今「歸宗」俯仰於星條旗下，陳幸蕙是福爾摩莎之女、臺灣的「十大女青年獎」得主、足跡遍全球，而陳丹燕則出生於北京、活躍於上海灘、獲獎于「歐陸」。[5]朵朵花開「四海」，如今卻都因緣際會，滾滾「匯流」于海洋臺灣，捲起彷若「離散」書寫（diaspora writing）的千堆雪，倒像是刻意在爲加入WTO（世界貿易組織）之後的福爾摩莎，打造文化／文學產銷、傳播的全球化視野（vision）、反映女性文學的波濤洶湧、也銘刻當代女性文學的歷史性轉折。「好文庫」擘劃的這項全球女性文學「產銷」，恰是反映了解嚴後，方今：「文學台灣」的多元、開放、與自由，爲李昂的近作〈想像台灣〉——她那新近的「有話要說」，做了最有說服力的見證：

　　「我要一再重複的説，在華文寫作的國度中，包括中
國、香港、新加坡、大馬，台灣毫無疑問的，有最大的
創作自由。眞正是累積了先人血淚才造成的台灣民主與
自由，才能讓作家在此毫不受限制的寫任何題材，也能
刊登來自任何地區的作品。」[6]

---

[4] 有關韓秀在戈壁灘的非人遭遇，請參考，東方白，〈魔法學徒〉，收入，《迷夜》（台北：草根，1995年11月），頁151或頁152。

[5] 陳丹燕的《一個女孩》於1995年底，以德文在瑞士出版，數月後，又在奧地利出版，1996年獲得奧地利國家青少年圖書獎金獎。見，陳丹燕，〈疑問與答案〉，收入，《一個女孩》（台北：民生報社，1999年6月），頁1。

[6] 見，李昂，〈想像台灣〉，《自由時報，自由副刊》，2002年，3月29日。李昂的這個論點，眞確值得我們詳加注意、珍惜，因此，我在拙著《台灣小說與敘事學》（台北：前衛，2002年9月），頁34，就曾經刻意呼籲過。

　　的確，如此全球性的女性文學——其「離散」與「匯流」，間中，
毋寧亦暗喻著她們與精神原鄉的相對位置，如影隨形地，又同時為
我輩召喚起先前哲王——「乘桴浮於海」或「近悅而遠來」——那個遙
遠的中古政治場域的教諭和記憶。的確，她們縱橫捭闔的文學空間
/場域，雖然，不一定全是哲王理想的言志或載道，可是，巧思靈
動，無非：疼惜生命、關切人文——何曾稍異于「普世」心靈所念茲
在茲的人道主義？

二　跨越性別、疆界、與種族

　　朱小燕的《像琥珀的女人》收有七篇短篇小說，其中，〈黃色絲
帶為她飄〉、〈半山風雨半山雲〉、〈聽，聽那雲雀！〉、〈蟬兒〉、與
〈陷阱〉，最能見證探索出版社的女性書系的規劃鵠的：建構新世紀
的「女性文學的空間」——企圖一舉跨越性別、疆界、與種族，重劃
當代女性文學傳統的新/心版圖。朱小燕是政大新聞系出身，曾經
是正義化身的無冕王、溫文爾雅的台視《藝文夜談》的女主播，在
《像琥珀的女人》中，時而俠心義膽，落筆即是〈霍小玉傳〉[7]的黃杉
客——意欲匡正社會不義；時而優雅婉約，筆鋒直探女性真情指數
的黑洞——卻又分明是得自傳統陰性（feminine）書寫的詞藝真傳。
於是，她邁過所謂傳統的陽性與陰性書寫的人為性別/疆界，跨入
男女雙性的統合性美學書寫。而〈聽，聽那雲雀！〉更糅合了加拿大
原住民的純樸信念，於「罪與罰」的邪惡循環（vicious cycle）中，直
指人類救贖唯一的可能：回歸善良。於是，綜而觀之，朱小燕關切
的場域，其實，已然超越了性別、疆界、與種族，沒有任何限界，

---

[7] 見，蔣防，〈霍小玉傳〉，收於，王夢鷗，《唐人小說研究：陳翰異文集校補考釋，第二
集》（台北：藝文，1973年3月），頁247-253。

並且藉著楓葉王國這個多元文化的歷史傳承,引導我們思索當代女性文學的空間:如何可以更加全球化或多元。[8]

　　選集中,〈黃色絲帶爲她飄〉是朱小燕實驗「女性主義文學」(feminist literature)的代表作,最値得性別主義者關注。〈黃色絲帶爲她飄〉演述的是:一位加拿大空軍女英雌金柏莉上尉,遭受上司寇球上校性騷擾的滄桑情事。要之,於波斯灣風雲,小金被俘,爲國蒙難,其時,鄉親家家戶戶曾經爲她在門前大樹──繫上黃絲帶,祈求英雌早日脫險歸來。反諷的是:佳人歷劫無恙,爾後,回到基地,卻反而成爲寇球慾望的對象(object of desire),而逃脫不了自家人的魔掌。小金在抗告的官司中,敗陣,回到小城原鄉,重訪父母墳場,昔時小樹已成蔭,而今關愛的眼神何處是?眞箇是情何以堪!小說的敘述緊跟著小金,來回擺盪於現今和過去的思維中,緩緩悠悠,而敘述者時時無聲地向這位受「司法正義」遺棄的女性最幽微的內心深處,鑽去──細膩地挖掘。朱小燕的人道關懷,至此,已然超越了疆界與種族,正如福克納最具女性主義思想的〈獻給愛莫麗一朵玫瑰〉(A Rose for Emily),[9]作者顯然是要遙繫黃色絲帶一縷,讓它爲小金而飄──許她另一個平安的未來。[10]然

---

[8] 其實,以台灣爲中心,邁向多元、全球化的研究,也正是國立成功大學台灣文學系/所成立的目標,誠如建系揭牌儀式時,陳水扁總統致詞表示:「成大台灣文學系的課程設計有原住民文學、福佬話文學、客語文學、華語文學,具有族群語言平等的觀念;有古典的研究、現代的創作,也有外國的理論,雖然目前的師資還不齊全,但陣容卻很堅強,有台灣文學作家、台灣本土的博士,有美國德州大學的博士,也有日本東京大學的博士。台文系雖然以台灣爲中心點,卻很有世界觀。」見,黃文記報導,〈成大設台灣文學系創建完整系所體系〉,收於《民生報》2002年9月26日。

[9] 有關福克納的〈獻給愛莫麗一朵玫瑰〉(A Rose for Emily),最具女性主義思考的啓發性詮釋,請參考Judith Fetterley, "A Rose for 'A Rose for Emily,'" in *The Resisting Reader: A Feminist Approach to American Fiction* (Bloomington: Indiana Univ. Press, 1978), pp. 33-45

[10] 顧燕翎認爲:要是大家瞭解,女性受到壓制的起因是人爲的、制度的,而非生物性的,如此,方可能──以人爲的力量加以改變。這是女性主義要喚起人們注意的目標之一。朱小燕的敘述策略,顯然,有類似女性主義的意圖。有關顧燕翎對女性主義的詮釋,見,顧燕翎,〈導言〉,收於,顧燕翎主編,《女性主義:理論與流派》(台北:女書,1997年9月20日),頁VII。

而，她也執意設計，以火爆的菲裔女孩與仁厚的小金為對比：前者對「寇」球的性騷擾絕不寬待，甚至，當場以牙還牙，於是，「扣」球，還不是手到擒來？而公義因此得到伸張、男權受到反擊，在在顯示女性摧毀沙豬（male chauvinist pig）的力道原來是可以絕倫無比！

三　以文學向歷史、社會討回公義

　　韓秀的短篇小說集《一個半小時》除了收入與書名相同的一篇新作之外，還包括其他七篇力作。最值得我們注意的作品如：〈上校的女兒〉、〈營業中〉、〈情人〉、〈歸途〉、〈一個半小時〉、和〈墨鏡〉，無論是關切的主題、情景的鋪陳、或人物的設計，在在都彰顯著韓秀跨越世俗的性別、疆界、與種族的意圖，正如朱小燕，彷彿預告著：一個新男女雙性文學共和的伊始。和「好文庫」系列中的其他三個女作家比起來，韓秀的筆鋒似乎析理更加犀利，遠超過於傳統女性的舊情綿綿，大有質勝於文之態勢，類此乾淨俐落的書寫風格的女作家，是自現代主義脫胎，敷演後文革悲劇的陳若曦，即使是陳若曦的近作〈碧珠的抉擇〉，[11]文字依然乾瘦，不曾豐腴起來。從韓秀的《一個半小時》，我們嗅不出女性主義文學的硝煙，只有在戮力表達女性精緻的真實感受的時候，才微微洩露出一絲女性文學（women's literature）的氣息。

　　其實，韓秀的前傳，本身就是一則以文學向歷史討回公義的傳奇。眾所周知，韓秀的父親是美國人，母親是道道地地的中國人，她自小在翻天覆地、打倒美帝的共產革命下，從壓頂的石縫中，掙扎、委屈／萎軀、長大，[12]神州閱歷、兒時滄桑，爾後，竟然匯聚

---

[11] 陳若曦，〈碧珠的抉擇〉，收入，《文學台灣》，第33期，春季號，2000年，頁207-219。
[12] 韓秀令人痛疼的人生際遇以及她的人文關懷，請參考，韓秀，〈為國家而哭泣〉，收入，

成串串、綿延不斷的歷史虛耗、虛耗歷史的孤絕感歎──有如王蒙的〈卡普琴諾〉(1986)中，[13]「欲言又止」、無聲啜泣的美國共產黨員之女蘇珊那般(她也在地動天搖的中國大陸苦澀地成長)。1978年，韓秀親歷重重困厄，終得「自主」歸宗，重返宗奉自由主義的五月花懷抱。1982年起，有話要說，自此，她于各個文類的作品中，拘不住的自由、民主、平等、均富、摯愛、人類尊嚴──聲聲、慢慢、呼喚，莫不時時破紙而出、穿越時空、踢踏、傳揚過來，一再向世界宣示：這些原本都是「普世」啼個不住的「天賦」人權需求，其實，無關「各」別「國情」民生，也不必與各個民族建設──具有「國家特色」而掛勾、互涉。

作為書名的短篇創作，〈一個半小時〉就是韓秀傾聽著：上述「普世」價值的呼籲，耙梳對人性脆弱、幽暗面的憂疑。此作狀寫一群塞爾維亞人漠視「人權」，侵入一個科索伏的民家，殺人、放火、找樂子的慘劇，透過一個原先清純、無辜的科索伏受害人(victim)──少年凱伊的視點(focalization)，我們目睹在另一個邊緣的世界：人類可以如何全面墮落，而「人身」獸行，連受害人家中供奉的聖母美麗神像，都「無奈地低垂著眼睛」，「憂傷」一臉。雖然天網恢恢，惡棍最後終究在地球的另一端，遭受「天譴」，然而，少年凱伊的心性，畢竟，受到嚴重的斲傷、扭曲──由受害人(victim)逆轉為加害人(victimizer)，如此的始原創傷(trauma)異態，恐怕才是身經專制、文革、極權、摧殘的韓秀，苦心孤詣，最為憂心關切的人性議題。如果〈一個半小時〉揭發人間的血腥與幽闇面，〈上校的女兒〉和〈營業中〉卻是韓秀苦心經營的我輩希望與救贖。

《早安！台灣》(台北：九歌，1994年6月10日)，頁41-46；東方白，〈魔法學徒〉，收入，《迷夜》(台北：草根，1995年11月)，頁133-164；以及，東方白，〈真與美忘年篇第二章：韓秀〉，收入，《文學台灣》。
[13] 收於王蒙，《加拿大的月亮》(北京：作家出版社，1987年1月)。或王蒙，《王蒙文集：第5卷》(北京：華藝出版社，1993年)，頁77-88。

〈上校的女兒〉記敘喬治・辛普森上校爲了難捨與愛妻、愛女當年合種的樅樹和日本楓，拖欠銀行最後的一筆房屋貸款，他的「古堡」因而遭受法院查封、拍賣的情事。如此，以物狀情，啓用「合種的花樹」來象徵人間摰愛的作家，還有臺灣最重要的元老小說家之一的鄭清文——他的〈玉蘭花〉早已成爲台灣文學史上，銘刻人道主義的傑作。[14]韓秀透過幾個次要的戲劇化敘述者（dramatized narrators），例如：電匠、年輕時單戀上校的鄰居老太太、和割草的工人，把歷史時鐘往回撥，導引敘述者「我」與讀者共同回到「古意」的現場，重新活過他們的人間溫情。最令人驚詫的是結局：敘述者「我」受撼動之餘，「痛哭失聲」自稱她是：「上校的女兒」，爲辛普森交清手續費——銷毀「上校的不良信用記錄」。韓秀這一著極度奇特而感性的忽地、一時陰性柔情書寫，不但將〈上校的女兒〉與書中其他諸多作品的「統一」清冷風格、敘述特質——寫實、理性、與「犀利」——區隔開來，拆卸無遺，[15]也使她自己與鄭清文冰山似的敘述策略迥異。可是，我們也必須指出：藉此，韓秀也更進一步感性地反證——人間還有溫情、記憶、善良、（特別是）希望。

四　理解、包容、與同情

這四本探索的女性書系中，唯獨陳幸蕙的《浮世男女》是一部極短篇的小說集，收有四十篇凝鍊、優雅的作品，幾乎全以散文詩的

---

[14] 鄭清文，〈玉蘭花〉；《最後的紳士》（台北：純文學，1984年2月），頁79-96。

[15] 在此，我願意保留自己這個原始的觀點，並不改動，畢竟，這個結論是在國立成功大學台灣文學研究所撰稿期間，以形式主義（formalism）的敘述策略解構、分析，所得到的論點。當時對韓秀的深刻感性成長、（特別是她）與父親生離死別的「永痛」記憶，甚至，歷史虛耗的嘲弄、反諷，我完全無知。在2002年2月台北國際書展期間，與韓秀一場因緣際會的對談之後，才瞭解：她如何「感性」地希望藉這篇小說——留住她父親。我這才恍然大悟：一個批評家可能如何自詡「實證」、客觀，卻專斷、而主觀。于此，我特意記下這個文學研究「情緣」的「外緣」軼事，爲自己戒，也希望當家作主的人，傾聽：「受害者」思念親情的聲音。探討韓秀這篇〈上校的女兒〉的創作意念，請參考，東方白，〈眞與美忘年篇第二章：韓秀〉，收入，《文學台灣》。

形式再現「都有所本」的情事。其實，陳幸蕙的文名，多年來一直是臺灣精緻散文的同義詞，筆下溫柔、雅麗的文字流淌過去，總會清淡留下人間的摯情。先行代的臺灣文友曾經從教科書中，朗誦著朱自清、徐志摩的創作，幻化爲文藝青年，而他們的下一代，可是捧著陳幸蕙的散文長大的。儘管陳幸蕙在此書的後記〈雨珠刷過〉中，自白：這「是一部愛慾滄桑顯影錄，企圖以文字勾勒浮世男女在感情世界裡的歡怨嗔痴、哀樂傷痛」，[16]事實上，不管是主題取向或者是遣詞立意，其實，《浮世男女》行文潔淨如昔，未若《像琥珀的女人》或《百合深淵》，竟要考驗年輕讀友的父師——他們的道德智慧尺度。不過，畢竟是台灣「十大女青年獎」的得主，陳幸蕙的美學形式與意識論述，絕對堪爲典範，不虞偏執。然而，正也是這個中規中矩的特色，形塑成一股穩定社會的中流砥柱，而潛藏於巨流波底的，無非是：陳幸蕙所倡導的「理解、包容、與同情」，因而，疼惜生命、關切人文的大敍述，周波流轉，終而，又融入她溫馨的筆觸，完成陽性與陰性書寫的調和。

只是，《浮世男女》必須整體精讀。例如，〈塔裡的愛情〉與〈情人節童話〉就是一對纏綿婉轉的教諭性寓言。兩者顧名思義，描繪的都是一個「情」字。〈塔裡的愛情〉銘刻一名浮世男子，偏好窩在小閣樓，用望遠鏡觀測宇宙的星辰，爲天體的井然有序而著迷，於是，成爲一個燈塔管理員，而他的妻子也覓得一份燈塔的管理工作，每日定時給這位業餘的天文學家打燈號，密傳「我愛你」的訊息——情意綿綿，竟然，絲絲細細。〈情人節童話〉則述說一位鋼琴家，緣由於不定的巡迴演奏生涯，使得原來愛聽他水叮噹地演奏的妻子，厭棄了飄萍轉蓬的日子，而掙扎、提出了離異。當前妻再婚的時候，鋼琴家主動爲她的花園婚禮，演奏結婚進行曲——不啻

---

[16] 見，陳幸蕙，〈雨珠刷過〉，收於，《浮世男女》（台北：探索出版社，2002年2月），頁186。

是：白色和平鴿似的樂音遨翔、響起，重啓人間細膩希望的頭緒。
這兩則極短篇，娓娓道來，似幻猶真（據作者告白：「都有所本」），
[17]如是我聞，則兩作中女男雙方對彼此的夢境或困境，似乎都能拋
棄我執地：「理解、包容、與同情」，似乎也因此反映了新世紀的女
男新「文明」，另創美麗和諧新淨地的毅力與勇氣。

　　不過，基進的（文學）女性主義者，向來最重——自主與獨立，
可能還是會質疑：箇中的女性，終究是否仍然依附於她的男人？可
曾發展所謂的「真正的自我」、追求女性「自我的實現」？[18]而她們的
才情，是否像維吉尼亞‧吳爾芙（Virginia Woolf）的「莎士比亞的妹
妹」，早早就被扼殺出局？[19]當然，這種女性主義文學的主題取向與
敘述策略，並不是力主兩性和諧、「理解、包容、與同情」的陳幸蕙
——創作的原始主題本意。[20]

五　顛覆壓抑、爭向自由

　　探索書系的四位女作家之中，1958年出生的陳丹燕是最年輕的
一位，1982年上海華東師大中文系畢業之後，於1984年開始發表兒
童文學和青春文學，是大陸青春文學的先驅，以探觸青少年的複
雜、迴轉的心理發展、與生命視域見長，而且又以善於捕捉莫測的
少女「臨即感」馳名。然而，我們必須嚴肅地指出：《百合深淵》是她

---

[17] 見，陳幸蕙，〈雨珠刷過〉(後記)：「事實上，這集子裡的每個故事也確實都有所本。如
果作家的任務，便是透過作品，使讀者對苦多樂少的人生、對這個傷痕纍纍的人間世，
有更多的理解、包容、與同情，那麼我希望《浮世男女》正是這樣的一本書。」收於，〈雨
珠刷過〉，《浮世男女》(台北：探索出版社，2002年2月)頁187。
[18] 就女性「自我潛能發展」與創造力的開發，見，林芳玫，〈自由主義女性主義〉，收入，顧
燕翎主編，《女性主義：理論與流派》(台北：女書，1997年9月20日)，頁8。
[19] 請參考，〈莎士比亞的妹妹〉，收入，顧燕翎主編，《女性主義：理論與流派》(台北：女
書，1997年9月20日)，頁15-19。
[20] 在國際書展與我對談時，陳幸蕙的確表示：她並不贊同女性主義的讀法。我所提的詮
釋是從座談會的主題：女性主義的文學(Feminist Literature)而不是女性文學(women's
literature)切入，以便提供可能的另類辯議。在此，謝謝她對我提出異見的包容與回應。

擴大場景空間與關懷視域的新作，收有短篇小說〈外公與南茜〉、
〈露露咖啡館〉、〈永別的清晨〉、以及中篇小說〈百合深淵〉等等。其
中，〈外公與南茜〉、〈露露咖啡館〉、與〈百合深淵〉，追索的都是：
顛覆壓抑、爭向自由的力作，最值得我輩關懷人文者（humanist）的
注意。

　　透過〈外公與南茜〉，陳丹燕小說的場景從她熟習的上海，延
伸、跳接到紐約，而關切的重心，也因而拓寬，甚而觸及──小民
漂泊流浪、身份屬性、以及斲傷的中國魂靈──如此深重、嚴肅的
「離散」主題，而間中，雅不欲血腥、暴力污染人間的母題，于此作
中，一再開展、渲染，在在透露著知識份子作家的良知，又彷彿是
步向「避秦」的「乘桴浮於海」的反思，何嘗讓白先勇──於〈夜曲〉、
〈骨灰〉之中，[21]刻畫當年獨裁者引蛇出動、摧殘人性的力作──專
美於前，因此，〈外公與南茜〉值得關懷離散與「專題比較」的文學研
究／工作者的關注。

　　〈露露咖啡館〉則把人物與讀者拉回神州大地，將她／他們置身
於大上海的歷史變遷中，以咖啡館的吧台為背景，側寫上海灘上─
─鬧熱滾滾的商場變幻與「生活培養出來的心計」，猶如是在召引讀
者重返七〇、八〇年代，台灣經濟起飛時段，張系國的《棋王》所書
寫的在商言商──爾虞我詐的集體共同記憶，只是，缺少了張系國
對人類去向：一份哲理／反思的義氣。[22]的確，台灣文學步道的過
往風景與部分箇中情懷，似乎都在這個大陸新生代的作品中投胎、
重現──燒印的依然是生命的真相，真相的探索與演述。

　　其中，作為書名的〈百合深淵〉這個中篇小說，最見陳丹燕開拓
女性議題、執意觸探社會禁區的勇氣。此作演述的是名叫簡佳與和

---

[21] 〈夜曲〉、〈骨灰〉，見，白先勇，《骨灰》（香港：華漢，1987年11月），頁170-208。
[22] 張系國，《棋王》（台北：言心，1976）。

和的兩個少女，雙雙在青春時期從清純、無知的性別啓蒙階段，到大學的求偶時期，苦苦追尋情愛的性別取向的一段心路歷程：自己是同性戀？還是異性戀？是反常？還是正常？〈百合深淵〉深入這兩個少女的孤絕心境，揭發她們原欲的騷動、情愛的探險，並分析同性相憐的可能緣由。值得性別主義者注意的是：少女簡佳把同性戀視爲「不倫」之戀、病態而反常，而她自認爲——之所以會「淪落」至此，應該要歸諸於考上大學之前的青春期，受到了壓抑，不能正常地與男孩子談戀愛，感情需要另尋託付的緣故。此外，與女孩子相處，家人既同意，自己也覺得安全。與簡佳類似，受迫於環境的壓力，而需要紓解的是孫康宜在她的研究中所指出的：中土女子閨閣中人，在明清時期，處於受壓抑的景況時，亦有在詩文中，以浪漫情愛的方式，表達女性之間的情誼之情事。[23]

　　然而，女性主義文學最關切的議題恐怕是：簡佳與和和是否在這段啓蒙時期，成功地追求個性／解放或性別／肉體的醒悟，以旗幟鮮明的女性自我意識，決定她們自己情愛的對象／性別取向？因爲，于女性主義者，釋放被禁錮的女身、[24]重塑自我的進程——無非就是要逼視：身體與慾望的顫動，畢竟，女兒身是隸屬於她們自己，而不再是他人、社會、或黨國機器。職是之故，丁玲的「霞村」經驗，[25]那個黨政乖乖牌的「被消聲時代」，已然成爲「國不國」朝代——虛耗的歷史。

　　台灣短篇小說中，處理同性戀的類似主題，甚爲可觀的女作家是：林黛嫚早期的〈並蒂蓮〉與宇文正的近作〈獻給逝去的公主〉，[26]

---

[23] 請參考，孫康宜，〈陰性風格或女性意識〉，收於，《古典與現代的女性闡釋》(台北：聯合文學，1998年4月)，頁122。

[24] 請參考，楊美惠，〈「女性主義」一詞的誕生〉，收入，顧燕翎、鄭至慧主編，《女性主義經典》(台北：女書，1999年10月10日)，頁35。

[25] 見，丁玲，〈我在霞村的時候〉，收入，楊佳欣編，《中國現代作家選集：丁玲》(香港：三聯書店香港分店，人民文學出版社，1985年，8月)，頁61-79。

兩作的敘述策略較諸〈百合深淵〉，卻是繁複得多多。以此觀之，兩岸作家的主題取向與敘述策略的美學結合，以及尚待開發的複雜內、外緣因素，仍有進一步詳細探討、挖掘的必要。

六　近悅而遠來

台灣探索擘劃的這四本女性書寫系列，的確，開拓了女性文學的疆界——非但新／心版圖跨過洲際海洋，超越傳統性別、國界、與黃膚／鬼佬限界，也穿越千古人文生命的史頁——讓公義與自由的鐘鼓，聲聲迴響。然而，間中，亦涵泳著——拋棄我執的「理解、包容、與同情」，更有顛覆壓抑、爭向自由的主張。不外：既能啟發女性主義的進一步醒視，更加糅和大我與小我，於真誠的演述之間。

平心而論，建構台灣為東亞的轉運／航運／金融／科技中心，真確是：「革命尚未成功，同志仍須努力」。然而，誠如李昂所聲稱：緣由於「台灣民主與自由」，「文學台灣」，卻已經成功地轉化為——開放的文化／文學「產銷」的世界中心之一。即使不以「資本主義的行銷」為然者，不也會有著——先哲有言：「近悅而遠來」的政治／哲理／場域的永恆記憶？如然，今之福爾摩莎，不亦文學／文化產銷的另類「桃花源」乎？

職是之故，雅不須「乘桴浮於海」！Ilha Formosa，「近悅而遠來」，文友盍興乎來？

---

[26] 林黛嫚的〈並蒂蓮〉，收入，《黑白心情》（台北：希代，1990年3月），頁139-161。宇文正的〈獻給逝去的公主〉，收入，《幽室裡的愛情》（台北：九歌，2002年5月10日），頁190-204。

敘事／敘述

「春雨」的「祕密」
——專訪元老作家鄭清文[1]

一　前言

　　諸多台灣小說家之中，有關元老作家鄭清文先生的力作，評家一向公認：「清」冷、深奧——「文」意酷似龐巨的冰山，踽踽浮流，于茫無涯際的浩瀚文海，最難建構。而藏諸于素淨的文字、樸實的句構、以及溫厚的原鄉述寫之下，行文又似溪流松風——文章風華，尤自有繩墨。

　　因之，以「身份、語言、文化、社會變遷、影響與傳承、敘事

[1] 這篇專訪的問題是我在1998年7月所擬定，當時我在新竹的國立清華大學做研究，題目一用電腦打出，當即限時專送，郵寄給鄭清文先生過目。8月中旬，離台前往加州大學聖塔芭芭拉分校參加台灣文學國際研討會之前(International Colloquium on Taiwan Literature, the University of California, Santa Barbara, August 15-16, 1998)，商得鄭先生同意，攜著微型的錄音機前去鄭宅專訪。對談雖以事先擬定的問題爲主，然而，隨機所衍生的問答，自然也一併收入。訪問自清早到黃昏，超過八個小時，而鄭先生脫口、夾雜著國、臺、日、英四種語言的智慧回答，錄在滿滿的六捲微型錄音帶上，雖是滿載而歸，但是，回到研究室，一一整理成書面文字的時候，遂變成了我忙碌的研究生涯的夢魘。嘉義的國立中正大學江寶釵教授聞知，見義勇爲，領導她的研究團隊，勉力代爲理清初稿、化爲電子檔案，2004年暑假，再經我自己剪裁，由鄭清文先生逐字逐句修正，如今才得面世。在此，要特別感謝江寶釵教授義助——文友的一片雅意，銘感於心，粗記於此。1998年那個盛暑溽夜，專訪過鄭先生之後，還與鄭先生夫人、以及他的兒女家人、孫兒揮別，旅人行囊竟是裝滿著人文厚誼而離台，如今稿成，人在山湖雪國，念及鄭先生全家所賜予的福爾摩莎的溫馨記憶，自然感謝也感恩。許素蘭老師是研究鄭清文先生的學者，專訪之時，她亦在場，平添不少洞見，清華大學王旭教授的多方協助、以及中央研究院單德興教授惠賜大作、所提供的啓發，都使我受益匪淺。註釋是我最後加入，方便文友需要時，進一步查閱。又，近日，承鄭清文先生告知，對專訪中，他所提出有關中國文學方面的看法與論述，現在已有些補充，因而，專訪中的問答，文友請參閱鄭先生最新的述說。此外，拙文的電子檔定稿，多虧鄭先生的千金、鄭谷苑教授協助、傳送，在此特別敬謝。

策略、批評理論與實際創作的對話」爲主題，專訪鄭先生——探勘他所創構的美學形式與架構，發微他冷筆熱筆所再現的「充滿生活肌理的庄腳人世界」，應該是有助於開發他小說圖像中——命意的曲折與流動。

爲保全鄭先生的原始意念與狷介風骨，全文不再進一步另做詮釋。

二 身份、語言、文化、社會變遷

1) 有關于您出生／成長於桃園農村與新莊舊鎮兩地的記述，已經是台灣文學史上最膾炙人口的傳奇之一。事實上，就地緣因素來說，您給讀者的印象似乎是頗能來回悠遊於兩地之間、自得其樂。而就家庭而論，您在〈偶然與必然〉那篇文章中說：您「有兩個父親，三個母親」，[2]似乎又傳達給讀者「雙重」家庭身份的揣臆——當然讀者也有可能詮釋錯誤。您這種獨特的情況，使我聯想起一九七六年獲得諾貝爾文學獎的梭爾‧貝婁（Saul Bellow），他出生在加拿大的魁北克（Quebec），九歲之前的童年也在魁省的蒙特利爾（Montreal）成長，依照加拿大的國籍法，他應該算是加拿大人，可是他只認同：九歲以後定居的芝加哥，並宣稱他是「百分之百的芝加哥人。」[3]您自己成年後，不管是念大學，還是就業，其實，定居的地方是台北市。我想提問的是：由於台灣特殊的社會與文化造就了您這獨特的背景，就個人眞正的認同或身份屬性（identity）而言，您是李家人、鄭家人、桃園人、新莊人、還是台北人？這對您的創作有影響嗎？

---

[2] 收入，鄭清文，《鄭清文短篇小說全集，別卷》（台北：麥田，1998年6月30日），頁4。
[3] 見，單德興譯，《英美名作家訪談錄》（台北：書林，1986年元月），頁297。

鄭清文（以下簡稱鄭）：籍貫，我平常都是寫台北縣，就是新莊啦！但是，現在戶籍辦法改了，它問你在哪裡出生？要是，你住桃園，但是，在台北的醫院出生，就算是在台北出生的。所以，依現在戶籍的辦法，我是桃園人。不過，我是寫台北縣人。

有關作品的部分，新莊我寫得比較多，桃園有，台北也有。新莊對我來說，小時候住的時間比較久。桃園，過去我雖然也回去，那都是寒假、暑假，一次一、二十天而已。

平時，如果我講到爸爸，大部分，講的是養父，因為跟養父的關係較深，幾乎平日生活都在一起。我是說過：「我有兩個父親，三個母親」，那是我小時候的情形。養父是在我大學畢業那年過世，之後，只有後母一個。有關後母的一些事情，比較微妙，我還沒有寫過。即使有的話，也只是在〈姨太太生活的一天〉，[4]多少提示了一點。

現在這裡的人比較重視族譜，因為我的身世有一點特別，所以，這方面我不大重視。講得複雜些，我爸爸（養父）這邊的祖母，她嫁了，丈夫就死掉；再嫁了另一個丈夫，丈夫就又再死掉，所以，一直帶著小孩子去嫁別人。因此，我爸爸可能是姓楊的人生的，後來跟著他媽媽嫁去姓吳的家，姓吳的過世了，就跟著再嫁到姓鄭的家來。所以，我們的祖先牌位有一個姓楊的，一個姓吳的，一個姓鄭的。我爸爸的歲數跟他們都差很多，我跟我祖母差更多，差八十歲。差太多了，因此，以前的事我差不多都不知道。

　　2）您最傑出的作品中，我覺得〈蚊子〉與〈春雨〉[5]似乎都暗示著跟這些背景有一些關聯，是不是？

---

[4] 收入，鄭清文，《鄭清文短篇小說全集，卷1》，頁175-204。
[5] 〈蚊子〉，收入，鄭清文，《鄭清文短篇小說全集，卷2》，頁149-160。〈春雨〉，收入，《鄭清文短篇小說全集，卷5》，頁259-278。

鄭：談到背景，其實，〈蚊子〉這裡面寫了一件招贅的事情，對不對？我在鄭家這裡，我前頭有一個姊姊，這個姊姊招贅；多多少少對被招贅的人的感覺，我了解。因為招贅過來，他的心裡，有一種自卑，不甘願的感情……那種男人，我知道。寫這種事情，難免會想到這個，當然我不是寫他。

許素蘭(以下簡稱許)：這個姊姊是不是您養父生的？

鄭：不是，她是我親姊姊，同樣是桃園來的。

許：是不是跟您同時過繼……？

鄭：不是同時，因為，我來的時候才一歲，我姊姊大我十三歲，她老早就來了。

許：是不是原來李家的姊姊，李家的姊姊也過繼給鄭家？

鄭：對，對，對。至於〈春雨〉的問題比較大，我們等一下再談。

3) 您與台灣先行代的作家、甚至更早的先民，由於歷史因緣都經歷過無從選擇的「身份遞變」，您覺得這對您的人生與創作有什麼衝擊嗎？

鄭：早期的東西，我寫的比較少。我寫過一篇〈一百年的詛咒〉。[6]

林鎮山(以下簡稱林)：詛咒？

鄭：就是curse。這一篇算是素描。其實，我小時候比較不知道這些事，如果當時有【口述歷史】這個傳統就好了。我祖母活到86歲，她生於咸豐時代，不過，她沒唸過什麼書，可是，她知道很多

---

[6] 〈一百年的詛咒〉，收入，《鄭清文短篇小說全集，卷6》，頁139-174。

事情。如果，她告訴她孩子，她孩子講給她孫子聽，那就不得了。對古早的事情，我知道得少，所以，也寫得少，因為，我寫的方式很注重detail（細節）。你還問什麼：「身份的改變」？

　　林：「身份的改變」，我是說，像我們跑去加拿大／美國留學、然後學留；在加拿大／美國，受到加拿大／美國文化的潛移默化，就會成為台加族／台美族。可是，那是我們自己的選擇！

　　但是，您們在那個日據時代，一出生，就是殖民地的國民，您們也沒有辦法。後來光復，您們又改變成另一種身份。對這種「身份的改變」，您有什麼感想？有什麼心理的衝突沒有？對您的創作會不會有什麼衝擊？

　　而您從姓李到姓鄭，又是經歷另外一種「身份的改變」，對這種「身份的改變」，有的人會走不出去。您可有什麼想法？

　　鄭：從姓李到姓鄭，這身份，對我不是很大的改變，因為，很多人當了養子，那養家不要你回生家，那就會產生一種特別的心理。我沒有這個問題。生家，我隨時可以回去。因為，一邊是弟弟（我養父），一邊是姊姊（我生母），他們不計較。很有意思的是：原先我叫我生母：「阿姑」，叫生父：「姑丈」。因為，當時鄉下的人不叫爸爸，叫阿丈。後來，我也跟著哥哥他們叫阿丈。

　　至於，另一種「身份的改變」：從日本人變成中國人，那一個過程，因為，那時年紀比較小，先前，由於【日本人的】洗腦【式】的教育，所以，原來還以為自己是日本人。至於，中國人呢，日本人都稱呼為：「支那人」，都宣傳說：「支那人會吃，不會相咬（打仗）」，很瞧不起中國人的意思。後來，日本人戰輸了，【我們】要變成「支那人」了，怎麼辦？但是，由於年紀還太小，除此之外，也沒有什麼特別的感想。年紀大的人比較擔心，因為日本當時宣傳得很厲害，說：「支那」是很不行的國家。

林：「支那人」跟「中國人」這兩個用語，指涉的意義應該有一些不同吧？日本人當時都說「支那人」嗎？

鄭：對，都說「支那人」。

林：「中國人」是比較中性的用語嗎？那個時代從來都不用「中國人」這個說法嗎？

鄭：沒有，沒有那個講法。

林：是為了要「洗腦」的關係嗎？

鄭：那時，就那麼寫，那麼說。我也不知道為什麼？受的教育是這樣，地圖也是寫「支那」。

林：所以，「支那」，並不見得就是具有歧視的意涵？

鄭：在打仗的時候，當然，會敵視，也會有歧視。不過，「支那」一詞是不是代表「歧視」，我就不知道了。（補註：日本，江戶時代就叫「支那」。）後來改稱「中國」。當時很壞的講法是chiankoro「清國奴」，比「支那人」更糟。

林：這個問題很重要，就像英文的Chinaman跟Chinese是不一樣的。

許：林教授，你的意思是不是說「支那」這兩個字本身有歧視的意思？

林：郁達夫的小說〈沈淪〉[7]上頭是這麼說的。

鄭：我的回答是，我不知道。因為，那個時代都是說「支那」。

許：您的印象是……。

鄭：對個人的蔑視，就要罵他「清國奴」。

林：「清國奴」不是指涉清朝的人嗎？

鄭：「清國奴」，這個字眼現在已經沒有人用了。字典上也沒有

---

[7] In Ta-fu Yu, "Sinking," Joseph S. M. Lau, C. T. Hsia, Leo Ou-fan Lee, *Modern Chinese Stories and Novellas, 1919-1949*（New York: Columbia University Press, 1981）, p. 139.

了。是不是「清國奴」……。

　　許：現在，我們是翻譯成「清國奴」。

　　鄭：當時，不用漢字，是用Kana（日本的片假名）。那時候，我比較小，長大了，才瞭解。家裡當時又沒有認字的傳統，也沒有人給你解釋。老師講「清國奴」，其實，就是指這個人：有蔑視的意思。

　　林：文化上，您覺得日本人對您們歧視嗎？

　　鄭：對中國，當時日本強調的是：強弱的問題。

　　林：強弱，指的是：power（軍事力量的問題）嗎？

　　鄭：不錯。【我們】原先沒【跟中國大陸】接觸，沒有文化上的問題。戰爭的時候，中國人一打，就跑，日本人就宣傳【「支那」很弱】。那是一種【日本的】軍國主義。

　　至於文化方面，【台灣光復】以後，一些從中國來的人很差，第一，就是貪污。「阿山兵」軍紀很不好。他們和日本兵完全不同。日本兵穿皮鞋，走路「啪，啪，啪」。國軍都扛鍋子，擔棉被，撐雨傘，穿布鞋，有的穿草鞋。有的，一進駐學校，就把桌椅拆開，當木柴用。有的，甚至把大禮堂的布簾拆下來，拿走。在鄉下，有的女孩子被強姦，殺死丟棄在田裡。以後的二二八，就是這種文化差異引起的衝突。

　　「支那人」【比日本人】更糟，個個「土匪子面」。對這頭一批的人，印象太壞了。頭一批的人，自己以為是來自戰勝國，可是，台灣人是用「祖國與同胞」的心態去迎接他們，而他們卻並不這樣想，反而，是要來管、要來剝削，從沒想到：祖國來的人應該要對台灣人更友善才對，這是很大的事情。

　　經濟更差，我們隔壁的一幢房子，本來一萬塊要賣，不到四年，幣制一改，四萬元兌一元。一萬元變成兩角半。台灣本來是產

米、產糖的所在,為什麼米、糖,會變得那麼貴?後來,才知道是做官的人把米、糖運到大陸去賣。

「身份遞變」應該講的就是這個。光復,這是大事情,這種事情,以前不許寫,所以,較沒寫。現在,range(範圍)要擴大,我就會提到這種事情。我現在正在寫《芋仔蕃薯》,就用文化方面去看問題。到底中國文化有什麼不同?「芋仔蕃薯」有什麼不同?差別可能是根本上的,【台灣】有海洋的性格,也可能有五十年的日本經驗在裡頭。

4) 從您與洪米貞女士合編的〈鄭清文生平寫作年表〉[8]看來,台灣光復的時候,您剛好進入中學,依照「語言習得」(language acquisition)的理論來說,您在青春期(puberty大約十四歲)之前,就已經自然習得了日語與河洛話,況且日後在大學時代,還繼續深造、增強日語,以至,後來翻譯過數種「日翻中」的文學作品,所以,應該算是「均衡的雙語」人士(balanced bilingual)。在語言的運用與文化的生活上,您有沒有一種「雙語」、「雙文化」的情事╱意識?

林:也就是說,您差不多十四歲的時候,日語和閩南語都很溜了,在這兩種語言的運用上,會不會讓你覺得自己是一個「雙語╱雙重文化」的人?

鄭:其實,那個時候的台灣人是四不像。我原先學日語,可是沒學好,第一,我們只學到小學而已;第二,是家庭環境,在鄉下,說日語的機會少,看日本書的機會更少,所以,學到的日語其實並不算什麼。

---

[8] 收入,鄭清文,《台灣作家全集,鄭清文集》(台北:前衛,1993年12月),頁361-367。

　　讀中文，是初中的事情了，是從ㄅㄆㄇ開始。頭先，考中文，還用日語考呢。中文到高中時，還偶而被打不及格。寫作文，那時有時候也會抄。老師呢，知道你程度不過如此如此，也允許你抄，只要沒什麼痕跡，也就馬馬虎虎，睜一隻眼閉一隻眼。

　　英文呢，初中考高中，老師說，別臭屁了，誰考得到三十分的人舉手。我們真的就是只能考一、二十分而已。

　　台語呢，也不好。加上，台語有文字的問題。真是四不像。說起來，這是我們的悲哀。沒你想像的那麼好。日語、英語，都是我後來學的。讀大學時，視野擴大，接觸面擴大，朋友也較多，機會也好一些，知道如何唸書，這都是後來的事情。

　　5）跟陳映真有趣的對比是：同樣的具有深厚的日語、英語造詣，美學形式上，您們同樣的講究千錘百鍊，可是，不像陳映真，您的小說語彙或句構，已經精鍊到似乎沒有日語浸淫過的痕跡，是不是？

　　鄭：這可能跟中文構造有關。中文的詞多用兩個字，而英語、日語，一個字就解決了。一個字，可能表達的範圍較闊、較模糊，但是更寬廣。假使用兩個字來翻譯的時候，你就得找其中兩個字的一個字，或找兩個字一套的詞，來配對。但是，有時候我會覺得兩個字一套的詞，也不很貼切。另外，中文還有一個問題，喜歡用抽象的詞句。這是古文學的傳統。抽象的詞句，較遠離一般人的日常生活。文學作品，使用生活語言，是全世界普遍的現象。

　　陳映真伊有夠敏感，所以，伊就想到了這個問題。伊會中文，又會日文，比如說，sugata（姿），一個字，伊就放下去【作品裡頭】，用原來的日本字來表達。所以，就有日本式或美國式的用語

【在他的作品裡頭】。

我寫的東西比較單純，沒有抽象的東西，就不會碰上這類問題
——如何把英文、日文翻譯成中文，這個問題。我的作品大部分都
是「具體」的，用動作、動詞來寫，比較多，就沒有這個問題。

林：您說您的作品不涉及抽象的東西，其實，您抽象的意念也
曾表達了出來，但您說，您較喜歡用動詞，較不喜歡用副詞或形容
詞，這眞是您的特色。不過，您的作品也有抽象的意念，不是嗎？

鄭：是的。有，不過，較少。我，是用具體的東西去表達意念
的。

6) 對小說人物的語言模擬，這倒可以理解，可是，您甚至於
也不容許客觀的、非參與故事的「層外外身」的敘述者沾染一絲日語
的成分似的，所以，如果您不介意我再用「語言習得」（language
acquisition）的理論來比喻，您似乎是「對等雙語」（coordinate
bilingual）的實際典例——日語、國語各據山頭，且不相互干擾，那
爲什麼呢？平常生活也是這樣嗎？是自然形成的？是您蓄意拒斥所
致？還是美學形式的考慮？您如何做到的呢？

鄭：日語，其實，並不是很容易用的語言。比如，敬語，相當
困難。我不是很喜歡用它。而且，我寫的東西，不很需要用日語，
因爲，我很少寫日本人的角色。一方面，也因爲我接觸的人，懂日
語的不多。而且，我不喜歡有些人用粗糙的日語、可笑的日語、不
正確的日語。我對這種用法很反感。所以我很少用日語，大多用中
文來表達。

7) 小說中「對話」的語言模擬，自然是相當複雜的美學形式考

慮，我們現在姑且不談。您在散文、評論、或者小說中所創造出來的敘述者，往往都刻意運用非常精粹的國語——可謂獨步文壇，不過，偶而也把必要的河洛語彙，巧妙地融入國語句構之中，倒是相得益彰，似乎沒有日語與國語的截然二分法，這是不是因為您在寫作的時候，心目中存有特定的讀者的緣故？

　　林：這個問題也就是，就語言模擬與讀者來說，當您寫作時，會不會因為讀您作品的對象都是講國語的人，所以，您不必考慮加入日語或英語？

　　鄭：不是寫給誰看的問題，而是怎麼寫。關於純粹的國語這件事，其實，我的國語不是純粹的國語，而是台灣國語。以前，有人說我的國語很純，我嚇了一跳。在寫作的時候，我不用京片子，像什麼「玩意兒」之類的。我真的不喜歡用「兒」字，我常常會想辦法用另外一個字來代替。所以，我是盡量用國語想，用國語寫，不過，多多少少，我還是會有些抗拒，比如碰到「說」或者「講」，我會盡量用「講」這個字。假如非用「說」不可的時候，我也會用「說」，因為，台灣話用「講」，而不用「說」。另外，比如說「唸書」，我現在就盡量寫「讀書」，比如說「星期一」，我就盡量寫「禮拜一」，不過，這些地方，普通人感覺不出來。所以，也不是我純粹用國語構想。

　　林：有什麼原因，讓您特別用國語去構想？

　　鄭：這樣想比較快，我在寫東西的時候，連喝茶都沒時間。

　　林：所以，您用國語思考，是不是跟您受的教育有關係？

　　鄭：不是受教育的問題，是自然就那樣。構想的時候，不是完全用閩南語去思考、去寫的那種方法，我現在沒用那種方法……。像「阿媽」被改成「阿嬤」我就很生氣……。我們「公媽」也是寫這個「媽」。總之，我盡量調整：如果國語和台語，兩邊都能通的話，就

盡量台語化,不過,沒那麼一致啦!

8)您在〈偶然與必然〉中也提到「日本人善於記載」,「台灣人就不一樣了……時間一過,留下的往往是歷史的空白」,所以,您「很想寫那個時代,那一些人」。談到書寫歷史,我們不免會記起:「孔子作春秋,亂臣賊子懼。」您是不是潛意識中會受到影響?為什麼?

鄭:我無意像孔子,「作春秋,亂臣賊子懼」。我主要是在記載生活。那些國家大事,有史官在寫,我不過是描寫生活而已,寫小說,沒那麼嚴重。

林:創作的時候,您會不會想到,我寫這個故事能改變什麼?影響什麼?

鄭:應該是有。可是,如果要強調這個,就要寫得更清楚。但是,我不會故意寫得那麼清楚,所以,我有很多用意,在作品中,都會只浮出一半。像〈贖畫記〉[9]裡頭,其實,我對中國畫有很大的批判,但是,當【讀者】看到作品中,還有其他的問題出現的時候,可能就會把原來作者的批判忘掉;所以,你說我的作品中有批判嗎?其實,有啊!但是,身為一個讀者,你是不是能抓到我要批判的那個重點?那就是讀者解釋作品的時候,要面對的問題。作者原來的用意,會不會胎死腹中?還有,作者要思考到寫作的方式,他表達的意思是不是夠充份?其實,我們也不知道。如果要充分表達,可能要換個方式,可是,那不是我要的方式。

林:我覺得您是個很重視小說藝術的人,您要批判,當然不會很直接的批判!所以,在顧慮到小說藝術的完整性的時候,您的社

---

[9] 收入,《鄭清文短篇小說全集,卷5》,頁279-298。

會批判就隱藏在整個敘述結構裡，不像我們文學批評界，直接了
當，所以，實際上，說起來，您是個藝術第一的人。

鄭：創作本身就是藝術，這個藝術就是作者選擇寫作的方法。
【像在〈贖畫記〉裡頭】，我批評「中國畫」，也就是我們平常所講的
「國畫」的時候，在小說裡頭，我並不是只拿「國畫」的問題，作為唯
一的焦點來批判，相反的，是在作品裡頭，創造了另外一個焦點，
譬如說：「亂世用重典」的問題，只要真的把犯人抓去「槍殺」（槍
斃），犯罪率馬上就會降低下來，但是，過一段時間以後，犯罪率
不是又會浮上來了嗎？所以，動不動「槍殺」，可能太殘忍，說不定
也不能解決問題，所以，這是社會批判的另一個重點。像我【在〈贖
畫記〉裡頭】創造了兩個重點，等於是：把兩個重點都模糊掉了，不
過，重點模糊掉了以後，出現了什麼？就是讓生活更具體化出來。
你如果只創造了一個重點，人家會覺得你是在說教，你有兩個重
點，人家就不會覺得：你在說教。還有，如果你只有一個重點，人
家也會覺得，這很單純，你的想法就是如此如此。

9) 您是不是認同【歷史與小說結合】這種方式的集體文化記憶？
或者您一直嚴格區分了歷史與小說的書寫？

鄭：我剛剛也提過，小說我認為是：描寫日常生活啦，你怎麼
思想，都包括在生活裡頭。簡單說，我用小說是要表達某一種生
活。你要在實際的生活裡頭去找，譬如說，我剛剛說的對國畫的批
判，那是一種生活；一幅畫像、一個畫家，都是一種生活，他認真
的作畫，他畫出東西給你看。我不是拿出一套理論來講故事，我是
要拿東西給你看，問題就差在這裡。

林：有人說您的小說是在書寫歷史，但是，對您自己來說，卻

是生活的再現？

鄭：沒錯，是生活，但是，你能不能從描寫的這個生活裡頭，看到另一個天地，那是另一個問題了。生活，其實包括很多，你寫一個教授，可能就會講到教授的事，寫一個畫家，可能就會講到畫家的事，你寫到農人，可能就會講到農人的事，這就是生活。把各種生活加起來，你可能就會感受到較大的文化層面。不過，因為，我是寫比較邊緣、細微的東西，所以，可能比較沒有給人那麼清楚的感受，總之，我的意思就是這樣。

三　影響與傳承

10）您在洪醒夫的〈誠實與含蓄的故事──鄭清文訪問記〉[10]中表示：您曾經找過征東、征西之類的通俗演義來看，記得那是幾歲的時候嗎？對您有什麼意義或影響？

鄭：我想這意義並不大。為什麼意義不大呢？那時候，大概是戰爭剛結束，我虛歲大約十四、五歲，開始在讀中文，就是先看這些了。當時，覺得很有趣，一直看，不過，後來就沒有繼續再看了。

看了這些東西，還以為我已經會看書了。那時候的人知道的事情很有限，像薛丁山、薛仁貴是大家比較熟悉的故事，看了以後，可以跟這些長輩，像我生父，會跟他談論這些故事。還有，因為，我那些哥哥，那時，也開始在看這些東西，也可以跟他們談論。看戲，我也可以說給他們聽。

其實，那時候，我看得也不多，不過，我是讀得比較快，後來，變成我講給他們聽，因為，他們是在戲台上看到的，而我是在

---

[10] 收入，《鄭清文短篇小說全集，別卷》，頁137-156。

書上讀到的；書，我可以一直看；戲台，卻是慢慢在演，又有唱、又有動作，所以，都只有一點點而已，他們演一個月，我三天就看完了。其實，當時看的並不多。後來，才看到一些「楊家將」。還有一部份，不是書上看的，而是看連環漫畫。看連環漫畫，一小時就可以看好幾本。所以，故事的大綱，我都知道，什麼楊宗保、穆桂英等等人物，我也都知道了。所以，最後不是看章回小說，是看連環漫畫，可是，那種漫畫書，我還買不起，都是用租的。

林：我覺得有趣的是：照您講的，以前是聽別人講或看戲台表演，後來，您自己去找書看，然後，換您講給他們聽，那您等於是個說書人了。這樣，是不是影響了您說故事的能力？

鄭：我想並不是這樣。因為，當時，我給他們講故事，並不是很detail（講究細節），我在講故事的時候，都只講一個大概，他們也不會要你講得很detail，你也不會跟他們講得很detail，大概都是講有什麼人，發生什麼事而已，不會詳細到講刀怎麼砍下去之類的，大約都是人物和情節而已，譬如說「移山倒海」，你會事前知道這件事，那時候，就是這樣。一般來說，我在講故事的時候，故事，不會講得很複雜，所以，以後寫小說、說故事的能力，應該沒有受到那麼大的影響，畢竟，這和小說故事的表達方式不一樣，甚至於連童話也不一樣，所以，像我前幾天跟素蘭講的，安德森的小說。

11) 以後，還接觸過哪些古典的文學作品，例如，三國、水滸西遊記、金瓶梅、紅樓夢、三言二拍，文言小說，詩詞戲曲？有沒有您特別感到興趣或認為非常偉大、傑出的作品？對您有什麼特別的作用或影響？

鄭：古典的文學作品，我接觸的機會很少，幾乎沒有什麼接

觸。【古典的文學作品裡的】那種感情，要瞭解，其實，也並不是太困難。許【素蘭】老師說我寫文章的時候，會運用《詩經》，不過，在文字上，我會用的可能只有一句「窈窕淑女跟桃之夭夭。」《詩經》跟當今的生活，畢竟，沒有太大的關連。基本上，今天創作的人，生活上，跟以前的人也不一樣。所以，讀書、運用文字，對創作的人，方便就好。

我剛剛開始學習中文的時候，中文基礎比較不好；很多中國的現代書，又差不多都是禁書，接觸得比較慢；很少接觸，就不會進入那些文學範圍。

不過，我以前就想過：到底那些東西沒讀到，會不會有什麼損失？這個問題，我也寫過一篇文章，提到林文月跟曾野綾子的對談。曾野，她在日本是一個著名的作家，不過，《源氏物語》，她也並沒有讀過啊！

在不能寫反戰文章的年代，日本就有人去研究一些古籍，或者去翻譯，這就跟蘇聯的巴斯特克納一樣，在蘇聯不能寫文章，他就去翻譯莎士比亞。日本的谷崎潤一郎不能寫，就去翻譯《源氏物語》。有人研究得很深入，有人研究得稍淺。古典文學，有一定的影響力，沒錯。不過，你也可以利用有限的人生，去讀現代的東西，所受到的啟發不是也可能更大嗎？這是很難講，很難計算的。當然有很多人主張注重古典，有這種想法的人，應該還可以去研究真相。我認為：沒有受過古典教育這種機會的人，還是可以去創作。

12) 嚴肅的語言、文學訓練在國外似乎比較講究古今中外經典文學的傳承與檢視，我的孩子現在正在加拿大念高中，從初中起，平時固然要研討、修習現代的福克納、焦易士、卡謬、卡夫卡，學

校也執意要求他們念正統的古典英國文學和希臘、羅馬神話。我們成長的文學訓練過程比起我們的下一代，事實上，狹隘多了，似乎要靠自己摸索、掙扎。您覺得這類古今中外經典文學的傳承，對您的人生與寫作很重要嗎？為什麼？

鄭：聖經，這些東西我也讀過一些片段，很喜歡。福克納說過一句話：「一個內容是一個形式。」他寫《八月之光》、寫《聲音與憤怒》，在形式上，就很不一樣，很講究。他對自己的每一篇作品都很重視：每寫一篇作品，就要有新的東西出現，他會不斷去嘗試。不過，我就比較不像他那樣。我看是看，寫也在寫，有時候，瞭解比較多，有時候，瞭解比較少。我最喜歡他的一點，是他對「人生」的看法。很多人都會去問「人生是什麼？」這點我也會去思考。卡夫卡有一篇〈飢餓的藝術家〉，會讓你去想：身為一個藝術家應該是什麼？

13）類似國外的這類古今中外經典文學的傳承與嚴格探討、檢視，對我們台灣的語言、文學訓練或作家的養成，是不是會有幫助？

鄭：每樣東西當然都會有一定的幫助，我想是會有的，不過，最重要的是：你要能看得下去，能去接受，然後才會受到它的影響。

看了以後，我會去想「人生是什麼？」還有，以前的人看過的東西、做過的事、講過的話、跟我的看法，有什麼不同？對我的作用是什麼？對每個人影響的大小，可能不一定，要看你如何去選擇它。

14）您在〈偶然與必然〉中回憶到：「戰後不久，在重慶南路的書店，還有許多中國的書，包括一本很奇怪的《阿Q正傳》」。二、三十年代的作品，過去曾經一度中斷流通，現在百無禁忌，您有沒有機會，批評性地研讀過魯迅的作品？對您的人生與寫作有啓示嗎？爲什麼？

鄭：我以前說過，1972，我去舊金山實習，在【舊金山的】唐人街書店裡，我看到的都是武俠小說和言情小說，只有一部二十幾本的中國文學大系，那時想：一定要找個時間，全部看完。不過，翻到第一篇，那是茅盾的作品，覺得這種作品，我自己也寫得出來，就不再看了。不過，我讀過魯迅的作品，例如〈故鄉〉，很好。

林：那這對您的寫作有什麼影響嗎？

鄭：影響，一定是有的，只是，有大有小。例如〈故鄉〉，我學到的就是它的結構。不過，這篇別人也有寫過。魯迅，他在中國算是不錯，但是，跟外國作家比起來，又算不了什麼了。例如，他還有一篇〈狂人日記〉，在外國也有一篇類似的。那魯迅是否受過影響，我們也不知道。

15）您廣泛地閱讀文學作品，還作筆記、分析、歸納，涉獵敘事理論，用功之勤，這從您的評論集《台灣文學的基點》[11]可以看出一點端倪，眞會讓專業的文學評論家汗顏。我想請教的是：以您看書之博雜，必定多拓資源，但是，在您諸多的評論文章之中，似乎還沒有系統性地評論過沈從文和張愛玲，對不對？前者的鄉土風情，後者的敘述技巧，讓我主觀地覺得您們或者會惺惺相惜，應該

---

[11] 鄭清文，《台灣文學的基點》(高雄：派色，1992年7月)。

是您絕不可能忽略過的，不是嗎？您對他們的作品究竟有什麼看法和評價？

　　林：您看過張愛玲和沈從文的作品嗎？

　　鄭：老實說，沈從文我一篇都沒看過，但是，我看過張愛玲的《赤地之戀》。內容大概是陳毅大將軍，有人批評他，被打小報告，然後被槍斃。不過，沈從文我就沒看過。

　　林：為什麼？不好看嗎？

　　鄭：讀不下去，就不想看。很不乾脆，扭扭捏捏，我看不下去。我是覺得，當人長大到一個階段的時候，就會有自己的想法，不再是一張白紙。

　　我一開始就迷信不看中文的書，覺得：很粗糙，錯字一大堆。比較喜歡看短篇的東西，例如《世界短篇小說集》。因為，我當時上班，沒有很多時間，如果，今天寫作，就沒辦法看書，如果看書，就沒辦法寫作。大概是這樣，所以，都是選擇性的，很隨性，愛看就看，不看，就把它丟到一邊去，完全是不按牌理出牌。這樣，還會成為作家，我很奇怪。

　　那時候，我很喜歡看俄國的作品，當時，聽說是世界上水準最高的，又是禁書，就盡量看，多看一點。印象最深刻的是：果戈里作品中的〈眼淚中的笑聲〉，我也寫過〈永恆的微笑〉，感覺起來：悲劇，在各民族的文化之間比較沒有差距，喜劇，差距比較大。

　　16）對您「影響最大」的台灣當代作家之中，您首推李喬，您是不是可以更明確地指出，到底是哪些方面，李喬對您「影響最大」，例如主題涵意、敘述觀點、還是人物塑造等等？

鄭：從受益人的立場，簡單講，他會給你很多意見，而這些意見，對台灣的作家來說，都是很難能可貴的。每次遇上他，總是要講上幾句話，而他這個人又很會幫你歸納。例如，有一次，他說：「1.5的機會，會不朽，0.5的機會，是他創造的。」所以，等於說：他會創造0.5的機會，讓他不朽。他會講很多奇奇怪怪的話，好像似非而是。不過，這是他的一種說話方式，有很多創意。所以，我開他玩笑：他是第一流的評論家，第二流的詩人，第三流的小說家。

講到他的創作，他有一個小孩，上國中，因為課業壓力太大而心情不好，所以，就去玩一個「發洩」的遊戲，去偷東西。他很會抓時代、社會的問題點。

他這個人野心很大，每看到一個新的東西，就想去嘗試，會發現很多東西在裡面。而且，他這個人生活的態度，非常認真。加上，他是一個行動的人，心裡一有什麼事，一定會去做，如果遇到新的問題，就會去解決，所以，他的作品一直在變。所謂的啟示，大概是在這裡。他是福克納的信奉者。一個題材，一種形式。

我是一個比較保守的人，因為他，眼界才變寬。聽了，不一定會去實行，但是你整個看法、感受，會變得較寬。

因為，他看過很多書，所以，我會覺得每次和他接觸，都會增加一些見解。我無論在想法、技巧、在文學方面，跟他都會有一些類似。而他還有一項特點，在文化方面，他有鑽研。文化這種東西，我也有興趣，不過沒有他那麼專精。

17) 您是少數能夠直接進出日本文學的台灣作家之一，還曾經把不少日本文學作品翻譯成中文，哪些日本作家您最心儀？哪些作品您覺得非常偉大傑出？就主題的建構與敘述技巧的運用，對您的

寫作有影響嗎？

鄭：日本的作品我是看過一些，比較早期是志賀直哉，他寫的短篇，我看過幾篇，其中有幾篇印象蠻深刻的。因為，他這個人被尊稱為小說之神，他的描寫、他的感觸都很精確。

川端康成也看過一些。可是，對川端的一些描寫的角度不大欣賞，我看不大懂他在寫什麼。這些作家，長篇的作品我看比較少，大部分都是中、短篇，所以，我一路看下來，覺得短篇普遍比較優秀，以川端來說，我最欣賞他的〈伊豆舞孃〉，可以聽到文章的聲音。我還喜歡谷崎潤一郎的〈春琴抄〉。

我跟別人比較不同的是：我認為三島由紀夫的〈金閣寺〉不好。大家都認為這篇是從實景寫出來的，真有這個地方，而且他寫得非常好。不過，我剛好相反，認為這篇寫得不自然，人為的痕跡太多。三島的作品我比較喜歡的是〈午後的曳航〉，我看過電影，印象非常深刻。另外，我也喜歡〈潮騷〉。

芥川龍之介的作品較著重理性，可是，他描述的方式，我並不欣賞；他的寫法比較不是接近我的風格。芥川的作品，最早是由葉笛翻譯的，有一次我遇到葉笛，就問他說：「芥川的作品寫得這麼壞，你為什麼還要翻譯他？」我喜歡比較含蓄，比較簡單的東西。而芥川的東西，我最喜歡的也是中、短篇。我覺得〈地獄變〉是一篇傑作，內容是寫藝術的極限。後來，零零星星，又看了一些。

早期看，都會比較沈迷，現在不會了。大概看是看了，不過，沒有看很多，印象也不深刻。

現在比較深刻的有吉行淳之介，這個人會寫一些黃色的東西，他寫黃色還可以得到藝術界的認可、讚揚，而我們這邊，就不能相提並論。

　　大江健三郎，他早期的東西我比較喜歡，不過，現在的就較不懂。渡邊淳一的作品很簡單，並沒有給你很多的思想，他是醫生，他的描述非常精確，只是，我們一路看下去，不會覺得非常特別。我最近看了他的〈植物人〉，是中短篇。

　　18) 您曾經不憚其煩地回答關心「影響研究」的訪客：您最愛契訶夫、福克納、與海明威，受他們的影響最大。不過，您過去總是依循「冰山理論」而作答。現在您是不是可以更深入、更明確地舉例說明，為什麼他們對您有那麼大的吸引力，比如說，意識思想？從他們您領悟到了什麼敍述結構的奧妙，比如說，如何操縱敍述方式（轉述、引述、轉載）等等？

　　鄭：其實，這些人的作品，我都喜歡讀，不過，並沒有讀得非常多，因為，時間的關係。契訶夫常常以一個弱者的立場，去看社會的情況，去展現他的同情心。[12]我學到蠻多的，起初讓我覺得，一個作家如果沒有同情心，他就沒有成為作家的必要。海明威提過冰山理論，一個作家寫東西，只寫八分之一就好，其中的八分之七就隱藏起來。也就是：當碰到一個重大的事，你就輕輕地提它，還有，你知道一件事，才來說一件事。一句話可以表達的東西，就不需要用到兩句話。

　　海明威的作品，以前看過，不是很瞭解。最近又重新看了〈殺手〉，我覺得很過癮，他用很簡單的語詞，表達了幾個人的性格、幾個人的思想、整個情節。這個方法，他是有意、還是無意，我不是很清楚，不過，如果你很欣賞，你就會去想他為什麼要這麼做？

---

[12] 見，鄭清文譯，〈譯者的話〉，契訶夫著，《可愛的女人》（台北：志文，1975年12月初版，1993年12月再版），頁9。

其實，這篇作品，應用，沒那麼明顯。應用，較深刻的是〈印地安部落〉，在其中，海明威提出了一個問題「生是什麼？死是什麼？生有什麼困難？死有什麼困難？」雖然，沒有講得很清楚，但是，他都是繞著這方面在講。以前看這篇，比較不懂，所以，衝擊力沒那麼大，現在再看，真的覺得它是一篇很厲害的作品。

　　像福克納，對我的影響，不是技巧方面，是思想方面的啓示。他作品裡面，問的是：人生的問題、愛的問題、其他人際關係的問題。所以，他對我的影響是：思想方面，而不是技巧方面。還有一個，就是大膽取材。

　　一個人受影響，或喜歡怎麼寫或不喜歡怎麼寫，都是自己一步一步走來的。現在，我看到這一篇，會忽然發現，原來我受到過很大的影響。我都是跟著原則在走，如果，現在走得很好，那是另一個我。我現在要強調的是，假使，我以前就有這麼清楚的感覺，我的作品就跟現在不一樣了。

　　19）記得早在一九七四年評論李喬的《恍惚的世界》[13]的時候，您就強調過限制性的「視點」運用，為美學形式最重要的考慮因素之一，絕對會影響小說的緊湊性與寫實性；您也精闢、深入地分析了李喬如何精妙地選用「敘述觀點」。作為一個作家，您究竟看了什麼敘事學方面的論著，來加強您的寫作？您覺得小說家深刻地鑽研理論，會不會對他的創作有不利的影響？

　　林：您看過哪些敘事理論，來加強您的寫作？
　　鄭：沒有。我這個人很有趣，很早就有一些奇奇怪怪的想法。

---

[13] 鄭清文，〈李喬的《恍惚的世界》〉，收入，《書評書目》，第19期，1974年11月，頁121-132。

為什麼會有這些想法？我想跟我的個性很有關係：我不喜歡談論我自己。

講到敘述觀點，我考慮到的第一點是：真實感。敘述觀點對我的第一個限制是：你只要敘述，而不必去講你自己。你只要把你看到的東西，老實講出來就可以了。所以，先寫，以後才有理論。後來，也有機會看到其他論述的東西，不過，那都是最近的事了。

我覺得作者看到的、能解決的，其實，很有限，應該老實把客觀的事情告訴人家，你看到了，同時也叫讀者去看。讀者讀這個東西，會跟作家的感覺是一樣的。所以，我是用限制性的觀點去寫作。

林：您找小說理論的書來看，來分析有幾種主要的敘述觀點嗎？

鄭：都是自然的，這跟我的個性有關，我不喜歡暴露自己，所以，就要去限制。限制不要讓自己暴露出來，只是看，而不去發表意見。在寫作的過程中，你可以發現你在哪方面有能力，可以有效地去表達。另一方面，你自己不需要讓別人知道你特別要講些什麼。如果，是你自己講出來，人家就會懷疑你講的到底對不對？如果，你是把你看到的東西客觀描寫出來，人家看到了，也就不會去懷疑了。這個觀點主要是，第一，作者不要只顧自己，第二，要把真實感傳達出去。作者是在觀察，只是，沒發表意見而已。在告訴人家的過程中，並不故意表示你有遠見、有主張，而只是把一件事跟人家說而已。

林：您會找華倫、韋勒克的《文學論》[14]那類的理論書籍，來看嗎？

---

[14] 華倫、韋勒克的《文學論》，見，Rene Wellek and Austin Warren, *Theory of Literature* (New York: A Harvest Book, 1956).

鄭：不會。不過，我那時在寫〈黑面進旺之死〉[15]的時候，很有趣，人家都是只用一個第一人稱，但是，我用了兩個第一人稱，我那時就會想一些奇奇怪怪的說故事的方法。第一個，我說故事有「破綻」，第二個我把「破綻」指出來。

林：當初蔡源煌曾說，[16]在〈黑面進旺之死〉裡頭，真正說故事的人，是尪叔，而這個「我」，其實，是「聽者」【聽尪叔說故事的人】。用最近的敘事理論來說，「我」是一個「聽述者」，不過，這方面的研究還不多。

鄭：你看不到的東西你該怎麼說？我覺得可以用一個原則：「擴張」。要用另外一個人物，也就是第二個，我來提出疑問【或說故事】，把這個問題解決掉。我是不同意蔡源煌的論點。敘述觀點，是一個選擇，不過，重要的，還是一個寫實的問題，所以，第三者的存在，客觀的存在，這樣的敘述，可以去解決：「看不到的東西你該怎麼說」的困境。

文學批評，我讀，可是，讀得很少。【在這種情形下】我覺得：應該由另一個人來敘述、來把很多事情客觀告訴你，不過，在告知的過程中，條件就是要你們知道，至於要如何解釋，就看你們了。

林：所以，為了客觀，您在〈秋夜〉[17]裡頭，一定要透過【像表姨的視點】來說故事，因為，這實在是在古早、古早發生的事情。

鄭：對，現在的人不可能【像表姨的婆婆】會做出那樣的事情。這個東西還比較簡單，只是把時間退到古早以前而已。因為它是以前的事情，所以，找一個以前的人，讓你有一個時代感。所謂的真實感，就是這樣一個東西，你不需要很多的敘述，你只要把主要的

[15] 收入，鄭清文，《鄭清文短篇小說全集，卷1》，頁241-262。
[16] 蔡源煌，〈鄭清文的第一人稱小說〉，收入，《文學的信念》（台北：時報出版公司，1983年11月30日），頁35-49。
[17] 收入，《鄭清文短篇小說全集，卷5》，頁214-236。

觀點,讓他來說完就可以了。

20) 一九八一年十二月二十七日,葉石濤(葉老)在爲《文學界》的〈鄭清文作品討論會〉[18]下結論的時候,認定:「鄭先生的寫作方法,實際上很少根據我們中國傳統的寫法,他大概受到西洋的文學影響比較深……【由於】認識多種語言,所以,他能吸收廣泛的世界文學,作爲他的文學教養,加上他個人的天資、風格、嚴謹的寫作要求,剛好符合西方作家普遍的寫作方法……所以他眞是很難一見的、獨特的一位作家」。葉老所提的這個結論,您同意嗎?

林:葉老說,您受到西方的影響比較大?

鄭:西方的東西,像形式【多變】之類的,你去讀中國的作品,就比較讀不到,讀不到,就無法受益。以三十年代的作品來說,想法、【寫法】很枯燥,也沒什麼好學。所以,寫出來的小說,形式,受中國有影響很少。【可以學的】主要都是西方的東西。一般的想法、庶民的生活方式,在中國,描寫很少。像日本「浮世繪」畫的是大眾的生活,而中國的「國畫」刻畫的是讀書人的生活。另外,技巧的問題。中國沒辦法有這個東西。

四 實際創作與敘事策略

21) 作家創作的意念或素材,有時來自新聞剪報,如李昂的《殺夫》,有時來自朋友的提供,如東方白的《浪淘沙》,那您自己呢?有沒有什麼獨特的來源或取材的祕訣?

鄭:小說最簡單的定義是用來敘述故事。故事,包括一個很重

---

[18] 收入,《文學界》第2集,1982年4月15日,頁6-37。

要的元素，就是虛構。我的小說，來自經驗和想像。經驗來自觀察和道聽途說，也可以經由讀書。

經驗很豐富，像海明威；相反的像卡夫卡。我的生活很簡單，上班、看書、寫稿，所以，必須靠想像，靠虛構。我要思考：如何用人物、故事、鋪排、配合部分故事的情節。在1980年，我寫〈舊路〉，[19]我發現：細節的重要性，我寫作是摸索過來的，沒有所謂的理論。我利用禮拜天的爬山，把路邊的情況記錄下來，這種方式的寫作，影響到後來的創作，包括後來1990年的〈春雨〉，我更發現【在小說裡頭】如何描寫、或者放大細節的重要性。

22）有沒有完全憑想像，絕無所本的案例？

鄭：我的生活很簡單，上班、看書、寫稿，所以，大部分必須靠想像，靠虛構。

23）記憶是我們大家共同的自然天敵，於是筆記、札記、日記、卡片、眉批等等，不一而足，都在我們日常耳熟能詳的囊笈之中，您究竟是如何捕捉、典藏那偶而一閃的靈光呢？靈感對您的創作重不重要呢？

林：您如果看到比較有趣的東西，您都如何把它記下來？
鄭：上面所說重大的事，其實，是虛構的，也是想像的，這種想像，有時也會突然而來，這就是平常所說的靈感。不過，對一個作家來說，靠靈感是很危險的。有靈感是運氣，即使是靈感，也是平常實力的累積。

---

[19] 收入，《鄭清文短篇小說全集，卷3》，頁283-302。

24) 從一個意念到醞釀、構思、以致於下筆，您是不是會首先排列組合，建立一個提要大綱，比如說，主題涵意與敘述結構，然後反覆修正全盤計劃，直到瓜熟落蒂，才開始落筆？

鄭：有時候會記在頭腦，有時候會記在紙上，我有一本筆記，裡頭寫的都是故事，我有幾個故事，想到什麼，就填寫上去，認爲這可能會變成一篇小說的時候，要是遇到什麼想加入、或想到另外的細節，就把它寫進去，有時候東西放很久，就能參考，從裡頭，挑合適的來寫，大概就是這樣啦。

林：很有趣！

鄭：因爲，細節有時候會記得，可是，這不一定，有時候覺得可能會忘掉，就把它寫下來，像我記憶不好，很多會忘掉，所以，好多都很快就記下來，稍等一下，我再拿給你看看。我寫了很多了。

林：您剛剛說，您下筆之前都會預先有個大綱，排列組合……。

鄭：往往是一開始，就很清楚的知道，想寫什麼、怎麼寫。我講過寫小說不外：寫什麼、怎麼寫、爲什麼寫。也就是：寫什麼what，怎麼寫how，爲什麼寫why。其實，這三點也符合我說的生活意識。

平時，我發現什麼東西可以寫，會把它記下來。以前，有一個長篇沒有記下來，消失掉了。有人邀稿，或自己想寫什麼，就把那些東西拿出來看一下，挑一個合適的出來寫。現在，有意寫一個長篇，長一點的，像芋仔跟番薯，比較上，是大部頭，而且，它是一連串的短篇的體裁，想用它寫出一個長篇。題材有啦，不過，要如何去接？又發現了新的題材，就先寫大綱、粗略的情節、再補進細

節。在這個過程，還是細節的問題、細節的準確性、豐富性、還包括細節的重大性。

林：眞有趣，跟我們寫論文一樣⋯⋯。

鄭：類似啦！因爲，人的能力都差不多，有時候「靈感」不夠的時候，就要靠這樣。要不然，很多東西會忘掉。

25）落筆之前，您常常搜尋、研讀相關資料，擬訂「讀書計劃」，實地考察環境與場景，或和三、兩知己討論嗎？

鄭：我想這是必要的。在我剛開始寫作的時候，有一個好朋友，我常常跟他討論，無所不談。後來，我發現細節的重要性、準確性，我就去看場景，像〈春雨〉的芒草，我在寫〈春雨〉的時候，芒草在開花。芒草，日本話叫秋的七草，是秋天開花，日本有秋天七草，芒草是最有名的一種，所以，日本畫中秋的月亮，一定會畫這個芒草。

我寫〈春雨〉的時候，芒草在開花，覺得很奇怪：爲什麼在春天也開花？它是秋天的草啊？所以，我就去山上看了三次，確確實實，是春天在開花，不過，不是開得很多，就是只有一些。所以，我就說：這些花，是在跟別人湊熱鬧，因爲春天是開花的季節，但是芒草不是春天的花，它跟人開花，就像是在跟人湊熱鬧，因此，我提到了這一句話。

林：您還有一句話，叫做什麼春雨⋯什麼春寒雨那澆？

鄭：喔，叫做春寒雨越大。

林：意思，我不太明白。

鄭：春天，越冷，雨就越大。

許：北京話，淋的意思啦。

鄭：所以，我就去看了三次場景。不過，現在台灣改變很多啦，有的已經看不到了。比如說，背景，我如果看不到，就跑去找報紙。我最近去看民國三十六年（1947年）的報紙。很好玩啦，去看那些舊報紙，很好笑、很好玩。看到那個時候，國共內戰，報紙就說：共產黨被打得沒地方跑了。另外一個消息，是說在汐止，有一個男的跟女的通姦。

那個姦夫跟淫婦害死她丈夫，被捉到以後，帶去遊街示眾。我對這個很反感。因為，這是一種文化的問題，一種報復主義。日本時代，要是有個犯人，從這個地方被送到那個地方，就會讓犯人戴頭罩，就是怕他被看到他的真面目，怕他不好意思，他犯罪，沒錯，法官會給他處罰、會照法律給他定罪，因此，不會再給他另外一個處罰。台灣現在也有了啦，現在要是青少年犯罪，未成年人不會被照相。

所以，有時候會我去找舊報紙來看，會發現：那時候跟現在不一樣。以當時的社會心態來說，不會覺得會有問題，不過，現在再去看，卻不能同意。這個時候，我寫的就是文化【變遷】的問題。啊，還有一點就是物價在漲，這就是我剛才說的四萬塊換一塊，這是人為因素。還有，在那個軍艦，人被炸死了，這可能又是人為的因素喔，看報紙、看看舊報紙，會發現很多。這種東西，憑記憶，你沒辦法全都記得。還有，第一，時代太久遠了，第二，不能到所有的地方去，了解的事情可能就不夠，所以，舊報紙，這個東西就要看。我也會去借資料，想像以外，還是要有些普通……。

林：哇，您對這個社會現實的掌握，花了那麼多的功夫。

26）這種寫作的懷胎時期，通常會維持很久嗎？有沒有晨嘔之類的翻腸過程？還是經常羽扇綸巾，笑等東風？

　　鄭：說起來，我比較偷懶，要是有人來要稿，我就寫。把本來就有的一些奇奇怪怪的東西，拿出來寫。我寫東西，大概是開始寫的時候，就會想到後面去了。偶而，覺得這篇還不夠，不夠，就想辦法，譬如說，〈髮〉[20]這篇小說，我原先感到這個故事不夠，內容不夠，就把這個、那個都加進去，感到夠了，這篇就可以寫，如果，還是不夠，就放在那裡，不再寫了。在寫的時候，會有個估計：到底這篇夠？還是不夠？心裡有數！也就是說：心裡知道，大概要寫什麼。有時候，是要靠靈感，有時候，寫著、寫著，噗通一下，對，就這樣寫下去，就對了……。

　　許：要是有【寫作瓶頸的】問題，您就出去走路，是不是？

　　鄭：要是有【寫作瓶頸的】問題，對，我就出去走路、走一走，到新公園去走走，有時候，就想出一些答案出來。我的問題是：這個東西，好像不夠好，譬如說，我昨天寫的，心理不會感動，我就要想：怎樣才會感動？於是，我就會出去走走，走路的時候——碰！一下東西就想出來了……。

　　林：心裡會不會感動？

　　鄭：到底會不會感動別人？要是我太太講，不會感動，就開始想，我會出去走走。我很有趣，我走路的時候，跟別人不同，走路的時候，比較會集中精神，腳在走，頭腦忽然就會想到東西，一想到，就把它記下來，要是比較複雜的，就用寫的，要是比較不複雜的，就記在頭殼裡頭就好了。有人問路，問到我，就糟了。

　　林：哈哈哈，有人真的向您問路嗎？

　　鄭：我很奇怪，要是走路，精神會比較會集中。

　　林：上課，我也不喜歡坐著，都是走來走去！

---

[20] 收入，《鄭清文短篇小說全集，卷5》，頁149-168。

鄭：喔，這樣？

林：對，我上課的時候，都是走來走去，提出問題跟學生辯議的時候，也不喜歡坐下來，眞的就是：一邊思考、一邊提問。

27）再暫且回到一九七四年您評論李喬的《恍惚的世界》的文章，那時候您就說過：「內容決定形式，而一種內容只有一種形式」。我們可不可以因此解讀爲：您認爲寫小說，先有內容才有形式，一有了意念(內容)，才開始考慮到用什麼美學「形式」來恰適地表達？您大概不會「爲形式而創作」，例如，好，現在我要來寫一篇「後設小說」或「意識流小說」，然後開始苦心孤詣地尋求內容來塡空吧？

鄭：內容跟形式，喔，是福克納的話。我自己並沒有李喬那種雄心。我是先有內容，形式沒有那麼講究。我去新竹師院，曾經講過，李喬多變，我是不變，李喬師法福克納，我效法海明威。這是一個比喻。不是那麼⋯⋯。

林：您會不會爲了一個形式去創造小說？譬如說，現在，大家在寫後設小說，好，那麼，您也就去找個故事來套用後設小說的形式？

鄭：比較不會啦。李喬，他哪一邊【形式或內容】先，我們看不出來啦，不過，我們可以想到，他對這個⋯⋯。

林：對形式，求新求變？

鄭：對後設，有一個執著，所以，他想去寫這個東西，其實，他也有這個東西，我就比較沒有啦！

林：對形式？

鄭：他這個，有一個，因爲，就是想要創新⋯⋯。

林：他比較求新圖變？

鄭：嗯，對。

28）談到美學形式，重視「敘述觀點」的學者，如裴西・陸伯克（Percy Lubbock 1963）[21]就認為「小說技巧的關鍵在於敘述觀點，亦即敘述者與故事的關係。」您同意他的論點嗎？您要決定敘述結構的時候，是不是往往會優先考慮「敘述觀點」？對您來說，統籌「敘述觀點」到底難不難？

鄭：是，我想我可以同意。我寫的時候，自然會想到敘述觀點，不過，我在想……。

林：第一，就先想到敘述觀點？

鄭：我想，我已經變自然了，因為，我剛才說我常常不太喜歡表現自己，所以，自自然然敘述觀點會【有一個限制】，這樣，我就不需要表達自己，我沒有讀過陸伯克的書，不過，我對敘述觀點有某種程度的關心。不管是第一人稱或第三人稱，我都會用限制觀點，不用全知、全能觀點。我同意敘述觀點與敘述者的關係，但是，是不是觀……。

林：關鍵性？

鄭：關鍵性？我不敢說，不過，我同意敘述觀點……。

許：同意的理由……。

鄭：哦，理由，喔，我注重的是：故事的真實性，故事必須是真的，不過，主角不是我。這兩點也就是：第一，讓讀者感覺到這個故事是真的，第二是說，這個參加的人不是我……。

林：喔，是參與者嗎？

---

[21] Percy Lubbock, *The Craft of Fiction* (New York: Viking Press, 1963).

鄭：不是參與者，是witness目擊者，這種身分，用例子來說明比較方便，譬如說，〈黑面進旺之死〉跟〈姨太太生活的一天〉。

至於，〈清明時節〉[22]當時用的是兩個人的觀點：有一個人，【妻子明霞】要去掃墓，另外一個人，【情婦靜宜】要去拜墓。她們兩個女人是有衝突，到了這個墓地，【情婦靜宜】剛要走開，一直看著對方【妻子明霞】過來，而對方【妻子明霞】也一直看著她【情婦靜宜】，然後，我就把這個觀點，【由情婦靜宜】接過去給另外一個人【妻子明霞】……。

林：敘述觀點轉移……。

鄭：對，敘述觀點轉移，用另一個人的觀點連接下去，以前，是用這種方式，我想，當時，是有感覺。不過，現在，是不太記得，當時，為什麼會有這種感覺？譬如說，〈黑面進旺之死〉、〈姨太太生活的一天〉跟〈清明時節〉大概都是那個比較早的時候寫的東西……。

林：還有一個問題是，像我們在教小說的時候，文本一拿出來，我們就可以先用查特曼的「敘述結構」的圖表，與學生共同尋找作品中的敘述者，那時候，我們就要分析敘述觀點了，也就是說，我們在看小說的時候、要詮釋小說的時候、分析小說的時候，會這樣子做，您做為創作者，會跟讀者、理論家一樣嗎？會事先想一想由誰敘述嗎？

鄭：選擇由誰敘述，對創作者，喔，比較簡單，第一個，是有效率……。

林：有效率？

鄭：effective；第二個，不要暴露自己。大概是根據這兩點，選擇怎麼去敘述，喔，我大概是這樣子啦，自自然然……。

---

[22] 收入，《鄭清文短篇小說全集，卷1》，頁263-288。

林：就自自然然？

鄭：要寫的時候，會覺得我應該怎麼開始，會有一個選擇，譬如說，寫這個〈黑面進旺之死〉會有一個選擇，寫這個〈清明時節〉，會有另外一個選擇。

在〈清明時節〉裡頭，好像【由情婦靜宜】來講，我寫下來，不過，【情婦靜宜跟妻子明霞】兩個人都要有相同的機會講，兩個人的觀點都要能夠充分表達，因為，她們兩個是有利害衝突的，如果只讓一個人來講故事，會有偏見，所以，要讓兩個人都有機會，讓她們自己來講話；因為，這兩個女人都是為了同一個男人嘛，兩個人都是有她們自己的主觀意識，所以，作者要從一個敘述觀點，連接到另外一個敘述觀點。

林：您的意思是——要很客觀？

鄭：因為，作者主觀的決定，讓說故事的人主觀地敘述，所以，我們讀者或者是作者就變得客觀了。

林：這就是您寫作「客觀化」的方法？像你說的那樣……。

鄭：譬如說，她對他【這個男主角】，有一些不滿的地方，她會講出來，同時，也把這兩個人的性格，襯托出來。像〈姨太太生活的一天〉，這個姨太太，有自己的觀點，不過，這個觀點絕對不是作者的觀點，跟作者的人生哲學，不但有距離，而且是一個相反的立場，她一直主張及時行樂，其實，作者一直反對及時行樂，雖然，這個敘述觀點是第一人稱。

29）正如您在〈讀鍾肇政短篇小說札記〉裡所說的：「短篇小說的特色，在精鍊的文字，緊密的情節和完整的結構」，為了豐富篇幅甚短的短篇小說，您覺得意象、象徵、類比、對比、張力、矛盾、命名等等的刻意設計與經營非常重要嗎？您是不是常常勉力為

之？

鄭：【這些技巧】會碰到、用到，但不是刻意，也不是說一次全部都用上來。像橋，我以前有寫一篇叫做〈橋〉，從橋過去，是最近的路，以前，比較重視人的感情、人的關係、人際關係，這類問題，所以，當時就寫橋。

我自己的文字很單純，動詞、名詞比較多，形容詞、副詞比較少用。大概就是這個樣子。像比較抽象的東西，我不知道要怎麼準確的來解釋這一些問題，我想這是比較專門的。我可能也會用意象、象徵，剛才講的橋，就是。類比、對比，我想我也會用到。不過，在寫的時候，【不一定】有這個意思，只是，認為這樣子寫，比較方便，剛好想到什麼，就寫什麼。但是，也許會碰到。矛盾，這個一定會用到嘛！命名，喔，這個是有，葉石濤也常常說：我的作品，有些名字都用得很有諷刺【意味】。中文的名字，比較講究，我創作的時候，常常先給他安排一個好名字，人並不那麼好，那就變成諷刺了。當然，有時候會故意去安排一個名字，譬如說，我寫那個〈龐大的影子〉，那個男主角許濟民，按照他的名字：「濟民」這兩個字，許濟民他是應該去幫助大眾的，不過，在故事裡頭，其實，他都只是想到自己的利益。中國式的名字，原來都是要取好的名字嘛，不過，事與願違，好筍變歹竹，出人意料之外……。

30) 在創作的過程中，您是不是會交代夫人：「我不在家啊！」然後，心無旁騖、六親不認，作「逍遙」遊？

鄭：這個比較簡單。客人來，我照樣在寫。以前，我們房屋很小，他們在看電視，我也在寫字，這沒什麼問題。我寫一寫，跑去

別的地方，回來照樣再寫，講話講一講，我回來再寫。這是一個習慣，因為，最主要，我的時間是零星的啦。我在上班，要是現在不寫，那就沒時間寫了，什麼時候都寫，在哪裡都可以寫，因為，這是寫短篇的啦。跟我們剛剛講到的也有關係，也就是說，要寫以前，都差不多已經想清楚了。還有，我寫，都不是只寫一次，會寫比較多次，寫這麼多次，要是寫錯了，說不定，下次寫，會寫得比較好，這不是什麼大問題。

31) 有沒有嚴格的寫作習慣或預先訂定進度？比如說，幾點坐下來開始動筆，幾點一定結束，每天規定自己寫幾百個字之類的？

林：您有嚴格的寫作習慣嗎？今天寫一百字、三百字、一千字，要是沒寫完就不睡了？

鄭：普通來說，我不是以字為準啦，我是以時間為準。其實，短篇很簡單嘛，什麼時候都能寫，有時間就寫這麼多，沒時間就寫這麼多。我有一個原則喔，不會寫得很快啦。除非很高興一直寫下去，平常，寫到十點，還是寫到幾點，大概都有一個規定。我以前在寫一個長篇的時候，都規定從八點到十點寫作，看電視新聞結束，就開始寫，寫到十點，一天差不多寫兩個小時。那個時候，寫那個長篇《大火》，[23]大概是這樣寫的；以時間為準，要是超過，就不寫。因為，我要寫的東西，都有大綱，所以，就順著大綱一直寫下去，遇到大的問題，就像剛剛那個碰到【寫作瓶頸的】問題，有時候去走走、想想。我中午時間吃飯，吃飽了就去公園走走，是新公園，我上班在新公園那邊。有時候想得出來，有時候想不出來。

32) 您會不會在隔天動筆之前，先研讀前一天所寫的，如果覺

得必要，就修改一下？刪節、修訂得厲害不厲害呢？

　　鄭：我大概是一篇一篇解決啦。這篇寫一遍，那篇可能寫兩遍、可能寫三遍，不過，不是在上頭寫，長篇比較有這種可能，我短篇的，寫完就又重寫。

　　林：您不會從頭再看嗎？

　　鄭：啊，當然是再看。

　　林：再看，您會再改嗎？

　　鄭：大部分重寫比較多，改，也是會改啦。要是比較少，就改。譬如說我寫的時候，因為我想得比較快，所以，開始都寫得比較粗略，然後，再寫詳細一點。在詳細寫的那個階段，就會知道大概加上去的、還是刪減掉的數目會比較少，不過，比較有關鍵性的時候，會重寫。很少，今天改寫昨天所寫的。都是寫完，再重寫。

　　林：您不會改得很厲害嗎？

　　鄭：也是會改得很厲害，不過，都是再重寫。最近寫一篇〈鬥魚〉，[24]本來是想寫兩千字，不過，後來一直寫，寫不停，寫了一萬多字。寫的時候，東西會一直出來。中間，就先把它一次都寫完，先寫完了，再修改了，改的時候，有時候會增加，有時候會減少。我大部分都是以一篇做單位，不是一天、一天這樣改啦。這可能是我寫作的習慣，有可能因為我寫的是短篇。我不可能今天寫一寫，明天再改，我的意思是：都寫好了，再重新看、重新改，不可能去把頭一天寫的，拼命的改，而是最後全部一次修改。我寫短篇，這個問題不算大。長篇，我就會先做一個工作計畫，這也沒問題，現在我在寫長篇，是一段一段寫。一段，譬如說，本來是寫差不多一

---

[23] 鄭清文，《大火》（台北：時報出版公司，1986年4月1日）。
[24] 收入，《鄭清文短篇小說全集，卷6》，頁265-294。

千字或兩千字這樣，類似綱要，將來可能會變五千字、一萬字。
將來怎麼變，我不知道，現在就是先把重點都寫出來。我現在就是
follow（依照）這個辦法寫。

33）聽說：實際上，您很用功、多產，只是把不少作品珍藏在
「席夢思」床下、軟枕後頭；是不是每隔一段時間就拿出來擦亮一
下，再還稿債？

鄭：這不太正確啦！沒啦！這都是洪醒夫說的。

林：哈哈哈！

鄭：以前洪醒夫來，我有拿奇怪的作品讓他讀啦。奇怪的作品
是有，不是很多。就一篇、兩篇這樣。看了一篇，他就想：我可能
還有其他的東西。其實，我現在比較單純，就是有人來要稿，我就
寫啦；就拿資料來寫，資料可能很多，不過，還沒寫出來。有寫
的，是另外一份，是洪醒夫說的那個。那個時候不能發表，就沒發
表。為什麼不能發表，因為，那個題材比較特別，要發表，實在不
太好。跟洪醒夫提到的那篇，現在在哪裡，也不知道，應該是還在
啦！以前，以為是很重要的作品，不過，到現在要發表還是有些不
方便，所以，我也沒去找，也沒去做什麼，這種東西不是很多啦！

34）一篇短篇小說的完成，從落筆到收筆，您平常需要多久？
現在經驗豐富、老到，是不是比剛出道的時候寫得飛快一些？寫完
的時候，有什麼特殊感受嗎？

鄭：我不是很確定，一般說起來，大概是寫完第一次，要一個
禮拜。頭一次下筆，比較困難，大概是差不多需要一個禮拜，才能

寫完一篇，因為，一天寫一點、一天寫一點，也不一定啦！要是一個輪廓寫出來，再來，就是順著這個軌道寫下去就好了。要是有重大的改變，就增加篇幅，沒有重大的變化，就照以前那樣寫。到了完成第一次之後，就只有潤色，那個時候就比較沒關係了。

林：現在的經驗比較老到，寫得比較快了嗎？

鄭：不一定啦！看材料啦！比如說我剛才在說的那篇〈鬥魚〉，剛開始，就一直寫，寫個不停！一直寫、一直寫下去，就變成一萬多個字，就是停不住啊！像那種的，就寫得比較快。有的時候，有的東西比較慢啦！但是【快慢】大概都有……。我寫的時候，一開始，要寫的東西，就相當清楚，我的寫法也是相當一定啦！也不會在那邊變來變去啦！主要就是說，我自己想寫什麼，先想好，所以，形式這個東西，沒有說特別講究！大概就是一直寫下去。以前寫的時候，什麼敘述觀點，還在那邊想一下，現在連想也比較不必想了，就一直寫。目前，主要就是講故事比較重要啦！現在的問題，主要是，因為我有很多經驗，可能別人沒有，可能你們也都沒有，那是比較以前的，像我剛才在講的那些戰後的事情，那些東西，我覺得寫出來很重要，因為，現在知道的人不多了，那些知道的人，也不一定會寫出來，所以，我現在就覺得：內容比形式來得重要……。

林：現在，您說內容比形式來得重要，這樣會不會影響到您自己、影響到您自己小說的藝術性？因為，我覺得您對形式一向很講究，以前，您會去尋找最合適的形式來表達您的內容，您現在會不會覺得：這樣，您可能會把藝術的要求降低？美學形式的要求，您會不會也把他降低？

鄭：這個問題現在是……。

林：還是說，您經驗比較老到了，根本不用去煩惱這些？

鄭：這個問題不能這樣說，主要是：我目前在寫的東西，可能

是寫比較長的……。

林：您是說長篇？

鄭：對，長篇，跟我以前寫的短篇不太一樣，因為，短篇的東西，很嚴格，要嚴格遵守這個視點。但是，寫長篇的時候，可能就還要想到其他的問題，比如說，嚴格遵守視點，這個長篇的力量是不是會因此不夠？力量不夠，就變成藝術的問題，為什麼說是藝術？因為，長篇不能像以前，用很冷淡的方式去處理，長篇當然要有敘述，不可以只有【展示】。要是，我把它寫成二十個短篇，就沒有這個問題，就照以前的方式繼續去寫。現在，我這二十個短篇，要把它寫成一個長篇的時候，重點會先擺在內容。至於，敘述，這個問題，我以後在修改的過程中，再去考慮啦……。所以，一開始，是把這些東西先寫出來，那比較重要，因為，這些東西是生活的歷史……。

林：所以，寫完了長篇之後，您才要再來重改，也就是說，您不會一寫完，就推出去，出版……。

鄭：我現在第一個階段就是，計畫一些重點，第二階段就是，寫一個粗略的大綱，我現在是還在寫粗略的大綱的階段，那些故事是不是背後還有一些故事？這些大綱要如何去接？因為，這二十個故事是單獨的，這二十個故事，要怎麼去接成一個長篇？這個問題還要去想。以前的敘述方式——若無其事的提到——要是用來寫長篇，這可能就行不通，行不通的時候，可能就要改變方式，比如說用很多比喻，這個方式，不是我最愛的方式，不過，我會去考慮。只是，現在問題是我還沒寫到那裡，現在是要先把這些材料整理出來，等比較清楚的時候，再決定。比如說，到底要用幾個人做主要角色？因為，不能說把所有的這些events（事件），通通讓一個主角去負擔，因為，這個人物，可能碰不到這麼多的事情，所以，現在

還是比較初步……。因為我寫長篇比較沒有經驗,所以,就要思考比較多的問題,短篇我有經驗,因此,很單純,我只要抓一個點,就可以一直寫下去了。

林:您說到這裡,我就想到蕭颯的長篇小說《皆大歡喜》,[25]她用的敍述觀點前後就很一致,只有用那個男主角、那個敍述者「我」,來講他自己的故事,用這個「我」做唯一的視點。我起初讀起來,覺得很困難,覺得這個「我」活得很「自我」,沒有自省的能力,不會反省,不接受失敗,蕭颯是不是想用這個方式來展示這個敍述者「我」的一種自我欺騙?後來,我覺得很有意思。而從頭到尾都用這一個形式,起初,我覺得是不是很limited(有限制性),但是,讀完,回頭再看,覺得似乎另有用意啦!也不是說一定要用這樣的形式,而大家用這樣的敍述方法,每一篇也不一定都會就成功。因此,您剛剛提到的這個問題,真是複雜許多。二十個短篇要來接成一個長篇,一定是會比較複雜。

鄭:你說的是寫法的問題,我可以在這二十篇裡面,挑十篇用敍述者「我」來寫。用敍述者「我」的視點來寫,就只能寫出敍述者「我」所能看到的那一個部分,「我」看不到的另一個部分,就要放棄,只是,其他的部分也是很重要的啊!所以,我不甘願只用一個敍述者「我」來寫。因此,有無法cover(涵蓋進去)的時候,我就可能要用兩個或者三個敍述者「我」來寫。接著,我就要考慮:這兩、三個敍述者「我」之間的關係要如何解決?只用一個敍述者,那很簡單,我以前也曾經寫過啊,以前我寫那個〈舊金山1972〉短篇系列,[26]也是用一個敍述者「我」,一直寫下去,就寫出自己看得到的部分就好了。不過,現在的問題是,材料裡頭,有敍述者看不到的東西,所以,我還要去找另外一個

---

[25] 蕭颯,《皆大歡喜》(台北:洪範,1996年1月)。
[26] 見,〈鄭清文寫作年表〉,收入,《鄭清文短篇小說全集,別卷》,頁269。(補註:《舊金山1972》,台北:一方,2003年2月。)

人來看，這是個問題。

　　現階段就是要寫那些粗略的大綱就是啦，把這些寫完，我大概就知道，我要寫什麼，要怎麼來寫，再決定。現在初步要考慮的是：如何把這些材料放到適當的位置上去，讓適當的人物，去做適當的事情。有人跟我說：很簡單啊！所有的人物，都用單一的觀點，我認爲那是沒有錯，不過，什麼人要做那個單一觀點的主角？這也還要想。所以，現在就是最先要考慮：幾個角色？哪幾個角色，要負擔哪幾個事件？這個角色跟另一個角色之間有什麼互動的關係？這就是最基本的，然後，再配上細節。

　　35）李喬在一九八一年十二月二十七日〈鄭清文作品討論會〉[27]上提出，一般作者對於作品裡的故事人物必然有一個「同情的焦點」，而這個焦點，讀者多半可以清楚地察覺出來，可是，您的「同情的焦點」是隱藏的，李喬認定這是您作品難懂的原因，他說當時您並不承認，爲什麼？現在呢？蔡源煌倒建議應該從敍述觀點著手，您同意嗎？

　　鄭：李喬喜歡用一、兩句很精巧的話來解說我的作品，這一方面，李喬像一名射手，常常射中紅心。他說同情的焦點或者悲劇的過程等。同情的焦點，我不大清楚他指的是什麼。岡崎郁子談我的童話時，曾經用yasashisa（仁慈），yasashisa就差不多是可以用英文的kindness（仁慈）來形容。我自己是有仁慈心，我曾經說過，我從契訶夫那裡學到悲憫的心。

　　最近，我看學生的作品的時候，發現他們寫不好的原因之一，是沒有焦點，一篇作品最好要有個焦點，也許可以有兩、三個。我

---

[27] 收入，《文學界》第2集，1982年4月15日，頁6-37。

寫〈又是中秋〉[28]裡頭，女主角有一個斷掌，她拿那個鐵絲要燒掌紋，中間，有一個小插曲，鐵絲在燒的時候，她看到了一隻螞蟻，這是一個焦點。不過，大家的視點都是落在斷掌這個迷信上頭，倒沒有人看到螞蟻這個重點，螞蟻這個焦點是什麼？鐵絲快燒到螞蟻了，而螞蟻也是個生命啊！她對螞蟻這個生命很看重，可是，她為什麼要把自己的生命弄掉？同樣的生命，為什麼對螞蟻她那麼重視？卻不重視自己？這是一個悲劇，一個重點。大家看到迷信，卻沒有看到生命，沒有人提到它喔。我有一篇〈鯉魚〉，[29]釣魚是個焦點。但是，讀者只覺得我很會釣魚。我寫〈來去新公園飼魚〉，[30]老夫妻拿著過期的麵包去飼魚，這也是一個焦點，林燿德卻在總統府上面做文章，說我的文章難懂。會不會是因為讀者沒有抓到那個焦點？我現在就是說明，我的作品有一個焦點，讀者可能沒抓到這個焦點。〈姨太太生活的一天〉裡頭，姨太太是什麼？她不一定是一個同情的焦點，她可能只是一個諷刺的焦點，但是，這個焦點抓不到，方向就會抓錯了。為什麼沒有抓到這個焦點、沒有抓到這個重點？這最主要就是想法的不同，我的想法跟他們的想法不一樣，於是，不能了解這個焦點的意義，比如說，最近我有寫一個童話故事〈紙青蛙〉[31]……。

林：紙青蛙？

鄭：對對對！紙的青蛙…紙青蛙。寫的是：一個小孩子有恐懼症，青蛙這軟軟的東西他本來不敢摸，因為，他在做實驗的時候，被嚇倒了，這個老師知道他有這個恐懼症，就從這個恐懼症去救，他的老師做一隻紙的青蛙，開始給他摸，摸到了以後，才讓他去摸

---

[28] 〈又是中秋〉，收入，《鄭清文短篇小說全集，卷1》，頁115-152。
[29] 〈鯉魚〉，收入，短篇小說集《校園裡的椰子樹》（台北：三民，1970年11月），頁39-60。
[30] 〈來去新公園飼魚〉，收入，《鄭清文短篇小說全集，卷5》，頁189-214。
[31] 〈紙青蛙〉，收入，《鄭清文短篇小說全集，別卷》，頁125-136。

眞正的靑蛙；所以，這篇作品的重點之一，就是恐懼心的克服，這
是老師跟他的部分，這個老師眞的很好。可是，這個小孩子看到更
深入的一層，他看到生命。他要去救靑蛙的生命，他冒著恐懼心下
去救，但是，很少人看到生命的這一層意義，很少看到生命這個焦
點。於是，只能解釋一部分，一直在消滅恐懼心這個地方做文章，
沒有想到這個搶救生命的要點。

　　我寫〈鯉魚〉，寫〈又是中秋〉，都有一個焦點，就是：對生命的
尊重。這一個共同之點，很多批評的人幾乎都沒有看到——沒有看
到這個焦點。爲什麼難懂？第一個，是因爲我寫的東西比較簡單，
就是提一下而已；第二個，就是比較新奇的思想他們沒有能夠體會
到。如果以中古的思考方式來讀，就看不出來。比如說，我寫〈局
外人〉，[32]裡頭有一個女主角殺害她自己的長輩，以古老的中國的想
法來說，這就是「弒」，是很嚴重的事情，這是罪大惡極。但是，她
殺害長輩必然要有一個很大的理由，不過，以古中國的倫理標準來
看，什麼理由都不可能成立。那麼殺人的動機就很難懂了。我在故
事裡，提到了一個高貴的動機，你有看過喔？可是，一般人就是不
能接受這個高貴的動機，而不能接受這個高貴的動機，就沒有辦法
了解這個作品。所以，我的小說難懂，並不僅僅是來自形式，內容
也有關係。至於，小說的形式，我通常寫得比較簡單，只寫八分之
一，只輕輕地提一下。至於，內容，我另外有的一種思想，這一方
面，更難懂，因爲，我的思想可能是走在前面…你可能知道，爲什
麼我講：我的想法走在前面…。

　　林：所以，您剛剛的解釋，表明了：您作品難懂，並不完全是
可以從敘述觀點著手，就能解決了？

　　鄭：如果，讀者接不上我的想法，這是一個很大的問題。也就

---

[32] 〈局外人〉，收入，《鄭清文短篇小說全集，卷4》，頁127-156。

是說，我對生命有一個特別的感受、尊重，而傳統的想法：人以外的生命，並不是那麼重要。

所以，一般人讀〈紙青蛙〉，只看到克服恐懼心理的那個焦點，而沒有想到：最終是爲了要救青蛙，那個小孩才克服恐懼心理，若是沒有救青蛙，那隻青蛙跳到河裡就死掉了。救青蛙，這才是重心，才是焦點，這個同情生命的焦點比那個克服恐懼更重要。沒能看到這一點，就是問題的所在。我的小說難懂，我想這不僅僅是一個寫得比較…比較沈的問題。

林：您有什麼建議嗎？

鄭：學校的教科書多教一點現代的東西，不要再放那麼多古早的東西，大家再學，也是忠孝仁愛信義和平啊！再說，如果你只是教這些，你就沒有辦法了解現代人的尊重生命的現代想法，你用古代的思考模式去拘束學生，所以，讀者一直認爲〈紙青蛙〉裡的這個老師，很疼學生，因此，這隻青蛙就是用來讓學生克服困難，而沒有想到，這隻青蛙是動物，動物也有生命。因爲，以前的想法就是以人爲中心，萬物都是附庸嘛！從前，皇帝要殺一個人很簡單，人人都是他的附庸啊！殺一隻狗也並不困難，何況是青蛙呢？

這種尊重生命的觀念，把它放進去教科書，讓現代人有現代的想法，其實，很重要。好，要選教材，那麼，什麼人去選？如果是那些接受古早訓練的人，他們選的是古早的作品，讀者也只是學到了古早的那些觀念。而且，他們如果看不懂現代的作品，他們是要怎樣去選？所以，這是一個死結，也會變成惡性循環。要等到這個死結通通解開，可能要十年，可能要五十年，可能要一百年。因爲，現此時，主宰的人還是不理解現代尊重生命的觀念，他教出來的人也可能還沒有…。

林：我們希望不要那麼久啦，對生命的尊重是很重要…。

鄭：對人、對一隻青蛙、還有對螞蟻的生命的尊重，這其實也是：珍惜地球資源、愛宇宙的一個想法⋯⋯。

林：對啦！珍古德那種保護動物就是這種想法的體現。一種仁慈之心啦。

鄭：不過，如果只是保護一個快要消滅的物種，含括的還是比較有限，因為，宇宙有萬物。應該是對生命本身的尊重，喔⋯不管什麼時候⋯一碰到，就尊重⋯。要是一隻蚊子叮你，你會去打死牠，一隻螞蟻咬你，你也會去打死牠，但是，那種情況不一樣⋯。如果無緣無故，去弄死牠⋯【就是不尊重生命】⋯。

林：哈哈哈，很有意思，大開眼界⋯。

鄭：所以，不了解我的作品，可能是這樣⋯。

林：對對對對。

36）台灣「戒嚴」解除前後的寫作氛圍大不相同，究竟對當時與現在的寫作者有什麼挑戰性呢？

鄭：解嚴對我來說，是可以更自由一點地寫東西，戒嚴太久，漸漸使一些寶貴的東西埋入了地下，現在是遲了一些，不過，還可以發掘一部份出來。我描寫生活、藝術、思想，自然也會寫到政治的問題，但是，我不單獨處理政治，是在生活的層次上去處理它，我寫〈贖畫記〉，剛才講過，是放在亂世的群眾觀點、以及對中國畫的批判上，至於對一些作家像李喬，解嚴可能反而失去了挑戰性！李喬他那時候寫一些⋯把很重要的反抗的東西隱藏在裡面，這對他是一個很大的挑戰，然後不斷的突破，藝術性非常高。但是，現在，我想他大概也不會再寫〈恍惚的世界〉那種作品？剛剛我們在講的那些，也許就是在〈恍惚的世界〉那裡面。至於，對一般人來說，

解嚴只是莫名其妙的有了自由,什麼都可以做了而已,至於會做什麼就很難講了。因為,可以做了,但是,要做什麼?很難講。為什麼我還要寫〈芋頭蕃薯〉?理由,就是在這裡,我剛剛在講的啦。

37) 在工業化、商品化高唱入雲的當今社會,不免有「文學將死」的隱憂,小說對您的意義或者對社會的功用,是不是要隨社會變遷而改變?

鄭:我寫文學小說,動機原來很單純,就是賺一點稿費,買一點書。小說的將來,不是現在可以預測得到的,身為一個作家,我們應該要盡力,自己盡一點力。其實,我們要走遠一點,才能看到後面的高山。紀德說,托爾斯泰是一座高山,杜斯朵也夫斯基是後面一座更高的山,不過要從更遠的地方才能看到它。文學是什麼?文學就是對作者、對讀者來說,能不能走遠一點,去看到後面的那座高山。從這個意義來講,文學是不應該、也不會死掉啦。但是,現在已經很…會不會有人在這樣想?會不會有人想去看後面的高山?現在的人是不是有這樣的心情?這就比較難講,但是,如果文學應該是這樣,那麼,不管是寫的人、看的人,應該都是從這個方面去了解文學。文學還是會繼續下去的。

38) 一九八○年一月三日您在民眾日報副刊發表了令人省思的〈小說中的「我」(二)〉,這使我想起了美國文學評論家西爾‧查特曼(Seymour Chatmen)對「作者」的二分法:「真實作者」(real author)與「蘊含作者」(implied author)[33];前者就是您所提到的在真實世界

---

[33] Seymour Chatman, "Real Author, Implied Author, Narrator, Real Reader, Implied Reader, Narratee," in *Story and Discourse: Narrative Structure in Fiction and Film*, (Cornell University Press, 1980), pp. 146-151.

中，傷害親友的海明威，後者就是隱藏在作品之後，我們從他的
「藝術精品」中感受到的【給您】帶來一些領悟，了解到人類…同情
的心靈」的「作者」（引言見黃武忠，〈風格的創造者——鄭清文印象〉
1981）。[34]「真實作者」李商隱「詭薄無行」，讓人失望，可是「蘊含作
者」李商隱，「枯荷聽雨聲」獨步詩檀。您是比較贊許滿江紅的岳武
穆那種「人格者」——「真實作者」等同於「蘊含作者」，是不是？相似
的是：「貞觀之治」的「唐太宗」與「玄武門之變」的「李世民」，這兩種
身份，會不會也是「歷史」與「春秋之筆」的兩難？

鄭：有啊，我是一個相當平常的人，到現在只做過兩件事，銀
行上班四十多年，也寫了一些短篇小說、一兩部長篇小說，不過作
為一個真實作家，我是相當一致的，也許我應該舉一個例子，我看
過「過五關斬六將」的卡通，那匹馬、那把刀…關刀，還有飛起來的
人頭，真正的戲是演不出來的，卡通才演得出來啦！我現在的意思
就是說寫小說，有想像的空間，有發揮的空間。另外，在現實的社
會中，我也看過不很一致的作者。做人重要？還是作品重要？這個
問題是很難解決的問題，也一直困擾著我。有些人，人做得不好，
不過，作品就是好，你就算是氣死也沒辦法！有些人就是那個樣
子，所以，這種東西喔……。

39）您願意把自己的作品以特徵分期嗎？在各個時期，您覺得
哪些是比較成功、滿意的作品？

鄭：我的作品，喔，相當一致，只有文學的成熟過程…我有這

---

[34] 黃武忠，〈風格的創造者——鄭清文印象〉，收入，《鄭清文短篇小說全集‧別卷》，頁
65-74。

個成熟過程，文筆改變比較少，我所寫的大概都是自己想寫的，至於寫作的過程中，也有些領悟，一部分是在上面提過了。我最近要出六本書，[35]這六本書大概是我比較滿意的，從短篇小說的篇數來講，大概是收入了五分之二，有五分之三沒有選入。沒有選入，大概是因為早期文字和編輯的關係，那時候，發表的作品較不成熟。一部分的原因是因為著作權的關係，而沒有收入，其中有幾篇，也是很重要的，像《現代英雄》，但是，因為收錄不了那麼多，所以沒有選入。自己想拿出來的大概就是這六本了。

林：《現代英雄》【又名《龐大的影子》】[36]，這本書中，我認為有許多相當出色的作品，您提到有幾篇您很滿意，但是沒有收錄，請問是哪幾篇呢？

鄭：例如〈黑面進旺〉，其他的記不太清楚，因為，他們只准我收錄三分之一的作品。

林：還有哪些作品你比較滿意呢？

鄭：〈校園裡的椰子樹〉和〈鐘〉。[37]這新的六本都是我比較滿意的，像〈鐘〉這篇是因為選擇上的問題而沒有選入。其他像〈天鵝〉[38]也沒有收錄，這篇作品，對我而言，很重要，是有關於我爸爸的故事，屬於私人記憶方面，是我很滿意的作品。

林：〈鐘〉，我覺得寫得很好，沒有收錄實在很可惜。

鄭：這是限制的問題，那些作品是比較早期的。

林：我覺得原來的書名《現代英雄》，其實，具有高度的反動、反諷、顛覆性。

---

[35] 鄭先生指的是他的《鄭清文短篇小說全集》(台北：麥田，1998年6月30日)，一共有六大冊，加上別卷另成一冊。

[36] 《現代英雄》【後改名為《龐大的影子》】(台北：爾雅，1976年4月)。

[37] 〈校園裡的椰子樹〉，收入，短篇小說集《校園裡的椰子樹》，頁157-182。〈鐘〉，收入，《現代英雄》(台北：爾雅，1976年4月)，頁97-119。

[38] 〈天鵝〉，收入，短篇小說集《校園裡的椰子樹》，頁61-84。

五 「春雨」的「祕密」：批評理論與實際創作的對話

40）您在一九九七年十二月二十四日也參加了「台灣現代小說史研討會」，恐怕知道一點散文〈「家變」之後——試探八、九〇年代台灣小說中的家庭論述〉，[39]對您的傑作〈春雨〉有著放膽的解讀，那代表著「讀者反應」的一種孤立的、未與「作者」溝通前的淺見。現在我想請您允許我：藉這個「讀者」對「作者」訪談的機會，開發另類詮釋的可能。首先，是不是可以請您談談〈春雨〉的原始意念？是不是跟令尊那個世代「為了沒有子嗣，不知苦惱了多久」有關？

鄭：沒有直接關係。沒有後代，是那個時代普遍的苦惱。或者，可以說，是全人類的苦惱。我在一、二十年前曾翻閱過勞倫茲的人類八大罪，第一大罪是人口爆炸，其他的七大罪，也都是由此延伸出來的。

這個問題，我很早就想過，小時候去二重埔吃拜拜，後來一個人回新莊，三、四公里的縱貫路，幾乎看不到人影。有人說現在金陵中學的地方，有一個竹林，在那裡會遇到鬼，所以，人走到那裡會害怕，遇到有人騎腳踏車經過才會放心，不管後面來的也好，前面來的也好，聽到「ㄎㄡㄎㄡ」的聲音才會放心。現在這段路，房子已經多得相連起來了，大概是鬼怕人，而不是人怕鬼了。就在那個時代，我去了東京，走在路上，人太多了，走路稍微慢一點，馬上就會有人潮把你推開。現在，台北也馬上就要變成那個樣子了。例如，現在要是在重慶南路那裡，稍微走得慢一點，立刻就會被推到旁邊去。

---

[39] 〈「家變」之後——試探八、九〇年代台灣小說中的家庭論述〉，收入，林鎮山，《台灣小說與敘事學》（台北：前衛，2002年9月），頁191-216。

　　人類的衝突跟犯罪,很多都是因爲人口太多。子嗣的問題,一直是大家所關切的,大家都希望擁有自己的子女,如果有一天,大家都能把別人的子女當成自己的子女,也許人口的問題可以解決。因爲,如果我們不需要自己的子女,就不會去生育,人口也不會一直增加。舉個例子來說,安民是個孤兒,也沒有子女,撫養別人的孩子,容易成立。

　　林:容易成立?

　　鄭:因爲,他本身有缺陷,所以,【順理成章】這個故事容易成立,如果是一般人,他要是能想得更深入一點,也說不定可以成立,可是,我沒有自信去寫好它。其實,我的想法是:如果,一般人也能這樣的話,那麼人口的問題,不是一部分能解決了嗎?再更進一步,如果,大家都能這樣的話,那麼人口的問題,就能馬上全部都解決了。因爲,我設計安民是個孤兒,而且他不能生育,所以,你不會考慮到我所想到的人口【爆炸的】問題,而以爲這只是一個普通的個案而已,其實,我想得比較深入一點,如果,你現在寫這種故事,會變得比較科幻,而未來、現實性也沒有那麼大的故事,所以,我沒有這樣子去寫。把一個孤兒當作主角,其實,我想到的是更多的事:如果大家都能把別人的孩子當作自己的孩子,把自己的孩子視爲別人的孩子,那每一個人生一個或不生,也有可能擁有五個孩子,人口的問題就可以解決一大半了。

　　現在,這個問題絕對沒有人會去想,也不會有人同意,所以,這個想法即使前進,但是,還是有時代的落差。

　　林:我在我的論文裡所提出的主題論述是:「泛愛而親仁」,也就是說:要如何廣泛地愛世界的人,原先我的論述是這樣的。

　　鄭:沒錯,但是,你的說法是抽象的,我現在提出的人口問題是具體的。以前儒家的這種想法沒有錯,不過,它給的是空洞的說

法和抽象的解釋。

假設：我給你一個孤兒，讓你去疼他、養他，這個理念要是能夠推廣，每個人都這樣做，人口問題也會比較小。不過，這樣【的公民社會的理想】離現在可能還有一段距離。比如說，要是每個人都能像安民，像他慢慢地會想到，我沒生孩子，也沒關係，然後把別人的孩子當作自己的孩子，或是每個人都這樣。如果能做到這個地步，那麼人口問題就大部分解決了。

勞倫茲講的人口問題是第一大罪，所以，我是從這裡出發來寫這篇小說，但是，並沒有寫得那麼清楚。

林：因此，如果，您不說您看過勞倫茲的書，我們根本也不知道您創作的原始理念是這樣子的，因為，您平常也會寫散文……如果，沒有聽到您的說明的時候，只能揣測說是：抽象地描寫「泛愛而親仁」的心理和想法。

鄭：我不是用空洞的字，是舉出比較具體的例子。這便是小說。這個地方如果你慢慢來想，你會覺得我也可以把別人的孩子當作自己的孩子，讓別人把自己的孩子當作他們的孩子。

林：但是，現在這個階段，我認為的確離那個理想還有距離，我覺得很有意思的是，我們的對談能讓您告訴我們，您的藝術設計——為什麼讓安民以一個孤兒出現，換句話說：人性的提升，還沒到達我們可以愛別人一如自己的親人——那樣的理想的、抽象的地步。

鄭：小說還是要跟社會有一定的相互配合，不然的話，也可以寫科幻小說呀。

林：這個對答太好了，

41)〈春雨〉我原先讀來覺得像是敷演蘇安民與林素貞這兩個主

角的「子嗣觀」——究竟是如何「昇華的過程」論述。您刻意不肯運用「全知全能」的觀點,而採用「我」這個故事層外的「邊緣旁觀者」來「發聲」、擔任「敘述者」,就等於祭出「內在的聚焦法」把焦點跟意識凝聚在敘述者「我」這個有限的「視點」上。既然我們讀者僅能透過敘述者「我」來了解故事,而「我」的視界又是有限的,這使得我們對蘇安民與林素貞的理解產生一定的差距和困難;所以,這個故事也寫得很「沈」,這當然相當「逼真」,畢竟,我們不是「全知全能」的神。依照史考茲與凱洛的分析,[40]一篇精心設計的小說可能有三、四個觀點——人物、敘述者、讀者與作者,任何兩個觀點發生「理解差距」(disparity of understanding)的時候,就可以導致「反諷」(irony);讓「我」擔當敘述者,似乎多出了一個觀點,多出了「反諷」的可能。我覺得這種安排倒豐富了詮釋的歧義性。您原來的動機是什麼呢?有沒有考慮到讓蘇安民「夫子自述/自白」一番?那樣會影響到您原先決定的「內容」嗎?

林:這一題就比較抽象,您為什麼用「我」當敘述者?作品裡的「我」和作者並不能等同,這是非常清楚的,作者的同情焦點和敘述者「我」的同情焦點也不一樣。當然,您也描述其他人物。從您剛才所提到的,以「我」作為敘述者,會不會是您想隱藏作者自己,然後創作的作品?我想知道的是,您當初寫作時,設定了一個敘述者「我」的用意到底是什麼?

鄭:其實,〈春雨〉這篇作品,我有沒有把自己完整的想法充分表達出來,這點是有疑問的。我首先考慮的是文學作品。

一篇文學作品,要求讀者和作者之間,沒有距離是相當困難

---

[40] 史考茲與凱洛,見,Robert Scholes and Robert Kellogg, *The Nature of Narrative* (Oxford: Oxford University Press, 1966), pp. 240-282.

的，因為，無法知道用哪個讀者做標準，作者有不同的呈現方式，但也有許多的限制。

開始的時候，安民跟阿貞的想法應該是一致的，結婚生子也是，最後卻發現不能生育。為什麼由敘述者「我」來擔當敘述者？其實，敘述者「我」是一個目擊者，同時也是一個旁觀者，這種敘述觀點很適合我的寫法，運用目擊者是一種取巧，讓讀者相信故事的真實性；作為旁觀者是為了避開作者是全知全能的神，因為，我們的視界到底有限，所以，避免做全知全能的描述，作者既然做這種選擇，讀者也只能從這個角度去閱讀。

另外，這個故事，如果由安民來自述是有困難的，他對於事物的認知有限，生活的過程也不免有缺失……最好若無其事地提到他。這篇故事的外景很重要，用自述的方式，不能內外兼顧，如果只從他自己那方面去描述，有很多是不好講的。重點之一是在於他帶這個小孩，在大雨中走路，非常困難，這方面他比較不方便自述，涉水、爬山這部分，對他而言，真的很辛苦，他不好表示：哇，我好偉大、好厲害，無論有多困難，我都要來【掃墓】。像他雨傘被吹掉、滑下來，這些部分，用自述，都是比較難去寫的。何況讓他自述，一直強調自己也不太好。

另外，這篇小說，人間是非衝突很多，安民是當事人，如果讓他自述，內心的很多活動，他也要去面對。在整個過程中，他遇到很多問題，比如說，當他對別人有意見，他也不能強調，因為，別人把他一個孤兒救出來，已經是一個很大的恩情了。所以，要用冷眼的旁觀敘述，像這種東西不能去把他正當化，只能若無其事的提出這個事情，而不能一直去強調。安民他自己是一個當事者、參與者，所以，他一定有他主觀上的是非【立場】，如果用安民自述，他主觀的【立場】是非太多，會強調自己是對還是錯。相反的，用旁

觀、目擊者這種寫法,可以讓現代人自己判斷是非、衝突、對錯。

林:我問這個問題主要是想:請您把創作〈春雨〉的這個「秘密」說出來,現在您終於說出來了,這對創作者和分析作品者而言,都是非常重要的。

鄭:我想這不是很大的秘密,寫作的時候,自然就會考慮到這些問題。

林:因為您是一個非常注重小說美學形式的作家,不過,也有很多人不會考慮到這些層面,尤其,初學寫作的人不一定會想到這種問題。此外,就內容來說,剛才我們對談時所提到的,也是我論文中曾經提過的人性的昇華,像安民和阿貞經歷過家變,兩個人的人性,其實,都已提升,我覺得這也很重要。

鄭:尤其是男的向上提升很多,女的還不是那麼多。

林:對,就比較上來說,阿貞的確不是那麼多,不過,她是個啟迪者,安民是執行者,是發揚「泛愛而親仁」的人。

42) 您「同情的焦點」恐怕是落在蘇安民與林素貞之上,主題意涵也賦予他們來交代,對不對?

鄭:「同情的焦點」大概是在安民,這個沒有話講。我們來說說林素貞,她,我想只能說是一個負的焦點,重點是在她臨死的時候,才領悟到一些道理,因為,她後來才知道生命的意義,她慢慢的知道:別人的孩子,也可以當成自己的孩子這個觀念,而這個觀念,安民原先還沒有,他是在素貞臨死、去世以後,才領悟到,所以,這個才是重點。

林:素貞變成了告訴他這個觀念的人。

鄭:當時是根據素貞她的想法,再去抱一個。當林素貞要死掉

的時候，人之將死其言也善，她告訴他：以前他們都只想要自己的孩子，可是別人的孩子也可以當做自己的孩子，用她的生命，換回這種認知，她可以說是一個啓蒙的角色，教導安民這種觀念。沒有這個家變和女性的犧牲，那安民就不會有這種領悟。崇拜祖先這當然是重要的，不過當祖先能夠留下值得後代效法的典範時，這個祖先才有意義，素貞死亡時就是讓安民得到這個教訓。站在讀者的立場，作爲一個受同情者的焦點，不是只有安民而已。我已經不太記得了，因爲，整個過程較大，較難去定義，兩個也可以，一個重，一個輕，焦點可以很多，不只一個，這個部分不是那麼重要，看讀者怎樣去詮釋就好。在他們夫妻衝突的過程中，雙方得到了啓示，安民變成了執行者這個重要的角色，因爲，他也可以不產生行動，那麼，素貞的啓迪就不會產生作用。

43）您記述了敘述者「我」反對安民「轉述」阿貞「覺昨日之非」，很後悔「婚外求孕」之「自私」情事，敘述者批評道：「但是，不管如何，安民是不應該這樣說的了。他實在沒有資格說這種話」，這是在您一向敘述客觀的小說中甚爲罕見的敘述者「夾敘夾議」，反而頗費猜疑。是不是要給讀者暗示：敘述者「我」的「道德視境」畢竟有限，敘述者並不等於作者的觀點設計？或者是不是因爲安民他自己也做過「婚外求孕」，「龜笑鱉沒尾」之故？

林：敘述者提到「不管如何，安民是不應該這樣說的了，他實在沒有資格說這種話」，我覺得：這是敘述者對安民的批評，也是一種「夾敘夾議」。請問您是否要暗示讀者，敘述者「我」的「道德視境」畢竟有限？而且，這對西方小說家而言，也是很重要的：作者和敘述者無需是同一個人。第二個問題是：安民自己做過「婚外求

孕」，這樣反而不是「龜笑鱉沒尾」嗎？

　　林：這是比較早期的過程，作者不是一個很高超的角色，只是一個普通人，並不是在敘述很高明的道理，只是在說明一個旁觀者純粹對事物的看法，他所看到的並不是以前、而是現在的安民，對安民的看法可能已經完全不一樣了。敘述者原本的意思是安民不應該去奢求任何的待遇，他這個孤兒被帶進來已經是很幸運了。

　　許：現在林教授的意思是作者的「我」是什麼身分？既然是客觀的事實，為什麼要夾著主觀的意識？作者雖然是旁觀者，但不是批判者。這部分只稍微提到了一下，所以，我認為並不是那麼嚴重，這不是很重要的批判。

　　林：不過，我很喜歡加入這個角色，其實，他只是一個普通人，他的道德視境是有限的，所以，他會有很感性的批評，比較接近人性。

　　鄭：現在，我也不清楚這樣的安排，是好還是不好，重點應該在於比較早期的時代，安民還沒有什麼突破的年代……。

　　44)〈春雨〉終於「春」風化「雨」地教化、啟發了敘述者與讀者：人類「生命」的真正意義，而「春雨」普遍性地照護、施予，也給了大地／孤兒成長的契機，這何嘗不是「泛愛」而「親仁」的先賢旨意。您刻意使用這個平凡、樸實的象徵恐怕還有別的用意吧？

　　鄭：其實，當時相當單純，春雨，這個題材給它合適的背景，讓它更有效的發揮。比如說，用「下大雨」做背景，來表達這個人，【雨中行】的意念堅定，因為，雖然外頭雨下得那麼大，【男主角】安民還是一定要做到他答應太太的這件事，如果只是普通的情境，就無法顯示出這個【承諾的】力量出來，就像畫畫一樣，給它一個背

景。

　　用春雨做背景，主要是符合掃墓的季節，又剛好是個雨季，台灣有些人，習俗上，是在比清明更早一點，就會去掃墓。例如，〈升〉這個題目，我本來是要以「黃禍」來寫，後來，又因爲一些原因，所以，就沒有寫，它象徵了一些髒東西，在中國古代又象徵禍源，以後，沒有講究那麼多，也就沒有去改寫了。

　　題目跟內容最好有關係，可以增加他們的相關性。有一次在師大演講，我曾經說過：題目可以看出一個人的性格，例如像一些很有學問的題目，例如「恍惚的世界」。像「春雨」，卻可以做很簡單的解釋：在春季的下雨天裡，有一個人去掃墓。題材和背景可以相互幫助。

　　45）「安民」和「阿貞」的命名，您也原先預定賦予重要的意指吧？

　　鄭：許多名字裡頭，多少有一些含意，不過，這裡，我並沒有特別強調。我其他作品裡頭，有些會非常強調名字，有時會用台灣式的名字，大都不會用得很艱難，除非是比較有外省意義的名字。

　　林：像是安民……？

性別、文學品味、敘事策略
——作者與譯者有關 *Magnolia*《玉蘭花》的對話[1]

鄭清文／林鎮山／羅司・史丹福（Lois Stanford）

一　性別

1.林鎮山（以下簡稱林）：過去數十年來，有幸閱讀鄭先生您的作品，一直覺得您所創作的台灣女性的角色與生活，于變化飛躍神速的島嶼社會中，最為動人可觀。是不是女性議題一向就為您所關懷？為什麼？

鄭清文（以下簡稱鄭）：其實，我在寫作的時候，大概沒有想到男的或者女的，特別是，沒有故意要強調女性的議題。而且，我所描寫的對象，有男的、也有女的。現在，女性的議題，林教授，你指了出來，書，你也選用「女性小說」這個書名。不過，當時，我的確並沒有很明確的議題。

---

[1] 「作者與翻譯者的對話」，原在2005年加州大學台灣文學與英譯國際研討會中進行（Taiwan Literature and English Translation, September 24-25, 2005, Center for Taiwan Studies, University of California, Santa Barbara）。由於當時會程緊湊，對話的時間僅有30分鐘，因此事先由林鎮山所擬定的議題，無法如願討論完畢。於是，2005年11月～12月，林鎮山再度造訪鄭清文先生於台北，並將原來在加州大學的對話議題擴大。感謝：加州大學杜國清教授命題的初始雅意，國立中正大學台灣文學研究所江寶釵所長，後來，率領她的研究團隊，協助、參與林鎮山在台北與鄭先生的訪談，她的洞見，一併收入文中，本初稿能夠化為電子檔案，多虧中正大學台文所的研究團隊，鄭清文先生、夫人、與兒女家人，又熱誠接待我們，襄助我們專訪，至於定稿的傳送再度煩勞鄭先生的千金、鄭谷苑教授，于此，再致研究者的感恩。註釋是全稿完成之後，由林鎮山追加，以方便文友的查閱、對照。全文的設計、剪裁、修潤由林鎮山負責，又經鄭先生逐字逐句核定，但是，若有任何闕失，自然一概由林鎮山負擔。

　　我覺得，人雖然可以分為男性、女性，但是，男人是人，女人也是人，其實，我是沒有想到要特別強調：男性、女性。當然，女性有女性的特點。你說，我的故事是要寫女性，那是因為女性在我們的社會，基本上，還是一個弱者。弱者，我們就容易給予同情的眼光，像〈女司機〉這種題材，[2]要是用來寫男性，是很困難的。大概就是這樣。

　　江寶釵(以下簡稱江)：從許多女性角色的創造，您是不是比較同情女性？是什麼樣的經驗，導致您產生這樣的同情？

　　鄭：其實，這點我剛才就講過了，女性，在某種程度上，是有可以比較讓人同情的地方，比如說，當女司機和男司機放在一起的時候，男司機，比較不容易受到同情，我考慮的是這個問題。而這個問題，說明了：女性在社會上所扮演的角色、和她身體的狀況，也就是說，就這些方面來講，她是比較偏屬於弱者。如果，按照林教授的說法，那就是：女性比較偏屬於邊緣，當然，不能說所有的女性，都是處於邊緣，但是，假使，我們認真的比較，她的確是比較屬於邊緣的，這是對我所寫的作品的說明。

　　江：我還有另一種想法，那就是在您以前的生活中，是不是接觸過很多女性？

　　鄭：我想，我接觸過這麼多人，其實，也不過是那個人(指鄭大嫂)所說的「騙吃騙喝」。

　　江：您們家就您一個孩子嗎？

　　鄭：是啊！但是，我要先解釋一下。很多事情，男生、女生，根本就沒有什麼分別，只是，你必須要在故事中找一個主角，其實，我的故事很簡單，我的故事多半有一個簡單的線索、重點，其

---

[2] 〈女司機〉，收入，鄭清文，《鄭清文短篇小說全集：卷2，合歡》(台北：麥田，1998年6月)，頁195-208。

他80%是自己製造的。既然是自己製造的，那就看自己怎麼拿捏就是了！

　　江：那為什麼您有很多部份都是在寫女生呢？

　　鄭：很簡單，寫女生的就是鄭清文，這就是另外一個人的事了！你了解我在說什麼嗎？這只是一種寫法。就像〈堂嫂〉裡的敘述者，本來就是一個女生，可是，起先，大家都沒有發現，直到後來，看完才發現：〈堂嫂〉裡面的那個敘述者，[3]其實，是一個女生。所以，小說裡頭的那個敘述者「我」，不是我【鄭清文】。從前，有一個法國朋友，送了兩條圍巾，一條，說是要給鄭清文的太太，一條，是要給我的堂嫂，但是，事實上，並沒有堂嫂這個人啊！因為，〈堂嫂〉裡面的那個「我」，不是鄭清文。所以，那個法國朋友，就是沒有把小說讀清楚。

　　林：那您怎麼知道那麼多女人呢？

　　江：像我們家三代都是。我祖母、我媽媽，還有我，我們三個都是女人。我祖母的兒子都留在外面。我媽媽是養女，我也是，我們兩個都是，所以，我做研究的時候，就比較容易注意到女生。

　　鄭：我想，這不是什麼大問題，像巴爾札克，[4]他也是寫很多女人，那些女人，都是大家提供給他寫的。

　　江：巴爾札克很厲害，他寫了一千多個人。

　　鄭：一千多個人，是包括在一百本書裡啊！可是，托爾斯泰是一本書，寫五百個人。我想，這個問題不成為問題，因為，所有的男生都會寫女生，女生也都會寫男生。要是說男生不會寫女生，那一半的小說都沒有辦法寫了，如果，女生不會寫男生，那另一半的

---

[3] 〈堂嫂〉，收入，鄭清文，《鄭清文短篇小說全集：卷4，最後的紳士》(台北：麥田，1998年6月)，頁21-30。
[4] 巴爾札克，Honore de Balzac, 1799-1850, 法國小說家。

小說也沒有辦法寫。

二　文學品味

2.林：在您2000年所發表的文章〈新與舊—談契訶夫文學〉中，[5]您曾經提及：您很喜歡契訶夫的小說，所以就根據日文、英文譯本，翻譯幾篇自己喜歡的作品，取其中一篇〈可愛的女人〉作爲書名。[6]這是不是暗示：您最喜愛〈可愛的女人〉這篇小說？

鄭：我第一次讀到這篇作品的時候，很感動。那時候，我覺得：歐蓮卡她自己沒有什麼意見，都是聽她男人、或者她身邊的人的意見。原先，我覺得，這種人沒有意見、沒有想法，是個沒有性格的女人。開始是這個樣子的。但是，她這種性格特徵，在故事裡面，一直在重複。本來，她是個沒有性格的人，後來，這種沒有性格，就變成了她的性格。我想，這種性格的女人，在某種定義之下，是很好、很容易接近、很可以讓人家欣賞的。我當時是有這種感覺。所以，我應該是很喜歡這篇〈可愛的女人〉，不必說「最」喜歡這篇啦！

不過，因爲，你問了這個問題，我最近又去翻閱了一下他的作品。有一篇小說，我在那個時候沒有提起過，英文翻成 "Anyuta"〈阿紐達〉。[7]這個故事講的是：有一個女生跟一個醫學院的學生同居。這個醫學院的學生，要做一個實驗，他把女生叫來，要求她把

---

[5] 引自，鄭清文，〈新和舊——談契訶夫文學〉，收入《小國家大文學》（台北：玉山社，2000年10月），頁116。（原登於《中時人間副刊》2000年5月27-28日）

[6] 契訶夫著，〈可愛的女人〉，收入，鄭清文譯，《可愛的女人》（台北：志文，1975年12月），頁141-156。最常見的英文版本，請參考，David Magarshack, tr., Anton Chekhov, "The Darling," *Lady With Lapdog and Other Stories*（London, England: Penguin Books, 1964），pp. 251-263。

[7] 〈阿紐達〉的英文翻譯，最常見的版本，請參考，Anton Chekhov, "Anyuta," *201 Stories by Anton Chekhov,* from www.chekhov2.tripod.com/049.htm.

衣服脫光，然後，就在這個女生的身上，畫一幅肋骨圖，不過，最後，他們兩個人還是分開了，因為，身份不一樣。這一篇就很不錯，為什麼我沒有翻譯、收入《可愛的女人》這部選集裡頭，我也忘了。這篇小說跟那篇"Grief"〈憂傷〉都很不錯。[8]話說回來，一個女人，脫光了，讓人家看、在身上畫圖，這樣的題材，在我們以前那個保守的年代，真的會給人一種特別異樣的感覺。不過，現在，也許大家都不會有那種感覺了吧！以前，會覺得那是一個活生生的女人，現在，可能會覺得她只不過是一個實驗品罷了，一個「人樣」而已。可是，在那個年代，我真的是覺得：她就是一個活生生的女人。最撼動人心的是：這兩個人，本來就是會分開，這更是已經有宿命在裡頭，因為，她畢竟是一個普通的女人，而他是一個醫學院的學生。這一篇很重要，我現在忽然想到了這一篇，我也已經找到，應該要拿給你看。

林：還有要補充的嗎？

鄭：現在，大概就這樣。當然，還有其他，例如：〈六號病房〉，這個故事很有趣。契訶夫對政治很敏感，這樣的事情，後來，經常發生，那就是把正常的人，捉去瘋人病院，只是，沒想到在那麼早的時代，他就已經在寫這樣的題材了，而且這也是比較特殊的。我知道，有很多人拿〈黑衣僧〉，[9]那個穿黑衣服的和尚來跟這一篇相比較。其實，以前我很愛一篇叫做〈山谷〉。我早期有很多

---

[8] 鄭清文先生提到的這篇 "Grief"〈憂傷〉，有英文翻譯版本，請參考，Anton Chekhov, "Misery: To Whom Shall I Tell My Grief," *201 Stories by Anton Chekhov,* from ww.chekhov2.tripod.com/045.htm.中文翻譯，請參考，康國維譯，〈憂傷向誰傾訴〉，收入，《契訶夫短篇小說選》（台北：志文，1975年3月），頁73-80。

[9] 中文版的〈六號病房〉，收入，鄭清文譯，《可愛的女人》（台北：志文，1975年12月），頁164-238。英文版，請參考，David Magarshack, tr., Anton Chekhov, "Ward 6," *Lady With Lapdog and Other Stories*（London, England: Penguin Books, 1964），pp. 131-186。〈黑衣僧〉，收入，康國維譯，《契訶夫短篇小說選》（台北：志文，1975年3月），頁154-198。英文版，請參考，Ronald Wilks, tr., Anton Chekhov, "The Black Monk," The Duel and Other Stories（London, England: Penguin Books, 1984），pp. 192-222。

作品,例如:〈吊橋〉、〈三腳馬〉,都描寫一種封閉,我還寫過一本書,用來記載一種封閉的社會,簡單講起來,這種封閉的社會,就是大環境把你圍起來,這個社會、這些人,就被圍在裡面。其實,說嚴重一點,這也是一種政治。大家都知道,那個時候,都是封閉的社會。我早期有很多作品是在探討:在封閉的時代,人應該要怎麼做、人要如何走出去,例如,〈三腳馬〉中的小孩子,[10]看兩邊的山洞,就在想:如果,從這一個山洞走出去,會怎麼樣?它那一條山路,兩邊都是山洞,火車可以過,但是,人想到的只是,這是一條很長的山洞。

3.林:如果您果真很喜歡〈可愛的女人〉這篇作品,那麼又為什麼呢?是不是因為這篇作品的敘述形式的關係?還是與契訶夫的主題關懷有關?

鄭:我想,主題跟敘述形式是連在一起的。最開始,應該是因為〈可愛的女人〉這個主題、這個女人的形象。但是,他這篇小說比較重要的一點,是因為他用這個形式,來寫、來凸顯這個女人。我想,文學作品都是有主題跟形式,這兩個方面在同時進行的,不是單獨的一面,就可以成立,大概是這個樣子的。

不過,我想,我當初比較感興趣的是主題、內容,而敘述的方法,是我後來寫作的時候,漸漸對這個問題有了瞭解,才慢慢的發現的。所以,一開始是這個主題。這篇作品,最主要的就是刻畫這一個可愛的女人,歐蓮卡。她這個女人,有兩個要點,第一個要點是:如果沒有人可以跟他講話,她是會比較難過的;第二個要點

---

[10] 收入,鄭清文,《鄭清文短篇小說全集:卷3,三腳馬》(台北:麥田,1998年6月),頁169-206。

是：她要是沒有人可以關愛，也是會讓她很難過的。談話，就包括了愛。因此，契訶夫本來是要用一個比較嘲弄性的語氣，來描寫這樣子的一個人，後來，可能又關涉到「重複性的敘述策略」的使用，至於，這個「重複性的敘述策略」的內容是什麼，底下，我們還可以再詳細討論。

4.林：在上述同一篇文章中，您也提及：〈可愛的女人〉最受托爾斯泰所激賞。然後您又提出疑問：爲什麼契訶夫寫得特別生動？只是您當時並沒有提出解答。您現在可有答案？

鄭：最近，我讀到一篇文章，是一個俄國作家、也是一個美國作家拿波柯夫寫的，他也很喜歡契訶夫，他對契訶夫有個評價。他覺得，契訶夫寫的是：一些善良的人，但是，沒有辦法做好事。我想，可以用這個來回答你的問題。因爲，不能做好事，我想，這是一個在人間世，非常悲哀的事情，爲什麼一個好人，不能做好事？他還特別提到，這種人在舊俄的時代才有，然後，在蘇聯的時代，沒有這種人了，當然，拿波柯夫在世的時候，蘇聯這個體制還沒有瓦解。當時，他也提到了這個問題。

此外，我想，這還是跟主題有關，跟人物刻畫有關。雖然，契訶夫用的是重複的敘述策略，但是，這個重複的內容，有變化，而這樣的重複也強調一點，那就是：這個人是從什麼出發？只要我們小心分析，可以發現，她是由愛出發。她對每一個人，都很和善，不管人家怎麼講她。除此之外，最重要的是：她需要有一個人來做伴，她需要一個人來讓她愛，我想，這還是很好的，因爲，能去「愛每一個人」的人，是很接近神的。這是以前我從來沒有講過的，現在，我重新把它整理一下，系統的，表明我的想法，我的意見大

概就是這樣子。

我還可以再做一點補充。契訶夫在寫這一篇小說的時候，告訴了他的朋友，說現在他正在寫一篇很幽默的小說，他把它當做幽默的小說來寫，因為，契訶夫原先已經寫了很多諷刺的小說，像〈小官吏之死〉、〈變色龍〉，[11]這一類的。他說，歐蓮卡看起來似乎是很笨、很沒有個性、而又很滑稽。

後來，托爾斯泰也看到了這篇小說。他女兒跟契訶夫的年齡，相差幾乎有四十歲，說起來，他們是屬於不同時代的人，她寫信給契訶夫說：〈可愛的女人〉是一篇很棒的小說，她父親托爾斯泰讀了四次，才開口、講了一句話：「讀了你的書，人都變聰明了。」

當然，我自己早先並沒有這種想法，只是覺得，歐蓮卡她這個人，好像一直想盡辦法，要跟別人說話、要把自己奉獻出去，而一說話，就很滑稽。這就是〈可愛的女人〉這一篇小說的特色。就我所知，幾乎所有的契訶夫小說選集都會選它，說起來，這好像是很簡單的故事，但是，使我感動的是：為什麼別人都沒有給她回報，甚至連小孩子都覺得她很煩？這就是人與人之間的關係，一種人的問題，所以，這就是人本身所造成的悲劇。

林：我想您做的回應，很接近我想問您的第五個問題了。

5.林：您在同一篇文章中，更正確地表明，對該作品，托爾斯泰評價甚高，不過，我們覺得最有意思的是，托翁經常受引用的論述卻是：「雖然契訶夫的初始創作意圖是在詛咒女主角，最後卻反而在歌頌她。」[12]您同意托翁的文學判斷與詮釋嗎？為什麼？

---

[11] 〈小官吏之死〉、〈變色龍〉，分別收入，鄭清文譯，《可愛的女人》（台北：志文，1975年12月），頁87-91，頁92-96。

[12] 我所援引的原文出自："Tolstoy not only admired 'The Darling,' but he proclaimed that, although Cheknov's intent was to curse the heroine, against his will he blessed her," from Svetlana

鄭：我想，這個可以從契訶夫的出生來講，他本來是農奴出身，他從一個農奴的家庭出來，所以，他看到了兩面，一個是貧窮的一面，一個是富有的一面。他對窮人是很同情的。但是，在貧窮跟富有之間，有一些貧窮的人，他們做出來的事情，他並不是很同意，所以，他寫這些貧窮的人、或富有的人，會從兩個方向去寫：第一，他是用比較諷刺的味道去寫，到後來，他是用比較同情的味道去寫。我想，這篇〈可愛的女人〉開始時，他多少有感覺到，又要用諷刺的方式，去寫這篇作品了。但是，他寫到後來，我想，諷刺的這一面，已經沒有辦法成立，因為，歐蓮卡這個女孩子變成這種性格，變成一個很可愛的女人，反而，只好是用這個角度去寫，我想，這有可能，雖然，我還是不敢確定。不過，我有看到托爾斯泰的原文，他說的不是這樣。

林：您說的是俄文的版本？

鄭：他寫的文章是翻譯過來的。

林：我看的是英文的版本，我把它翻回來中文，叫做「詛咒」，因為，它英文用的就是curse。[13]

鄭：我想，這有可能只是一部份，托爾斯泰本來是引用聖經的

Evdokimova, "'The Darling': Femininity Scorned and Desired." From, Robert Jackson, ed., *Reading Chekhov's Text* (Evanston, Northwestern University Press, 1993), p. 189. "Tolstoy thought he detected a discrepancy between Chekhov's intention and its artistic execution: '...having begun to write 'The Darling' he wanted to show what a woman should not be like...but having begun to speak the poet blessed what he set out to curse." From "Love Trapped," Valentine Bill, *Chekhov: the Silent Voice of Freedom* (New York: Philosophical Library, 1986), p. 178.

[13] 除了我前頭所引用的Svetlana Evdokimova, "'The Darling': Femininity Scorned and Desired" 與Valentine Bill, "Love Trapped" 這兩篇批評論文之外，另有翻譯"The Darling"為英文的David Magarshack在他的"Introduction"〈導言〉中，他是這麼寫的："Tolstoy reprinted the story in 1906, two years after Chekhov's death, and in an afterword he wrote: 'Chekhov intended to curse, but the god of poetry commanded him to bless,'" 請參考，David Magarshack, "Introduction," Anton Chekhov, *Lady With Lapdog and Other Stories* (London, England: Penguin Books, 1964), p. 13.

話。這是講誰，內容我記得不太清楚，怎麼會應該詛咒的事反而變成稱讚呢？那只是舉一個例子？其實，故事本身就沒有要詛咒的意思。原文是引用聖經的話，這應該比較完整。

林：這是我從英文中抽出來的一部份。您說的這部份，其實，我也讀到了。[14]那就是所謂典故的用法，而實際上，我提出這個議題，是想要讓您可以討論到契訶夫的敘述策略。他怎麼寫？如何描寫一個女性？其中，有歌頌的意涵，是一個正面的意義，至少不是負面的。

鄭：其實，我剛引用的，還蠻正確，契訶夫的確有說過這句話，他寫了這封信說明：他就是要寫這樣的小說，他一開始跟他朋友說的時候，就是說，他要寫一篇幽默的小說，[15]要寫的是看起來愚笨的、沒有個性的、滑稽的女人，這是契訶夫原本的意圖。其實，契訶夫說過，他一直都在寫這樣的題材，所以，他起先是用一個嘲笑的立場來寫這樣的題材，[16]但是，他沒有想到，用這個立場寫的東西，後來，竟然和原來想的，不一樣了，我覺得，後來，契訶夫可能想，強調這個【愚笨的、沒有個性的、滑稽的一面】，實在

---

[14] 請參考，托爾斯泰在〈評『可愛的女人』〉中的說法：「巴勒責問巴蘭說：『你替我做了些什麼事呢？我領你來此詛咒我的仇敵，不料你竟為他們祝福……』」，「……依我看來，契訶夫在寫『可愛的女人』時，恐怕……和巴蘭一樣，本意是想詛咒他，可是受了詩神的感召，囑咐他命令他祝福，他果然就祝福了。」收入，〈評『可愛的女人』〉，鄭清文譯，《可愛的女人》(台北：志文，1975年12月)，頁157，頁 162。鄭先生把"Chekhov intended to curse, but the god of poetry commanded him to bless"翻譯為「本意是想詛咒他，可是受了詩神的感召，囑咐他命令他祝福」。

[15] 鄭先生所言，完全正確。請參考，"In January of 1899, Chekhov wrote to Suvorin concerning 'The Darling': 'I have recently written a humoristic tale…and I am told that L. N. Tolstoy is reading this story aloud." From, Thomas Winner, "Chapter 13/A New Mood," *Chekhov and His Prose* (New York: Holt, Rinehart and Winston, 1966), p. 210.

[16] 鄭先生的詮釋，的確，是有根據的，請參考，其他評家之言，"When the story first appeared in print, several critics believed that Chekhov's plan was to mock a dependent and unemancipated woman, who had no opinions of her own, but was capable only of repeating the words of her husbands, her lover, and even a schoolboy. Critics blamed Olenka for submissiveness." From, Svetlana Evdokimova, "'The Darling': Femininity Scorned and Desired," p. 189.

沒有道理。

　　林：我要引用您剛才所講的一句話：「這當然是我個人的感受。」有很多研究契訶夫的專家們也有類似的爭論，究竟要如何詮釋歐蓮卡這個人物？當然這個問題的爭議性很大，不是所有的人都可以同意的，我只是想提出，從「詛咒」到「肯定」這個類似雙面刃的敘述策略的問題，例如，東方白所寫的〈奴才〉，也會有正反兩極的反應，那就是：究竟是在批判奴才阿富？還是在批判奴才制度？會不會就此肯定了阿富的道德性的堅持？

　　您剛才所講的，有如颱風眼的中心，我想，應該就是歐蓮卡這個女性「無私的奉獻」，她對身邊人的愛，[17]就像颱風眼的中心…。

　　鄭：對，歐蓮卡她只有「給」、只有奉獻。不過，描寫她這些動作，本來是要強調可笑的一面，但是，……。

　　林：即使是「奉獻」，我們讀者也都知道得很清楚，那個小六的學生，最後，也擔待不起她無微不至的善意關懷。當那個小六學生擔待不起的時候，就反彈了。

　　鄭：她的問題在哪裡？她不但是關愛得過份，她還沒有主見，一切都以對方為主，你說木材，她就說木材；你談獸醫，她就談獸醫。

　　林：當然，這是用來描述她可笑的一面，不過，這也同時顯示，正是因為她無私的愛、與奉獻，才會這樣。我剛才說過，做為一個媽媽，要是關愛過多，而小六學童並不理解的時候，他會覺得擔待不起的。

　　鄭：這個情況也是有的，會不耐煩。

　　林：不過，歐蓮卡的那種奉獻是很誠懇的，而且是完全發自內

---

[17] 關於歐蓮卡無私的奉獻，請參考，"(Olenka) devotes herself with boundless love to the future man, the schoolboy in the big cap." From, Beverly Hahn, "Chekhov's Women," in *Chekhov: A Study of the Major Stories and Plays* (Cambridge, England: Cambridge University Press, 1977), p. 231.

心深處的,所以,很動人。

6.林:您又在同一篇文章中,提及:爲什麼「契訶夫似乎比莫
泊桑更禁得起時間的考驗?」當時您也並沒有給我們答案。不知現
在您可有解答?

鄭:我是覺得,現在,比如說,在台灣或其他地方,讀契訶夫
的人,可能比讀莫泊桑的人多。莫泊桑的作品比較寫實,寫實的東
西,很容易被人家寫完、很容易被人家瞭解。但是,契訶夫寫的
是:內心很深的一個地方,我想,這是比較不容易瞭解,比較有價
值的所在,我想,應該是這樣解釋。

此外,莫泊桑也是一個很敏銳的觀察家,所以,他寫的東西,
對這個社會的百態看得非常清楚。他寫的主要是以人的logic(邏
輯)、社會的現實面爲主,在當時,是非常偉大的小說。但是,同
時也有一個問題,那就是,社會的百態,每一個時代都有,而每一
個時代,會有人一窩風的在描述這些東西。所以,他的東西最後就
會褪色,因爲,其他的人也寫得出來。

林:對不起!我打岔一下。這是不是跟他的寫作方法有關?

鄭:當然啦!寫法和題材,主要是題材,他是寫實嘛。

林:講到題材,是不是有可能因爲當時的社會問題、或任何問
題有所謂時間性的關係?而時間性一旦過去…。

鄭:我想,可能不是時間性,是社會百態啦!社會百態,現
在,也還是有,但是,這個,其他的人也可以寫,本來是很出色的
東西,因爲其他的人,比如,巴爾札克也寫,於是,莫泊桑寫的東
西,就沒有辦法跟巴爾札克比,它算是小品,就像跟大廟相比,就
只能算是小廟而已。他寫的東西,其他的人,容易做得到,而且已

經做到了，甚至於已經有其他的人做得比他還好。

　　林：為甚麼比他好？是不是他的敘述策略……？

　　鄭：我想，主要是題材，當然，敘述策略也有關係，是如何處理這些題材。

　　林：對啊！這樣就是敘述策略的問題啊！

　　鄭：不是敘述策略的問題而已，其實，題材的問題較大，要是題材本身沒有深度，那就只是寫表面上的社會百態而已。

　　林：說起來，是社會百態的題材問題，但是，同時，要是您有方法加油添醋，如何利用這個題材，用藝術化、客觀化、或是更高超的美學原則來表現的時候，譬如〈女司機〉，就是社會的百態之一；像其中一段車禍的情節，您就有辦法用不一樣的技巧，不單是用動作、情節來表現，甚至於您用了敘述步速加快或減速之類的技巧，還有，把時間背景塑造在她女兒最敏感的成長時期，這種種敘述元素的精心設計等等，所以，我的意思是，有沒有可能也是…技巧的問題？

　　鄭：當然有，你跟我說的東西，其實，是類似。你講的重點在技巧，我的重點在內容，我認為，技巧是其次，主要是內容。譬如說，莫泊桑最出名的〈脂肪球〉，[18] 他描寫的是百態，結果變成一種諷刺，如此而已！寫得很生動，但是，如此而已啦！這也算是他最好的東西！裡面沒有很深的層次。同樣是寫社會百態，若是拿〈脂肪球〉來和巴爾札克的〈高老頭〉、尤金・格蘭特（Eugene Grant）比，它會顯得不夠。[19] 這種東西，莫泊桑可以做、巴爾札克也可以做、其他的人更可以做。而且，當其他的人寫得比巴爾札克還要好的時候，巴爾札克的東西就被別人比了下去了。

---

[18] 請參考，莫泊桑著，《脂肪球：莫泊桑短篇故事集》（台北：麥田，2004年11月）。
[19] 請參考，巴爾札克著，《高老頭》（台北：桂冠，1995年11月）。

　　但是，契訶夫的東西，別人比不上。比如說"Grief"〈憂傷〉，這麼簡單的題材：我沒有講話的對象，我就去跟馬講話，這種題材，別人寫不出來。以前那個時代，這些作品，譬如說，巴爾札克還沒被人挖出來的時候，莫泊桑還能受歡迎。但是，現在讓我來讀莫泊桑，我可以學到的東西就比較少，因爲，莫泊桑的作品，寫社會百態，寫的是很表面的東西。契訶夫的東西是眞的深刻，譬如說，這篇〈可愛的女人〉，這些東西（指敘述策略）一直repeat，因此，講起來，雖然，似乎是很笨拙，而且，裡面每一句的寫法，技巧上，不一定是契訶夫比較好，可能莫泊桑比較好也不一定。但是，就內容來講，莫泊桑就沒有辦法跟契訶夫比，契訶夫的這個東西是學不來的，這是用心寫出來的東西，所以，學不來。你如果心靈上沒有那個深度，你就學不來。假設我出一個題目，讓你寫「可愛的女人」；再出一個題目，讓你寫「脂肪球」。大家都會認爲說，「脂肪球」比較好寫，也比較容易了解。因爲，那個諷刺，我們很容易了解，就是在車裡大家都嘲笑那個妓女，但是，當妓女在吃東西，把東西分給大家的時候，大家都跟她拿。這有某種的社會性，但是，他的深度還是不夠。這個"Grief"〈憂傷〉的表現手法：講我眞艱苦，我要跟馬講話，莫泊桑還眞是比不上。

　　林：對！但是，您現在再回過頭來看，您跟馬講話，馬也是變成一個小說人物，只是，同時，這個人物不是一個眞正的人類，這才更加使得他跟馬講話這件事情，更加奇特。

　　鄭：這不是奇特的問題。

　　林：這變成人物塑造，我一直覺得，跟馬講話是──因爲沒人要理他，只能跟馬講話。

　　鄭：這已經不是人物了，因爲這個層次不一樣。因爲，人不要聽，所有的人，都不聽的時候，這隻馬來聽，馬是相當於次等的東

西，不是說這就是一個人物。當然，你可以用定義來說，馬是小說中的一個人物，但是，實際上還是一隻馬啦！

林：對啦！對啦！但是，馬所象徵、表徵的…。

鄭：問題是馬聽得懂？還是聽不懂？就是這個問題啦！

林：馬是聽不懂，不過，他講給馬聽，那對這個馬車夫來說，也許他就得到了心靈上的宣洩。更重要的是：因為，這個敘述策略的啓用，我們可以進一步引伸、重新詮釋、建構作品的始原意圖，例如，講給馬聽，這可能是用來召喚我們的同情，同情他那種處境。

鄭：我想，是發洩，不過，即使是發洩，也有層次的問題。你說，人聽他發洩，跟馬聽他發洩，這層次是不一樣的。馬不一定聽得懂，這又差得很遠。所以，他這個設計，可以觸動我們心靈的深處。剛才我們講到〈阿紐達〉，那個醫學院的學生，要那個女人全身脫光，讓他在身上畫圖，要畫在第幾根肋骨之類的。你看，這個畫面，一個人身體無條件給他畫的時候，一定會觸及很基本、很深刻的東西。我想，這就是差異。這是我的想法。能勉強接受嗎？

林：不是不能接受，是我必須要找一個…。

江：我想，契訶夫有時候是寫比較本體性的問題，跟「存在」直接有關係；有的時候處理的是比較屬於社會事件、社會現象的問題。感覺上，莫泊桑他是比較接近社會寫實的風情方面。

鄭：對！應該是比較寫實的啦！而且，他看到的一面，算是人比較髒的一面，不是那麼…。比如說，以契訶夫來講，這個〈可愛的女人〉，很可愛，就是因為她有愛嘛！莫泊桑在這方面所表達的，就算是愛，也是很膚淺的東西。因為，他把它寫成社會寫實，但是，社會寫實也可以寫得很深，他沒有再深入下去嘛！

林：其實，用對了敘述策略，也可以把故事說得很動人。以我

個人的偏見來說明，我覺得，不管李白也好、杜甫也好，其實，他們的創作手法都相當神妙。一樣是寫安史之亂，杜甫厲害的地方在於：他會運用婆婆這個戲劇化的敘述者，提出「出入無完裙」這種說法，[20]講出她的媳婦失去女性尊嚴的落魄。我常常把媳婦的「出入無完裙」，拿來跟您的〈來去新公園飼魚〉裡的阿和，[21]做一個比較。

在〈來去新公園飼魚〉裡頭，福壽伯的兒子阿和，在白色時代，一個寒冬的夜裡，他只穿著內褲，被憲兵、警察、軍官，從床上一把拖起來，就要帶走——其毫無爲人的尊嚴，[22]其實，與「出入無完裙」類同。此外，一樣是寫「諷刺」，我們可以看到白居易的諷刺、或者是元稹的諷刺，兩者就是不一樣。因此，杜甫在我心目中，位階畢竟是比較高的。馬森教授曾經跟我說過一句話，我終身受用不盡，那就是：「太陽底下無新事」，只是，我們要怎樣去「古事新說」。這樣說，好像是在強調技巧，但是，你若是說，要推到那個地步去的話，很多人可能會無法接受，因爲，形式跟內容要怎樣才能一刀把它切開？這很難！

鄭：我了解你要說的論點。尤其是你現在說的這個契訶夫的〈可愛的女人〉裡，所使用的repeat「重複」，這個重複性，其實，就是一種寫作的策略，就是用相同的東西嘛。其實，重複性這東西，可能後面還會講到，因爲，〈堂嫂〉也用到「重複性」這個策略。我曾經讀過一篇莫拉維亞（Alberto Moravia, 1907-1990）的文章，裡面也有使用這個「重複性」的策略。你可以說，這是敘述的一種策略。

拿這三篇作品來講，它們用的都是一樣的重複性的敘述策略，不過，因爲它們重複的內容不一樣，所以，寫出來的效果就不同

---

[20] 請參考，杜甫，〈石壕吏〉，收入，涂經詒輯，《中國文學選》（台北：廣文，1972年2月），頁114。

[21] 鄭清文，〈來去新公園飼魚〉，收入，《鄭清文短篇小說全集：卷5，秋夜》（台北：麥田，1998年6月），頁189-214。

[22] 如上，鄭清文，〈來去新公園飼魚〉，頁196。

了。

　　比如說，莫拉維亞，他寫的是一個丈夫，他的太太跑了，丈夫對太太那麼好，為甚麼太太還會跑掉呢？丈夫對太太好，究竟是怎麼個好法？比如說，桌子髒了，他就擦一擦，太太要買衣服，他就跟她一起去買，買菜回來，就煮好，給她吃。他太太不能忍受他這樣，但是，他不知道。所以，這裡，莫拉維亞用的是重複的敍述方法。後來，他追到岳母那裡去，岳母說你太太跑了，是不是？他說是，他要求跟她太太見面。可是，岳母不肯，他想不出理由。談話當中，岳母把話題引開，這時候，他看到桌子髒了，就過去擦一擦，這就是repeat，repeat silly【重複他的愚蠢】嘛！

　　在〈可愛的女人〉裡頭，有repeat，沒有silly【有重複，可是沒有愚蠢】；〈堂嫂〉用的也是repeat【重複】。Repeat本身是要求達到一個效果，同樣的行為，重複出現，會產生相同的效果。但是，重複出現的是甚麼？這才重要，我要講的就是這一點。策略相同，但是，深度不同，就是他重複的這些東西，也不一樣。重複是要讓效果顯現出來。但是，如果要達到效果，還需要內容來配合。這個效果，很多人想要取得，不過，呈現出來的東西不一樣，主要是因為它的內容有差別；以這三篇來說，它們repeat的東西都不一樣。這就是為甚麼你會認為，莫拉維亞這篇寫得那麼好，不過，也只是「那麼好」而已！不會讓人覺得他寫出了一個聖人，不會給人那種感覺；相反的，他只是寫出了一個「笨蛋」，如此而已，相同的silly（愚蠢）的事情還是在重複。他本來是要寫silly的事情，但是，他一再的重複，會讓讀者忽然間發現，除此以外，還有東西。這個問題的關鍵在於：契訶夫、莫泊桑、莫拉維亞這三者，技巧都有，寫出來的效果卻都不一樣。所以，我說，當然，內容決定形式，或是說，以形式來襯托內容，那是沒有錯，但是，重點是內容到底是甚麼。

林：我用一個比喻，您的菜，是要炒、要蒸、還是要水煮？這些都類似，但是，您是拿甚麼東西來炒、來蒸呢？

江：策略？

林：不是，是食材，內容就是食材。能拿到鮑魚就好了！看你是否能夠拿得到鮑魚！

江：其實，我也不是反對、不能接受。我只是覺得，寫作策略、敘事策略可能會決定，作品是否成功。至於，作品偉大與否，我覺得，是要觸及更深層的、而且是許多人共同擁有的、比較寬廣的、沉厚的感情。我覺得，其實，這都沒有衝突，只是說在甚麼時候你重視的是甚麼？

鄭：應該是這樣啦！我們現在說的repeat這個手法，大家用的都類似，但是，repeat的內容不一樣，所以，作品的差異會出現。

7.林：在您的譯本《可愛的女人》中，除了用為書名的〈可愛的女人〉那一篇短篇小說之外，有沒有您覺得契訶也寫得相當出色的其他作品？如果有的話，是哪幾篇？為什麼？

鄭：當時，我翻譯《可愛的女人》的時候，是因為那個時候我接觸到一本書，日文的書，這本日文的書叫做《俄羅斯三人集》，這可能是從英文翻譯過來的，其中，也有翻譯錯誤，就是把廚師翻譯成公雞的那本書。這大概是昭和初期的書。當時，是因為台灣很少書，所以，接觸到了。《可愛的女人》這本書裡頭的小說，大部分都是從《俄羅斯三人集》這裡來的。另外一方面，這本選集，有比較長的一些作品，我沒有辦法翻譯，第一，是因為翻譯了，沒有辦法發表，第二，當時也是自己一面讀書，好像是一面翻譯、一面讀書，就是用這種學習的方式，去接觸。但是，在《可愛的女人》這本書裡

面，沒有翻譯、沒有收入的，是一篇叫做"Grief"〈憂傷〉的作品，那一篇，我非常的感動。

〈憂傷〉是寫一個馬車夫要駕車帶人家。當時，坐馬車的人，是貴族比較多。他每次碰到坐他的車的人，就告訴他，我的兒子死掉了，但是大家都不理他，告訴另外一個人，我的兒子死掉了，另外一個人也不理他。後來，他沒有辦法，就告訴他的馬，我的兒子死掉了。這是非常悲哀的，有非常多的東西在裡面，包括他們社會的情況、階級的情況都有，還有包括父子之間的感情，也穿插在這裡面。這篇當時我沒有看過，後來才讀到。我覺得，這是我感受最深的一篇小說，篇名就叫做〈憂傷〉，還是〈哀傷〉的樣子。

林：那我就即興再問一個問題，我覺得您講這個，非常有意思，您講的這個，不在我們這問題上頭。如果讓您比較〈憂傷〉或是〈哀傷〉，跟〈可愛的女人〉，不管從哪一個角度來說，究竟哪一篇比較高檔？作品寫得比較好？或者說，你比較喜歡哪一篇？

鄭：我覺得〈憂傷〉很容易打動人，可是，〈可愛的女人〉比較高檔，它能到達的境界比較高，因為，這個，普通人比較不會注意到。如果你告訴他〈憂傷〉這種故事，他會寫，不過，如果，你告訴他〈可愛的女人〉這種故事，他不一定會寫【或寫不出來】。

除此之外，契訶夫寫得很出色的作品，我想是〈六號病房〉，因為，這是他的代表作之一，內容就是我前頭所說的，好人卻被捉進去瘋人病院，這個題材主要是反映：當時俄羅斯怎麼樣對付那些反動派、異議份子。

林：您喜愛這篇，有特別的原因嗎？

鄭：這篇小說在契訶夫選集裡面，算是比較長的一篇，內容是在說，正常的人會有一些意見、會有一些行為，但是，正是因為有這些正常的意見、或行為，卻被人強捉進瘋人病院。這種事件，在

以後的社會，也還是在發生。契訶夫是否碰見過這種狀況，當然，
我不知道，不過，這是他早期所關心的問題之一。這篇的寫法，跟
他一般的作品比較不不一樣，這是直接寫到社會問題。即使這樣，
這一篇算是很完整、很有份量的作品。

有關〈可愛的女人〉，我還要再補充一下，在中國〈可愛的女人〉
被翻譯爲〈寶貝兒〉，我不知道是不是還有其他的英文譯法，但是，
所有的日文版本，都是譯成〈可愛的女人〉。所有的英文翻譯都用
"TheDarling"，我想「寶貝兒」還是不妥。這可能是從俄文翻譯過來
的吧？是不是正確，我就不清楚了。

8.林：*在Magnolia《玉蘭花》這本選集裡，我們選譯了十三篇您
最爲出類拔萃的傑作，全以女性爲主軸，我們特別關注的是：她們
在變幻無常的情境下，究竟扮演了什麼角色、又如何存活、求生？
這當然反映了我們的偏見與個人的文學品味。在這本我們選譯的作
品中，有沒有您最喜歡或最不喜歡的篇章？*

鄭：最不喜歡的沒有啦，最不喜歡，就不要寫啊！比較喜歡
的，我想提兩篇，一篇就是〈女司機〉。這篇處理的：一個是女人的
問題，這個女人的一些缺陷，她把這些缺陷當作一種力量。還有，
另外一個，就是語言的問題，〈女司機〉裡面的焦點之一，就是語言
的問題。

例如，我們談論過的那個「送作堆」，也是語言的問題。「送作
堆」，比較優雅，「煞作堆」，就沒有那麼優雅，因爲，「煞作堆」，
就是有一點強迫的意思。以前，童養媳從小一起養大，可是，有時
候，這個童養媳不喜歡這個男孩子的時候，勉強要把她「煞作堆」，
就是要把她推進去，推到床上去，這樣的意思。

　　〈女司機〉也是從女人的角度，來看這個語言的優雅、或粗俗，還有一些生活的問題，都在裡面，我想，這個我很喜歡。

　　另外一篇就是〈贖畫記〉，這個作品在描述戒嚴時代的一個悲劇，譬如說，當時國軍剛剛撤退到台灣來的時候，有一些軍人，心情就很壞，開車亂撞，然後，就撞死了人。後來，這種事一再發生，社會就變得不安了。社會不安，上面就下命令，任何人開軍車壓死人的話，就要當場槍斃。這當然是在一個比較特殊的情況下，才會發生這種事情的，當時，也根本不需要審判。

　　〈贖畫記〉裡頭，這個被處死的人，剛好是一個很尊敬司令官的軍人／藝術家。[23]這篇小說還處理另外一個問題，那就是「國畫」，其實，在這篇小說裡頭，我對國畫，有一些批評。[24]因為，中國的國畫，在畫裡頭比較沒有看到一般人，他們只看到自己，沒有看到別人。我很喜歡用這種方式，一方面來講這個故事，一方面來表示，我對中國繪畫，國畫的一些看法。

　　羅司‧史丹福：這些小說，我也都很喜歡，也深愛這些人物。他們都一直活在我心中。不知道有沒有一、兩個，您最喜歡的人物？

　　鄭：這個比較難，我現在忘了您們究竟選譯了哪十三篇？而且，頭有點昏，我要想一想。不如，給我一個篇名，哈！我想女司機這個人，是我很喜歡的，我已經講過，現在，我講〈局外人〉好了。[25]

　　其實，〈局外人〉是我自己所知道的故事，因為，裡頭有我的母親跟我的祖母的影子。但是，〈局外人〉，不是她們兩個人的故事，

---

[23] 請參考，〈贖畫記〉，收入，鄭清文，《鄭清文短篇小說全集：卷5，秋夜》（台北：麥田，1998年6月），頁294。

[24] 作中對國畫所做的暗示性的批評，請參考，如上，〈贖畫記〉，頁286-88。

[25] 請參考，〈局外人〉，收入，鄭清文，《鄭清文短篇小說全集：卷4，最後的紳士》（台北：麥田，1998年6月），頁127-156。

是藉她們的一些事情，來講故事。

我的祖母，差我70多歲，因為，她年紀很大，所以，當時，我母親說，如果，我祖母死掉，要給她辦一個很好的葬禮。結果是：我母親先死。所以，在〈局外人〉裡頭，我就安排了一個類似的情節。

秀卿的媽媽這個主角，跟秀卿的二嬸婆，她們就是一個年紀比較輕、跟一個年紀比較大的關係。二嬸婆這個老太婆，是一個很髒的老人，當然，她不是我祖母。在〈局外人〉的故事裡頭，因為，秀卿的媽媽生病的時候，被醫生誤診為癌症，她就以為，自己一定會比二嬸婆先死，要是那樣的話，她就沒有辦法把以後二嬸婆的葬禮辦好。因此，秀卿的媽媽，為了要把二嬸婆這個老太婆的葬禮辦好，她就把這個髒老太婆先殺死掉，這樣，她才能完成把葬禮辦好的這個心願。所以，在〈局外人〉裡頭，我們談到了一個問題，那就是我們平常所看到的推理小說，殺人的動機，有一個可能是情殺、一個可能是財殺、一個可能是仇殺，這是最普通的一種推理。但是，秀卿的媽媽殺了二嬸婆，是為了一個高貴的動機：要辦好二嬸婆的葬禮。為什麼我會喜歡秀卿的媽媽這個女主角？那是因為她有這個高貴的動機，這樣殺人，大家也許可以同情。但是，還有一個要注意的，那就是：在中國的傳統倫理思想之下，這樣殺人，是絕對不准許的。

除此之外，我還要強調「髒」這個字。事實上，在現實生活裡，真的，有這麼一個老人，故意衣服穿得破破爛爛的，一張臉，總是愁眉苦臉，還時常哭哭啼啼到處去訴苦。有人把水缸埋在地上當糞缸。因為，以前的衛生總是不太好。她就去那裡自炊。為什麼要跑到那裡去煮飯？就是要苛責她的媳婦，說是媳婦虐待她，年紀那麼大了，連吃飯都要自己弄。

　　現在，讓我再把背景說得清楚一些。爲什麼這個二嬸婆會被殺死？那就是因爲讓人看了，心不忍，同時也感到噁心。我要強調的是這個意思。第一，她總是穿得很破爛，第二，她喜歡四界去告狀，說她的媳婦不孝，但是，她故意不說媳婦壞，而是說她們不孝。接下來，就是在糞坑旁邊煮飯，自己就在那裡吃，要讓人家看、要讓人家同情她，一切都是爲了傷害她的媳婦。

　　在故事裡頭，關於二嬸婆，我需要創作一個比較特殊的形象，才會讓人瞭解：秀卿的媽媽她爲什麼會有殺人的動機。如果，秀卿的媽媽先死了，二嬸婆活下去，那種髒的樣子，髒的想法，髒的做法，那種齷齪人生，必須由許多人去承擔。這才是殺人的眞正動機。秀卿的媽媽曾經答應：要幫二嬸婆辦喪事。其實，這不是主要的動機。

　　9.在您汗牛充棟的小說中，可有主題關懷其實與 *Magnolia*《玉蘭花》裡的作品相類似的其他傑作，緣由於我們的偏見與疏忽，因而可惜成爲遺珠之憾？

　　鄭：那我就不客氣，表現一下。我想，主要是，因爲，你現在的焦點放在女性，所以，你就選譯這方面的作品。另外一個可能是長度的問題。我有兩篇比較長一點點的作品，你就沒有翻譯，而這兩篇也跟女人的主題，不大相關。第一篇叫做〈花園與遊戲〉。[26]在這篇〈花園與遊戲〉裡頭，我運用了杜國清教授所翻譯的艾略特的詩句，我們都是空洞／我們都是稻草人／我們都是草包。

　　這個故事大概有四段，全部都是用對話來表達。在形式上是比

---

[26] 〈花園與遊戲〉收入，鄭清文，《鄭清文短篇小說全集：卷3，三腳馬》（台北：麥田，1998年6月），頁249-282。

較特別、比較短的對話。

第一段，寫的是男女兩人認識的經過，他們認識的時候，兩個人去看電影，坐在一個冰果店看人家走過去，然後說，我們來猜這個人有多高，兩個人猜185、不止185，一直這樣猜。兩個人一直講，一直笑，這就是第一段。

第二段，是寫他們結婚的時候房子的裝飾，台灣人當時有一段時期，就算不出門，也可以在房子裡頭看到山，也就是可以看到很多風景，連加拿大的紅葉都飄到房間裡面來、瑞士的山照到房子裡面來，他們就在這種環境之下，認為他們已經站在很寬闊的世界上，在活著。

第三段，是寫這兩個人，生了小孩，到嬰兒房去看孩子，在醫院，每個嬰兒，都是一樣的，包得像春捲一樣，一捲一捲的。他們隔著玻璃窗高興的逗著自己的孩子，然後，他們突然發現，一直在逗的這個孩子，竟然不是他們的，原來他們的孩子被護士移開了。

第四段，就是這個小孩子長大了，在家裡走來走去，撞到桌角，孩子哭了，大人就說那有什麼好哭的？全部幾乎都是用對話，這個故事是寫台灣的某一些情況，我想，這樣就好了，就夠了。

再講一篇，〈熠熠明星〉，[27]這個故事是寫萬年國代、立委——那個時代的事情。故事裡的主角是一個資深的立法委員，他跟他姊姊是大陸時代就選出來的立委、國代，他最好的朋友、同學則是資深的監察委員。

他們的名字跟天上的星星都有關係，而他們開口、閉口也都是在講「維護中國的道德文化道統。」這個立委跟監委，他們有事、沒事，就去看公保。因為，他是立法委員，公保的人員要服侍他，如

---

[27] 〈熠熠明星〉，收入，鄭清文，《鄭清文短篇小說全集：卷5，秋夜》（台北：麥田，1998年6月），頁59-110。

果，服侍得不夠滿意，他就發脾氣。他還要跟監察委員比較，我立法委員地位比他高，為什麼比他高？因為，要聽從我的人比較多，尤其是大官。後來，這個立委娶了一個台灣的女性，是屬於佣人的性質之類的，做續絃，所以，這個家族的人，都看不起她。

有一天，立法院要通過一個法案，「優生保健法」，這個法案大概是跟墮胎有關係，年老的立法委員都反對，但是，一些比較年輕的委員，都想讓這個法案正式通過。不過，因為老委員他們反對的力量太大，所以，民間就有「支援『優生保健法』的運動」產生，他太太竟然也去參與。她的先生反對這個案件，他的太太卻要贊成這個案件，所以，這兩個人的想法不一樣，一個代表的是比較舊式的中國，一個代表的是比較有活力的台灣。裡頭，有一種生命力、有一種智慧。這種智慧，要從當時一般認為一個比較平庸的人，她那個角度來看。

我也很喜歡這篇作品。這篇小說，最後，也提到中國人怎麼命名，跟天象、星宿又有什麼關係。老代表，他們一直都在強調：這些【星宿】，但是，這種信念，在當今這個世界上，不再是很重要的道統。這篇作品跟迷信沒有什麼關係，跟女性也沒有什麼關係，不過，這個老立委的台灣太太，我描寫她的篇幅雖然不多，然而，她卻是一個很不一樣、很有趣的現代女性。

有趣的是：表面上，她是弱者，其實，是一個強者。為什麼說這個女性是一個弱者？因為，她的丈夫是老立委，四週是顯赫的萬年國大、監委，還有，圍繞在他們周邊的是老代表心目中最高貴的中國文化。加之，她讀書，讀得不多，感覺自己是個傭人，似乎是很微不足道的，不過，後來，我們發現，她雖然「外表溫順」，卻是另有堅持。這就是強者。因此，她的存在，其實，是很有意義的，因為，她這代表著一種優秀的文化。

〈結〉這篇比較長，[28]其中也有女性的問題，其實，是描寫一個男人，這個男人很膽小，可能有一些心理上的障礙，他不敢和女生接觸。後來，有一個女生用盡各種辦法，讓他去接觸，這是一種引誘，但是，引誘的技巧滿自然的。我想，這也是一種可以去注意的女性。這樣的關懷，主題沒有那麼大，不過，是在說明心理上的變化。

這個主題，我後來在童話〈紙青蛙〉中，嘗試過怎樣將這種心理慢慢的轉化。故事是說，有一個男生他本來是怕青蛙，在做實驗的時候，他嚇得昏了過去，老師試著讓他觸摸紙青蛙。有一次他到政大，看到一群青蛙在跳動，眼看著，就要跳到水流湍急的水溝裡去了，那它們就會死亡。他想要救青蛙，但是，又不敢去摸青蛙。這要如何去克服呢？我要說的，大概就是這樣的一個故事。這算是童話。但是，我要講的是：這種心理變化的作品。主要是要讓他心理改變的一篇小說。

江：你也有寫過一篇童話，主要是在說動物。

鄭：有啊！叫做〈麗花園〉，（「立法院」），這是政治童話。我們昨天在通電話時，李登輝學校打電話來，說要把這一篇收入他們文學作品的選集裡，現在，李喬要在一個教會談文學，也是在講選這一篇。

三 敘事策略

10.在分析契訶夫的〈可愛的女人〉中所精巧運用的敘事策略的時候，評論家史維特拉娜・伊多姬莫娃（Svetlana Evdokimova），主張：「這篇作品的結構是建築在**一個既循環、又重複的相同境遇**

---

[28] 〈結〉，收入，鄭清文，《鄭清文短篇小說全集：卷3，三腳馬》（台北：麥田，1998年6月），頁45-150。

上，那就是關係的建立與分離。每一次歐蓮卡與一個人建立起關係，她就與所愛的人全面認同，直到她受他的識見所同化為止。每次她失去了所愛，也同時喪失了她生活的旨趣、她自己的意見、甚至於她自己的生機。」[29]伊多姬莫娃對契訶夫的人物塑造的策略，所做的這一番詮釋，自然與李蒙・姬南的主張是不謀而合：篇中人物，在作品中一再重複的習慣性行為，必然會引發我們指認該項行為是用來暗示這個人物的特徵。[30]與此相仿，我們察知在〈堂嫂〉這篇作品中，也有一個既循環、又重複的相同境遇、以及篇中人物一再重複的行為。其間，女主角聽從父命，衝過街頭、臉帶笑容、兜售香條與金紙，父親過世之後，聽從丈夫之命，其後，被丈夫遺棄，又聽從兒子之命。[31]您採用與契翁相同的重複的敘事策略，自然令人想起：在您建構〈堂嫂〉這篇作品的時候，是否自覺地或不自覺地受到了契翁的影響？

　　鄭：我想，你說得對。〈可愛的女人〉、〈堂嫂〉這兩篇，應該是有關聯的，因為，我翻譯過契訶夫的作品。但是，因為，我的記憶差，〈可愛的女人〉這篇小說，在我寫〈堂嫂〉的時候，還能記得多少，我不敢確定。記得的倒是：repeat（重複），這一個敘述策略。不過，翻譯完了之後，有些細節，的確，就不太記得了。印象中，我隱約覺得，歐蓮卡應該是一個逆來順受的女性，[32]總是有外邊的

---

[29] 引文，出自，Svetlana Evdokimova, "'The Darling': Femininity Scorned and Desired." Robert Jackson, ed., *Reading Chekhov's Text* (Evanston, Northwestern University Press, 1993), p. 190.

[30] 請參考，Shlomith Rimmon-Kenan, "Action," in Chapter 5, Text: Characterization, *Narrative Fiction: Contemporary Poetics* (London: Routledge, 2002 edition), p. 61.

[31] 有關堂嫂聽從父命、丈夫之命、兒子之命：衝過街頭、臉帶笑容、兜售香條與金紙，請參考，〈堂嫂〉，收入，鄭清文，《鄭清文短篇小說全集：卷4，最後的紳士》（台北：麥田，1998年6月），頁23-27。

[32] 英雄所見略同，其實，鄭先生的這種所謂「逆來順受」的直覺，與高爾基對柔順的、受

人，來罵她，我有的大概就是這個印象。後來，我就用這個概念，寫了一篇「逆來順受」的故事，那就是〈堂嫂〉。

因為，你要訪談的緣故，所以，我又再讀了一次契訶夫的〈可愛的女人〉。我這才發現，雖然，〈可愛的女人〉跟〈堂嫂〉，這兩篇小說都用上了repeat（重複），這一個敘述策略，但是，契訶夫跟我repeat的內容並不一樣，當然，我在寫〈堂嫂〉的時候，是已經想到repeat的敘述策略了。不過，當初，我可能記錯了，以為〈可愛的女人〉一直被罵，是因為逆來順受的關係，其實，那是因為：她所需要的，主要是一種【重複性的】依賴。「逆來順受」跟「依賴」是不一樣的，所以，這是我當初記錯的部份。Repeat的敘述策略是從〈可愛的女人〉這裡來的，沒有錯。

可是，〈可愛的女人〉跟〈堂嫂〉所用的「重複性的內容」，是不同的，在〈堂嫂〉這個故事裡頭，我把她跟宗教做一個連結。因為，堂嫂要努力賣香，所以，她就必須要在馬路上，跑過來、跑過去，可是，馬路上，車子又多，你知道，台灣的車子是不太會讓路給行人的，因此，過馬路去賣香，風險是很大的。舉個例子來說，只要你去恩主公，你一下車，賣香的人馬上就會過來。賣香的人是這樣想的：客人來，我就要趕緊上前去賣，要不然，客人就會到別人的店裡去買了，加上，車子是不讓人的，危險性就很大了。

林：所以，這就是您用本土的特點來寫的一篇小說。

鄭：雖然，我寫〈堂嫂〉這個故事的時候，是從契訶夫的〈可愛的女人〉那裡，得到過一個hint（提示），但是，這兩篇作品還是有差別的。

第一，就是我重複用的是「香」這個物件，還有，賣香是要冒險

到凌虐的俄國女性的關懷，是有點類似。有關高爾基的論點，請參考，如上，Svetlana Evdokimova, "'The Darling': Femininity Scorned and Desired," p. 189-190.

的，我所repeat(重複)的，是在這個地方。第二，賣香這個重複性的動作，也跟契訶夫的〈可愛的女人〉不一樣，因為，〈可愛的女人〉用的是重複性的愛，不過，這一點，我在寫〈堂嫂〉的時候，就已經不太記得了。第三，這兩篇作品的敘述者，也不同。〈堂嫂〉這一篇小說，是透過作品裡頭的一個人物「我」的眼光來觀察、說故事。這個人物就是敘述者「我」，她稱女主角為「堂嫂」。為什麼要用這個敘述者「我」來講故事，這是一個敘述策略，我覺得，可以增加故事的真實性，不過，也正是因為這個原因，這裡的敘述者「我」常被誤會，很多人會以為這就是「我」鄭清文，甚至還有人寄mafura(英文稱為 "muffler"，是日本話中的外來語，「圍巾」之意)來給我，一條指定要給鄭清文的堂嫂。

其實，這裡面我還用了一個策略，那就是啟用女性做為敘述者。為什麼要用女性做為敘述者？這你有發現吧？很多人都沒有發現，因為，很多人都把裡面的敘述者「我」，當成是作者鄭清文。我用這個女性的敘述者，是為了收尾的時候，要提到的那個香味。我要強調：故事中的「我」看著堂嫂的時候，她寧可相信，她聞到的是──堂嫂這個人全身所散發出來的一種香味，而不是她自己的化妝品的香，或者店裡賣的香條。寫得這麼明顯，到底好？還是不好？不過，這樣寫，這個主題含意，應該就比較容易瞭解了，可是，容易瞭解，是不是就表示深度會不夠？這就是我必須考慮的問題。

話說回來，契訶夫的作品讓人很難瞭解，難瞭解的原因，是在於契訶夫的世界是我們一般人，很難去接觸到的世界，而這個世界，卻是很重要的，所以，契訶夫的文學，到現在可能還是有很多人在讀，比起讀莫泊桑的作品的人更多。我的作品是很容易瞭解，也很容易…不過，高中課本怎麼沒有選這一篇？我也不瞭解。

江：那他們選您的哪一篇？

鄭：選〈我要再回來唱歌〉。我們剛才談到莫拉維亞(Molavia)，他不是日本人，而是一個非常精采的義大利作家。他最精采的地方在於：能用很淺的文字，來表達任何的問題，跟我的想法很接近。我一直很佩服的，還有毛姆，[33]他說：無論什麼事情，他都可以用很簡單的話來表達。我就是最佩服這一點，莫拉維亞也擁有這個能力。如果，文學獎要我來做評審，那麼，那種寫文章寫得很複雜的，我就不欣賞，我一直都是用最簡單的話，來表達最複雜的事，我認為，這是一個最高的標準。

11.歐蓮卡這個所謂「一再重複的、未解放的」行為，[34]是不是因而導致您在〈新與舊—談契訶夫文學〉中，評斷她：「是一個沒有個性的女人」？

鄭：其實，她的見解，都是在重複覆述跟她最接近的人的見解，先前，我們說，她的見解就是別人的見解，這是一個層次。現在，我們說，那是她最接近的人的見解，這又是另外的一個層次。她重複覆述跟她最接近的人的見解，這暗示了她對他有一種感情的依賴性存在。所以，契訶夫原本認為，沒有意見、重複別人的見解，就是沒有個性。此外，她沒有見解、沒有意見，是因為她的話題只是緊緊跟隨著她最接近的人，如果他談劇院，她就跟著談劇院；他談木材，她就跟著談木材；談軍醫，她就跟著談軍醫。她都是跟著那個人在談，當然，她也是沒有什麼看法的。如果，這個人不見了，她就好像失去了一切，所以，作品的重點就是在這裡。

---

[33] William Somerset Maugham, 1874-1965, 英國小說家及劇作家。

[34] 有關評家這個負面的論點，請參考，如上，Svetlana Evdokimova, "'The Darling': Femininity Scorned and Desired," p. 189.

12.您在同一篇文章中，也述說：【歐蓮卡】「幾乎是逆來順受。」並且感嘆：「這種女人在早期的台灣到處都有。」依我個人的淺見，「逆來順受」用來指涉〈堂嫂〉中的女主角倒反而最爲恰當。不知道契訶夫的歐蓮卡是否因而就激發了您創作〈堂嫂〉中，那個柔順的女主角？

鄭：我想，這應該是沒有問題的，剛才我們已經討論過這點。「逆來順受」是我以前翻譯〈可愛的女人〉，那時候的印象，現在，讀來感受已經不同。歐蓮卡不是「逆來順受」，是沒有自己的意見。因爲，那時候的誤會，所以，我寫的小說才會變成那樣，因此，相似性就比較少。在〈堂嫂〉裡頭，堂嫂她被呼來喚去，可是，在〈可愛的女人〉裡頭，歐蓮卡並沒有遭遇到這種被呼來喚去的情形，只有那個小孩對歐蓮卡說：「走開！不要囉唆！」我以前是因爲記錯了這樣的情景，本來是有點要模仿的意思，結果，因爲，記憶錯誤，反而創作出不同的作品。

林：我想這樣，反而，對您是好的。另外的一個說法是，這對我們這些做比較文學研究的人，也是有趣的課題，那就是經由您翻譯後，您就先把它擱置，直到您要創作的時候，也沒有想過要把以前讀過的書，拿出來重讀，然後再創作。

鄭：沒有，完全是憑印象。

林：這表示您的創作過程是很微妙的，這是很有趣的過程。那些讀過的東西，其實，是深藏在您內心裡的，並不需要您一直去翻閱的，沒有任何一個作家，他創作是要遵守規律、典範的，並不是非要再重新翻閱以後，才能進行創作，其實，也沒有刻意要模仿的意思。

鄭：這種事，其實，也再發生過。我寫過一篇叫做〈花與靜

默〉，[35]後來也是發現跟契訶夫的一篇相類似。我在寫〈花與靜默〉之前，其實，讀過一篇法國作家的作品，叫做〈沉默的海〉(口誤：其實是〈海的沉默〉)。那時候，我有一點害怕。

那篇〈沉默的海〉寫的是德國佔領法國的時候，德國軍隊進駐在法國民家，其中有一個軍官，就住在一個法國人家裡，他們只有一個媽媽和女兒。那時候，家裡一定是沒有男人的，因為，男人的存在會使德國人產生懷疑，所以，男人都跑光了，只剩女人。那個德國軍官跟那個媽媽和女兒表示：他對法國文化很崇拜，就一直在講這個，細節，當然，我也忘記了，從頭到尾，這個媽媽和女兒都沒有回答一句，那篇題目就叫做〈沉默的海〉。

因為，我要寫這篇〈花與靜默〉，我去問了葉石濤，他回了我一封信，就說了一些，我發現，葉石濤根本沒讀過〈沉默的海〉，他也不知道有這麼一篇，他回答得模模糊糊，我想了一想，連葉石濤都不知道，其他的人應該也不知道，所以，就把它寫了進去。作品裡的人也是不講話，後來，發現契訶夫的作品裡面也有一篇類似的，其實，我在創作的時候，想到的就是這篇〈沉默的海〉。我完全不記得契訶夫有這樣的作品，那時〈沉默的海〉給我的衝擊比較大，它是政治的問題，就因為它是政治的問題，我自己就把它寫成普通的問題，我那時害怕，害怕有人會讀過〈沉默的海〉，我本來是要寫〈花的靜默〉，後來才改成〈花與靜默〉。喔！不是〈沉默的海〉，是〈海的沉默〉，一個法國作家寫的。

13. 讀完〈堂嫂〉，其中，女主角一再聽命、俯從於父親、丈夫、甚且自己的兒子，真是令人震驚不已，簡直叫人不由自主地回想起過往加諸於女性的傳統訓誡，例如三從、四德(在家從父、出

---

[35] 鄭清文，〈花與靜默〉，《台灣文藝》，1969。

嫁從夫、夫死從子，以及婦德、婦言、婦容、婦功）。不知道在您
創造堂嫂這個女主角的時候，這個過往傳統的訓誡是否曾經飛越過
您的心中？可有批判這個傳統的意圖？

鄭：三從四德，相信大家都聽過，有可能從歌仔戲裡頭聽來。
其實，我這篇小說對三從四德不是有特別的興趣。不過，小說裡
頭，堂嫂聽從父親、丈夫、兒子的行為，剛好跟三從四德的意義相
符合。不過，這也是很自然的事情，要看這個家裡頭的男人是什麼
人、是什麼身份？這些在〈堂嫂〉裡頭的男人，都同樣是一家人，但
是，在一齣歌仔戲裡頭，可能就單純是對某一個特定的男人。

小說裡頭的描寫，有兩種角度，一種是男人的世界，一種是女
人的性格。其中，某某人叫我做什麼，我就做什麼，這講的只是人
與人之間的關係而已。小說裡頭，我很少用三從四德之類的成語，
更不會去想到古代這種道德標準的問題。我對這個三從四德的觀
點，並沒有批判，也沒有贊成的意思。在〈堂嫂〉裡頭，我只不過是
描寫一個女人的性格，寫這個女人的時候，是沒有想到《可愛的女
人》的問題，更不可能想到三從四德的。而三從四德又跟逆來順受
不同，三從四德是種美德，而逆來順受卻不是美德，而是表示一點
辦法都沒有。

三從四德，我是曾經聽說過，不過，我認為，這是很笨的標
準。我這篇小說跟這個沒有關係，甚至於只是描述一種逆來順受的
女人的性格，這有可能是發生在從前的一個時代，甚至，今天仍然
也會有這種人——自己沒有太多的意見。除非跟自己有很大的衝
突，否則大概都能夠接受。我覺得，現在，大概還是會有這種人。
其實，我對三從也沒有很正確的瞭解。你所說的三從，是指聽從三
代的意思嗎？

林：是呀！

鄭：我也沒有想得那麼多。我以為，三從，是三種不同的事情，我並沒有深入的去思考這個問題。對我來說，這已經是很老舊的觀念了。

林：那是不是表示大嫂，她的教育，或是您們家庭，都沒有這種傳統的思想…。

鄭：我們家沒有，因為，我們家不是讀書人的家庭，沒有那種問題，大家都很…，並沒有這麼嚴格。不過，我太太他們家算是讀書人的家庭，她爸爸以前做到很大個官，才有這樣的教育。

14.在〈可愛的女人〉中，契訶夫直截了當地介紹╱指認歐蓮卡這個人物的特徵：「她是一個文靜，心腸柔和，富於同情心，舉止幽雅的女子，而且給人以健美的印象。」[36]此處，契翁劈頭就運用如此直截了當的呈現手法，來為他的人物特徵定位，自是難免招人認定：犧牲了文學家長久珍視的暗示與幽微。加之，故事結束之時，歐蓮卡將無私之愛又全心全意地獻予一個小六男孩，屆時她的行為模式已經重複了四次之多，而您僅僅循環性地讓堂嫂重複了三次（在家從父、出嫁從夫、夫走從子）吧了。凡諸種種，提醒我們：契翁的呈現法似乎與您的「冰山理論」不合符節。這彷彿指向：您或許還另有典範藏之于心？

鄭：其實，這個問題比較大，我前頭也提到，我看過契訶夫的〈可愛的女人〉。不過，重要的是，我遺忘了很多。而原先，我要寫〈堂嫂〉的時候，也沒有故意去查契訶夫的作品，更也沒有特意去避

---

[36] 引自，契訶夫著，〈可愛的女人〉，收入，鄭清文譯，《可愛的女人》（台北：志文，1975年12月），頁143。

免。所以，堂嫂三次重複的行為，我大概沒感覺到，甚至，剛剛我們談論到歐蓮卡的問題，我一直誤解，她是一直讓人給使喚、一直讓人給欺負，其實，不是，而是她去重複覆述、模仿人家的問題。用重複的方法比較容易。你講的逆來順受，我對〈可愛的女人〉的印象已經很模糊了，更不會想到逆來順受的主題，所以，我就往重複的敘述策略，這麼一個方向去發展。

　　你講的〈可愛的女人〉，最重要的是在於：repeat，repeat逆來順受，不過，現在才發現，逆來順受是個誤解。另外一點就是：repeat這些人的關係，其實，這也不對，因為這三、四個人之間，也沒有什麼關係，他們只是歐蓮卡偶然遇上的人，就是這樣子的情況。

　　而我寫的〈堂嫂〉裡頭，三個男人都是同樣一個家庭裡的人，說起來，〈可愛的女人〉裡頭，要描寫那些歐蓮卡偶然遇上的人，會比較難，因為，歐蓮卡遇上了，她就這樣子去重複覆述、模仿他們，既然，契訶夫必須要模擬這四種人，他對這四種人，就要有一定的常識。而我這篇〈堂嫂〉寫起來，比較簡單，人家吆喝堂嫂去賣香，她就趕緊去，處理的方式比較簡單。

　　我前頭也跟你討論過，賣香比較接近菩薩，那麼，敘述者「我」聞到的香味是堂嫂的、還是香條的？我最後那個寫法，好不好？我有這個難題。而這個難題是在：怎麼寫，比較容易讓人瞭解，也比較容易讓人欣賞。其次，我這個寫法，在美學的層次上，是高是低，我相信，也是你研究的重點所在。敘述的手法到底應該怎樣配合，比較文學會講到這些東西，在學校教書的時候，我也講到比較文學的這種議題，第一，是要去發現它的異同，第二，是要從它的異同，去找出它的意義。而這個問題，跟你現在思考的是一樣的意思。

我本來想〈堂嫂〉和〈可愛的女人〉很接近,但是,我現在發現,「接近」的,只是repeat這個敘述策略的部分,其他的,就比較沒有,甚至,我本來誤解〈可愛的女人〉處理了逆來順受的議題,其實,他的作品裡頭,並沒有議論到逆來順受。

林:對您的回答做一點回應。我覺得,您講:歐蓮卡四遍重複性的行為,比較難寫,但是,實際上,如果,您要寫,我相信,您也能馬上寫出四種不同的境遇的作品。像〈堂嫂〉裡頭,講的是:堂嫂聽從爸爸、丈夫、兒子的吆喝,看到香客,就馬上衝出去賣香,一方面可以說,這是我們特殊的傳統社會裡頭,很有可能會產生的情形,這是很自然的;更不必去提:爸爸、丈夫、兒子,三代之間,那種身教、言教、耳濡目染的後天環境。

反正,這兩天跟您對談,我發現您很謙虛、客氣,這是您的個性。我認為,其實,爸爸、丈夫、兒子,這三代、三個人物,應該是您的創作,很恰適。剛好也可以很方便的用三從四德,那種「三從」來詮釋這一個聽「從」的部分,實際上,三個,剛好是很完整的「重複性」的敘事。

鄭:不過,我本身是不要談什麼三從四德的。

15.堂嫂是個受踐踏、遭人遺忘的女孩╱妻子╱母親╱女人,但是,她卻是最善於賜予和體諒。而晚年,她決意獨立、安靜地獨居、接近菩薩,無意於仰賴子孫。這樣的事例,在飛速的台灣社會變遷中,就您所知,是不是很多?您可有意,以小說來書寫這種變遷、這樣的生活紀實?

鄭:在這一篇小說裡頭,我應該沒有特別想要關注到社會的問題,只是順便把社會現象寫進去而已。堂嫂沒有意願依賴孩子,只

想接近菩薩。這不是社會問題，是她個人的生活問題。我想，應該是要從這個角度來看，比較適當，因為，最後她也不用靠孩子，就可以過活。

林：有個文學朋友問，鄭先生這種寫法，會不會是暗示：堂嫂接近菩薩，才能夠得到心靈的解脫，或是這樣接近菩薩，對她就好像是一種慰藉、一種依賴？如果，真是這樣，那麼她就並不是完全獨立的。是不是宗教好像能讓她…我用一個暗喻來說…抓住一塊浮木…過日子。我是不會跟文學朋友說，她是不能這樣詮釋的，但是，如果要這樣解讀作品，我們需要從文本中，找出恰適的一個證據來支持。我自己是比較不會傾向這種解釋法。不過，還是應該讓大家去做開放性的思考、辯議。您有什麼意見呢？

鄭：我的意見是，這是雙邊的，一邊是自己，一邊是菩薩。人應該是逐漸進步的，到了一個階段以後，自己本身要有一個領悟，如果，有了領悟，再去接近菩薩，那是本身已經有了力量了。

要討論這個，其實，很困難，其中，還有自救、他救的問題。靠菩薩是他救，自己成長是自救。堂嫂她自己有成長，有領悟。

如果，單靠一邊的時候，力量會有點不太夠。如果，全靠菩薩，就會變成迷信。當雙邊的力量比較接近的時候，就不會是迷信了。如果單單靠自己，那可就是很強的力量，就像…我在〈校園裡的椰仔樹〉裡頭所要表達的訊息。[37] 我想，以堂嫂的情形來看，兩邊的力量是很接近的。不過，當時我的意圖是什麼，其實，我也忘了。應該是比較接近這個想法，這是比較自然的想法。

堂嫂她自己不斷在成長，當她能夠放棄世俗、或是以比較超然的態度去面對一切的時候，她內心已經有種力量了。她不是要去靠

---

[37] 〈校園裡的椰仔樹〉，收入，鄭清文《校園裡的椰仔樹》（台北：三民，1970年1月），頁157-182。

那個,事實上,她已經培養出一種獨立過生活的能力,然後,再去接近菩薩,這樣來解釋會比較接近我的意思。

16.林:終場謝幕前,堂嫂「完全發自内心的」微笑,那一付恬靜之情,自然又召喚起我們前一段對「觀音菩薩那溫文和安謐的相貌」的美好而崇高的記憶。兩者一前一後出現,簡直有著對照、排比的作用,幾乎就像是您有意勾起我們進一步做一種「類比」,是不是?這可是指向,堂嫂有著一種包容、寬厚的「菩薩心腸」的暗示?

鄭:其實,這個地方比較有技巧。我用堂嫂這一個女人之外的另一個敘述者「我」來講故事,是因爲我想藉著敘述者「我」來表達她的看法,不是表達作家自己的看法,這是一種狡猾。有時候,作家並不要從自己的角度去看,他故意講得不是很確定,或是故意用作者以外的人物來敘述。照你這樣講,這個地方有類比的作用,那是敘述者「我」的觀點。這樣的考慮,就可以排除「作家這樣想,作者這樣說」的可能,就會有緩衝的設計。

類比是我們現在回頭來解說的,作者當時也有可能是有意這樣寫的,但是,這個類比卻是這個敘述者「我」看到的。敘述者所看到的,都是她主觀的觀察,完全不是作者的本意。

林:剛才講到的這個類比,是小說創作上很重要的一個敘述策略。記得葉老(葉石濤)寫了一篇〈黃水仙花〉,[38]他也曾經運用觀音菩薩這種意象在〈黃水仙花〉裡頭,[39]似乎是有意啓用這個意象,來暗示那個女主角,有母性、寬厚、包容、與慈祥的菩薩心腸。我希望有時間翻譯我爲他選的16篇作品,包括〈黃水仙花〉,就用《黃水

---

[38] 〈黃水仙花〉,收入,葉石濤,《黃水仙花》(台北:新地,1987年5月),頁185-225。
[39] 請參考,如上,葉石濤,〈黃水仙花〉,頁192、218。

仙花》做英譯本的書名。

鄭：小說中，是敘述者的觀點，甚至連堂嫂的香味，她都聞到了。

林：這個類比，本來，只是我對您的意圖與敘述策略的揣摩而已，原先，還不敢確認，經過跟您這樣的溝通、討論，更加讓我能夠體會您收尾的方式。其實，這種敘述手法，我完完全全可以接受，因爲，以您一向清淡的文風（style）來說，其實，您已經很含蓄地遠在收尾之前，透過這樣的類比，來預示、遙相指向結尾的香味，並且與之前後呼應。

鄭：正是因爲如此，所以，我要用另外的一個敘述者「我」來觀察、來講故事。那個敘述者「我」跟眞實的我，是不一樣的。作者的我，寫的是敘述者的意見，根本就是這樣，這是作者的逃避。

林：是否您也有一種暗示堂嫂有種包容、寬厚的菩薩心腸？是否有這種意思？

鄭：我想，這單純是敘述者的詮釋，作者本身並沒有這個意思。堂嫂在轉變，她原本是一個很被動、逆來順受的人，但是，她漸漸在成長，並且有一個成長的方向。因爲，她賣香，接近寺廟、菩薩，就往這個方向成長。但是，她原本就是一個很寬厚的人，有事會忍受，別人使喚，她也能夠聽從，雖然，可能也是勉強裝出來的，但是，我相信裝出來的以外，還有很多是自然的一面。也許她的本性就是這樣，就比較傾向這樣。但是，她也慢慢在成長、成熟，甚至於最後她不想跟她小孩住在一起，這也是一種很大的成長。

林：敘述者也說，她一直有給予、寬諒的情操。

鄭：我想，其實，她原本就是有這種「給予」的修養。敘述者說，她媽媽在世的時候，堂嫂就時常拿香給她媽媽。堂嫂的本性就

是這樣。這更容易看出她崇高的一面。

17.林：於故事的結尾，敘述者喁喁的獨語，最有震撼性的效果：「我的眼睛一直注視堂嫂的臉，忽然間，好像聞到了一股香味…那香味微弱而幽忽，我不敢確定。但我更願意相信，那是發自堂嫂身上的。」如此為〈堂嫂〉的故事踩下煞車，自然與〈可愛的女人〉結尾相異，因為您似乎是運用「微弱而幽忽」的香味，給予朝夕俯仰於邊緣的、擾攘世界的一角的這個恬靜女性，馨香一柱的歌頌與祝福，是不是？

鄭：這仍然是敘述者的立場。我想，這個立場並沒有講得那麼清楚，但是，已經有這個意味出來了，這個意味一出來，就會讓一般人覺得，似乎能聞到那個香味，她這已經是到達一個很高的境界了。不過，這當然是敘述者講的，是敘述者自己所感覺到的。其實，作者自己並沒有發言，為什麼敘述者還要提到其他的香味？這是作者在裡頭，故意做一個保留。

18.林：如此說來，我不禁覺得，您似乎是將堂嫂呈現為一個令人同情的人物，而不再只是一個「毫無個性」的女人。假設這個詮釋可以成立，那麼允許我引用托翁先前的評語：「雖然契訶夫的初始創作意圖是在詛咒女主角，最後卻反而在歌頌她。」我的解讀是否與您初始的藝術設計相去過遠？

鄭：這個故事本身寫得很清楚，在故事裡頭，堂嫂已經有了足夠的成長。這個成長跟她的性格、環境、寺廟都有關係。整體來講，她原來是一個比較微不足道的人物。但是，這個微不足道的人

物，還有很不錯的成長。我們應該是從這個角度去讀。這就跟歐蓮卡很不同。

談到人的成長的問題，歐蓮卡在作品裡面，並沒有成長，她的悲劇還是會繼續下去。甚至於到了後來，愈來愈糟，[40]因爲，她一直病、一直老下去，她的見解、發言、想法，愈來愈少。最後，還要依賴後一代，但是後一代並不見得會接受她，這就是歐蓮卡的悲劇。

而堂嫂她沒有這種依賴性，她的後一代並不依賴她，她自己也很獨立，不依賴他們。

林：契訶夫在〈可愛的女人〉裡頭，收尾的時候寫道，小六的男孩要歐蓮卡走開，別再囉唆、打擾他。契訶夫似乎用這個方式，暗示著，歐蓮卡在最後，結局恐怕也並不怎麼樂觀。

鄭：在那個時候，這個孩子好像是在做夢。但是，做夢，有時候，就表示那是留存在他心頭上的一件正經事。只是，我在寫〈堂嫂〉這篇小說的時候，把小孩子的這個夢忘記了。現在，要拿歐蓮卡來跟堂嫂做比較，這樣也沒錯。要討論的一個問題是：哪一個比較高、哪一個比較低的問題。從表面上來說，一個人的成長，是皆大歡喜的場面，不過，從古代的價值觀來說，哪一個是可以被接受的，可以被接受的，就是比較高。在做比較的時候，我們就要考慮到這些問題。

19.林：女性主義敍事學家蘇珊·藍瑟曾經表示，小說篇首出

---

[40] 鄭先生的這個詮釋，與評家Valentine Bill 的洞見，可謂英雄所見略同，請參考："As Olenka's absorption in the lives of the persons she loves increases, her self-esteem, her awareness of herself as a person, as a steward of her own being diminishes, as reflected in the satirically presented decline of her mental process and borrowed opinions." From "Love Trapped," Valentine Bill, *Chekhov: the Silent Voice of Freedom* (New York: Philosophical Library, 1986), p. 178.

現的作家名字，如果是男性，幾乎就會讓讀者毫無思索地以為小說
中的第一人稱的敘述者「我」，必然會是男性。[41]而初讀這篇作品的
時候，我也絲毫沒有任何預警，更不曾注意到敘述者的性別問題。
直到故事的中段，堂嫂直呼敘述者「妳」，並說「妳在裡面坐一下」，
這才讓我警覺到敘述者不是男性而是女性。我想提問的是：身為男
性作家，您如果使用女性為敘述者「我」，那麼在模擬「她」的語言、
用以陳述的時候，會不會增加您創作的難度，特別是靜態的演述通
常比較冗長，不像對話那般──簡潔而比較容易？

　　鄭：其實，以普通的情況來說，我覺得，女性敘述者和男性敘
述者並沒有什麼差別。在台灣，女性的語言跟男性的語言一般也差
不了多少，除非是很特殊的情況。不過，在日本，情形就不同了，
只是，日本的問題卻也比較容易解決，因為，光看「語氣」，就可以
分辨男女，他們男女的語氣，原本就有分別。所以，我想，這是沒
有問題的。所有的作家，都應該有能力處理這種語言的問題。如
果，沒有能力處理，不是因為男女性別的問題，而是作家本身的問
題。但是，如果，這篇換成男性的敘述者來講故事，也可以成立，
並沒有什麼差別。最主要的，就是「偽裝」，偽裝的問題，牽涉到
「距離」的問題，距離應該保持到什麼程度，才是最好的。就因為有
距離的考慮，收尾暗示的讚美，就必須要用這個距離來呈現。

　　林：其實，那是敘述者的讚美……。

　　鄭：一般說來，也可以說是作者，也可以說不是作者。作者可
以推卸責任，說這是敘述者的事情，而不是我的事情。這當然是狡

---

[41] 我的提問，來自於引伸、詮釋蘇珊‧藍瑟的論述，她說："Readers frequently do attempt
to link 'I-narrators' and focalizing characters with their creators, seeing these fictional figures
as mimetic equivalents for the authorial person." 引自，Susan Lanser, "Poetics of Point of
View," *The Narrative Act: Point of View in Prose Fiction* (Princeton: Princeton University
Press: 1981), p. 154.

猾。表面上，似乎是很狡猾的事情，不過，作者應該怎麼躲藏起來，是一個很大的學問。

20.林：讓我再回到故事的最後一段，「我的眼睛一直注視堂嫂的臉，忽然間，好像聞到了一股香味，也許，那是擺在木架上的香條的香味，也許是我身上的化妝物質的香味，那香味微弱而幽忽，我不敢確定。但我更願意相信，那是發自堂嫂身上的。」您一向講究含蓄，不願意說教，更不喜歡無厘頭的歌功頌德，那麼既然要肯定堂嫂的人格、道德、操守，我覺得，您創作了三種可能的「香味」：（甲）木架上的香條的香味，（乙）敘述者「我」身上的化妝品的香味，（丙）敘述者「我」所不敢確定的微弱而幽忽的香味。這三種實證性的「香味」（第三種「香味」是「象徵」的運用與推衍，可以找出文本證據來複查）為讀者開拓了更為寬廣的想像、揮灑的空間，也藝術化、客觀化了您的小說。我覺得，這是您立足本土，描繪地方特色，卻又將當代國際的美學原則，化為己用的範例。我的詮釋不一定與您當初的構想相符，但是我揣測，您必然為這個結尾煞費苦心，仔細思量過，是不是？

鄭：我想，這樣的結尾，是自自然然的，其實，我並沒有花費什麼苦心啦！最重要的設計，是要寫香味，不過，這個香味到底是真的、還是假的，這一點，就關係到剛才我們所談論到的「距離」的問題，所以，我覺得，還是用「猜測」的手法比較適當。「猜測」的手法就是，敘述者認為她聞到香味，她就去解釋，第一，是自己的味道，第二，是香條的味道，第三，就是堂嫂的味道。其實，以一般的情形來講，最有可能的就是香條的味道。所以，這就是讓你自己去猜測，就是要讀者相信堂嫂的身上有香味。

林：對，因為，用敘述者的話說：「我更願意相信，那是發自堂嫂身上的。」

鄭：「更願意」就是很主觀的了。

林：這樣雖然是很主觀，但是，您運用這個敘述策略，也是希望引導讀者去揣摩、相信，香味是發自堂嫂⋯。

鄭：這也是我們剛才談到的躲藏⋯。

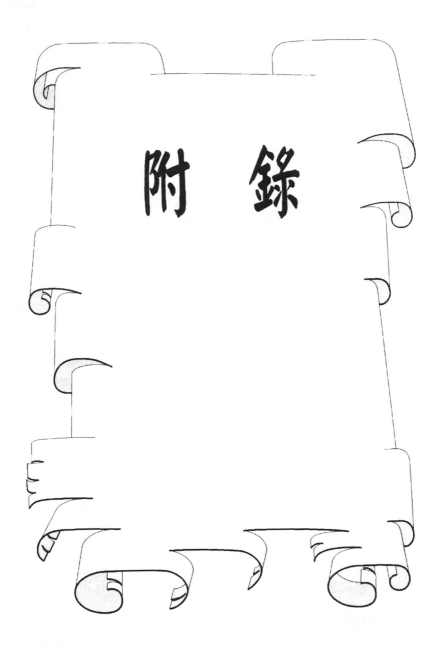

附　錄

文學望鄉/家國想像

——追憶似水年華[1]

　　在這個「台灣文學鼎談」中，我想以文學作品與情境，帶我走向「台灣文學研究之路」的召喚，做為鼎談的出發點，再輔以自己出版的相關論述來說明一己的反思、以及在「研究之路」兩旁，所發現的文學台灣的風華。嚴格說來，雖說此次鼎談是以「文學望鄉」為主題，然而，于我，其實這毋寧是透過「文學返鄉」所能取得的自我救贖。

一 「命運」的奧秘

　　　薪火相傳：從〈定婚店〉、《愛迪帕斯王》（Oedipus the King）、到〈在水之湄〉與 "Evolving Concepts of Fate and Human Will as Manifested in Ting-hun tien and Ming-yun ti chi-hsien"（演化中的命運觀與人的意志——以〈定婚店〉、〈命運的跡線〉為例）。

---

[1] 拙文原題〈文學望鄉——旅外學者的台灣文學研究之路〉是我在2005年11月21日（星期一）下午3~5點，于靜宜大學台灣文學系舉辦的《台灣文學國際鼎談》上的發言。感謝靜宜大學台文系陳明柔主任、楊翠教授命題的初始雅意。此外，成功大學台文系陳培豐教授，於百忙中，特地趕搭海線的火車，前去台中靜宜大學與我對談、慷慨賜教——舊雨新知、又結善緣，藉此一隅，向他表示文友的感恩。緣由於當時鼎談的聽眾不拘限學術背景，因此拙文企圖以概括性的敘述與第一人稱行文。在此，我刻意追加了註釋，以方便文友查閱，但是，保留初始的意圖，作為「追憶似水年華」的紀念。「追憶似水年華」一詞，出自普魯斯特（Marcel Proust, 1871-1922）的半自傳性的小說*In Search of Time Lost*該書由許鈞、楊松河翻譯成中文，請參閱，《追憶似水年華》（台北：聯經，1992年10月）。

　　我會走上「文學」這一條「不歸路」，說起來，其實跟我母親有關。我是家裡的老么，小時候，媽媽總是向——跟我年紀接近的四姊和小姊姊說：「小弟只有一個，不疼他，疼誰？」可是，整天陪著我玩兒的姊姊，也有厭膩的時候，我只好纏著媽媽，要她給我講故事。從河洛語「一語雙關諧用」（pun）的〈你來看〉、諷諭警世的〈草索拖俺公〉，到令人無限懼怖的〈定婚店〉，[2]一一豐富了我初始對世界的探觸跟想像。

　　可是母親的故事，也有說盡的時候，剛好當時有一位很疼我的老師，爲我長期訂閱了一份《學友》，我開始看起連載的漫畫來，眞好看極了，我記得很清楚，那就是《三藏取經》。故事裡的孫悟空，竟然能夠騰雲駕霧、一飛千里，那種自由自在、隨心所欲的快慰，就不必提：多讓我如何心嚮往之了。

　　有一次，在小學運動會的接力比賽，我也依樣畫葫蘆，像老孫那樣：一跳，希望能夠躍向長空，一飛，就能夠飛到比賽的終點。可惜我竟然沒有能夠登上老孫的雲霄，反而直直落地，落居人後。那時候的級任導師，非但對我賽跑時，「躍向空中」的突兀行爲，感到莫名其妙，事後還怨嘆不已，因爲我那麼一跳，就使我們那班失掉了代表學校，參加台中市全市運動會的資格。這個事件，使我「愛拼才會贏」的童稚之心，第一次體會到：我其實還是無法享受到老孫的那份自由、自在、與超人能力的。

　　後來，送我《學友》的那位老師離職他往，[3]我就再也看不到《三藏取經》的漫畫了，也失去了那個文學世界。一直要等到念初一，國文老師指定《西遊記》做爲我們的暑假功課，才能與《三藏取經》再

---

[2] 請參閱，李復言，〈定婚店〉，收入，汪國垣編，《唐人小說》（台北：遠東，1974年10月），頁193-195。
[3] 感謝這位老師給我的啓蒙，至今，我不曾或忘。

續前緣。於是不到三天，我就做完了暑期作業。從那時候開始，我就沈醉、甚至於終日耽溺在文學的想像世界中，把數學、博物完全拋到教室跟臥室的門外。

　　小時候媽媽給我講的故事，真的，跟住了我一輩子。〈定婚店〉裡頭，所展示的無所不在的命運觀，等我進了大學，選修「西洋古典文學」課的時候，在台北外雙溪的講堂上，美國教授Dr. Morrill與我們辯議《愛迪帕斯王》(Oedipus the King)的故事，[4]我還要再經歷另一次的震撼教育。雖然〈定婚店〉跟《愛迪帕斯王》的文類、創作意圖、和敘述策略，不盡相同，可是人在宇宙中，究竟扮演著什麼角色？被置放在什麼地位？同樣使我困惑不已。

　　大學畢業，一當完了兵，我就效法三藏到天竺取經的故事，出國留學，天真地希望跟老孫一樣，能夠躍上雲霄，一眼望去，無邊無際，一直飛到沒有設限的「理想國」，浪漫地想去推敲、追尋在大學時代後期，曾經使我困惑的所謂存在與本質的議題。那時候，我是從台北的松山國際機場出發的，哪裡曉得在機場與父母、家人揮手作別，以後竟然只能「夢迴鄉關」，大半輩子都在山湖雪國、以「文學望鄉」。

　　出國之後，我長期在美國、加拿大唸書、攻讀學位、研究，直到1978年，才能第一次使用華文撰寫台灣小說的詮釋，那就是遙擬〈詩經・秦風・蒹葭〉所撰寫的〈在水之湄〉，[5]發表在東方白的第一部長篇小說《露意湖》的篇首，[6]作為該書的代序。很不湊巧，繞了

---

[4] 關於《愛迪帕斯王》(*Oedipus the King*)，請參閱Sophocles, *Oedipus the King,* The Free Library, www.sophocles.thefreelibrary.com／Oedipus-The-King／3-1。或Sophocles, *The Three Theban Plays, Antigone, Oedipus the King, Oedipus at Colonus*, tr. Robert Fables (New York: Penguin Books, 1982), pp. 129-252.

[5] 引自，〈蒹葭〉，收入，糜文開、裴普賢著，《詩經欣賞與研究》(台北：三民，1979年10月六版)，頁267-271。

[6] 〈在水之湄〉，收入，東方白，《露意湖》(台北：爾雅，1978年9月1日)，頁1-16。

半圈地球,遠在加拿大的山湖雪國,我初始以「文學望鄉」、算是初步探勘「台灣文學研究之路」的論述,竟然還是在思索——童年時代,媽媽告訴過我的〈定婚店〉的故事、以及故事中所顯現的「命運」的奧秘——趨回母親「薪火相傳」的命題,探索:「一己的生命在宇宙中的地位、及其在無限的時空中的掙扎性質。」

論述《露意湖》的時候,當時我是這麼主觀地斷言的:男主角秉鈞,原來是個受過嚴謹科學訓練的化學工程師、是作者刻意要刻畫的悲劇英雄人物。既是悲劇英雄,自然有異於蠢蟲祿蠹,還兼具著悲劇英雄的堅持與闕失(tragic flaw)。對自我認定的抉擇,他英勇地以全副生命尋求眞正的掌握與完成,無視於外在的撥弄、打擊,甚至於面對絕望,忍受悲辱,繼續徘徊於放逐之國,這樣堅韌的生命、不曲從於苦難的壓縮與折磨,無疑是近乎堅毅的超人,悍然地與風雨相抗衡。我當時是啓用在大學時代,曾經勉力諷頌過的一句英詩:I am the master of my fate／I am the captain of my soul(我是自己命運的主宰／是自己靈魂的主人),來喻示這個男主角逆勢揚帆的精神的。這句詩行是錄自英國詩人威廉‧鍔內斯‧亨笠(William Ernest Henley, 1849-1903)最受歡迎的名詩"Invictus"(〈不被征服〉)中的最後一句。[7]

要之,威廉‧鍔內斯‧亨笠早年曾經倍受結核病(tuberculosis)之苦,雖然通過牛津大學的入學試,卻因該病入院,並失去一條腿,然而正如詩裡所彰顯的精神,他勇敢地反抗厄運,最後否極泰來,不但成爲名詩人、編輯、評論家,還因爲擔當《藝術雜誌》(*Magazine of Art*後來改稱爲*National Observer*),將哈代(Thomas Hardy, 1840-1928)、蕭伯納(George Bernard Shaw, 1856-1950)、葉

---

[7] 有關英國詩人威廉‧鍔內斯‧亨笠(William Ernest Henley, 1849-1903),請參閱,William Ernest Henley, *Collected Works*, 5 vols.(London: Macmillan, 1921)

慈（William Butler Yeats, 1865-1939）的作品刊登、介紹給讀者而名
垂千古。與其說是我以亨笠的名詩做喻，來述說男主角秉鈞，以
「生之意志」，對「命運」的悖反，其實毋寧說是我對亨笠：脫帽致
敬，並以他一生「向上提昇」的積極精神，爲棲遲於海外的自己，鐫
記下白紙黑字的自我期許。

　　至於秉鈞更改八字的事件，我覺得應該也可以跟《西遊記》的孫
行者不服一己的生命竟然掌握於冥宮的閻王之手，相「類比」，是悲
劇英雄意志伸張的展示。我們都記得孫行者原先壽終正寢，被拘入
幽冥界，然而老孫自信「修仙了道」，已經「超越三界之外，跳出五
行之中」，理應除去心性肉身枷鎖，因而自十王取過生死簿，勾去
自己與猴屬之類的名字，然後我一路棒，打出。秉鈞既然研究的是
現代科技，崇信的是「自我良知的個人道德觀」，因而他認定：自己
也應全權主掌八字所表徵的一己命運。然而孫行者固然翻不出如來
的佛掌，秉鈞最後也沒能逃脫八字相剋的預示（foreshadowing）。

　　我的論文〈在水之湄〉對《露意湖》提出的主觀性解讀，正如上
述，深受當年母親將〈定婚店〉以口耳所做的「薪火相傳」的衝擊，如
今反思，〈定婚店〉和《三藏取經》，竟然就在那個懵懂的時期，爲我
的「文學情感」與未來的「台灣文學研究之路」豎上了一盞照明燈，豈
是當年始料所能及？而齊邦媛教授在她的論述中，曾經提到：她自
己的閱讀焦點與我對《露意湖》的詮釋，迥然相異，自然，其來有
自。[8]

　　〈定婚店〉、「命運觀」、以及「人類的意志」，後來更成爲我一篇
英文論文的焦點："Evolving Concepts of Fate and Human Will as
Manifested in Ting-hun tien and Ming-yun ti chi-hsien"（〈演化中的命

---

[8] 請參閱，齊邦媛，〈冰湖雪山和南國鄉夢〉，收入，東方白，《浪淘沙》（台北：前衛，
2005年5月修訂新版第一刷），頁2032。

運觀與人的意志：以〈定婚店〉和〈命運的跡線〉爲例〉〉，[9]於1983年發表在國際上最古老的《International Congress of Orientalists, 國際東方學者會議》（後來改稱爲International Congress of Asian and North African Studies, 亞洲與北非研究會議）上。〈命運的跡線〉是王文興早期短篇小說的力作之一，[10]記述一個用小刀拉長自己手掌上的生命線的小學生，向寫就的「生死簿」挑戰，以求延長生命，完成一生寫下幾本大書的願望之悲壯情事。天意與人類的意志，其緊張關係、甚至於衝突，實在令人動容。

二　性別角色的省思

　　共犯結構與既得利益：從〈油麻菜籽〉、〈男孩兒與女孩兒〉（"Boys and Girls"）、到〈女性的啓蒙〉、和*Magnolia: Stories of Taiwanese Women by Tzeng Ching-wen*《玉蘭花：鄭清文的女性小說》。

出身於一個台中望族的母親，雖然受過日本公學校的教育，無可避免的，她也受到當時歷史情境的社會制約，給我們兄弟姊妹灌輸的依舊是：「嫁出去的女兒，潑出去的水」，那種傳統的「女性從屬宿命觀」與「性別差異觀」。男人遠庖廚是她對我這個小男生的挺寵，而我每個星期一都要穿走小姊姊洗好的布鞋，留給她臭氣燻人的鞋襪，在當時也算是理直氣壯的必然。這還要等到我大學時代後期，備受文友之間論辯的衝擊、李絲莉‧卡濃（Leslie Caron）與馬賽羅‧馬斯楚安尼（Marcello Mastroianni）主演的電影《一家之主》（"The Head of the Family"）、[11]以致於後來女性主義的啓發，才逐

---

[9] 請參閱，T. Yamamoto, ed., *XXXIst International Congress of Human Sciences in Asia and North Africa*（Tokyo: the Institute of Eastern Culture, 1984），pp. 528-29.

[10] 〈命運的跡線〉，收入，王文興，《十五篇小說》（台北：洪範，1979年9月1日）。

漸理解：自己竟然也是父權社會的「共犯結構」之一、是母親庇護之下所謂的當時的「既得利益」階級。

閱讀廖輝英的〈油麻菜籽〉，[12]我看到敘述者阿惠所描述的大哥，緣由於是男孩子，成天只知道玩兒、優哉游哉、「成天在外呼朋引伴、玩遍各種遊戲」，而敘述者阿惠，卻得遵從母命，幫母親做家事，在象徵「女主內」的廚房與內屋裡終日打轉，不由得讓我回憶起自己的「童年往事」，其實小時候，我自己何嘗不也是天天晃來蕩去、看小說、「打籃球、連碗也不必洗」？於是，我矢志研究西方小說是否也有〈油麻菜籽〉這樣的「性別角色」差異的案例，不久就馬上發現：加拿大的女小說家愛麗思・孟蘿（Alice Munro）的〈男孩兒與女孩兒〉（"Boys and Girls"），[13]其中備受挺寵的敘述者的弟弟，恰好也正如〈油麻菜籽〉裡的哥哥，又是一天到晚優哉游哉，在屋外好整以暇地盪鞦韆、跑圈圈、捉毛毛蟲的「既得利益」階級。兩篇作品相比，果然台灣與加拿大的過往家庭型態還真類似。於是我細膩地精讀〈油麻菜籽〉和〈男孩兒與女孩兒〉，後來出版了處理女性書寫的〈記述女性的啓蒙——廖輝英的〈油麻菜籽〉與〈男孩兒與女孩兒〉〉一文。[14]

廖輝英與我年齡相仿，她們一家原先又住在台中的烏日，與我們在台中市復興路二段和平國校旁的老屋，近在咫尺，我當年常常騎腳踏車到彰化去郊遊，總是要經過烏日。據廖輝英親自告訴我：〈油麻菜籽〉裡的故事情節，有百分之七十是真人實事的紀錄，經她

---

[11] 馬賽羅・馬斯楚安尼（Marcello Mastroianni, 1924-）與李絲莉・卡濃（Leslie Caron, 1931-）主演的電影《一家之主》（The Head of the Family），1969年美國攝製、發行，導演爲南尼・駱依（Nanni Loy）。

[12] 收入，廖輝英，《油麻菜籽》（台北：皇冠，1983年12月）。

[13] 收入，Alice Munro, *Dance of the Happy Shades* (Toronto: The Ryerson Press, 1968).

[14] 〈記述女性的啓蒙——廖輝英的〈油麻菜籽〉與〈男孩兒與女孩兒〉〉，收入，林鎮山，《台灣小說與敘事學》（台北：前衛，2002），頁51-77。

這麼一說，我往後讀起〈油麻菜籽〉來，更是倍感親切。畢竟在這篇作品中，阿惠的哥哥不也是跟我一樣「同罪」？都是「既得利益」的性別階級敵人？

後來，我更有系統地精讀、研究鄭清文先生的短篇小說，發現最令我動容、又最出類拔萃的作品，竟然都是有關台灣女性的小說。於是我決定精選出其中十三篇，翻譯成英文，以*Magnolia: Stories of Taiwanese Women by Tzeng Ching-wen*(《玉蘭花：鄭清文的女性小說》)為書名，並由我們雅博達大學前任副校長、語言系教授兼系主任、只懂得英、法、德、西班牙語的業師蘿司・史丹佛教授（Dr. Lois Stanford）合譯、把關，確認最後的英文譯作流暢、無誤、可讀，再交給杜國清教授所主持的美國加州大學聖塔・芭芭拉分校的台灣研究中心，於2005年5月出版。[15]

我在〈香花與福爾摩莎——論鄭清文的女性書寫〉講稿中，[16]曾經提及：雖然元老作家鄭清文先生並不像葉老(葉石濤先生)，聲稱自己是個女性主義者，事實上，鄭先生在2005年9月，于加州大學聖塔・芭芭拉分校的國際會議上與我們譯者對談時，也清楚地表明，他在書寫我們翻譯的*Magnolia: Stories of Taiwanese Women by Tzeng Ching-wen*(《玉蘭花：鄭清文的女性小說》)之際，並無意規劃以女性議題為中心，而進行創作。然而，於*Magnolia*《玉蘭花》一書中，他以樸實的美學原則所經營出來的女性書寫，其實演繹著普世都崇敬的人文主義，標誌著韋恩・布斯(Wayne Booth)所謂的「慈悲

[15] Tzeng, Ching-wen, tr. Jenn-Shann Lin and Lois Stanford, *Magnolia: Stories of Taiwanese Women by Tzeng Ching-wens* (Santa Barbara, California: Center for Taiwan Studies, University of California, 2005).
[16] 初稿原發表於聖地牙哥台美基金會文化歷史講座系列〔XVIII〕，2004年2月7日。藉此一角，感謝文化歷史講座系列召集人鄭德昌博士相邀，得以因而以文會友。又，文中的部分論點，曾於2006年11月24日，在國立中興大學台灣文學研究所與該所師生一起思辯過，感謝徐照華所長、林正珍教授、陳建忠教授的雅意，文友的盛情，粗記於此。

為懷、寬宏大量」（benevolence and generosity），[17]職是之故，作中
所彰顯的「價值觀與軌範準則」（norms），自然放之四海而皆準、置
諸廟堂而毫不遜色。

　　事實上，我發現：鄭先生最善於捕捉——迅速消逝於人們記憶
中的舊鎮／都會女性鄉親、她們于黑暗時日所從事的悲劇性掙扎
（〈贖畫記〉）。做為男性作家，我覺得：鄭先生往往偏愛透過一個居
於邊緣的、冷靜的男性視點人物（focalizer），來銘刻、見證、敘述
一系列最引人注目的女性角色（〈蛤仔船〉、〈局外人〉）。她們公然與
當令的社會現實習性相悖，不斷地努力、追尋新生與身份認同（〈阿
春嫂〉）。借用此類「聚焦」（focalization）的掌控，鄭先生不著痕跡地
營造出善意的反諷，靈巧地喚起讀者的同情（〈玉蘭花〉）。不若泛泛
之輩的中年男性（〈相思子花〉），鄭先生所書寫的女性人物總是義無
反顧、堅毅投入前行，在在指向她們的愛心、溫情、與母性。其
中，〈玉蘭花〉（1981）中的清河母親一角，我覺得：就是這本選集
中，最貼切的一個典範。

　　依我自己個人的解讀：〈玉蘭花〉的故事主線，是在演述一則
「平房退出、高樓進場」的台灣社會變遷的無奈情境。由是，房前的
玉蘭花樹，自然也要面對遭受砍除的運命。故事的副線則敷演：男
主角林清河的父親，瀕臨死亡、提出與清河面會的懇求。於是，父
與樹，兩副生命都即將殞世的共同情境，于此時間點上，恰適地交
集。點頭、搖頭，竟然都在母親一念之間。

　　鄭先生在此關頭，筆鋒一轉，故事遙溯、趑回多年之前。原來
早年父親由於婚外情事，棄妻小於不顧，清河與姊姊全賴母親在台
北街頭，拋頭露面，販賣玉蘭花維生，全家方得以保全、姊弟進而
受到照顧。

---

[17] 請參閱，Wayne C. Booth, *The Rhetoric o fiction*. Chicago: University of Chicago Press, 1983, p. 72.

我覺得,故事的轉捩點是:老弱的母親,扶助一個搖搖欲墜的老伯伯爬出台北火車站前的地下道,剴切地指點、讓他迎向他自己的至終去處。面對著很快就要消失在生命的地平線上的老伯伯、父親、與玉蘭花樹,做為棄婦的母親,最後卻是怨親平等、以「慈悲為懷」、「寬宏大量」,讓兒子帶去幾朵玉蘭花,給父親送別,並且終於向兒子點明:玉蘭花樹原是當年與父親合種。

〈玉蘭花〉最後以如此溫情的收尾做結,頗受撼動之餘,我於是在*Magnolia: Stories of Taiwanese Women by Tzeng Ching-wen*英文本的〈導言〉裡,表示:基進的女性主義者或許要怨懟作者,對不義的丈夫悲憫的同情,將會是一種「以德報怨」吧?如然,「何以報德」?

然而,我還是主觀地認定:在書寫女性的小說中,鄭清文先生所主張的寬容、悲憫、與同理心(empathy),卻是:不分性別、族裔、與世代。職是之故,一如契訶夫、葉老和世界上最重要的作家,於他們,人文關懷的位階,其實,應該都是高於任何主義的。[18]

三 父權的啓示

> 消失的宗廟:從〈古早〉、〈天譴〉、〈情份〉、到〈解構
> 父權——論東方白的〈古早〉與《芋仔蕃薯》〉、以及〈「家變」
> 之後——試探八、九〇年代台灣小說中的家庭論述〉。

我小時候,母親每天傍晚總是要叫我:端一杯熱騰騰的麥芽糖蒸蛋,送去給還在辦公室工作的父親,據說麥芽糖蒸蛋最能夠消痰止咳,因為父親終年乾咳不止。有時我貪玩成性,久久不肯馬上動身,母親就會提醒我:要不是你父親賺錢養家,咱們不是要吃土沙

---

[18] 這一節有關〈玉蘭花〉的論述,後來經過裁剪以及與蘿司‧史丹福教授討論,收入,英文本的 "Introduction"〈導言〉, *Magnolia: Stories of Taiwanese Women by Tzeng Ching-wen*。最近,再由我翻譯成中文,全文發表在《文學台灣》,第58期,夏季號,2006年4月。

嗎？早年的父親不怒而威，他一回來，我們必定鼠竄而逃，這其實是跟母親隨時在強化（reinforce）她自幼習焉不察的「父權」體制有關。不過父親對他的伯叔輩執禮甚恭，而每到祖父母忌日，他必定親自領我們祭拜。至於新年，則一定帶我們一起去林氏宗廟團拜。

母親在1981年10月18日驟然辭世，已經退了休的父親，竟然在兩、三天之內，忽然失去了相互扶持的老伴，因而痛不欲生。我滯留海外，只聽說：母親晚年已經衰弱不堪，雖與父親同庚，卻多半靠健康的父親給她洗澡、洗頭髮，有如當代恩愛、地位「對等」的年輕夫妻，父親再也沒有當年「夫是天、妻是地」的威嚴。真使我們不敢想像。

為了方便孝敬、奉養父親，我們替他申請了移民身份，延請他到加拿大與我們同住。住到加拿大的父親，有一次感嘆：遷台有數百年之久的台中林氏宗廟，過年的團拜已經沒有往年那麼熱鬧了，而福建的老宗廟更是早已消失。述說著逐漸「消失的宗廟」的父親，是頗有滄桑之憾的。

就在這個時候，緣由於父親的轉變，我開始勉力研究「父權體制」在社會變遷下的遞嬗，並且讀到了安梭尼·羅敦竇（Anthony Rotundo）檢視美國「父權體制」的論文。[19]透過精讀羅敦竇的研究，我終於理解：「父權體制」早已在十九世紀的美國開始逐漸「淡出」，由於快速工商業化的結果，西方國家的父親不再像是過往家庭農場生產隊的隊長，而是公司的專業經理人或合夥人，由於他們時常要參加難以計數的諸多會議，甚至多半因公出差在外，母親因而成為

---

[19] 請參閱，收在麥可·考夫曼（Michael Kaufman）1987年由牛津大學出版的*Beyond Patriarchy*（《父權制度之外》）那本書裡。Anthony Rotundo, "Patriarchs and Participants: A Historical Perspective on Fatherhood in the United States." In Michael Kaufman (ed.), *Beyond Patriarchy* (Toronto and New York: Oxford University Press, 1987), p. 66. 這一段撼動我思維的閱讀經歷，收在拙作，《台灣小說與敘事學》（台北：前衛，2002年），頁170-171。

中產階級家庭的核心，由她們扮演著過去父親所擔負的角色。一旦
父親從樸克臉孔的「天將」位階，下凡，成為滿臉笑靨的「土地公」，
從「訓導主任」變成兒女的「玩伴」、「顧問」，他們就能與子女更加親
近，也更能享受到家庭的溫情。但是，一九七〇年代以後，也因為
美國通貨膨脹與失業率的激增，使得更多比率的婦女，為了共同維
持家計、撐起家庭的經濟負擔，而走入就業市場，父親就更不再是
唯一能把麵包帶回家去的一家之主。這種雙生涯家庭的形成，無形
中更為「父權」體制的沒落，打下了最後的一支棺材釘。從此，現／
當代的父親也必須在奶瓶和尿布之間打轉，在廚房和洗衣房之間進
進出出了。而這正也是一幅相依為命的台灣留學生，當年在北美生
活的寫真。

其實父親晚年彷彿已經脫胎換骨，對待我，又是慈父、又兼慈
母，他體諒、尊重、並且支持我們為了孩子留在加拿大的最終抉
擇，雖然他矛盾地還是衷心期盼我們──落葉歸根。但是正如我在
〈解構父權──論東方白的〈古早〉與《芋仔蕃薯》〉那篇文章，[20]所引
用的卡里‧紀伯嵐（Kahili Gibran 1883-1931）的英文代表詩作〈先知〉
（Prophet）的箴言──孩子「不隸屬於你」的名喻，事實上我也不免有
著「世代之間」（inter-generational）萬千的「不捨」與矛盾：

> 你的孩子不是你的
> 他們是宇宙生命的兒女
> 他們經你而不是由你來到世界
> 他們與你相處卻不隸屬於你
> 你可以給他們愛但不是你的思想

---

[20] 請參閱，林鎮山，〈解構父權──論東方白的〈古早〉與《芋仔蕃薯》〉，收入，《台灣小說
與敘事學》（台北：前衛，2002年），頁157-190。

因為他們有他們自己的思想

你可以給他們肉體居所而不是他們的靈魂

因為他們靈魂的歸宿你永遠無法窺見

你可以學習像他們而不必要求他們像你

因為生命向前永不回顧

你只是弓而他們是箭

造化振臂彎弓把箭射向無限……。[21]

　　晚年的父親，在與我們同住在加拿大的那一、二十年當中，于無奈的社會急遽變遷之下，他必然意識／見證到、也進而接受：在當今的社會，「孩子」與「父親」是「個別」存在的實體——正如卡里‧紀伯嵐詩中所強調的各有各自「獨立」、「自主」的「對等」特質。透過欣然地放我們紛飛，他已經展示了他的體諒、寬容、與能捨。

　　因此，我閱讀〈天譴〉、〈情份〉這些短篇小說，[22]更是「不忍」，而感慨萬千。職是之故，我在研究家庭變遷的〈「家變」之後——試探八、九○年代台灣小說中的家庭論述〉一文裡，[23]是這樣作總結的：多年來盛行於台灣家庭的一些傳統觀念，比如說，香火傳遞，祖先崇拜，求神禮佛等等，都在台灣小說家的家庭論述中受到強烈的質疑。如果這些觀念與人類的尊嚴相衝突，大多數的小說家都會提出嚴肅的批判，比如說，沙究譴責「祭拜求神」的無稽，張讓也反對「求神禮佛」。至於「祖先崇拜」，沙究則認為：除非祖先能夠留下令人效法的典範，否則也只不過是塊木牌而已。[24]

[21] 引自，東方白，《芋仔蕃薯》（台北：草根，1994年11月），頁3。

[22] 沙究，〈天譴〉，收入，《浮生》（台北：圓神，1987），頁163-171。蘇偉貞，〈情份〉，收入，《陪他一段》（台北：洪範，1993年），頁29-48。

[23] 請參閱，林鎮山，〈「家變」之後——試探八、九○年代台灣小說中的家庭論述〉，收入，《台灣小說與敘事學》（台北：前衛，2002年），頁190-216。

[24] 如上，〈「家變」之後——試探八、九○年代台灣小說中的家庭論述〉，頁214。

至於香火傳遞，我覺得其實還是與父權體制息息相關。鄭清文先生的短篇小說傑作〈春雨〉，就處理了傳統的香火傳遞觀念，所可能帶來的人類困境——世界人口爆炸。因此，鄭先生認為：「如果大家都能把別人的孩子當作自己的孩子……【那麼世界人口】的問題就可以解決一大半了。」如此「視天下的孤兒爲愛兒」我以爲應該是可以取代偏狹的香火傳遞的。如然，這豈非即是先賢所謂的「泛愛而親仁」？[25]

四　想像台灣

　　殖民與移民：從〈奔流〉、《偶然生爲亞裔人》到〈土地、「國民」、尊嚴——論〈奔流〉與《偶然生爲亞裔人》的身份建構與認同〉。

2000年1月1日的凌晨，是千禧年的跨年擴大慶祝會，我正巧回來台灣，參加國立台灣師範大學的「解嚴後台灣文學國際學術研討會」，在午夜／凌晨，新／舊「年關交接」的時辰，我還在書桌看書，一旁的電視機「接龍式」地傳來紐西蘭、澳洲、台灣、美加、歐洲、和世界各地，「攙壞地」倒數計時、迎接千禧年元旦的歡呼。突然，電視新聞插播了一條讓我震驚的消息：台灣日據時代（1895-1945）最重要的「日本語」作家之一的王昶雄（1915-2000），「靜悄悄」地離開了他衷愛的原鄉——老成凋謝。

我研讀過不知多少刻畫王昶雄和他那一個時代的台灣小說，演述他們共同攜手從日本的「國民」／「非國民」——那個殖民地的「臣

---

[25] 我以先賢所爭的「泛愛而親仁」來詮釋〈春雨〉的主題命意，雖然鄭先生並不反對，可是他表示：寧可用真確的人口問題來解說他的初始意圖。請參閱，林鎮山訪問，江寶釵、林鎮山整理，〈「春雨」的「秘血」專訪元老作家鄭清文〉，《文學台灣》，第53期，春季號，2005年1月，頁94。

民身份」的傷痕累累中，共同走過了「殖民屬地」、而後「戒嚴」、「白色時代」、與「解嚴」──那些追尋人類「尊嚴」的「浪淘沙」的日子。可是有關「皇民文學」的爭議，還是潮起潮落，對「少年大仔」王昶雄以及跟他同時代的台灣人來說，這可都是一頁頁的血淚滄桑史。

　　出生於日據時代的父親，晚年誠心禮佛，往往靜坐、抄錄讀經心得、分與親友共享，卻閉口不談過往、婉拒我做任何口述歷史／傳記的請求，更無意親自撰寫一語、一言的生活紀事，儼然心如止水。可是母親卻曾經用閒話天寶遺事的心情告訴過我：他們所歷經的殖民時代──改名換姓、身份變遷、一窮二白、營養不良的苦難，尤其是在太平洋戰爭吃緊的時節。緣由於此，閱讀王昶雄的〈奔流〉與他自我告白式的〈老兵過河記〉，[26]再回首「殖民」台灣，更使我有著萬千歷史敘述的「紛雜」感慨。

　　2000年4月我在加州大學聖塔芭芭拉分校，客座一個學季（quarter），由於當年8月杜國清教授要在加大召開「世華文學國際學術研討會」，我決定從敘事學（narratology）的觀點出發，以文本與敘述結構分析，重新檢視、解讀〈奔流〉，再以華裔美國作家劉柏川（Eric Liu）的自傳性近作（1999）《偶然生為亞裔人》（*The Accidental Asian*）「為輔」，[27]做跨文類、跨學科、跨地域、跨文化的比較性研究，試圖透過「文本的精讀」，以這兩篇各原為日文、英文的世華文學作品，來探討異文化／異民族的接觸，究竟為人類社會、文學世界、與文化經驗，構建了何種教諭、精神、與願景？總之，我想藉此，喟然反思、深刻自省，並勉力將虛擬嘲仿，回歸文學與歷史情

---

[26] 〈奔流〉，林鍾隆譯，王昶雄校訂，張恆豪編，《翁鬧、巫永福、王昶雄合集：台灣作家全集‧短篇小說卷／日據時代，第六卷》（台北：前衛出版社，1991年2月出版），頁325-363；王昶雄，〈老兵過河記〉，《台灣文藝》，第七十六期，1982年5月。

[27] Eric Liu, *The Accidental Asian* (New York: Vintage Books, a division of Random House, 1998).中文版，請參閱，劉柏川著，尹萍譯，《偶然生為亞裔人》（台北：天下遠見出版公司，2000年1月10日第一版第三次印行）。

境。最後，再進一步論述、評估：王昶雄爲日據時代「台、日」異文化／異民族的接觸，及其對台灣人民身心的衝擊，究竟給我們留下了什麼「得／失」、「悲／喜」？

在這一篇論文〈土地、「國民」、尊嚴──論〈奔流〉與《偶然生爲亞裔人》的身份建構與認同〉中，[28]我勉力以馮友蘭的「城／鄉」隱喻、以及強勢文明／弱勢文明的辯證／對比關係，[29]來探索、闡釋：異文化／異民族的接觸，所可能衍生的互動情境。

當時我執意指出：基本上，馮友蘭認定──自古凡是進入中國的異族，無論是統治者或者是被統治者，終究要被中國所「同化」。主要的原因是：中國人是「城裡人」，相對的，異民族往往是「鄉下人」。中國人的「城裡人」的「身份」已經保持了一、兩千年之久，未期，到了清朝末年，洋人「船堅砲利」，接踵而來，霎時之間，中國人便被貶謫爲「鄉下人」了。於是，英、美、歐陸諸國就成了「城裡」，而洋人就變成了「城裡人」──中國人去逛紐約、倫敦、巴黎，免不了就如同劉姥姥進了大觀園，于他們來說，原鄉的中國在強烈的對比之下，就顯得又「愚」、又「貧」、又「弱」。馮友蘭認定：英美及西歐曾經以「產業革命」在經濟上先有了大改革，又有純粹的科學、哲學、文學、藝術的突飛猛進，才能搏得「城裡人」的地位。「鄉下人」如果不想落伍、吃虧，唯一的出路就是把自己提升爲「城裡人」。

如今我們反思，我覺得歷史大敘述的「後見之明」（hindsight）的確宣告了：逛過歐美城裡的日本留學生，在經歷了他們自己的一番

---

[28] 〈土地、「國民」、尊嚴──論〈奔流〉與《偶然生爲亞裔人》的身份建構與認同〉，收入，林鎮山，《台灣小說與敘事學》（台北：前衛，2002年），頁345-382。

[29] 有關馮友蘭的「城／鄉」隱喻，請參閱，馮友蘭，〈辨城鄉〉，《新動向》，第一卷第九期，1938年。收入《新事論》（長沙：商務印書館），頁38-55。又收入，周質平等著，《現代漢語高級讀本：中國知識份子的自省》（Princeton: Princeton University Press, 1993），pp. 84-103.

城市物語之後，創造了明治維新，將日本從鄉下提升到了城裡的地位，而且非僅此也，他們也追隨西方帝國主義者，亦步亦趨，步上了世界列強的殖民大帝國之路。於是曾經是美國海軍大將培瑞眼光中的庄腳人／日本人，一躍也幻化為城裡人了。

　　到了王昶雄這一輩的台灣留日學生，在1932-1942年到日本取經的時候，櫻花王國已經飛越過貧愚的鄉下門限，在世界舞台上呼風喚雨。對比之下，自然台灣人顯得是：又愚、又貧、又弱的庄腳人，他們書寫的城市物語，因此，的確是沾滿了庄腳人的血淚和痛苦——他們看到了庄腳人的落伍與貧弱，所以，王昶雄的庄腳人城市物語，就以〈奔流〉命名，冀望：「在時代的奔流沖激下」，「台胞的體魄能夠變得更堅強之意。」

　　在這篇小說中，我覺得：林柏年是正派的要角、理想的民族正義與孝道倫理的道德化身，也是作品中，最高的「價值觀和軌範準則」（norms）的象徵。相反的，伊東春生是王昶雄在〈奔流〉中，刻意銘刻的反派要角，也是台灣日治時期文學最矛盾、最受爭議的殖民時期的產物之一。我主觀地認為：王昶雄是透過韋恩‧布斯（Wayne Booth）所謂的「戲劇化的敘述者」（dramatized narrator）——柏年的母親（伊東的姨媽），[30] 來勉力闡釋：伊東其實絕非是刻板型的簡易人物——為了「逢迎日人甚至六親不認。」在論文中，我特意強調：伊東畢竟是出身於備受「殖民情境」殘害的家庭，病態的父母時時爆發龍捲風式的衝突，父母又企圖以威權脅迫叛逆的伊東放棄日本B大的日文系，而轉念醫科，而遭到伊東拒絕，父母兒子因而從此決裂，這可能才是伊東「六親不認」的緣由，也可能是對病態心理學頗有興趣的王昶雄的原始創作意圖之一。

　　我在論文中特別表示：王昶雄透過柏年的母親，語重心長地進

---

[30] Wayne C. Booth, *The Rhetoric of Fiction* (Chicago: University of Chicago Press, 1983), p. 152.

一步爲讀者說明，留學日本的伊東，小時膽怯、庸弱，然而在日本卻長成鶴立雞群的壯健青年，體魄學業都出類拔萃，甚且練就一口與日本人雷同的腔調，舉止行爲也與日本人沒有分別。我當時還主張：其實伊東的同化／日本化，不正是清末留美學生容閎嚮往西方的文明富強、以及其他官派的留學生「美國化」的再版？[31]更何況依據馮友蘭的城／鄉理論：鄉下人如果不想落伍、吃虧，唯一的出路就是把自己提升爲城裡人。伊東是不是因而才矢志攻讀日本大學的日文系、續娶日本人爲妻？總之，容閎希冀：「以西方之學術，灌輸於中國，使中國日趨於文明富強之境」，或者馮友蘭的城／鄉理論：「把自己提升爲城裡人」，我覺得，這都與王昶雄冀望：「在時代的奔流沖激下」，使「台胞的體魄能夠變得更堅強之意」，在在都可以啓發我們：于檢視互文之關係中──英雄所見略同的反思。

　　至於劉柏川，我注意到：他在《偶然生爲亞裔人》一書中，毫無保留地宣示他的「身份屬性」，時時刻刻提醒我們──他不是「在美華人」，也不是「海外華人」，而是「華裔美國人」。更「說清楚，講明白」：他「認同」、效忠的對象是美國那塊「土地」。我自己當然意識到：他這是說給美國人聽的，因爲他要美國人知道，雖然他生在美國，法理上就是美國的「國民」，但是他所認同的，其實，是孳生在這塊「土地」上的理念與生活方式。他父母當年就是懷抱著對美國生活的好感而去，行囊中滿裝著悠遠的中國文化，在中國文化與美國文化「自然」交會、接觸之後，自由、歡欣地選擇、並且改以「移民」身份，

---

[31] 請參閱，Yung Wing, *My Life in China and America*（New York: Arno Press, 1978, reprint）. DS 763 Y8 A4 1978. 容閎的自傳有新的中文譯本：容閎，《我在美國和中國生活的追憶》，王蓁譯，（北京：中華書局，1991年）。Thomas E. LaFargue, *China's First Hundred: Educational Mission Students in the United States*（Pullman: Washington State University Press, 1942）。容閎希冀：「以西方之學術，灌輸於中國，使中國日趨於文明富強之境」，或者馮友蘭的城／鄉理論：鄉下人如果不想落伍、吃虧，唯一的出路就是把自己提升爲城裡人，我覺得，這都與王昶雄冀望：「在時代的奔流沖激下」，「台胞的體魄能夠變得更堅強之意」，頗有英雄所見略同之處。

留在五月花的星條旗王國，我以為：這正是名符其實，從「乘桴浮於海」過渡到「近悅而遠來」的案例。如果美國的寬容、自由、民主、人權、和生活方式就是一種「美國魂」、「美國精神」的表徵，那麼他們一家所主動認同的，我以為：顯然就是這個「美國魂」、「美國精神」。

　　我在論文中特意指出：劉柏川是以半自傳、半文化評論的方式，來莊重宣示──他對美國這塊「土地」的摯愛、擁有美國人「身份」的滿足、以及如何在具有「尊嚴」的生活模式下，建構他自己的「歸屬與認同」。相對的，撰寫論文之時，我最感嘆的是：王昶雄卻在日本殖民專制帝國「保安課」無所不在的文網交織中，時時戰戰兢兢，時時如履薄冰、如臨深淵──起用虛擬、曖昧的意符，「演藏」悲憤的意指，以「地獄不空，誓不成佛」的悲憫，冀求滲出文網，訴說失去「尊嚴」的苦楚。雖然王昶雄與劉柏川出生／生存於不同的「土地」，成長於不同的歷史情境，因而也面對著不同的境遇，可是兩者關懷的同樣是：人類千古追求的「尊嚴」與一己應該決定的「身份與認同」──那個如今普世都公認、推崇的價值觀與軌範準則。

　　我原訂於2005年8月返台，執行一項研究計畫，並與父親歡聚、旅行，不期，走過「殖民與移民」之路的父親，竟然，于2005年7月6日，在台中無病、無痛的靜坐中、遽然往生。我雖然費盡了全力，搶購機票，力求從加拿大兼程回台告別，最後父子仍然緣慳一面，令我及至於今，依舊無盡愴然。

　　此次奉命在「台灣文學國際鼎談」上，回首、探看自己的「文學望鄉」──旅外學者的台灣文學研究之路，做為曾經陪伴老父走過「消失的宗廟」、以及他最後的「殖民與移民」之旅的愛子──這毋寧是以「文學返鄉」，向原鄉的父老、文學朋友告白的自我救贖。[32]

---

[32] 僅以此文紀念父親林瑞謙先生、母親林賴春嬌女士，並獻給隨我一路走來的文友、家人、淑錦、詠絮、和依諦。誌於家父逝世一週年前夕。

跋

　　本書的論文都是緣由於文友初始賜予的命題、主催、啓發、鞭策、協助、洞見、書籍、以及「演講的邀約」，所撰寫、修潤、改訂而成。在此，依照書中各章節的順序向諸位文友致謝：呂興昌教授、陳萬益教授、應鳳凰教授、陳國球教授、米蘭・狄密區（Milan Dimic）教授、洪銘水教授、王建生教授、邱貴芬教授、陳映眞先生、杜國清教授、東方白先生、張誦聖教授、蘿司・史丹福教授（Dr. Lois Stanford）、江寶釵教授、施懿琳教授、莊萬壽教授、葉海煙教授、姚榮松教授、許俊雅教授、李魁賢博士、林瑞明教授、陳祖彥小姐、朱小燕女士、韓秀女士、陳幸蕙女士、鄭清文先生與夫人、鄭谷苑教授、許素蘭老師、單德興教授、中正大學台灣文學研究所的研究團隊、陳明柔主任、楊翠教授、陳培豐教授、徐照華所長、林正珍教授、陳建忠教授。然而，諸位文友的雅意或辯難，有時並無法完全扶持我消除書中論述的闕失或偏頗，由是，錯失自然應該由我一人來承擔。

　　《文學台灣》的鄭炯明醫師與彭瑞金教授長期接納我的文稿、牽我走過文學路，一片盛情，銘感於心，粗記於此。陳義芝博士、馬森教授、李敏勇先生、王旭教授、王雪美教授，盛情一一可感。每當我參加國際學術研討會之時，雅博達大學東亞系的同仁梁麗芳教授總是不辭勞苦，替我擔下教學、行政的重任，在此一併致謝。此外，我更要感謝：前衛出版社林文欽社長、執行編輯賴敬暉先生的專業協助。

最後，國內外的親戚與友僑、家人、姊夫/兄姐、淑錦、詠絮、依諦、與我的研究生，長期寬容地接受我的學海無涯生活，使我心無旁鶩，由是，請讓我以此書紀念家父/家母，並把此書獻給您們以及文學朋友。

林鎮山

2006年春至
於加拿大雅博達大學

國家圖書館出版品預行編目資料

離散・家國・敘述：當代臺灣小說論述＝Diaspora, homeland, and
narration discourse in contemporary Taiwan Fiction／林鎮山著.
－－初版. －－臺北市；前衛, 2006[民95]

320面；15×21公分. －－（臺灣文學研究系列；21）

ISBN　957-801-499-6（平裝）

1.臺灣小說－－評論

850.32572　　　　　　　　　　　　　　　　　　95009718

《離散・家國・敘述》

當代臺灣小說論述

著　　者／林鎮山	
責任編輯／賴敬暉	
內文編排／彭君如	

前衛出版社
總本舖：112台北市關渡立功街79巷9號1樓
電話：02-28978119　傳眞：02-28930462
郵政劃撥：05625551
E-mail：a4791@ms15.hinet.net
http://www.avanguard.com.tw

出版總監／林文欽
法律顧問／南國春秋法律事務所・林峰正律師

紅螞蟻圖書有限公司
地址：台北市內湖舊宗路2段121巷28.32號4樓
電話：02-27953656　傳眞：02-27954100

出版日期／2006年7月初版第一刷

Copyright ⓒ 2006　　　　　　　Avanguard Publishing House
Printed in Taiwan　　　　　　　ISBN 957-801-499-6

定價／350元